O Lago do amor

LANA FERGUSON

O Lago do Amor

Tradução: Gabriela Peres Gomes

GLOBOLIVROS

Esta edição foi publicada em acordo com a Berkley, um selo da Penguin Publishing Group, uma divisão da Penguin Random House LLC.

Texto fixado conforme as regras do Acordo Ortográfico da Língua Portuguesa
(Decreto Legislativo nº 54, de 1995)

Título original: *Under Loch and Key*

Editora responsável: Amanda Orlando
Editora de produção: Viviane Rodrigues
Editor-assistente: Rodrigo Ramos
Assistente editorial: Camila Novaes
Preparação: Mariana Donner
Revisão: Luisa Tieppo
Diagramação e adaptação de capa: Carolinne de Oliveira
Capa: Rita Frangie Batour
Imagem de capa: Monika Roe

1ª edição, 2025

CIP-BRASIL. CATALOGAÇÃO NA PUBLICAÇÃO
SINDICATO NACIONAL DOS EDITORES DE LIVROS, RJ

F392l
Ferguson, Lana
O lago do amor / Lana Ferguson ; tradução Gabriela Peres Gomes. — 1ª ed. — Rio de Janeiro: Globo Livros, 2025.
384 p.

Tradução de: Under loch and key
ISBN: 978-65-5987-268-8

1. Romance americano. 2. Ficção americana. I. Gomes, Gabriela Peres. II. Título.

25-99301.0 CDD: 813
CDU: 82-31(73)

Carla Rosa Martins Gonçalves — Bibliotecária — CRB-7/4782

Direitos exclusivos de edição em língua portuguesa para o Brasil
adquiridos por Editora Globo S.A.
Rua Marquês de Pombal, 25 — 20230-240 — Rio de Janeiro — RJ
www.globolivros.com.br

À minha escocesa favorita, Blair, que me perdoou por ter dado um pênis ao Monstro do Lago Ness. Minhas mais sinceras desculpas.

1

Keyanna

Nunca imaginei que morreria soterrada por uma avalanche de ovelhas, mas enquanto observo aquele amontoado de lã fofa rolar morro abaixo em direção à estradinha onde estou, percebo que pelo menos seria um jeito memorável de partir.

— Puta merda.

Corro para abrir a porta do calhambeque alugado, que está do lado errado, vale dizer, bem na mira do exército de balidos cada vez mais próximo. Consigo pegar a mochila, sair do carro e cambalear para um lugar mais seguro. As ovelhas, menos assassinas do que eu imaginava, começam a diminuir o embalo conforme rodeiam o velho sedã azul, expressando sua irritação com o obstáculo com uma nova enxurrada de *bééés* insuportáveis.

— Ei! — chama uma voz do topo do morro. — Tudo certo aí, moça?

Levanto a mão para proteger os olhos do sol e vejo um sujeito grisalho acenando para mim.

— Tudo… — respondo. — Elas não são carnívoras, né?

— Até onde sei, não.

O homem dá uma risadinha e começa a descer a encosta, parecendo surpreso ao ver meu carro naufragado no mar de ovelhas.

— Seu carro enguiçou?

— Eu avisei a mulher da locadora que não me dou muito bem com câmbio manual, mas pelo visto só tinha esse disponível.

— Você é americana? — pergunta ele, um tanto perplexo, mas não com a intenção de ofender. — Está bem longe dos pontos turísticos, hein?

— Ah, eu vim para...

Eu me interrompo, percebendo que não é uma boa ideia despejar minha história complicada no colo de um completo estranho.

— Vim para visitar minha família.

Os olhos dele se enrugam nos cantos, expressivos e azuizinhos, entre as linhas marcadas do rosto, com ar de interesse genuíno.

— Ah, é? Qual família? Conheço todo mundo por essas bandas.

Mais uma vez, hesito em contar a um desconhecido sobre meu reencontro repentino com parentes com quem mal tenho contato. Afinal, minha família ainda nem sabe que estou aqui. No fim, concluo que devo chegar na casa da minha avó bem antes de esse sujeito conseguir dispersar seu rebanho.

— Os MacKay — respondo. — Rhona MacKay, sabe?

— Ah, sim, sim, conheço Rhona! Ela é sua avó, então? Quer dizer que Duncan é seu pai? — pergunta o homem, e estreita os olhos como se tentasse ligar os pontos. — É, você é a cara dele. Não sabia que ele tinha filhos pequenos quando fugiu para os Estados Unidos.

Tento interpretar seu fluxo de consciência como cordialidade explícita em vez de uma farpa indireta sobre a história complicada do meu pai com a família. Ele deve ter percebido minha expressão atônita, porque logo se apressa em abanar as mãos.

— E lá vou eu tagarelando sem parar. Desculpe. Não recebemos muitos visitantes aqui em Greerloch — explica-se, enxugando a mão na camisa de flanela surrada antes de estendê-la para mim. — Hamish Campbell, prazer. Eu moro atrás da colina com essa turma.

Em seguida, aponta para o rebanho com seu incessante coro de balidos.

Retribuo o aperto de mão, ainda atordoada com a conversa. Ninguém fala tanto assim lá em Nova York.

— Eu sou... Key. Key MacKay. Bem, Keyanna, na verdade, mas todo mundo me chama pelo apelido.

— Key — repete ele. — Gostei. Pensando bem, você parece sua avó. Tem os mesmos olhos de Rhona.

Não sei bem como me sinto ao ser comparada com uma mulher que nunca quis saber de mim ao longo dos meus 27 anos de vida, mas consigo esboçar um sorriso forçado.

— Ah, legal.

Ele volta a observar o rebanho, com uma expressão compreensiva.

— Imagino que já queira ir andando, não? Sua avó deve estar à espera.

Não o corrijo, apenas dou de ombros, como uma resposta evasiva.

— Vai levar um tempinho para dispersar o rebanho, mas posso dar uma olhada no seu carro enquanto isso, se quiser. Sou bem habilidoso quando quero.

Dou um suspiro aliviado.

— Seria uma baita mão na roda, sério. Se não for incomodar...

— Imagine, não vai ser incômodo nenhum. É só esperar uma horinha e vou deixar tudo nos trinques.

Olho para as colinas ondulantes e verdinhas ao nosso redor, mordendo o lábio enquanto pego o celular.

— Por acaso sabe se a... — começo a perguntar, dando uma olhadinha na tela. — Se a Enseada Escalanjal fica muito longe daqui?

O sr. Campbell ri.

— Essa é complicada mesmo, admito. É Enseada *Skallangal*, querida — corrige ele, pronunciando como *scall-an-gale*, que soa bem melhor do que minha tentativa desastrosa. — Está atrás da Nessie então, hein?

— Hum... o quê?

Outra risada.

— Não chamam de "enseada do medo" à toa. Já afugentei muitas criancinhas de lá. As pedras são bem afiadas, sabe? Um perigo.

— Ah, foi só um lugar que meu pai mencionou...

— Sim, sim, imagino. Duncan jurava de pé junto que tinha visto a criatura. Era só ficar chumbado que começava a insistir nessa história.

— Chumbado?

— É como dizemos bêbado por aqui, miúda.

"Miúda?"

Vamos ficar aqui até amanhã se ele tiver que me explicar cada gíria escocesa do seu vocabulário.

— O senhor já viu meu pai bêbado?

— Uma ou duas vezes antes de ele ir embora — responde o homem, coçando o queixo. — Fiquei triste quando mudou de país. Como anda aquele velhote? Não quis vir junto?

Sinto uma pontada no peito. Mesmo depois de seis meses, a ausência dele ainda dói. Queria que estivesse aqui comigo.

— Ele… faleceu. Na primavera.

Hamish suspira, parecendo triste de verdade com a notícia.

— Ah, moça. Sinto muito por isso. Era um homem bom, o seu pai. Pode me contar o que aconteceu?

— Pneumonia — explico. — Ele foi diagnosticado com Alzheimer uns anos atrás, e com o tempo foi… definhando. Pegou uma pneumonia forte no inverno e… — Dou um pigarro para desfazer o nó repentino na minha garganta. — Não resistiu.

Os olhos azuis de Hamish parecem marejados de tristeza, o que só piora o aperto no meu peito. Ele tira um lenço do bolso do casaco, assoa o nariz e o guarda de novo.

— Sinto muito, querida. E sua mãe? Todo mundo aqui ouviu as histórias sobre como Duncan fugiu com uma americana sabichona… Ela não veio junto?

"Caramba, pelo jeito ele está determinado a cutucar todas as minhas feridas."

— Minha mãe morreu no parto — respondo com rigidez.

Hamish solta outro suspiro.

— É, acho que passei dos limites. Desculpe por ser um babaca enxerido. — Ele balança a cabeça, dá um pigarro e aponta para o carro. — Que tal eu botar as mãos na massa e consertar logo seu carro? A vista é linda ali de cima — continua a dizer, mostrando a vasta colina além do morrinho dominado pelas ovelhas, depois vira o dedo na outra direção. — E sua enseada fica para lá, bem perto, pouco menos de um quilômetro daqui. Se tiver coragem de encarar, claro.

E me dá uma piscadela. Eu rio baixinho.

— Não tenho medo.

— Bem, tome cuidado com as pedras, ouviu? É perigoso mesmo. E fique na costa, combinado?

— Pode deixar. E obrigada pela ajuda.

Ele dispensa o comentário com um gesto.

— Não precisa me agradecer. Somos todos bem unidos aqui em Greerloch, e pelo jeito você é da família! Fique tranquila, vou resolver tudo rapidinho.

Logo se vira para enxotar um dos monstros peludos que estava mordiscando a barra do seu casaco e abre caminho pelo mar de ovelhas em direção àquela pilha de sucata. Observo a cena por um momento, sem saber se é mesmo sensato largar o carro com um estranho, mas que alternativa eu tenho? Não entendo nada de mecânica, então é isso ou me trancar lá dentro e rezar para outra pessoa aparecer. Deixo meus olhos varrerem a paisagem verdejante e interminável, sem ver nenhum sinal de vida além de Hamish e seu rebanho.

"Deve ser para isso que serve o seguro do carro alugado."

Eu me viro na direção apontada por ele e vejo a imensa colina que supostamente esconde a trilha para a Enseada Skallangal. Bem, já que estou aqui, por que esperar? Ajeito a mochila nos ombros, respiro fundo e solto ar enquanto caminho até lá.

O céu é o limite, acho.

Começo a questionar o conceito de "perto" de Hamish enquanto avanço pela grama. A colina por si só já era um desafio: estava mais para uma pequena montanha do que para um morrinho qualquer. Minhas coxas estão doloridas da caminhada, e tenho certeza de que meu smartwatch deve estar prestes a me pedir uma pizza para compensar a abundância de passos dados. Quando finalmente vejo a superfície cintilante do lago, o sol brilhando na ondulação suave, percebo que talvez todo esse esforço tenha valido a pena.

Estou embasbacada com a beleza da Escócia desde o instante em que cheguei. A terra em si parece estar viva ao meu redor, quase como se fosse possível sentir o sopro de vida no ar e sob meus pés. As cores parecem mais vibrantes, as vistas e os sons mais encantadores, e agora consigo entender, consigo *sentir* por que meu pai ficava tão nostálgico quando falava de sua terra natal.

Vejo algumas placas conforme me aproximo, as tradicionais PERIGO e MANTENHA DISTÂNCIA posicionadas ao longo da trilha quase imperceptível em direção à costa rochosa, mas como não parece ter uma mísera alma viva por quilômetros, acho que não tem problema explorar um pouco. Afinal, quem vai me impedir? As ovelhas do Hamish?

Várias pedras grandes se estendem na beira da água, pontiagudas e escarpadas e certamente um perigo para crianças que tentem se aventurar por elas. Por um momento, não faço nada além de admirar a superfície tranquila do lago, com pequenas ondulações indo e voltando da costa, abalada por uma lembrança repentina que não é minha, apesar de parecer, de tanto que já a ouvi dos lábios do meu pai.

"Ele estava bem ali. Pouco depois da margem do lago. Eu escorreguei nas rochas e achei que fosse me afogar, mas... ele me salvou. Tanta gente no mundo, e justo eu..."

Quando era criança, nada me empolgava mais do que ouvir a história de como meu pai tinha sido salvo por uma criatura mítica. Noite após noite, eu me lembro de implorar para ele contar "só mais uma vez", qualquer coisa para adiar a hora de dormir. Às vezes, ainda consigo ouvir a voz dele, suave e reconfortante, me embalando com cantigas de ninar até o sono chegar. Ainda sinto seus dedos afastando meus cachos do rosto enquanto meus olhinhos se fechavam.

No fim, as histórias eram tudo o que ele tinha.

Largo a mochila no chão e, com as mãos trêmulas, começo a vasculhar lá dentro até que finalmente encontro a caixinha preta.

— Oi, pai — digo baixinho, esfregando os polegares na curva elegante da urna. — Olha só onde a gente está.

Endireito os ombros e seguro a caixa junto ao peito, mais uma vez de frente para o lago.

— Eu trouxe você de volta — continuo para o ar. — Como prometi que faria.

Uma dor profunda se instala no meu peito e na boca do estômago. Achei que honrar os últimos desejos do meu pai me traria um pouco de paz, mas nem sei se era isso mesmo que ele queria. Talvez fossem apenas divagações sem sentido causadas pela perda gradual da memória. Seja como for, parece a coisa certa a fazer. Claro, ele nunca falava sobre a família ou sobre a vida aqui além das histórias bobas da infância, mas dava para ver que sentia saudade. Às vezes a tristeza era quase palpável em sua voz, por mais que ele tentasse esconder.

Depois de alguns minutos, percebo que estou parada à toa, só enrolando. Chega a ser absurdo. Larguei meu emprego, viajei para o outro lado do mundo, virei minha vida de cabeça para baixo só para vir para cá, e agora que cheguei... não sei se consigo ir até o fim.

O vento fica mais forte, soprando meus cachos ao redor do rosto, e tento me convencer de que essa ardência nos olhos é culpa do sol forte. Eu *vou* conseguir, caramba.

Dou uma olhada em volta para encontrar um lugar mais apropriado. Não tenho experiência nesse tipo de coisa, claro, mas não me parece muito especial simplesmente caminhar até a beira do lago e despejar as cinzas do meu pai em cima de um bando de algas. Deve ter uma alternativa melhor.

Com isso em mente, começo a andar sem rumo na direção das pedras traiçoeiras, que as placas, Hamish e talvez até Deus me aconselharam a evitar. Avisto uma rocha relativamente plana a poucos passos de distância. Apenas uma curta subida e alguns pulos para chegar lá. Com certeza vou conseguir. Não sou uma criança, afinal.

Abraço meu pai com mais força quando piso com cuidado na pedra elevada ao lado da superfície plana, com o outro pé ainda fincado no solo para testar meu equilíbrio. Meu tênis com certeza não é o ideal para a ocasião. Eu deveria ter pegado mais dicas de roupas apropriadas para a Escócia. Só não sei se algum blog de viagem teria previsto escaladas na costa rochosa do Lago Ness. Duvido muito. Envolvo a urna com os dedos e dou um suspiro, me preparando para avançar mais pelas pedras e acabar logo com isso. Preciso ir encontrar a família, mais uma coisa que, sinceramente, não sei se estou pronta para encarar.

Dou mais um passo, sentindo as solas patinarem na superfície escorregadia, até que perco o equilíbrio. O pânico me invade quando começo a cair para trás, mas sou levada para longe antes de me chocar contra as pedras.

— Ei!

Algo grosso se enrola na minha cintura, me puxando com tanta força que quase tropeço ao ser obrigada a apoiar os dois pés de volta na margem. A coisa grossa, um *braço*, logo percebo, permanece ali por um mero instante antes de me soltar, e eu me viro com o rosto corado de raiva, pronta para dar uma bronca daquelas na pessoa intrometida.

E então, curiosamente, parece que o gato comeu minha língua.

O cara intrometido é... lindo. Não o tipo de beleza que se atribui a obras de arte ou ao pôr do sol. Não, nada disso. A beleza deste homem remete a sexo, suor e a um bocado de coisas indecentes que começam a inundar meu cérebro.

Ele deve ser uns quinze centímetros mais alto do que eu, o que não é pouca coisa considerando meu quase 1,80 metro de altura. O cabelo castanho-dourado parece quase iluminado pelo sol, mas a barba por fazer no maxilar esculpido é mais escura, dando um contraste mais áspero à beleza delicada do nariz reto e das maçãs do rosto salientes. Os lábios têm um aspecto macio, os ombros são largos e, *puta merda*, as coxas tão grossas que parecem prestes a explodir nas calças, porém são os olhos dele que mais chamam minha atenção. De um azul tão intenso que beira o prateado, eles prendem meu olhar por mais tempo do que seria socialmente aceitável, enquanto tento pensar em qualquer coisa minimamente coerente para dizer a esse homem absurdamente gostoso.

— Eu... Eu sou...

— Burra — completa ele por mim, com um sotaque escocês tão carregado que chega a ser pecaminoso, fazendo minha pele esquentar, e preciso de alguns segundos para processar o significado da palavra. — É isso que você é.

Minha boca se abre quando a ficha cai, e o encaro em silêncio, atônita, provavelmente parecendo tão burra quanto ele me acusou de ser.

Que merda foi essa?

2

Lachlan

O choque momentâneo no rosto dela logo se transforma em uma raiva avermelhada que tinge suas bochechas e destaca ainda mais as sardas. Os lábios vermelhinhos se comprimem e as sobrancelhas acobreadas se franzem enquanto ela abraça aquele vaso preto esquisito com mais força.

— Como é que é?

"Mas que inferno", penso. "Só podia ser."

— Você me ouviu — insisto, cruzando os braços diante do peito. — Não viu as placas no caminho? Ou achou que não valiam para você, hein?

Os lábios se entreabrem de surpresa, e a raiva vacila por um instante antes de ela endireitar os ombros.

— Eu vi, sim.

— Ah, e ignorou por quê? Achou que sabia mais do que os outros? Tinha que ser americana...

— Ei! Você nem me conhece. Eu estava tomando cuidado!

— Cuidado? Por pouco não caiu de bunda no chão.

— Não é verdade... Eu...

O rosto dela fica ainda mais vermelho, e ela chega a *bater o pé* para mim, o que talvez me divertisse em outras circunstâncias, mas meus olhos já estão ocupados observando a superfície ondulante da água, com o peito apertado de preocupação, em busca de qualquer sinal de movimento.

— Aqui não é lugar para turistas estabanadas — aviso. — É melhor você dar meia-volta e ir embora. Tem uma loja de lembrancinhas legal no centro da cidade.

Ela estreita os olhos para mim, e percebo que são de um verde intenso e esmeraldino, cintilantes à luz do sol, e, combinados com os cachos selvagens e flamejantes ao vento, conferem a ela a aparência de uma perfeita escocesa. Não tem nada de americana à primeira vista.

— Não sou estabanada — resmunga ela, interrompendo meus devaneios. — E não sou turista. Vim visitar minha família.

A informação me pega de surpresa.

"Família?"

Conheço todo mundo da região, e com certeza teria me lembrado dela, se a tivesse visto antes.

— É mesmo? E quem seriam seus parentes?

— Não que seja da sua conta — retruca ela —, mas estou aqui para ver minha avó. Rhona MacKay.

Minha reação é imediata ao ouvir o nome. Meus punhos se cerram, ainda com os braços cruzados, enquanto passo a vê-la com outros olhos. Agora consigo perceber a semelhança, apesar de sutil: o cabelo de Rhona já está grisalho há muito tempo, mas há algo familiar no formato dos olhos, do nariz, até na curva da boca franzida.

As palavras do meu pai reverberam pelos meus pensamentos como os sussurros de uma antiga história de terror, um alerta que até então nunca teve a menor importância. Um arrepio percorre minha espinha, mas não deixo a desconfiança transparecer. Durante a vida inteira, fui ensinado a temer essa mulher que, até alguns minutos atrás, eu nem sabia que existia. Mas, a bem da verdade, ela não parece representar o fim do mundo.

— É mesmo? — murmuro, na esperança de parecer mais calmo do que me sinto. — Aqui é bem longe da fazenda dos MacKay. Por acaso se perdeu no caminho?

— Não, não me perdi — rebate ela com impaciência. — Eu só ia… — volta a dizer, mas então pressiona os lábios e aperta o vaso preto contra o corpo. — Na verdade, não é da sua conta o que faço ou deixo de fazer.

— É, pode ser — concordo. — Mas alguém precisava impedir que você caísse de bunda.

— Mas eu não ia cair de bun...

Ela solta um som frustrado, apertando o ossinho do nariz.

— Olha só, eu só precisava ver a enseada, está bem? É uma questão pessoal.

— Pessoal — repito. — Claro. Bom, é melhor você ir embora. Vai cair uma tempestade.

Ela ergue os olhos para o céu, protegendo o rosto da claridade, e parece confusa.

— Mas está um sol de rachar.

— Bem-vinda à Escócia — digo com uma risadinha. — Aqui o clima tem vontade própria.

— Eu ainda preciso... — ela começa a protestar e, quando olha para a água, algo semelhante a tristeza domina suas feições. — Tanto faz. Posso deixar para depois. — Ela me lança um olhar desconfiado. — Vai chover mesmo? Ou você só quer me expulsar daqui?

Encolho os ombros.

— Se quiser pagar para ver, fique à vontade.

Dou uma olhada no tênis dela, com os cadarços amarrados com firmeza, sabendo que não serviria para nada quando a chuva escocesa transformasse tudo em lama.

— Mas já que nem está usando galochas decentes, aposto que vai preferir uma ajudinha. Quando estiver com lama até os joelhos, claro.

Ela segue meu olhar até seu tênis, atônita por um instante.

— Galocha é...

— Eu sei o que é uma galocha — interrompe-me ela, com ar de deboche.

— Ah, então você é ignorante por opção?

Ela segura o objeto preto contra a lateral do corpo e levanta a outra mão, como se estivesse inconformada.

— Quem caralhos é você, afinal? A guarda costeira?

— Mais ou menos isso — retruco com uma risada contida. Faço uma reverência exagerada, achando graça de sua expressão desdenhosa. Não é todo dia que tenho a chance de pegar no pé de um MacKay, que dirá da mulher que fui ensinado a temer a vida toda. — Lachlan Greer, às suas ordens, princesa.

— Não me chama de princesa — reclama. — Meu nome é Key.

Arqueio a sobrancelha.

— Key? Esse é o seu nome?

— Keyanna — corrige ela, fazendo careta. — Mas ninguém me chama assim. Key está ótimo.

— Hum, Key... — repito, e reparo que, por algum motivo, o nome combina com ela. — Bem, hoje é seu dia de sorte.

Ela estreita os olhos, toda desconfiada.

— Ah, é? Por quê?

— Você acabou de arranjar um guia para a fazenda dos MacKay.

— Sem querer ofender, mas não preciso de guia nenhum.

Dou um passo em sua direção. Ela é alta o suficiente para não precisar levantar tanto o queixo para me encarar, mas esse pouquinho já basta para me deixar feliz, nem que seja só para vê-la ainda mais irritada.

— Sem querer ofender — retruco —, mas não foi um pedido. Esta é uma propriedade privada, e você a invadiu.

Ela solta um muxoxo indignado.

— Ah, claro, vai me dizer que você é o dono desse lugar agora?

Meus lábios se curvam em um sorrisinho irônico.

— É, moça. Sou, sim.

Pela primeira vez, ela permanece gloriosamente calada.

Key está emburrada no banco do passageiro do meu velho Land Rover, ainda agarrada naquele vaso.

— Não entendi por que não posso ir sozinha de carro.

Reviro os olhos.

— Não ouviu o que Hamish disse? Você acabou com a coitada da embreagem. O que tentou fazer com o carro, afinal?

— Dirigir! — responde ela, exasperada. — Eu avisei na locadora que não me dou bem com câmbio manual.

— É, agora isso está bem claro.

— Era melhor eu ter ido andando — murmura ela.

Solto uma risada abafada e aponto para a chuva batendo com tudo no para-brisa do carro.

— Não sei se teria sido uma boa ideia.

— Que seja.

Dou uma espiada nela enquanto avanço pela estrada. Mesmo sendo barulhenta e teimosa, fica difícil ignorar sua beleza estonteante. Reparo nos braços e pernas compridos e nos cachos indomáveis, e mais uma vez tento encontrar a semelhança com Duncan, o pai dela, segundo Hamish me contou. Eu ainda era criança quando ele fugiu para os Estados Unidos, mas conheço bem a história, assim como todas as outras envolvendo a família MacKay.

— Seu pai... — começo a dizer. — Hamish comentou que ele faleceu.

Mesmo de relance, percebo como ela fica tensa.

— Sim, é verdade.

— Meus pêsames — respondo, não porque eu tivesse qualquer carinho por ele, mas porque parece o mínimo de educação. Além disso, tem toda aquela história de conhecer o inimigo e tudo mais. — Eu era bem novinho quando ele foi embora, mas sei que sua avó ficou arrasada.

"E meu pai também", penso com amargura.

Key se vira para me encarar.

— Você era criança quando meu pai foi embora? Quantos anos você tem?

— Tenho 34. Eu tinha 6 anos na época.

— Então você não se lembra dele — comenta ela, um tanto decepcionada.

— Não, não muito. Ele aparecia de vez em quando, mas eu não o via muito. Aí, um dia, ele nunca mais voltou.

Ela desvia o olhar para o colo, com o cenho franzido. Por algum motivo, isso me dá vontade de continuar a conversa.

— E você, quantos anos tem?

— Eu tenho 27.

— Praticamente um nenê — gracejo.

— Ah, para — protesta ela. — Você não é velho.

— Sou velho de alma, princesa — acrescento com uma risada seca. — Pode perguntar a qualquer um.

Por mais que seja piada, também tem um fundo de verdade. Tem dias que me sinto quase... ancestral. Só que esse não é o melhor assunto para uma conversa entre estranhos.

— Já falei para não me chamar assim — insiste ela, o que só me dá mais vontade de continuar com o apelido.

Aponto para a estradinha adiante.

— A fazenda dos MacKay fica bem lá no fim da trilha.

Ela se endireita no banco, e eu vejo os dentes brancos fincados no vermelho aveludado do seu lábio inferior.

— Aquela ali?

Ela gesticula para a enorme construção branca com várias estruturas menores ao redor.

— Isso — confirmo. — Aquela mesmo.

Percebo que ela parece... nervosa. Mais e mais, a cada segundo que passa.

— Não sei se foi uma boa ideia — murmura.

— Por quê?

— E se ela não quiser me ver?

Piso no freio e me viro no banco, estreitando os olhos.

— Calma lá. Sua vó não sabe que você está aqui?

Key nega com a cabeça.

— Não... Era para ser surpresa.

— Puta merda — digo com um suspiro, passando a mão pelo rosto. — Rhona detesta surpresas. Devia ter bolado um plano mais inteligente.

— Se não parar de insinuar que sou burra — vocifera Key com frieza —, vou te dar um soco.

— Ah, vai, é?

Não consigo evitar o sorriso despontando nos meus lábios. Apesar dos avisos do meu pai, não tenho tanto medo dela, agora que a conheci.

— Quero só ver — acrescento, e dou um leve cutucão no seu braço. — Acha mesmo que esse gravetinho aí vai fazer algum estrago?

— Você é um babaca — sibila ela. — Como sabe que minha avó não gosta de surpresas, hein? E por que se ofereceu para me trazer aqui, para começo de conversa?

— Era caminho — respondo, indiferente.

— Caminho? Como assim? Você mora aqui perto?

Dou uma risada baixa, engato a marcha do carro e volto a avançar pela estrada em direção à enorme casa da fazenda.

— Perto? Não — respondo com um sorriso malicioso, já imaginando seu rosto corado de indignação e surpresa. — Eu moro *aqui*.

Assim que estacionamos perto da entrada, cubro a cabeça com a jaqueta e tiro as coisas de Key do porta-malas antes que ela comece a negar minha ajuda. Precisamos sair logo dessa chuva ou vou congelar. Ouço seus protestos abafados por apenas um segundo antes de bater a porta, e ela sai cambaleando do carro com a outra mala na mão, tremendo debaixo daquele aguaceiro.

Resisto ao breve impulso de oferecer minha jaqueta (o toldo está *logo ali*, afinal) e em vez disso a conduzo até a porta da frente, sob a marquise que nos protege do grosso da tempestade. Eu a vejo estremecer sob o casaco fino e não consigo evitar uma careta, prestes a abrir a boca para dizer... alguma coisa. Só não sei o quê.

Sou interrompido quando a porta da frente se abre e revela Rhona MacKay em carne e osso. Está bem ali, parada na soleira, com a trança grisalha jogada sobre um dos ombros e um ar divertido no rosto sorridente e enrugado ao me observar.

— Até que enfim — diz ela. — Achei que você fosse se afogar nesse dilúvio. Olha só para seu estado. Está ensopado dos pés à cabeça.

— Pois é... — respondo, mantendo a expressão neutra. — Está uma chuva das bravas.

Aponto para a figura ainda trêmula ao meu lado, com os cachos ruivos pingando, e o olhar de Rhona acompanha o movimento.

— Rhona, esta aqui é...

Rhona prende a respiração, ofegante. A julgar pelos olhos arregalados, com certeza reconheceu Key, só não sei como. Seu queixo cai de surpresa e a mão vai ao peito, e por um momento só se ouve o tamborilar constante da chuva no telhado e ao nosso redor. Ninguém dá um pio.

— Rhona — começa Key, em um fiapo de voz. — Eu sou...

— Eu sei quem você é — interrompe Rhona, mordaz. — E você não deveria ter vindo.

Apesar de não ser da minha conta, percebo como Key murcha na hora. Para falar a verdade, seria melhor se eu nem me metesse nessa história, mas ainda assim… não consigo negar a vontade momentânea de confortá-la ao ver a tristeza estampada em seu rosto.

Trato de reprimir o impulso. Ela é uma MacKay, além de ser uma completa desconhecida.

Preciso enfiar na cabeça que Keyanna MacKay não é problema meu.

3

Keyanna

Eu não esperava uma recepção particularmente *calorosa* ao conhecer minha avó, mas com certeza não estava pronta para ser recebida com hostilidade pura. Os olhos dela transbordam frieza. O tom vibrante de esmeralda me pega de surpresa, igualzinho ao meu... e ao do meu pai.

— Sei que deveria ter entrado em contato antes de vir...

Rhona balança a cabeça e levanta a mão para me interromper.

— É, deveria mesmo, porque eu teria te poupado a viagem.

Meu peito fervilha de frustração enquanto uma onda de raiva incandescente se espalha sob minha pele. No mínimo ela poderia ser mais compreensiva por eu ter vindo de tão longe. E somos da mesma família, afinal.

— Olha, eu sei que a senhora e meu pai se desentenderam, mas eu não tenho nada a ver com essa história — argumento.

— Sim, é verdade — concorda Rhona. — Você não tem nada a ver com essa história, então por que veio?

A raiva dá lugar à rejeição, talvez até a algo semelhante à mágoa, porque a morte do meu pai me deixou sem ninguém. E deve ser por esse motivo que estendo a mão para segurar a dela.

— Rhona, a senhora não... — Engulo em seco, com um nó entalado na garganta. — A senhora não quer me conhecer? Nem um pouquinho?

A expressão dela suaviza, e a boca se contorce de tristeza enquanto me observa. Seu olhar se desvia para nossas mãos sobrepostas, e por um instante tenho a impressão de que ela vai se desvencilhar do meu aperto. Para minha surpresa, porém, ela apenas suspira.

— Não é que eu não queira conhecer você, mas...

Ela ergue o rosto para me encarar e vejo o cansaço em seus olhos, o leve indício de tristeza que conheço tão bem. Seu polegar acaricia o dorso da minha mão, um toque quase imperceptível, e de repente para, como se ela mesma se obrigasse a conter o gesto. Seus olhos encontram os meus de novo, firmes enquanto estuda meu rosto.

— Você é tão parecida com ele... — sussurra Rhona. — A partida do seu pai deixou cicatrizes, miúda. Essa velha aqui não perdoa fácil, e eu o vejo quando olho para você. Não posso prometer que vai encontrar o que procura aqui.

— Eu entendo — respondo, bem ciente de que as barras da minha calça estão encharcadas dos respingos de chuva molhando tudo ao redor, mas me mantenho firme. — Sério, eu entendo mesmo, e imagino que deve ter sido um choque e tanto, só que... — A presença imponente e gigantesca de Lachlan ao meu lado torna ainda mais difícil colocar a confissão em palavras, mas eu me recuso a sentir vergonha. — Eu não tenho mais ninguém, Rhona. E eu só... quero conhecer o lado do meu pai que ele escondeu de mim. Quero conhecer a *senhora*, se me permitir.

Rhona me observa por um momento, perdida em pensamentos, e me ocorre que devemos formar uma cena ridícula aqui: eu e dois estranhos amontoados em uma varandinha coberta para escapar da chuva. Prendo a respiração ao ver a expressão dela mudar, sentindo que tomou uma decisão, e tento me convencer de que, seja lá qual for, vou sobreviver. Não importa o que aconteça, ao menos fiz tudo ao meu alcance.

— Tudo bem, então. Pode ficar — cede Rhona, com tom cansado, depois larga minha mão e aponta para mim com o dedo em riste. — Mas não quero saber de corpo mole. Se quiser ficar na fazenda dos MacKay, vai ter que botar a mão na massa.

— Pode deixar comigo — prometo, mesmo não sabendo patavinas sobre trabalho braçal. — Eu dou conta.

Minha experiência mais próxima com a vida no campo foi visitar um zoológico interativo com meu pai uns vinte anos atrás, mas posso improvisar e ver no que dá.

Rhona solta um suspiro e enfim se afasta da porta para me permitir passagem.

— Entre logo, então. Saia dessa chuva — diz, e então volta sua atenção para Lachlan. — E você, também vem?

Quando finalmente me permito olhar para ele, encontro sua expressão já vidrada em mim. Aqueles olhos cristalinos não revelam seus pensamentos, mas o leve franzir na testa deixa claro seu desagrado com minha permanência. Não que eu me importe. Também não estou muito animada com a ideia de dividir o teto com o babaca gostoso que me enxotou de sua propriedade.

— Não posso, tenho que encontrar Hamish na oficina do Leo — explica Lachlan.

Rhona parece surpresa.

— Seu carro quebrou?

— O meu não — responde ele, lançando um sorrisinho debochado para mim.

Cerro os dentes.

— Você não precisa fazer nada. Eu resolvo sozinha.

Ele coloca minha mala no chão da varanda e cruza os braços. O gesto estica a malha fina sob a jaqueta, deixando o peitoral largo em evidência, e preciso me forçar a desviar os olhos.

— Ah, jura? E vai resolver como? A pé?

Fecho a cara.

— Talvez.

— O certo agora seria dizer "obrigado", sabia?

— Eu não pedi sua ajuda — retruco.

Lachlan revira os olhos antes de encarar Rhona.

— É, ela *com certeza* é sua neta.

— Não sei do que você está falando — desconversa Rhona com um sorriso inocente.

Ele balança a cabeça, me lança um último olhar e então dá as costas, correndo de volta ao Land Rover velho debaixo de chuva. Em questão de segundos, já está dentro do carro e dando ré para ir embora. O tom impaciente de Rhona me afasta da cena.

— Venha, venha. Vamos entrar logo.

Recolho a mala largada no chão e carrego minhas coisas porta adentro, parando no hall para admirar o ambiente que me cerca, um tanto chocada. O cômodo se abre para um espaço amplo que parece ser a sala de estar, com móveis pesados de couro dispostos ao redor de um fogão a lenha antigo, escondido no nicho de uma parede alta de arenito que me dá a sensação de ter voltado no tempo.

— Uau — murmuro.

Rhona aponta para os meus tênis.

— Pode deixar aí na porta. Passei pano hoje de manhã e não quero ver você emporcalhando o chão com lama.

— Claro, claro — gaguejo, já tirando os sapatos. — Tem razão.

— Você vai ficar no andar de cima — avisa ela. — Pode guardar suas coisas no segundo quarto à direita, depois desça aqui para conhecer o resto do pessoal.

— Pessoal?

— É, estão jogando cartas no solário.

— Hum, e quem são eles?

— Bem, tem seu... avô — diz Rhona com certa dificuldade, como se a última palavra também a pegasse de surpresa. É bom saber que não sou a única estranhando a situação. — E também tem o sobrinho dele, Brodie. Veio passar uma temporada aqui. E tem Lachlan, mas esse você já conheceu.

— E ele... mora aqui?

— *Aqui* não — corrige Rhona. — Ele mora no chalé de hóspedes, lá nos fundos da propriedade. Só uma curta caminhada pela trilha.

— Ele também é meu parente?

Rhona deixa escapar uma risada, mas não consigo entender qual foi a graça.

— De jeito nenhum — enfatiza. — Ele trabalha aqui. Faz uns bicos, cuida das vacas, esse tipo de coisa...

— Tem vaca aqui?

— Claro que tem — responde ela em tom de espanto, como se a pergunta fosse absurda. — O que você acha que a gente cria na fazenda?

— Bom, hoje fiquei bem familiarizada com as ovelhas da região.

— Ah, claro. Lachlan mencionou Hamish. Não temos ovelhas aqui na fazenda dos MacKay, mas criamos porcos. São animais de estimação, na verdade. Finlay ficaria fulo da vida se devorássemos os coitados.

— Finlay?

— Meu marido. Seu... avô.

Dá para ver que a situação vai ser bem difícil para ela. E, para ser sincera, até agora eu não tinha considerado a possibilidade de ter *mais* parentes vivos além dos meus avós. Eu sabia que era possível, de um ponto de vista lógico, mas fiquei tão concentrada em chegar aqui, tão nervosa com meu plano maluco, que nem parei para analisar a fundo.

— A gente não precisa continuar com essa história de "vovô" e "vovó" — garanto a ela, na tentativa de tranquilizá-la. — Sei que deve ser bem esquisito.

Rhona me observa por um momento, pensativa, com os lábios franzidos em uma cara séria, e por fim apenas se vira, como se eu não tivesse dito nada, e repete por cima do ombro:

— Segundo quarto à direita, não esqueça. Depois venha conhecer os outros.

Acompanho com o olhar enquanto ela desaparece por um corredor comprido, em direção a uma porta pintada de vermelho que range ao ser aberta. Interpreto isso como uma instrução de onde devo ir depois de guardar as malas. Espio a escadinha estreita à minha frente, coberta por um carpete fino e gasto, depois solto um suspiro e acomodo a mochila mais pesada no ombro, me preparando para o que provavelmente vai ser o reencontro familiar mais constrangedor de todos os tempos. Se é que posso chamar assim. Afinal, nunca houve um "encontro" antes.

"Era isso que você queria", lembro a mim mesma. "Agora está aqui. Já é meio caminho andado."

Repito esse mantra a cada degrau que subo na velha escada.

Vozes ecoam pela casa enquanto me aproximo da porta por onde vi Rhona desaparecer antes de subir para guardar minhas coisas, um ruído grave seguido de uma gargalhada estrondosa e uma certa comoção. Fico parada diante da porta por um segundo enquanto ouço as vozes abafadas do outro lado. Tento acalmar o frio na barriga, porque provavelmente terei que encarar a mesma recepção fria oferecida por Rhona mais cedo.

Respiro fundo e solto o ar bem devagarinho, depois endireito a postura e alcanço a maçaneta. Eu me recuso a deixar essas pessoas me afetarem. Vou entrar lá de cabeça erguida, porque eu não fiz nada errado.

É. Isso aí. Vou com tudo.

Abro a maçaneta e cruzo a soleira, sendo imediatamente recebida por um berro alto de:

— Gin!

Um homem mais velho, de cabelos grisalhos e ralos, parece feliz da vida ao apontar para as cartas enfileiradas à sua frente, praticamente aos pulinhos na cadeira de vime enquanto tamborila com o dedo no tampo da mesa de vidro. Do outro lado, um cara mais ou menos da minha idade, talvez um pouco mais velho, fecha a cara ao encarar as próprias cartas. Sua pele clara ganha um tom rosado enquanto ele passa a mão pelos cabelos loiro-avermelhados.

— Você está roubando, Finn, pode admitir.

O mais velho nega com um aceno.

— Ora, não seja mau perdedor, Brodie. Eu joguei limpo.

— Impossível! Ninguém consegue ganhar todas as rodadas — resmunga o rapaz, Brodie.

O homem mais velho, Finn, dá de ombros e começa a recolher o baralho.

— Eu consigo, pelo jeito.

Rhona está sentada em uma cadeira de balanço no canto, com duas agulhas de tricô no colo. Dá um pigarro alto para chamar a atenção dos outros dois, que só então reparam na minha presença, e os olhares de ambos pousam em mim ao mesmo tempo.

A boca de Brodie se curva para baixo, mas os lábios de Finn se entreabrem de surpresa, os olhos ficam arregalados, e a mão sobe até o peito.

— Minha nossa! Veja só! — exclama ele e se vira para Rhona, acenando na minha direção. — Ela é igualzinha a você quando nos conhecemos, Rhonnie.

Rhona não esboça a menor reação, apenas pressiona os lábios e volta a tricotar. Finn se levanta da cadeira de vime com um grunhido, arrastando os pés até mim o mais rápido que suas perninhas curtas permitem. Deve ser uns bons dez centímetros mais baixo do que eu, mas os ombros largos e o peitoral forte passam a impressão de que, apesar da altura, já foi um homem imponente um dia.

— Puxa vida — murmura Finn, erguendo a mão para segurar meu queixo. — Não via você desde que era bebezinha. Não é, Rhonnie? Desde a última carta do Duncan.

A pergunta escapa antes de eu conseguir me conter:

— Meu pai mandava cartas?

— Sim, sim, mandou por um tempo — confirma ele com delicadeza. — Até entender que não ia arrancar uma resposta desses dois velhos teimosos aqui.

A voz dele transborda arrependimento, e sua expressão parece carregada de dor ao me encarar.

— E você se tornou uma belezura, hein? — volta a dizer. — Tão altona! Deve ter puxado isso da sua mãe. Da gente é que não foi!

— Meu pai era alto — argumento, sentindo o rosto arder sob seu olhar.

Finn ri baixinho.

— É, é verdade. Eu adorava pegar no pé da minha Rhonnie e dizer que ela deve ter pulado a cerca com um dos gigantes da região.

— Já chega, Finlay — repreende Rhona lá do canto. — Deixe a menina respirar.

— Está bem, está bem. — Finn dá um passo para trás e afasta a mão do meu rosto, mas ainda me observa com atenção. — Perdão, querida. É como ver meu Duncan outra vez.

— Desculpe por ter aparecido assim do nada — digo no impulso. — Sei que deveria ter ligado antes, mas achei…

Finn me interrompe com um aceno.

— Bobagem, pode parar com isso. Você é da família. Estamos felizes com sua visita. Não é, Rhonnie?

Rhona não parece lá muito empolgada, e se limita a observar a conversa em silêncio.

— Muito obrigada, Finlay — agradeço. — Ou Finn? Não sei como o senhor prefere ser chamado.

— Só me faltava essa — debocha ele. — Você vai me chamar de vovô, menina. Mas que pergunta!

— Ah, eu… — Meus olhos se desviam na direção de Rhona, mas ela não me oferece nada além de uma sobrancelha arqueada e uma expressão impassível. — Claro. Vovô. Como quiser.

— Puxa, achei que esse dia nunca chegaria — murmura ele, com a voz mais áspera.

O sotaque dele fica mais carregado com a emoção, e quando abre os braços e se aproxima de mim, não consigo encontrar forças para recusar o gesto. O abraço emana um calor reconfortante e bem-vindo, devo admitir. Familiar, até. O suficiente para me dar um aperto no peito.

— Acho que já roubei muito sua atenção — comenta vovô, fungando baixinho ao se afastar. — Você conheceu sua avó, mas aquele ali — acrescenta, e aponta para o rapaz com ar curioso ainda esparramado na cadeira de vime — é seu primo Brodie. Não deve ser muito mais velho do que você, eu acho.

A boca de Brodie se contrai e relaxa tão depressa que chego a pensar que foi só impressão minha. Em seguida ele se levanta da cadeira e se aproxima, com a mão estendida para mim.

— Bem-vinda — diz. — É um prazer conhecer você. Perdão, Rhona não falou seu nome.

— Keyanna. Mas todo mundo me chama de Key.

— Oh, a bisavó de Rhona também se chamava Keyanna — choraminga vovô, já aos prantos, e aponta para seus olhos marejados. — Por favor, perdoe esse velho chorão. Nunca fui bom em conter as lágrimas.

— Não tem problema.

Começo a ficar inquieta, me sentindo um pouco deslocada.

Brodie enfia as mãos nos bolsos.

— E aí, pretende ficar muito tempo, Key? Veio para uma visita longa?

— Hã, eu… — Lanço um olhar para Rhona, que permanece rígida feito uma pedra, e pigarreio antes de acrescentar: — Não sei. Não quero atrapalhar ninguém.

— Ora, que besteira — rebate vovô, enxugando as lágrimas. — Pode ficar o quanto quiser. É uma alegria receber você. Não concorda, Rhonnie?

Rhona parece se dar conta de que precisa responder dessa vez, então interrompe o tricô e dá um breve aceno com a cabeça.

— Sim, claro.

"Arrã, conta outra", penso.

— Não dá para você conhecer o resto da fazenda com essa chuva — lamenta-se vovô —, mas posso apresentar a casa, sim?

— Seria ótimo, mas… desculpa. Será que tem como eu ligar para a oficina onde Hamish deixou meu carro? Alguém sabe o número? Quero passar em alguma loja para comprar umas coisinhas que acabei esquecendo — explico, e sinto o rosto esquentar. — Eu meio que saí às pressas.

— Leo não usa telefone. Tem medo de ser rastreado. Mas talvez Brodie possa levar você até lá?

— Lachlan foi dar uma olhada no carro — informa Rhona.

— Ah, então está resolvido, não? — responde vovô, juntando as mãos. — Se bem que você ainda precisa dar aquele pulinho nas lojas, certo?

— Eu posso dar uma carona — oferece Brodie. — A gente aproveita e dá uma passada na oficina.

Eu me remexo no lugar, inquieta.

— Tem certeza?

— Ora, claro — confirma Brodie com uma risada. — Somos uma família, afinal.

Vovô solta um suspiro.

— Mas e o jantar? Rhonnie faz um empadão de carne dos deuses.

Olho para a mulher em questão, reparando que ela mal tira os olhos do tricô. Não sei como a linha não congelou com essa frieza toda.

— Não faz mal — garanto a ele, dando um tapinha na minha barriga. — Ainda estou um pouco enjoada do avião.

Talvez não seja de todo verdade, mas tenho a impressão de que Rhona vai precisar de mais um tempinho para se acostumar com minha presença.

— Quer um remédio? Deve ter algum por aqui... Ah! Que tal uma bolsa de água quente? Quando eu era mais novo, sempre me...

— Deixe a menina em paz, Finlay — censura Rhona. — Não vá encher a cabeça da coitada com tanta coisa. Ela acabou de chegar.

Ele olha da esposa para mim, com uma expressão envergonhada.

— Desculpe, querida. Acho que me empolguei um pouquinho.

— Não, não. Está tudo bem — insisto. — Sério mesmo. Mas podemos tomar café juntos amanhã, o que acha? Vou adorar.

O rosto dele se ilumina por inteiro, e consigo ver um pouco do meu pai em seus traços. Sinto o coração afundar no peito.

— Isso, café da manhã. Combinado.

Ele estende a mão e dá um apertãozinho no meu ombro.

— Sua avó e eu vamos dormir bem cedo, então se já estivermos na cama quando você voltar, eu te mostro a fazenda amanhã logo depois do café, pode ser?

— Claro, pode sim — concordo, um pouco exausta.

— Boa menina — responde ele com um sorriso largo, e então dá uma palmadinha no meu ombro e mantém a mão ali por um bom tempo. — É muito bom ter você aqui, minha querida. Muito mesmo.

Esboço um sorriso forçado.

— Obrigada.

Ele enxuga os olhos mais uma vez antes de atravessar o cômodo na direção de Rhona, depois se abaixa para cochichar algo no ouvido dela. Nesse momento, sinto a mão de Brodie no meu cotovelo e me viro para lhe dar atenção. Ele tem mais ou menos a minha altura e um físico robusto como o de Finn. O sorriso amigável e os olhos castanho-esverdeados lhe conferem uma aparência gentil.

— Vamos nessa, prima — diz, aos risos. — Vamos comprar suas coisas e quem sabe dar uma passadinha no pub, hein? Depois desse dia cheio, aposto que está doida para tomar uma ou duas cervejas.

Solto um suspiro e sinto a tensão nos ombros se dissipar, depois ofereço um sorriso mais genuíno para Brodie.

— Duas, com certeza.

— Conheço o lugar perfeito — garante-me, dando um tapinha no meu braço antes de se virar para a porta.

Rhona ainda me observa com ar ressabiado enquanto o sigo, mas tento não me abalar com esse comportamento arredio. Com o tempo, ela vai se acostumar comigo.

Acho.

É, preciso mesmo daquela cerveja.

— Então... — começa Brodie após um longo silêncio constrangedor enquanto nos afastamos da fazenda. — Deve ser puxado lidar com isso tudo.

Dou uma risada seca.

— Qual parte? A morte do meu pai? Ou o ódio da minha avó?

— As duas, acho — responde ele com um riso contido, me olhando com compaixão. — Mas sinto muito pelo seu pai. De verdade.

— Você o conheceu?

Brodie confirma com a cabeça.

— Quando eu era criança. Meus pais vinham para cá no verão às vezes para visitar Finn e Rhona. Seu pai sempre foi legal comigo — conta, rindo baixinho. — E as histórias dele eram muito boas.

— Histórias?

— É, a maioria do pessoal da região já ouviu falar da briga do Duncan com o monstro do lago.

— Sério?

Brodie solta outra risada.

— Até onde sei, ele não fazia muita questão de manter isso em segredo.

Desvio o olhar para minhas mãos, entrelaçadas no colo.

— Ah... Ele me contava essa história o tempo todo.

— E você acreditava?

— Não sei... — admito e, quando ergo o rosto, percebo que Brodie me observa com atenção, genuinamente curioso. — Acho que eu acreditava quando era pequena. Mas, conforme fui crescendo... bom, é meio impossível, né?

Os olhos dele se demoram na lateral do meu rosto por mais um instante antes de voltarem para a estrada, por onde o carro avança sem pressa.

— É, bem provável. Mas vai saber. Morando por essas bandas… a gente ouve cada história.

— Rhona contou que está morando lá com eles — comento, tentando puxar assunto. — Você cresceu aqui em Greerloch?

Brodie nega com a cabeça.

— Não, em Inverness. Meus pais ainda moram lá.

— Então está só de passagem?

Os lábios dele estremecem como se eu tivesse dito alguma coisa engraçada.

— É, mais ou menos.

— Nada misterioso, hein? — provoco, rindo.

Os dedos dele tamborilam no volante, e a testa se franze em reflexão.

— Tirei um… período sabático do trabalho. Precisava de um tempo.

— Onde você trabalha?

— Na Sociedade Histórica de Inverness.

— Caramba, parece bem legal.

Brodie encolhe os ombros com indiferença.

— Pode ser mesmo, às vezes. Mas também tem muita papelada e burocracia.

— Ah, imagino. Por isso decidiu dar um tempo?

— É, mais ou menos.

Reviro os olhos.

— Esse é seu bordão, por acaso?

Ele ri e torna a encolher os ombros.

— Talvez seja. A verdade é que eu precisava de um tempo longe de tudo. Minha família é… — Os lábios dele despencam em uma careta. — Digamos que eles nunca foram muito fãs da minha escolha profissional.

— Sério? Por quê?

— Meu pai tem uma empresa de pesca — explica ele. — Uma das maiores do litoral. Quando meus irmãos já eram velhos o bastante para…

— Você tem irmãos?

— Tenho dois. Filhos obedientes e dedicados, que seguem os passos do meu pai.

Estou começando a entender a situação.

— Ah. Deve ser bem complicado.

— Meu pai é um homem difícil, espera obediência e lealdade acima de tudo. E aos olhos dele... eu não tenho sido muito bom em nenhuma dessas duas coisas.

— Ah, que pena — digo com sinceridade. Não consigo imaginar crescer sem o apoio que tive. — Se vale de alguma coisa, saiba que acho seu trabalho muito legal.

Um sorriso desponta nos lábios dele.

— Obrigado, fico feliz.

Outro silêncio se estende por tempo o suficiente para se tornar um pouco incômodo, e não consigo ignorar as perguntas fervilhando dentro de mim.

— Mas e aí, você já descobriu alguma coisa legal? Escândalos familiares antigos ou algo assim?

— Que tipo de escândalo eu poderia encontrar?

— Sei lá! Por acaso tem alguma prova secreta de que o Monstro do Lago Ness existe mesmo? Você é tipo o equivalente escocês dos caras do FBI encobrindo a Área 51?

Uma risada escapa de Brodie.

— Sua imaginação é bem fértil, prima.

— Hum, muito suspeito mudar de assunto justo agora — acuso com malícia.

— Já encontrei algumas coisas interessantes — admite ele. — Nada tão extraordinário assim, infelizmente.

— Que pena.

— É mesmo.

O nervosismo se insinua a cada pausa na conversa, e o peso desse dia desaba sobre mim como algo palpável. Torço as mãos no colo, mordo o lábio na tentativa de conter a pergunta que se debate no meu peito, mas é inútil. Não consigo segurar.

— Você acha que Rhona me odeia?

Brodie solta um longo suspiro, considerando a resposta.

— Rhona é muito… Ela pode ser difícil às vezes. Desde que eu me entendo por gente, ela já era meio… severa. Minha mãe dizia que era saudade do filho. Para ela, deve ser difícil ver você depois da morte do seu pai — teoriza ele, depois balança a cabeça. — Mas não acho que ela te odeie. Só precisa de um tempo para processar a novidade.

— Isso é… bom? Posso lidar com isso. Acho.

— Você vai ficar bem — declara Brodie, com um sorriso. — Melhor ainda depois daquela cerveja, hein?

Dou risada, apesar da inquietação persistente no meu estômago.

— Sim, com certeza.

Dessa vez, deixo o silêncio se estender, e me contento em admirar a paisagem verdejante conforme avançamos sem pressa rumo à cidade. Repasso as palavras de Brodie na cabeça, avaliando uma a uma, na esperança de que estejam certas.

Acima de tudo, porque não quero encarar a alternativa: a de que minha avó, um dos últimos vínculos que ainda me ligam ao meu pai, pode me odiar para sempre.

4

Lachlan

A CHUVA AINDA FUSTIGA o telhado de ardósia quando entro no pub O Pech Sagaz, depois de ter sacudido a água do cabelo e das roupas. Está um pouco mais vazio do que o esperado para uma tarde de sexta-feira, ninguém além do velho Fergus fazendo palavras cruzadas no seu canto habitual e os gêmeos conversando atrás do balcão. Blair me avista assim que entro, cutuca Rory com o cotovelo e aponta na minha direção.

— Olha só quem apareceu — cumprimenta Rory aos berros. — Está caindo o mundo lá fora, hein? Você está encharcado até os ossos, cara.

— Nem me fala — respondo, arrastando os pés pelo velho piso de madeira para me acomodar em uma das banquetas. — E está um frio do cão.

Blair indica a prateleira atrás dela com um gesto da cabeça.

— Vai querer o de sempre?

— Por favor.

Cresci com Blair e Rory Campbell antes da morte da minha avó, quando me mudei daqui. E apesar de todo o tempo que passamos afastados entre aquela época e meu retorno para cá no começo do ano, nada mudou na nossa amizade. Em parte, isso se deve ao fato de os gêmeos serem malucos e adotarem pessoas como se fossem gatos de rua. São altos, embora não cheguem a ter a minha altura, com cabelos platinados tão claros que no sol parecem prateados. Por baixo desses rostinhos bonitos, porém, os dois são meio da pá virada, responsáveis por me meter em mais de uma encrenca na adolescência.

Passo os dedos pelos fios de cabelo úmidos enquanto Blair começa a preparar minha bebida e inclino a cabeça na direção de Fergus.

— Como seu pai está?

— Na mesma — resmunga Rory, e acrescenta mais alto: — Um baita de um inútil, é isso que ele é!

Fergus se limita a mostrar o dedo do meio e tomar outro gole de whisky.

Rory balança a cabeça.

— A gente devia banir esse velho bebum daqui, isso sim.

— O nome dele está na escritura do imóvel — comenta Blair quando termina de me servir três dedos de Johnny Walker, desliza o copo pelo balcão e se apoia nos cotovelos. — E se a gente convencer o Lach aqui a... você sabe...

Levo o copo aos lábios, com uma expressão intrigada.

— Querem me convencer a fazer o quê?

— Ah, você sabe... — insiste Rory, passando o dedo indicador pela garganta.

Reviro os olhos, tomo um gole do whisky e coloco o copo no balcão.

— Eu não vou matar o pai de vocês, seus idiotas — respondo, depois dou uma olhada no pub vazio. — Pouco movimento hoje?

Rory suspira.

— Pois é. O povo não pode ver uma chuva que se tranca em casa.

Meus pensamentos se voltam para a expressão irritada de uma certa americana quando eu a ameacei com a dita chuva, e o canto da minha boca se curva de forma involuntária antes de eu me forçar a ficar sério.

Blair chega mais perto, abaixando a voz.

— E aí, como vai a caçada?

— Fala mais baixo — sibilo e, por puro hábito, espio por cima do ombro.

Rory solta uma risadinha debochada.

— Quem vai ouvir? Fergus? Eu poderia planejar a morte desse velho babão aqui mesmo e ele nem ia notar — diz para mim, e torna a levantar a voz: — Devia passar o pub adiante logo antes de fazer algo útil, tipo bater as botas!

— Vai para o inferno! — retruca Fergus de longe, ainda concentrado nas palavras cruzadas.

— Desgraçado — resmunga Rory antes de voltar a atenção para mim. — Qual é, cara? Está morando na fazenda dos MacKay há seis meses. Jura que ainda não encontrou nada?

Respondo que não com a cabeça, soltando um suspiro.

— Nadinha.

— Até parece que Rhona não sabe de alguma coisa — comenta Blair.

— Ela é mais velha do que nosso pai, e ele já é quase uma múmia. Aquela mulher sabe mais do que deixa transparecer. Dá para ver no olhar — teoriza Rory, e aponta para os próprios olhos para ilustrar. — Está na cara.

— Bom, quando eu aprender a ler olhares, aviso.

— E como andam as coisas desde que aquele idiota do Brodie foi morar lá? — pergunta Rory.

— O babaca tentou dar em cima de mim umas semanas atrás — conta Blair, parecendo enojada. — Esquisito do cacete. Rhona deve ter sacado que ele está de olho na fazenda, né? Por que motivo ele voltaria para cá sem mais nem menos depois de anos sem fazer uma visita?

— Ele é o menor dos problemas daquela família — murmuro, dando mais um gole.

Não que ele não tenha sido uma pedra no meu sapato desde que cheguei. Conheço Brodie MacKay desde que éramos moleques, e a gente nunca se deu muito bem.

Rory parece confuso.

— Como assim?

— Pelo jeito, os MacKay têm uma neta perdida que acabou de aparecer do nada.

Os gêmeos arqueiam as sobrancelhas idênticas.

— Então ela...

— Por acaso é a...

Dou um longo suspiro.

— É... isso mesmo. Uma filha do clã MacKay.

— Seu pai sempre dizia...

Balanço a cabeça.

— Meu pai dizia muitas coisas. Pode não ser nada.

— Parece muito importante para não ser nada — argumenta Blair.

Olho para meu copo de whisky, encolho os ombros e acrescento baixinho:

— Ela é filha do Duncan.

— Duncan? Puta merda, ele foi embora há o quê, uns trinta anos?

— Por aí. Keyanna me falou que tem 27 anos.

Os olhos de Blair cintilam de curiosidade.

— Keyanna, é? Então você a conheceu?

— Eu a encontrei perdida nas pedras em Skallangal. Só não caiu de bunda no chão porque eu a segurei — conto, encarando meu whisky. — Vai entender esses americanos. Tem placas para todos os lados, mas pelo jeito ela fingiu que não viu. Saiu andando pela enseada como se fosse dona do lugar e ainda teve a cara de pau de gritar comigo por ter salvado a pele dela!

Rory assovia.

— Caramba, a garota MacKay mexeu com nosso pobre Lach.

— É o que parece — concorda Blair.

— Não mexeu nada — rebato. — É só uma pedra no meu caminho. Mais um nariz metido onde não deve enquanto tento encontrar minhas respostas.

— E o que Rhona acha dessa neta perdida? Meu pai contou uma vez sobre a briga dela com Duncan. Disse que a coisa foi feia.

Volto a pensar naquele momento na varanda de Rhona, debaixo de chuva, na expressão perdida de Key e no desespero nos olhos dela ao implorar que a avó lhe desse uma chance. Meu sentimento de compaixão é irritante. Não tenho por que sentir nada por alguém da família MacKay além de desconfiança. Culpo a beleza dela. Passar os últimos meses olhando para a fuça de Brodie não me preparou para a possibilidade de uma descendente do clã MacKay ser linda daquele jeito. É tão irritante quanto minha compaixão involuntária.

— Rhona não reagiu muito bem — explico, por fim. — Mas permitiu que ela ficasse por lá.

— Isso com certeza vai atrapalhar seus planos — aponta Rory.

Dou uma risada irônica.

— Jura? Não me diga.

— Se bem que você não encontrou nada esse tempo todo — comenta Blair, com um suspiro. — Talvez não tenha nada para encontrar.

Lanço um olhar afiado para ela.

— Não posso aceitar essa possibilidade, e você sabe o motivo.

Com ar de arrependida depois do comentário indevido, ela abaixa os olhos e tensiona os lábios.

— Verdade. Foi mal. Sabe que falo sem pensar. Mas você está bem?

Fico sem entender.

— Como assim?

— É só que... sei que seu pai e Duncan eram bem próximos, e quando ele foi embora...

Abano a mão para interromper a frase.

— Estou bem. Nem conheci o homem direito. Mal me lembro dele.

Com amargura, penso que o mesmo poderia ser dito do meu pai.

— Talvez ela possa te ajudar — sugere Rory.

Fecho a cara.

— Ah, qual é.

— Ela é praticamente uma estranha, não? Mas está por dentro da família. Vai ver estaria disposta a ajudar se...

— Vocês dois já sabem mais do que deveriam — corto de forma um tanto mordaz. — Já me dá muito trabalho garantir que fiquem de boca fechada.

— A gente nunca daria com a língua nos dentes — protesta Blair.

— Não de propósito — argumento, e aponto o polegar para Rory. — Mas basta esse aí entornar o caneco para começar a falar pelos cotovelos.

— Isso é verdade — admite Rory, dando risada. — Se bem que tenho me saído bem até agora.

— Graças a Deus — respondo com um riso abafado, mas logo fecho a cara. — Além do mais, não posso ignorar a possibilidade de a presença dela ser um mau presságio.

— Você acredita mesmo naquele poema antigo? — pergunta Rory, torcendo o nariz. — Nem é muito bom. Como era mesmo?

Dou um suspiro e me preparo para repetir as palavras que ouvi *infinitas* vezes ao longo da vida, mas a sineta da porta me faz virar no banco do pub. E, depois da careta automática ao ver o rosto familiar e irritante de Brodie, sou tomado de surpresa diante da visão de cachos ruivos indomáveis logo atrás dele, emoldurando maçãs do rosto delicadas, pele clara e cheia de sardas e os olhos mais verdes que já vi.

— Puta merda! — exclama Blair, alto demais. — Quem é essa?

— Minha nova complicação — murmuro de volta.

Blair solta um assovio de aprovação.

— Ela pode complicar minha vida quando quiser.

— Você é pior que homem — censura Rory, estalando a língua. — Sabia?

— Homens foram uns canalhas tarados por séculos — argumenta ela, com afetação. — Direitos iguais, meu caro.

Os dois continuam se bicando atrás de mim, mas o som fica cada vez mais distante quando os olhos de Key encontram os meus. Os lábios dela se entreabrem de surpresa, parecendo alheia aos comentários de Brodie, e seu corpo enrijece visivelmente ao me ver ali. Por algum motivo, isso me arranca um sorriso, e ergo meu copo na direção dela em um brinde debochado.

Brodie deve ter percebido que estava falando sozinho, porque segue o olhar dela e franze a testa ao me ver sentado diante do balcão. Ele avança pelo bar com Key logo atrás e me lança um olhar cauteloso, seguido por uma saudação fria. Não sei o que fiz para esse homem, já que mal nos falamos, mas ele deixou claro mais de uma vez que não vai com a minha cara. Como o sentimento é quase recíproco, nem me importo.

— Lachlan — diz ele, curto e grosso.

Inclino a cabeça.

— Brodie.

Viro o rosto e encontro os olhos de Key outra vez. Ela parece ressabiada, como se não soubesse como vou me comportar depois de tudo o que aconteceu hoje.

— Leo arrumou seu carro — informo a ela. — Vai levar para a fazenda amanhã cedo.

— Eu sei. Acabamos de voltar de lá.

Levanto a sobrancelha.

— Achou que eu não ia dar conta do recado, princesa?

— Eu nem te conheço — retruca, irritada.

Dou um leve sorriso.

— E mesmo assim já decidiu que não gosta de mim — provoco, levando a mão ao peito. — Desse jeito você me machuca.

— Você me chamou de burra assim que me viu.

— É por isso que você está toda irritadinha? Só quis mostrar como foi... *imprudente* ignorar tantas placas sobre o perigo das pedras e se enfiar lá mesmo assim.

— Bom, mas você também não precisava bancar o dono do lugar só para me expulsar de lá.

— Não precisava mesmo — concorda Blair. — Foi muita babaquice, Lach.

Key levanta o braço em triunfo.

— Está vendo?

— Não se preocupe — continua Blair com doçura, estendendo a mão. — Nem todo mundo aqui em Greerloch é escroto assim.

Key retribui o aperto de mão e sorri para minha amiga, e deve ser a primeira vez que vejo esse sorriso. Caso contrário, eu lembraria. Na verdade, parece estar sendo gravado a ferro no meu cérebro em tempo real. Com o sorriso, o rosto já bonito adquire uma beleza de tirar o fôlego: dentes brancos e retos, com os dois da frente só um *pouquinho* mais compridos do que os outros, um detalhe que torna o conjunto da obra ainda mais encantador.

Repreendo meu próprio raciocínio. Não dou a mínima para o sorriso de Keyanna MacKay.

— Tome cuidado — aviso a Key enquanto bebo o restinho de whisky. — Ela só está do seu lado porque te acha bonita.

— Estou do lado dela porque você é um babaca — rebate Blair, e pisca para ela: — Não que você não seja linda, só para deixar claro.

Um leve rubor tinge a pele clara de Keyanna, e sinto uma pontada afiada no peito. Contraio a mandíbula e mal tenho tempo de analisar essa reação, porque Brodie escolhe justo esse momento para se intrometer.

— Key teve um dia difícil. Acho que umas cervejas vão cair bem para relaxar — comenta ele, depois me lança um olhar incisivo. — Ela passou por várias coisas desagradáveis desde que chegou.

— Caramba, e depois ainda teve que pegar carona com você? — ironiza Rory. — Então vai mesmo precisar de uma cerveja.

O rosto de Brodie fica vermelho feito pimentão, mas vejo o leve sorriso nos lábios de Key antes de ela disfarçar. Talvez não esteja tão encantada com o novo primo quanto ele gostaria. Por algum motivo, essa ideia me agrada. Deve ser porque às vezes ele me olha como se eu fosse um chiclete grudado na sola do seu sapato.

Brodie aproveita a deixa e pede licença para ir ao banheiro. Espero que não volte tão cedo.

— Ficamos sabendo que você foi conhecer a enseada de Nessie hoje — comenta Blair, voltando a puxar papo com Key enquanto Rory prepara as bebidas. — Veio atrás da lenda?

Olho feio para Blair, o mais discretamente possível, mas ela me ignora.

— Ah, pois é... — desconversa Key, coçando a nuca. — Não exatamente.

— Não precisa ficar com vergonha, meu bem — garante Blair com doçura. — Todo mundo aqui já escalou aquelas pedras pelo menos uma vez. — Ela lança um sorrisinho debochado na minha direção. — Antes de o vovô aparecer para acabar com a nossa diversão.

— É perigoso — resmungo, estreitando os olhos.

— Mas me conta, garota — continua Blair, como se eu nem estivesse ali. — Por que decidiu explorar a enseada? O velhote tem razão. Não é muito seguro sem os calçados apropriados, e mesmo nesse caso dá para se machucar feio.

Key morde o lábio, e por um instante meus olhos ficam vidrados na forma como os dentes se fincam na pele macia, mas logo me recomponho.

— É que... meu pai me contava umas histórias — diz ela baixinho, quase envergonhada. — Ele morreu há pouco tempo e, enquanto estava doente, me pediu para jogar as cinzas dele lá.

Meus olhos se arregalam de surpresa e na mesma hora lembro daquele vaso preto que ela não largava por nada. Pela primeira vez no dia, eu realmente me sinto um babaca. Apesar da minha cautela em relação ao pai de Key e ao que ele pode ter significado para o meu pai, sei como é doloroso perder alguém tão importante.

— Você não falou nada — deixo escapar, arrependido e um pouco na defensiva. — Por que não me contou?

Os lábios dela se contraem em uma linha fina.

— Não é a melhor conversa para dois estranhos terem, ainda mais quando um deles acabou de chamar o outro de burro.

Puta merda. Foi exatamente o que fiz. Agora que sei o motivo de sua presença lá, minhas palavras soam ainda mais duras. Sobretudo porque não consigo ignorar a pontada no peito ao pensar no meu próprio sofrimento. Conheço bem demais a dor do luto.

É, talvez eu seja mesmo um babaca.

Desvio o olhar para os meus pés, apoiados no assoalho de madeira sob a banqueta.

— Era um motivo bem melhor do que pura curiosidade — admito. — Acho que eu teria sido mais compreensivo se soubesse.

Key solta uma risada de descrença.

— Duvido muito.

Rory desliza duas cervejas pelo balcão.

— Ela já te sacou direitinho, Lach — comenta, com uma piscadinha para ela. — Lá no fundo, até que ele não é tão ruim — acrescenta, e me lança um olhar rápido. — Bem, *bem* lá no fundo.

O comentário arranca uma risadinha de Key, e o som desencadeia outra sensação esquisita no meu peito. Que diabo é isso?

— Se você está mesmo atrás de Nessie — retoma Blair, em tom sério —, seria legal dar uma passadinha em Loch Land. Fica a poucos quilômetros daqui.

Franzo a testa, sem saber onde Blair quer chegar com essa história. Com certeza ela sabe que...

— Loch Land? — repete Key.

— Isso mesmo — confirma Blair. — É o melhor lugar para arranjar informações sobre Nessie. É tipo um museu, sabe?

— Sério? E não fica muito longe?

Key parece tão interessada que, por um segundo, quase me dá vontade de contar a verdade. *Quase*.

— Nada, é aqui do lado — garante Blair. — Posso até arrumar um mapa para você. Deve ter uns folhetos turísticos jogados por aqui em algum lugar...

— Esse museu existe há muito tempo? Será que meu pai já foi lá?

— Ah, com certeza — opina Rory, pelo jeito entrando na onda da irmã. — Deve ter ido, sim. Todo mundo aqui conhece.

Key sorri para os dois, radiante.

— Vai ser ótimo, então. Quero conhecer todos os lugares que ele frequentava quando morava aqui.

Cacete. Agora, sim, estou me sentindo um babaca. Espio os gêmeos de canto de olho, mas eles não dão o menor sinal de que vão revelar a brincadeira. Se eu mesmo contar a verdade, Keyanna pode acabar achando que quero ser seu amigo, o que está fora de cogitação. Ela é uma MacKay, afinal. Já é difícil o bastante bancar o simpático com Rhona.

Por isso fico na minha, tentando me convencer de que isso não me torna um escroto. Afinal, não sou eu quem está tirando sarro da cara dela.

— Ah, aqui está — anuncia Blair, colocando diante de Key um folheto que encontrou embaixo do balcão. — É só seguir as instruções e você chega lá.

O folheto é bem inofensivo, apenas uma foto da fachada enganosa do lugar com um mapinha embaixo, e mais uma vez preciso me conter para não abrir a boca. Ela vai andar em círculos, mas e daí? Pelo menos vai me dar paz.

— Parece ótimo, muito obrigada — diz Key com sinceridade. — Vou dar um pulo lá amanhã se a chuva der trégua.

— Isso, tem que ir mesmo — incentiva Blair. — E é melhor não comentar nada com seu primo, viu? — acrescenta, em tom conspiratório. — Brodie não é muito chegado a aventuras.

As bochechas de Key adquirem aquele tom rosado adorável de novo, e ela morde o lábio enquanto espia os arredores para conferir se o primo não está por perto.

— Ele disse que trabalha na Sociedade Histórica de Inverness, então deve ser bem mais entendido do que eu.

— Brodie é um palerma, isso sim — debocha Rory. — Garanto que você não vai querer a companhia dele. Aquele lá não tem um pingo de senso de humor.

Ele aparece no corredor que leva aos banheiros e o grupo todo se cala de repente, mas vejo Keyanna enfiar o folheto no bolso. Ela não dá um pio sobre o assunto quando Rory começa a implicar com Brodie sobre uma bobagem qualquer.

Arqueio a sobrancelha e dou um sorrisinho para mostrar que vi tudo, e ela revira os olhos, mas tenho a sensação de que não vai comentar com o querido priminho sobre o passeio de amanhã.

Quase me sinto mal por não falar nada sobre a pegadinha de Rory e Blair.

Mas só quase.

5

Keyanna

Rhona e meu avô já estavam dormindo quando Brodie e eu voltamos do pub, e não sei se fiquei decepcionada ou aliviada com a notícia. Rhona não fez a menor questão de esconder seu desagrado com minha presença aqui, e nem mesmo o entusiasmo de Finlay conseguiu suavizar o baque.

Passei a noite me revirando no colchão do quarto onde Rhona me colocou. A cama deve ser mais velha do que eu, e quando acordo na manhã seguinte e sinto o cheiro de bacon e café no ar, tenho a impressão de estar com tantos calombos nas costas quanto o próprio colchão. Bem apropriado, na verdade, considerando os altos e baixos dos últimos dias.

Eu me arrasto para fora da cama e me espreguiço, tentando aliviar o torcicolo, depois calço as pantufas de lã com estampa de cogumelos e visto meu robe. O cheiro de comida no ar é tentador o bastante para me convencer a encarar o que me espera lá embaixo, seja o que for. No mínimo, Finlay pode servir de escudo, já que parece ser o *único* feliz com minha presença.

Encontro meus três colegas temporários de casa na cozinha do andar de baixo: Rhona mexe uma panela no fogo, Finlay aperta os olhos para ler o jornal e, do outro lado da mesa, Brodie toma um gole do que parece ser um café bem forte. Os dois levantam os olhos quando entro no cômodo. Brodie me oferece um aceno cansado e Finlay abre um sorriso de orelha a orelha.

— Bom dia — diz vovô, todo animado, colocando o jornal dobrado sobre a mesa. — Ora, está com uma carinha exausta, querida. Dormiu bem?

Não quero ser a responsável por avisar que o colchão do quarto de hóspedes já viu dias melhores e merecia ser queimado em praça pública, então dou um sorriso forçado.

— Até que sim. Deve ser só o fuso horário mesmo. Jet lag, sabe?

— Ah, sim, faz sentido — concorda ele, assentindo. — Que horas seriam em Nova York?

Olho para o relógio na parede e vejo que já passou das oito.

— Três e pouco da manhã.

— É, está explicado — comenta, aos risos, depois dá uma palmadinha no assento ao lado dele. — Venha, pode sentar aqui.

Eu me acomodo na cadeira vazia e tento afastar alguns cachos rebeldes dos olhos.

— O cheiro está tão gostoso.

— Culpa da sua avó — esclarece Finlay. — A melhor cozinheira da Escócia inteirinha.

Rhona resmunga no fogão e nem se dá ao trabalho de olhar para a mesa.

— Não adianta tentar me elogiar para ganhar mais bacon — resmunga. — Você sabe muito bem o que o médico falou.

— Aquele sujeito não sabe o que diz — protesta Finlay, dando um tapinha no próprio peito. — Sou forte feito um touro.

Rhona se vira e serve um prato fumegante diante do marido.

— E teimoso feito uma mula — rebate ela, depois enfim se vira na minha direção, com uma expressão fria e os lábios franzidos. — E você, está com fome?

— Hã, eu…

A frieza no olhar dela quase me derruba, mas me obrigo a endireitar a postura antes de responder, determinada a não me deixar abalar por esse comportamento arredio.

— Estou, sim. Obrigada.

Rhona assente de leve, voltando para o fogão.

— Prefere ovo frito ou mexido?

— O que estiver fazendo para os outros está ótimo — respondo. — Precisa de ajuda com alguma coisa?

Ela me observa por cima do ombro, com os olhos semicerrados.

— Por acaso acha que não sei me virar na minha própria cozinha?

— Não, calma — digo na hora. — Não foi isso que eu quis di...

— Ah, não invente moda, Rhonnie — interfere Finlay. — Você sabe muito bem que a menina só quis ser educada.

Os olhos dela recaem sobre o marido por apenas um segundo, e então, com um leve resmungo, ela volta ao que estava fazendo.

— E então, o que achou do pub?

Finlay alcança a garrafa térmica no centro da mesa, pega uma xícara e me oferece:

— Quer café?

Aceito, deixando que ele me sirva antes de responder.

— Foi uma experiência interessante. Os donos são bem... peculiares.

— Ah, sim — concorda Finlay, achando graça. — Os gêmeos são uma comédia. Espero que não tenham pegado muito no seu pé.

Faço que não com a cabeça.

— Já estou acostumada.

Estou prestes a abrir a boca para perguntar sobre o museu recomendado por aqueles dois, mas algo me detém. Dou uma espiada em Brodie e me lembro do aviso dos gêmeos sobre não o convidar para ir junto. A opinião deles pareceu meio injusta, mas ainda assim... acho que quero ter essa experiência sozinha.

— Meu carro deve ficar pronto hoje — anuncio. — Leo disse que deixaria aqui pela manhã.

— Ele é um bom sujeito — comenta Finlay. — Espero que Brodie não o tenha deixado cobrar o preço de turista.

Brodie revira os olhos, com aspecto sonolento, como se também não tivesse dormido muito bem.

— Ele cobrou o valor normal.

— Ótimo, ótimo — alegra-se Finlay. — Não podemos deixar ninguém se aproveitar da minha neta. — Logo em seguida faz uma careta, com os lábios trêmulos e os olhos marejados. — Ah, lá vou eu de novo. Desculpe, querida. É só que... nunca achei que diria isso. Nunca imaginei que teria minha neta aqui, tão perto de mim.

Pelo jeito, Finlay é bem... emotivo. Ele enxuga uma lágrima teimosa no canto do olho, e lhe dou um tapinha desajeitado no ombro.

— Estou muito feliz por estar aqui — declaro.

— E nós estamos felizes em receber você — responde ele, olhando para a esposa. — Não estamos, Rhonnie?

Rhona se vira com dois pratos nas mãos, serve um diante de Brodie e estende o outro para mim. A expressão dela diz tudo, menos que concorda com as palavras do marido. Sua boca está caída para baixo, os olhos avaliando minha aparência desgrenhada.

— Teria sido bom avisar antes de chegar de mala e cuia.

— Rhonnie!

Meneio a cabeça, mantendo a expressão neutra.

— Não, não, ela tem razão — exponho, determinada a amolecer essa mulher, custe o que custar. — Desculpe por ter aparecido assim. Acho que eu estava nervosa. Não conseguia decidir se deveria vir para cá ou não.

— Por acaso tem alguém à sua espera lá nos Estados Unidos? — pergunta Brodie, já devorando o café da manhã.

Aceno que não.

— Ninguém, para falar a verdade. Meu antigo chefe era muito gentil e foi bem compreensivo quando meu pai estava...

Engulo em seco, com dificuldade de concluir a frase sob o olhar penetrante de Rhona, sentada do outro lado da mesa.

— Hum, enfim. Acabei deixando meus amigos um pouco de lado. É difícil manter contato com todo mundo quando se está cuidando de alguém em tempo integral.

— E você teve que fazer tudo isso sozinha — sussurra Finlay, com a voz embargada pela emoção. — Pobrezinha.

— Se a gente soubesse, poderia ter ajudado — murmura Rhona, espetando os ovos com o garfo.

Aceno a cabeça, ainda decidida a manter a calma.

— Queria muito que vocês tivessem ficado sabendo — respondo com toda a sinceridade, porque a ajuda teria sido bem-vinda. — É uma pena que não tenha sido assim.

Rhona me encara por um instante, depois desvia o olhar e dá uma garfada nos ovos.

— É, acho que não foi culpa sua.

Um silêncio denso paira no ar, e não sei muito bem como agir.

Por sorte, Finlay faz as honras por mim.

— Bem, eu prometi um passeio pela fazenda depois do café da manhã, não foi?

— Prometeu mesmo — concordo, sorrindo. — Vou adorar conhecer a fazenda.

— Então termine seu café, minha menina — incentiva ele, aos risos. — Porque tem muita coisa para ver.

"Minha menina." Sinto um calorzinho agradável no rosto. Nem preciso perguntar se Rhona vai participar da nossa pequena aventura. E, sinceramente, não sei se isso é uma decepção ou um alívio.

— E ali fica o velho celeiro... Está aqui desde os primórdios da fazenda! — exclama Finlay com entusiasmo.

Depois de mais de uma hora de caminhada, devo admitir que não esperava que a fazenda dos MacKay fosse tão grande. Colinas ondulantes e riachos, incontáveis vacas que prefiro admirar de longe... Parece que o lugar não tem fim.

O celeiro em questão consiste em uma construção imensa um pouco inclinada para a esquerda. Sobre a base de pedras empilhadas estendem-se as tábuas envelhecidas, com um aspecto já bastante deteriorado, e olhando bem... sim, dá para acreditar que o celeiro está ali desde sempre.

— Meu tataravô teve que fazer umas reformas, claro — continua Finlay. — Mas as pedras da base são as mesmas daquela época.

— É impressionante — comento, falando sério.

É incrível pensar que, segundo Finlay, aquelas mesmas pedras estão ali há quase mil anos. Como era essa região naquela época? Como eram as pessoas que viviam nessas terras, qual era a *história* delas? Depois de anos e anos tendo apenas meu pai como companhia, parece quase avassalador descobrir tantos antepassados de repente.

Pressiono a mão contra a madeira desgastada do celeiro e sinto um leve formigamento na ponta dos dedos, sem dúvida um prenúncio dos arrepios que começam a percorrer meus braços. Tão estranho. Sinto aquela mesma sensação de vida pulsante que parece impregnar o ar à minha volta, quase como se eu pudesse sentir a vibração ali naquele ponto. Deslizo o polegar sobre a ponta enferrujada de um prego e de súbito sou atingida pela descarga repentina de estática.

— Cacete — murmuro.

Finlay corre para perto de mim.

— Está tudo bem, menina?

— Sim, tudo bem. Foi só a estática — explico, apontando para meu cabelo arrepiado. — Já estou acostumada.

Finlay ri.

— Seu pai tinha o mesmo problema com aqueles cachos rebeldes dele.

Vejo o sorriso dele vacilar, balançado por alguma lembrança repentina do meu pai, e estendo a mão para apertar seu ombro, na esperança de que o gesto o distraia. Ele estava tão feliz por me mostrar a fazenda.

— Podemos ver como é lá dentro?

— Ora, mas é claro — responde ele, discreto ao enxugar uma lágrima, depois aperta os olhos para espiar o sol quase a pino. — Já está na hora de colocar o feno. Imagino que…

Um estrondo repentino ressoa do interior do celeiro, uma sequência ensurdecedora de ruídos mecânicos antes de um motor dar partida.

— Ah — diz Finlay. — Bem na hora.

Por um instante, fico sem entender nada, mas antes mesmo de ter a chance de perguntar, um trator vermelho desbotado começa a sair do celeiro, com um fardo de feno espetado na ponta. Nada disso, porém, prende minha atenção por muito tempo, porque quem está atrás do volante é justamente a última pessoa que eu gostaria de ver enquanto tento me reaproximar da minha família e que, para piorar, está *sem camisa*. Sabe-se lá por quê.

Nem consigo abrir a boca, hipnotizada pelos músculos reluzentes e bronzeados pelo sol. As mãos enormes, cobertas por luvas, agarram o volante largo do trator enquanto Lachlan manobra para fora do celeiro.

— Ei, aqui! — grita Finlay, acenando com a mão. — Lachlan!

"Droga, não chame o cara aqui enquanto estou babando por ele."

Só que é tarde demais: Lachlan vira o rosto e nos vê bem ali na entrada do celeiro. O boné surrado faz sombra sobre seus olhos, mas não a ponto de esconder como se estreitam ao assimilar minha presença.

"Bom, foda-se você também", penso, seguido por: "Na verdade, melhor não imaginar essas coisas, cérebro."

Pela cara dele, parece preferir fazer qualquer outra coisa além de desligar o trator para bater papo, mas Finlay, um ser humano iluminado, não se deixa abalar. Ele atravessa o gramado a passos firmes na direção do celeiro, com aquele sorriso largo estampado no rosto.

Lachlan desliga o motor e aproveita para tirar o boné e enxugar o suor da testa. Com o gesto, os bíceps dele saltam e o peitoral se contrai, e se ele já não tivesse se mostrado um completo idiota, eu talvez nem conseguisse controlar minha baba.

"Não tenho tesão por babacas, caramba."

— Bom dia — diz Finlay assim que o trator é desligado. — Tudo certo esta manhã?

O rosto de Lachlan permanece praticamente inexpressivo ao recolocar o boné na cabeça, e quase fico aliviada ao perceber que não sou a única a ser tratada com frieza.

— Tudo — responde ele. — Uma vaca fugiu lá no pasto dos fundos, mas eu a encontrei perto do riacho, na propriedade do Hamish.

— Era a Girdie? Deve estar quase na hora de parir. Ela sempre dá umas escapadas nessa época.

Lachlan encolhe os ombros, indiferente.

— Era a número 216.

— Sim, sim, então era a própria — confirma Finlay com um aceno. — Melhor prender Girdie hoje à noite. Só por precaução.

— Posso cuidar disso — sugere Lachlan, depois me olha de relance, com a sobrancelha arqueada. — Veio conhecer a propriedade, é?

— Bom, pelo menos ninguém apareceu para me expulsar — respondo com frieza.

Acho que vejo o esboço de um sorriso nos lábios dele, mas pode ser só imaginação.

— É o que acontece quando se mete onde não deve.

— Idiota — resmungo, tentando ignorar a contração nos músculos de seu abdômen quando ele se inclina sobre o volante. — E o que você está fazendo aqui, afinal?

— Dando comida para as vacas.

Torço o nariz.

— Elas comem tudo isso todo dia?

— Mais ou menos — explica Finlay, dando risada. — São basicamente filhotinhos crescidos.

— Filhotinhos com chifres enormes, só se for — argumento.

Dessa vez, o sorriso se escancara nos lábios de Lachlan.

— Não vá me dizer que está com medo das vacas, princesa...

— Não estou com medo de nada — retruco. — E *pare* de me chamar assim.

Ele sorri ainda mais.

— Vou pensar no seu caso.

— Pronto, pronto — intervém Finlay. — Chega de flerte, vocês dois. As vacas vão morrer de fome.

— Eu não estava flertando! — defendo-me no instante em que Lachlan sibila a mesma coisa.

Finlay apenas ri.

— Ah, sim, claro que não. Vai jantar com a gente hoje, Lachlan?

Lachlan fica tenso na hora, lançando um olhar cauteloso ao meu avô. Percebi que ele parece manter certa distância da minha família, e de mim também, e não entendo por que decidiu trabalhar na fazenda se não gosta dos patrões.

— Não posso — responde ele, bem seco. — Mas obrigado.

Finlay meneia a cabeça.

— Um dia desses você vai aceitar.

Tecnicamente Lachlan não diz nada, mas o silêncio fala por si só. Pelo jeito, ele não pretende se aproximar dos meus avós tão cedo.

Meus olhos exploram o peitoral dele por vontade própria, e não posso fingir que a visão do suor escorrendo sobre os mamilos rígidos não faz meu coração acelerar. Infelizmente, Lachlan me flagrou no ato.

— Gostou do que viu? — pergunta.

Fecho a cara.

— Nem um pouco.

— Hum, sei. — Ele abre aquele sorrisinho irritante, estica a mão para dar partida no motor e lança um olhar para Finlay. — Vou terminar isso aqui rapidinho, depois encontro Girdie e a levo para o cercado.

— Boa, garoto — elogia Finlay, sorrindo.

Lachlan apenas assente, curto e grosso, antes de ligar o trator e se afastar sem pressa. Preciso fazer um esforço enorme para não admirar os músculos intermináveis das costas dele, lembrando a mim mesma, mais uma vez, que *não me interesso por babacas*.

Admito que não é muito fácil seguir o mantra quando o babaca em questão tem *aquela* aparência.

— Ainda quer conhecer o interior do celeiro?

Desperto do devaneio e vejo a expressão divertida de Finlay, sem dúvida por ter me flagrado cobiçando o ajudante da fazenda.

— Ele é sempre tão ríspido assim com você?

Finlay dispensa o comentário com um gesto.

— Ah, o rapaz só é muito na dele, nada mais. Com o tempo, vai se soltar. Já passou por muita coisa esse aí.

Estou me coçando para fazer mais perguntas, mas sei que pareceria que estou interessada, e com certeza *não* estou. Em vez disso, aponto na direção do celeiro.

— Pode me mostrar como é lá dentro?

O rosto de Finlay se ilumina, e sinto esse calor inundar meu peito, me enchendo de uma vontade de me esconder nessa sensação e extrair forças de seu brilho. O sentimento logo é afugentado pela decepção com a reação de Rhona, que não se afeiçoou a mim como Finlay. Mas ainda há tempo. Cedo ou tarde, ela vai dar o braço a torcer.

Assim espero, ao menos.

6

Lachlan

Coloco o fardo de feno na extremidade do pasto e as vacas já começam a se aglomerar ao redor, antes mesmo de ele tocar a grama. Desligo o trator e salto do banco, puxando a camisa enfiada no bolso de trás e usando o tecido para enxugar a testa. O clima anda bem instável nos últimos tempos: em um dia temos uma tempestade daquelas, no outro estou suando em pleno setembro.

Sorrio ao me lembrar da expressão no rosto de Keyanna quando me viu. Ela me deu uma bela secada e, por algum motivo, isso me enche de satisfação. Mesmo que seja apenas por desconfiar o quanto deve estar irritada com a ideia de se sentir atraída por mim.

Isso também alivia um pouco minha própria reação a ela.

Não adianta fingir que o cabelo ruivo, as sardas e os lábios carnudos não me atraem. Pelo contrário, se eu não estivesse tão determinado a manter a vantagem em relação à nova integrante do clã MacKay, eu também seria flagrado a devorando com os olhos. E, assim como parece ser para ela, essa sensação é irritante para caramba.

Keyanna MacKay é a última pessoa no mundo por quem eu deveria ter o mínimo interesse, seja no aspecto físico ou qualquer outro.

Coço o queixo de uma das vacas, Bethie, eu acho, mas quase não consigo acompanhar os nomes que Finlay escolhe para esses filhotes gigantes e peludos. Sorrio ao ouvir seu mugido baixo enquanto mastiga um punhado de feno. Daqui a pouco, vou procurar Girdie, conforme prometi a Finlay. Ela deve mesmo estar prestes a parir, e já perdemos bezerrinhos demais nos últimos meses por terem nascido no lugar errado, na hora errada.

"Olha só para você", penso com amargura. "Já virou quase um deles, hein?"

Não posso esquecer o verdadeiro motivo de estar aqui. E definitivamente não é cuidar da fazenda. Nos seis meses desde minha chegada, revirei essa propriedade de cabo a rabo em busca de soluções para o meu problema, *qualquer coisa* que pudesse adiar meu destino inevitável, mas de nada adiantou. Depois desse tempo todo, comecei a ter medo de que essas respostas nem existam. Ainda assim, se o que me aguarda for mesmo verdade, não me resta escolha a não ser continuar a busca.

Às vezes me pergunto qual seria a reação do meu pai ao me ver confraternizar com os inimigos. Sem dúvida ele me daria uma bela bronca só por lhes dirigir a palavra. Se soubesse meus motivos, porém, se entendesse que todos os segredos e mentiras são tanto pelo bem *dele* quanto pelo meu, acredito que perdoaria minha atitude. Espero que seja o caso, pelo menos.

Dou um tapinha no pescoço de Bethie e sussurro:

— Boa menina.

Não vejo o menor sinal de Girdie no horizonte. Se ela tiver escapado de novo, vou ter um longo dia pela frente. Deveria ter levado Girdie direto para o cercado quando a trouxe mais cedo, mas de longe avistei Keyanna e Finlay nos fundos da casa principal e... bem, me distraí.

É que parece tão *curioso* ela estar aqui justo agora. Começo até a me perguntar se não significa alguma coisa o fato de a *filha* dos MacKay, sobre quem meu pai tanto me alertou, por acaso cruzar meu caminho no que pode ser meu momento mais sombrio. E se for verdade, qual é o sentido?

Perguntas demais e respostas de menos.

"Por enquanto", prometo a mim mesmo.

Faço mais um carinho em Bethie e visto a camisa, a essa altura úmida de suor, antes de ajeitar o boné. Por enquanto, acho melhor ocupar a cabeça com outras coisas. Não posso fingir ser um ajudante na fazenda se não cumprir minhas obrigações, afinal. O riacho onde encontrei Girdie fica do outro lado da propriedade, e algo me diz que ela escolheu aquele lugar para ter seu bezerrinho, por mais inapropriado que seja.

Olho para o céu e percebo que ainda restam algumas horas antes do pôr do sol.

"Perfeito", penso. "Tempo de sobra."

Quando enfim consigo prender Girdie no cercado do celeiro, estou um verdadeiro caos. Uma camada de lama reveste minhas galochas e a calça jeans, e estou tão encharcado de suor nesse calor infernal e atípico que a camiseta gruda no meu corpo como uma segunda pele.

Passo a tranca na baia onde Girdie anda de um lado para o outro e estendo a mão para acariciar seu focinho.

— Calma, garota — sussurro. — Vai ser melhor assim, ok?

Ouço passos atrás de mim e, ao virar o rosto, vejo Brodie na entrada do celeiro, com um balde na mão. Ele fica imóvel quando me vê, franzindo a testa de leve antes de me dar um aceno rígido com a cabeça.

— Boa tarde, Lachlan — diz.

Retribuo o aceno.

— Para você também.

— Trouxe uns restos de comida para o porco do Finlay — anuncia e mostra o balde, meio sem jeito. — Fui atrás dele para ver se o bicho pode comer tudo isso. Sabe como ele é exigente com essas coisas.

Conversas como essa são praxe entre nós dois. Brodie faz de tudo para me evitar, e fico feliz contribuindo para o hábito. Sempre achei o sujeito meio esquisito, para falar a verdade. Vive rondando a fazenda, sorrateiro.

— Só vi Finlay de manhã — respondo. — Ele estava mostrando a fazenda para sua prima.

Brodie assente.

— Ah, sim. Então devem ter saído de carro para conhecer a região.

— Parece um bom palpite.

Brodie se remexe no lugar, inquieto, com os lábios crispados.

— Meio estranho, né? Ela aparecer assim do nada. Até ontem, eu nem sabia da existência dela.

— Pelo jeito, o resto da família também não.

— Você chegou a conhecer o pai dela?

Cerro os dentes e sinto a raiva ferver no estômago só de pensar no homem que decepcionou tanto meu pai. Com um esforço para manter uma expressão impassível, respondo:

— Conheci quando eu era criança, mas nem lembro muito dele.

— É, comigo também foi assim — comenta Brodie. — Não lembro quase nada. Só acho estranho Keyanna aparecer assim, tão de repente.

Tento controlar minha irritação. Seria fácil demais apontar que ele fez exatamente a mesma coisa alguns meses atrás e, para ser justo, eu também. Não é da minha conta se ele gosta ou desgosta da presença da prima nessa fazenda. Estou pouco me lixando para a relação entre os dois. Não há motivo para eu me sentir na obrigação de defender essa garota.

O silêncio se prolonga entre nós, e consigo ver as engrenagens girando na cabeça dele. Só não faço ideia do que pretende dizer.

— Enfim... é melhor eu ir tomar um banho — digo, por fim.

Brodie permanece imóvel quando passo por ele, e espera eu me afastar para entrar no celeiro.

"Sujeito esquisito esse aí."

Estou a meio caminho do chalé onde estou hospedado, ali mesmo nas cercanias da fazenda, quando avisto um lampejo vermelho ao longe. Se eu forçar a vista, consigo distinguir Finlay no topo de uma colina mais adiante, com a neta ao lado. O vento sopra os cachos ruivos de Key, e mesmo dessa distância reparo na forma como ela joga a cabeça para trás, sem dúvida rindo de algum comentário de Finlay. Quase consigo imaginar as bochechas coradas, destacando ainda mais as sardas.

"Parou, mané."

Solto um grunhido baixo, desviando o olhar da cena para retomar meu caminho. Sardas e cachos ruivos deveriam ser a última coisa na minha cabeça neste momento. E, na verdade, nem estou pensando muito nisso. Não mesmo. Com tudo o que anda acontecendo na minha vida ultimamente, não sobra espaço para essas coisas. Não há uma mísera frestinha disponível para Keyanna MacKay nos meus pensamentos.

Preciso me lembrar disso mais de uma vez enquanto volto para o chalé.

7

Keyanna

Demoro bem mais do que deveria para perceber que fui feita de trouxa.

Para ser justa, a fachada de Loch Land parece legítima, e de certa forma deve ser mesmo, mas não da forma como Rory e Blair me levaram a acreditar. A dimensão da minha completa e absoluta estupidez só fica clara quando entro na salinha depois da bilheteria e entendo por que a atendente pareceu tão confusa quando falei que queria só um ingresso.

"Museu uma ova."

As paredes são adornadas com murais de aspecto infantil e cores vibrantes, retratando um monstro do lago Ness em estilo cartunesco com um sorriso largo e humanoide pavoroso. Espalhadas pelo cômodo estão pequenas exposições interativas que mal chegam na minha cintura, obviamente não destinadas a adultos. Porque essa porcaria é uma atração infantil.

Não sei o que seria mais constrangedor: explorar o recinto sozinha ou virar as costas e ir embora logo depois de ter comprado o ingresso. Penso um pouco e chego à conclusão de que desistir tão depressa só vai dar mais motivos para Rory e Blair rirem da minha cara.

"E Lachlan também", penso com rancor. Afinal, ele teve várias oportunidades de me contar a verdade no pub, e até mesmo ontem quando o vi durante o passeio com Finlay pela fazenda. Mas, pelo jeito, ele também estava se divertindo à minha custa, assim como os gêmeos. Só de pensar nisso já sinto o rosto esquentar. Na próxima vez que cruzar com ele, vou deixar bem claro o que achei dessa palhaçada.

Há uma família aqui além de mim, com dois filhos pequenos, um menino e uma menina que não devem ter mais de dez anos. Estão achando graça das exposições, e de repente o mais velho começa a pegar no pé da irmãzinha por estar com medo das ilustrações mais monstruosas. O pai se aproxima para separar a briga e, quando se ajoelha para cochichar algo para o filho, sinto meu estômago afundar. Será que meu pai chegou mesmo a vir aqui um dia? O estabelecimento parece bem antigo, a julgar pelo estado das pinturas, e decido tirar a dúvida com Finlay mais tarde.

Por ora, apenas me obrigo a seguir em frente, tentando parecer interessada enquanto avanço sem pressa até uma das exposições. É uma espécie de teatrinho de papel, com uma alavanca de madeira na frente que permite mover o recorte do Monstro do Lago Ness pelas ondas de mentirinha. Abaixo dele há uma placa larga com letras em relevo contando a lenda da criatura.

O MONSTRO DO LAGO NESS:
UMA CRIATURA LENDÁRIA DE PROPORÇÕES COLOSSAIS
SUPOSTAMENTE ENCONTRADA NAS PROFUNDEZAS DO LAGO NESS

Puxo a alavanca de um lado para o outro, ainda distraída com a possibilidade de meu pai ter vindo aqui um dia, talvez durante a infância. Esse pensamento alivia um pouco a irritação por ter sido enganada. Pode ser que ele tenha ficado exatamente onde estou, mexendo nessa mesma alavanca, fantasiando com o monstro que dizem viver a meros quilômetros daqui.

Afasto a melancolia antes de passar para a próxima exposição, um mapa amplo e plano de todo o Lago Ness protegido pelo tampo de vidro de uma mesa. Passo o dedo pela superfície, tracejando um pontinho marcado onde se lê ENSEADA SKALLANGAL. Cedo ou tarde, vou ter que dar um jeito de voltar lá. Não gostei nem um pouco da compaixão nos olhos de Lachlan ao descobrir o que eu tinha ido fazer na "propriedade dele", mas foi ótimo ver sua cara de arrependido logo depois. Aquele idiota precisa mesmo baixar a bola.

Fecho a cara. Nem sei por que comecei a pensar nele. Não passa de um otário.

A sala seguinte tem uma colagem de parede inteira com todas as fotos e manchetes de jornal já publicadas sobre o monstro, ou assim me parece, dispostas de forma organizada e compacta. Logo vejo a famosa "fotografia do cirurgião" de 1934 que popularizou os boatos, e a imagem granulada continua tão ambígua de perto quanto sempre foi nas telas. A própria legenda menciona que mais tarde foi comprovado que a foto era uma farsa, mas isso não impediu ninguém de investigar a possibilidade de existir uma fera enorme à espreita nas profundezas do lago.

— Vou pegar você!

O garotinho corre atrás da irmã, que solta gritinhos estridentes, segurando um monstro do lago Ness de papel preso em um palito de madeira. A mãe balança a cabeça, com as costas apoiadas na parede, e o pai passa a mão pelo rosto antes de trocar um olhar irônico com a esposa. Devem estar acostumados com as briguinhas dos filhos, provavelmente comuns pela pouca diferença de idade. O pai mais uma vez se coloca entre os dois para acabar com a confusão, e a luz das lâmpadas fluorescentes destaca os tons avermelhados do seu cabelo.

Começo a imaginar meu pai de novo, mais jovem do que na última vez que o vi, mas não uma criança: um rapaz ruivo como eu, sendo arrastado até a margem na calada da noite por *alguma coisa* que, por todos os motivos, não deveria existir. Ouvi essa história tantas vezes, versões contadas na hora de dormir ou quando eu estava doente, repetidas até eu ser capaz de recitar tudo de cor, e agora que estou aqui... não sei. Olhar para essa atração infantil, que mal parece se levar a sério, me faz duvidar de tudo.

Mas também me lembro do olhar do meu pai naqueles últimos dias. De como ele contou a história de novo, mesmo tendo esquecido tanto da própria vida por causa da maldita doença. E ainda assim, ele se lembrava daquele momento em riqueza de detalhes. Eu me lembro da sinceridade nos olhos dele ao repetir a história pela última vez, da forma como segurou meu braço e me pediu para levá-lo de volta para lá, talvez sem nem perceber. Se estivesse em pleno juízo, acredito que nem teria pedido. Então eu *não precisava* honrar esse desejo. Sei que ele não teria me culpado. E, mesmo assim, aqui estou eu: no meio de um museu de araque sobre uma criatura mitológica qualquer, tentando juntar as peças de uma conexão com a única pessoa que já me amou de verdade.

"Sinto tanta saudade dele."

Esse é o cerne de tudo, o motivo de eu estar aqui. Porque estou apavorada com a ideia de seguir em frente sem meu pai. Talvez eu tenha pensado que, ao vir aqui, poderia encontrar alguma parte dele deixada para trás, algo a que eu pudesse me agarrar para diminuir o vazio de sua partida. Algo que fizesse eu não me sentir tão sozinha no mundo.

Com base no jantar constrangedor da noite passada e no café da manhã de hoje, tão ruim quanto, tenho a sensação incômoda de que não vou encontrar nada disso por aqui.

Perambulo pela atração por mais meia hora só para não sentir que torrei trinta libras à toa (praticamente um roubo, agora que vi o interior do museu), e percebo que quase todas as exposições são mais do mesmo. Não tem nada aqui que eu já não tenha lido por conta própria na internet, e com certeza nada que me ajude a encontrar respaldo para as histórias do meu pai.

A funcionária da bilheteria me lança aquele mesmo olhar intrigado quando agradeço baixinho ao sair porta afora, provavelmente sem entender por que uma mulher adulta decidiu brincar com o quebra-cabeça do Monstro do Lago Ness lá nos fundos. E eu brinquei *mesmo*, ou quase isso, mas só porque o derrubei sem querer e não quis deixar as peças todas espalhadas.

Está nublado na rua, o clima ainda fechado por causa da chuva forte do dia anterior. Ajeito o capuz da capa de chuva em uma tentativa inútil de impedir o pesadelo de frizz no meu cabelo, soprando um cacho rebelde para longe do rosto enquanto passo pela estátua horrenda perto do portão. Mais cedo, apertei o passo só para não a olhar por muito tempo, de tão assustadora. O rosto parece o de uma girafa, com chifres pontudos como os de um antílope, o que não me parece muito apropriado nem para padrões mitológicos. A estrutura toda é pintada com anéis de cores brilhantes até a barriga, apoiada na terra, com braços projetados como os de um Tiranossauro Rex, deformados e um pouco tortos, conferindo um aspecto triste e tosco à criatura.

Levo um susto quando escuto uma porta de carro bater atrás de mim, sentindo meu corpo inteiro enrijecer ao me virar e dar de cara com a última pessoa que eu gostaria de encontrar aqui, a poucos passos de distância, me lançando um sorrisinho zombeteiro do interior do seu Rover. Ele tranca o carro antes de dar a volta e subir na calçada, e eu cruzo os braços diante do peito, estreitando os olhos.

— Por acaso você está me *seguindo*?

Lachlan arqueia uma sobrancelha.

— Eu? Seguindo você? Por favor, tenho mais o que fazer, princesa.

O apelido idiota que ele insiste em usar já faz meu sangue ferver, mas o dedo apontado na direção contrária me distrai antes que o mande à merda. Viro o rosto e vejo o prédio metálico do outro lado da rua, uma loja de ração, segundo a placa.

— Sua avó me mandou vir buscar umas coisas — explica Lachlan. — Uma bezerrinha recém-nascida foi abandonada pela mãe. Preciso comprar mamadeiras.

— E você que vai dar de mamar? — pergunto.

— Isso mesmo — confirma ele, inclinando a cabeça. — A menos que você queira...

Os olhos dele se voltam para a estátua medonha ao nosso lado e seus lábios se contraem, segurando o riso.

— Puxa, mas você já está ocupada, né?

Fecho a cara.

— É, pode rir à vontade. Vocês são tããão engraçados, nossa.

— Ah, não liga para os gêmeos. Eles não fazem por mal. São só meio birutas, nada mais. Não conseguem se controlar.

— Reparei que *você* também não deu um pio — observo.

— Bem, acho que Loch Land é um destino mais seguro do que suas aventuras pelas rochas da Enseada Skallangal. Pelo menos aqui você não corre o risco de quebrar as pernas.

— Eu já expliquei o que fui fazer lá — rebato.

O olhar dele suaviza, e a boca se curva para baixo.

— Verdade. Mas podia ter mencionado isso antes, sabia? Seja qual for o motivo, é perigoso ficar sozinha na enseada.

Reviro os olhos.

— Sei me cuidar muito bem.

— Acho que você acredita mesmo nisso — debocha ele com um sorriso, deixando os olhos explorarem os arredores antes de acrescentar: — Percebi que o priminho adorado não veio junto. Quase te matou de tédio na volta para casa, foi isso?

Não quero dar munição para Lachlan usar contra mim, porque tenho a leve suspeita de que ele descobriu que adora me irritar, então apenas encolho os ombros com indiferença.

— Brodie está ótimo. Só estava muito ocupado esta manhã.

"Não que eu soubesse", penso, já que saí de fininho logo depois do café da manhã, antes de ele me ver.

Eu não tenho nada contra Brodie. Ele até parece ser um cara legal. A questão é que eu queria explorar o lugar sozinha, não com alguém que mal conheço. Não vou contar nada disso para Lachlan, claro, porque o passeio todo foi uma baita furada.

— Ah, jura?

O sorriso dele se alarga com certa malícia, adquirindo uma covinha na bochecha que logo atrai minha atenção. *Porra*. Não é justo um babaca desses ser bonito assim e ainda por cima ter covinhas.

— Vocês dois ficaram bem amiguinhos, então? — pergunta.

Fecho a cara e desvio o olhar da maldita covinha que, em qualquer outra pessoa, seria completamente lambível.

— Você é tão escroto.

Lachlan dá risada.

— É o que dizem.

— Qual é a sua com Brodie, afinal?

— Como assim?

— Vocês dois estavam se fuzilando com os olhos aquele dia no pub. Nem disfarçaram.

— Ah, Brodie nunca foi muito com a minha cara. Desde criança. Nem lembro direito quando começou. Aquele lá vivia com a cara enfiada nos livros... Devia achar que era melhor que todo mundo.

— Ou talvez ele só desconfiasse que você ia virar um babaca.

— Pode ser — concorda Lachlan, rindo, depois olha de novo para a estátua, ainda parecendo se divertir demais à minha custa. — E aí, o que achou de Loch Land? Aprendeu muita coisa?

— Foi tão útil quanto aquele treco ali... — respondo, apontando na direção do que talvez seja a estátua mais pavorosa do mundo, sem palavras. — Seja lá o que for. Eu devia ter imaginado o teor da atração quando passei por essa coisa.

— Acha que não é uma representação fiel?

Dessa vez, sou eu quem pareço surpresa.

— Sério?

Ele dá de ombros.

— Vai saber. A criatura é um mistério.

Eu o encaro com descrença.

— Você acredita na Nessie? Acha mesmo que ela existe? Duvido muito.

— Ah, é "ela", então?

— Ué, claro? Em termos oficiais, o Monstro do Lago Ness é conhecido como fêmea.

Vejo um lampejo de... alguma coisa nos olhos dele, acompanhado daquele sorrisinho irônico enlouquecedor, e o conjunto da obra basta para fazer meu estômago revirar. Não entendo o motivo, então decido encarar como irritação.

— Em termos oficiais — repete ele. — Bom, quem sou eu para discutir com uma especialista...

Lachlan enfia as mãos nos bolsos e começa a se afastar, não sem antes lançar palavras de despedida por cima do ombro:

— Pelo jeito, você aprendeu bastante coisa lá dentro.

Sinto meu rosto esquentar segundos antes de a sensação se espalhar para minhas orelhas. Olho feio para as costas dele e tento pensar em alguma resposta bem desaforada, mas parece até que cortaram minha língua. Fico ali sem reação por um instante, e por fim solto um grunhido frustrado e bato o pé com tudo na calçada. Em seguida me dou conta do que fiz e me repreendo em pensamento.

Por que eu me comporto feito uma criancinha birrenta perto de Lachlan Greer?

Viro as costas e saio pisando firme na direção oposta, até o lugar onde estacionei meu carro, convencida de que ele não vale o meu tempo. Ainda devo uma visitinha aos gêmeos no pub para agradecer *profundamente* a recomendação daquele passeio *tão* educativo. Decido ali mesmo que não vou deixar mais nenhum escocês tirar sarro da minha cara enquanto eu estiver por aqui.

— Cuidado para não escorregar na calçada, princesa — grita Lachlan atrás de mim.

Mostro o dedo do meio para ele e entro no carro.

A chuva começa a engrossar e eu fecho a cara ao ouvir o pinga-pinga das gotas no para-brisa, já sentindo meu cabelo se encher de frizz com a umidade. Claro, não bastava eu ter sido feito de otária nessa caça ao tesouro inútil, o clima também tem que estar uma porcaria. A estrada para a fazenda já deve ter virado um lamaçal a essa altura, e só me resta torcer para não ficar atolada com meu carrinho. Deus me livre de ser resgatada por Lachlan de novo.

— Que tal colaborar um pouquinho, hein? — reclamo para o universo enquanto giro a chave na ignição. — Já está bom de chuva.

Pisco algumas vezes, boquiaberta, quando a chuva começa a dar trégua naquele exato momento. Minha mão ainda paira sobre o volante enquanto espio pela janela. Será que eu…?

Abano a cabeça, afastando o pensamento absurdo.

"Estou na Escócia", lembro a mim mesma. "O clima é instável."

Lanço um último olhar irritado para a estátua horrenda diante do museu e dou partida no carro, inconformada com minha própria ingenuidade. Não sei o que me assusta mais: aturar os constrangimentos com "minha família" ou enfrentar essas buscas infrutíferas por qualquer vínculo com meu pai, por mais frágil que seja. Talvez eu esteja dificultando as coisas. Poderia muito bem fazer um esforcinho para me aproximar dos meus parentes. E seria bom não arranjar problema com todos os moradores da região, especialmente com um certo ajudante da fazenda muito bonito e irritante que não vai me dar paz tão cedo.

Não é a primeira vez que me questiono se vir para cá foi burrice.

"Burra", ouço a voz de Lachlan ecoar na minha cabeça. "É isso que você é."

Enquanto tiro o carro da vaga, me pergunto, como quem não quer nada, se as punições por atropelamento são muito severas na Escócia…

8

Lachlan

Estou com o corpo todo dolorido quando rolo para fora da cama, mas isso não é nenhuma novidade. Sempre tento dormir algumas horas na minha cama de verdade antes de encarar o dia, muitas vezes até a noite toda, mas dormir ao ar livre nessas condições não proporciona o melhor dos descansos.

O sol já está alto no céu quando me sento na cama do chalé, localizado na fazenda dos MacKay. Meus pés ficam para fora do colchão, mas o lugar é tão minúsculo que nem caberia uma cama maior. Além disso, não preciso pagar aluguel. Por mais que dinheiro não seja problema para mim, não tem muitas opções melhores em Greerloch agora que a casa da minha avó foi vendida. Com base nos meus objetivos, só me resta aturar a cama minúscula e ficar mais perto da propriedade.

Coço a barriga e me arrasto até a cozinha conjugada, que fica a poucos passos do quarto, depois começo a providenciar a dose de cafeína necessária de cada dia. Voltei para cá há seis meses e ainda não encontrei o que procuro. Seria tão mais fácil se eu pudesse simplesmente *perguntar* para Rhona... Como é bem provável que ela também não saiba, considerando todo o sigilo da situação, no fim só me acharia um louco mesmo.

Nos últimos tempos, até eu comecei a questionar minha sanidade.

Escuto um zumbido no balcão e fecho a cara quando vejo a tela do celular velho que mal uso. Só mantenho esse trambolho por causa dela, mas cada conversa parece aumentar a distância entre nós dois.

Deslizo o polegar na tela para atender a ligação, colocando no viva-voz enquanto preparo o café.

— Alô?

— Oi — responde uma voz baixinha.

O silêncio se prolonga por um instante, e pigarreio.

— Como você está?

— Bem — responde minha mãe. — Liguei porque estava pensando em você.

"Essa é nova."

Afasto o pensamento amargurado, pois não fui o único a sofrer com tudo o que se abateu sobre nossa família.

— E minha tia, como vai?

— Bem também. E por aí, tudo certo?

— Tudo, sim. Ainda estou trabalhando na fazenda dos MacKay.

— Sabe que não precisa trabalhar, certo? Não desde que seu pai...

Minha mãe se interrompe e solta um suspiro estrangulado, como se ainda fosse doloroso tocar no nome dele.

— Por que decidiu voltar, afinal? — pergunta, enfim.

— Ah, eu só... senti falta de Greerloch, acho. Pareceu errado não oferecer ajuda, já que me deixaram ficar no chalé de graça. E o trabalho ajuda a ocupar minha cabeça.

"De várias formas", penso.

— Você não está... né?

Eu me interrompo, ainda com a mão sobre a tampa da cafeteira.

— Não entendi.

— Você não acredita mesmo naquelas histórias, acredita?

— Aquelas histórias são praticamente minha vida, então...

Ouço o suspiro do outro lado.

— Só não quero que você fique com essas besteiras na cabeça, filho. Achar que tem algo por aí vai te deixar maluco.

— Pode ser que eu enlouqueça de qualquer jeito, não é? Então é melhor tentar.

Ela fica quieta por um instante, como se estivesse perdida em pensamentos. Fico na dúvida se devo ou não contar a novidade, sem saber qual vai ser sua reação.

"Ah, dane-se."

— Uma neta perdida dos MacKay acabou de dar as caras — conto. — Pelo jeito, ela é filha do Duncan.

Minha mãe prende a respiração, mas não diz nada. Por algum motivo, isso me irrita. Mas o que eu esperava, afinal? Que ela soltasse fogos?

— Pode ter algum significado importante — insisto. — Talvez ainda dê tempo de...

— Não — interrompe ela, em um fiapo de voz. — Por favor.

Suspiro fundo, esfregando o rosto com a mão.

— A gente não pode passar o resto da vida sem falar dele, mãe.

— Eu não consigo — sussurra ela, já se fechando por completo.

— Bom, eu não consigo *não* falar dele.

O silêncio volta a reinar. Parece que estamos em um impasse outra vez.

— Fique longe dessa garota — pede minha mãe, com voz grave. — Por favor.

Não me dou ao trabalho de dizer que seria impossível, dada a nossa proximidade, mas imagino que não teria feito a menor diferença. Depois dessa conversa, minha mãe vai recorrer a algum mecanismo de enfrentamento para esquecer o assunto de vez.

— Preciso ir — aviso. — Tenho que trabalhar, sabe?

Escuto um som de choro do outro lado da linha, e meu peito aperta com algo semelhante a culpa. Uma reação absurda, já que foi *ela* quem me abandonou.

— Claro, pode ir. A gente se fala em breve, tudo bem?

"Duvido muito", penso, já que conheço seus padrões.

— Ok, tudo bem — digo em vez disso.

— Eu te amo, filho.

Respiro fundo e solto o ar bem devagar antes de responder:

— Também te amo.

Escuto o som da ligação sendo encerrada e sou tomado por um cansaço repentino, uma sensação comum depois dessas conversas. Tento não culpar minha mãe por ter ido embora, juro que tento, mas quando alguém diz ao filho de oito anos que precisa se isolar "por um tempo" para lidar com a situação e depois simplesmente nunca volta... Bem, acho que é motivo suficiente para deixar qualquer um amargurado. Mesmo que ela tenha comido o pão que o diabo amassou.

Afinal, eu também não fui obrigado a enfrentar as mesmas coisas?

Depois de servir a xícara e vestir roupas mais quentes, solto um grunhido e desabo em uma das cadeiras da cozinha, bem ao lado da janela, pronto para ler o jornal entre um e outro gole de café. A luz do sol se infiltra pela vidraça e eu estico o braço para afastar as cortinas brancas e envelhecidas, sentindo o calor enquanto me preparo para mais um dia de trabalho. Tento tirar a conversa com minha mãe da cabeça, ciente de que, se eu deixar, esses pensamentos vão me atormentar pelo resto do dia.

Pelo jeito o universo está disposto a me oferecer uma distração, porque logo olho pela janela e dou de cara com o que me parece ser a neta de Rhona, na luta para tirar o forcado de um fardo de feno.

Eu me apoio no peitoril da janela com o café na mão, sorrindo atrás da xícara enquanto a observo em silêncio. Está um pouco afastada, perto do celeiro, com o rosto afogueado de esforço e os lábios ocupados em disparar uma enxurrada de xingamentos, imagino, pela forma violenta como está puxando o forcado. Nesses últimos dias em que a tenho evitado, ela deve ter arranjado um tempinho para comprar galochas decentes, mesmo que sejam de um rosa berrante, porque apoia a bota de borracha contra o fardo pesado, puxando o cabo de madeira com todas as forças por vários segundos até quase cair de bunda na grama. Apesar do corpo alto e esguio, ela não é lá muito graciosa.

Adoraria dizer que a cena não me faz sorrir, mas seria uma mentira deslavada. Tento me convencer de que estou rindo *da cara dela*, uma maneira perfeitamente aceitável de tratar o inimigo. Essa, aliás, é uma distinção muito necessária. Dou outro gole na xícara e a vejo circular o fardo de feno, olhando feio para o forcado como se ele a tivesse ofendido profundamente. De certa forma, até que ofendeu. A situação fica ainda mais hilária quando penso que ela não tem a menor chance de arrancar aquele forcado dali. Eu o finquei no feno ontem mesmo, e tenho plena certeza de que sou bem mais forte do que ela. Mais forte do que a maioria das pessoas, na verdade. Um dos poucos privilégios de ser um filho dos Greer.

Observo seus esforços inúteis por mais alguns minutos, dividido entre ir ou não ao seu resgate. Sei muito bem que *não* deveria, e ainda assim, por alguma razão, eu me sinto tentado a ir até lá. Deve ser porque gosto de ver sua carinha irritada. É, só pode ser isso. Não tem nada a ver com o brilho intenso nos seus olhos verdes quando está com raiva. Não. De jeito nenhum.

Com as botas nos pés e a cabeça feita, deixo a paz do chalé para trás e avanço pelo campo. A chuva deu uma melhorada na última semana, então o solo está relativamente seco, mas o clima começou a esfriar. Keyanna continua resmungando sozinha perto do feno, tão distraída que só percebe minha aproximação quando chego bem perto e cochicho:

— Está difícil aí, princesa?

Para minha alegria, ela pula de susto, a alma quase saindo do corpo, e solta um guincho estridente nada digno de uma princesa. Em seguida se vira com um movimento brusco e me lança um olhar fulminante, com as bochechas coradas e as sobrancelhas ruivas franzidas acima dos olhos cor de esmeralda.

— Não me assusta desse jeito!

— Eu só fiz uma pergunta — defendo-me. — Acho que você não me ouviu chegar. Estava ocupada demais xingando o pobre fardo de feno.

Ela olha com desprezo para o fardo em questão.

— Rhona me pediu para dar feno à Girdie, e eu quero muito ser útil, mas nem consigo tirar esse troço daqui. Como faço para soltar?

Chega a ser admirável a determinação dela para conquistar a avó. Se fosse qualquer outra pessoa, talvez eu até elogiasse, mas acho melhor guardar para mim.

Aliso minha barba alinhada, com ar pensativo.

— Hum, está aí um baita enigma, hein?

— Consegue tirar?

— Está me pedindo um favor? Quem diria.

Os olhos dela se estreitam.

— Culpa minha por achar que você não seria babaca dessa vez.

— Ei, isso não é justo — protesto, armando um beicinho fingido. — Mal vi você nos últimos dias. O que posso ter feito de tão grave assim?

— Onde você se meteu, aliás?

Ela cruza os braços e pende a cabeça para o lado, e o jeito como ela pergunta... Faz um sorriso despontar em meus lábios.

— Sentiu minha falta, Key? Estava me procurando?

— De jeito nenhum — retruca ela com desdém, depois desvia o olhar, ainda com o rosto corado. — Mas você trabalha aqui, não? Então por que nunca vejo você... bem, trabalhando?

— Sou um ajudante de meio período — explico. — Tenho outros assuntos para resolver além das vacas de Rhona.

Ela arqueia uma sobrancelha.

— Nossa, como é misterioso...

— Não tem mistério nenhum, princesa — respondo com doçura. — Agora que você e seu adorado primo estão aqui, acho que posso reduzir meu horário de trabalho um pouquinho, não concorda?

Ela bufa.

— Vai continuar com essa história de princesa até quando, hein?

— Até parar de te deixar toda vermelha — respondo na lata.

Os lábios de Key se abrem e os olhos se arregalam, e sua expressão perplexa me traz uma satisfação tão intensa que parece até uma vitória. E, por baixo disso tudo, eu sinto... Bem, prefiro não seguir por esse caminho.

— Eu não fico vermelha por *sua* causa — sibila ela. — Você só é muito... muito... Você é insuportável! É isso que você é.

— Sim, sim, já cansei de ouvir isso — admito, e aponto na direção do fardo de feno. — Mas e aí, vai querer que eu tire o forcado dali ou não?

Pela cara dela, prefere comer areia a pedir minha ajuda, e percebo como gosto de testemunhar seu desespero. É muito... divertido pegar no pé dela. Considero essa irritação toda uma espécie de compensação parcial vinda do clã MacKay.

— Se não for incomodar — diz ela por fim, toda contida.

— Não é incômodo nenhum — respondo em tom alegre. — Basta você pedir por favor.

Key fica vermelha na hora e parece prestes a soltar um xingamento ou uma farpa, mas então lança outro olhar para o fardo de feno, depois para a casa da fazenda, sem dúvida tentando decidir se seria pior pedir ajuda para *mim* ou para alguém da família.

Ela respira fundo e mal olha para mim quando murmura:

— Por favor.

Levo a mão à orelha.

— O quê? Não ouvi direito.

— Eu pedi *por favor* — repete ela um pouco mais alto, rangendo os dentes.

Não existe uma razão lógica para eu me sentir tão contente com a rendição dela, mas ver aquela boquinha emburrada soltar a palavra a contragosto me enche de satisfação.

— Ah, viu só? Nem doeu tanto assim.

Passo por trás dela e agarro o cabo de madeira com uma das mãos, dou um puxão rápido e vejo seus lábios se abrirem de surpresa quando o forcado cede com facilidade. Ela o encara por alguns segundos, ainda como se o utensílio fosse seu pior inimigo, e o arranca da minha mão de uma vez.

— Obrigada — agradece antes mesmo de eu ter a chance de pentelhar.

Uma pena.

— Só estou tentando ser uma boa pessoa — declaro com toda a seriedade.

Ela revira os olhos, e o gesto é quase... fofo.

Fofo?

Recuo diante do meu próprio pensamento.

Não, não tem *nada* de fofo.

— Justo vacas? Não podia ser outro bicho? — resmunga Key, mais para si mesma do que para mim.

— Ah, eu sabia que você tinha medo delas.

— Elas são muito... — começa a dizer, olhando de esguelha para Bethie, que está ocupada em mascar capim a alguns passos dali. — Grandes.

Pensando bem, as vacas escocesas são mesmo enormes, com uma pelagem espessa que as faz parecer ainda mais robustas. Os chifres até podem ter um aspecto ameaçador, mas na verdade elas não passam de filhotinhos crescidos.

— Elas são inofensivas — garanto.

Key lança outro olhar desconfiado na direção de Bethie.

— Claro, claro. É isso que elas *querem* que você pense.

— Você está mesmo com medo das vacas?

— Não, não tenho *medo* — insiste ela. — É que, antes de vir para cá, eu mal tinha saído de Nova York. Não tenho muita experiência com criaturas bovinas, sabe? São uma... novidade para mim.

— Elas são praticamente uns bebês gigantes. Não fariam mal nem a uma mosca.

Dou um assobio curto entre os dentes e, ao ouvir o som, Bethie ergue a cabeça e começa a trotar lentamente na nossa direção.

— Não chama ela para cá!

Dou um leve empurrãozinho no ombro de Key.

— Olha só, não tem como você ter medo dos bichos e trabalhar na fazenda. Não vai dar certo. Venha, vou mostrar como elas são boazinhas.

— Eu não sei se... *puta merda*.

Key dá um pulo para trás quando Bethie se posiciona bem ao seu lado, ainda mascando o capim enquanto observa nossa nova ajudante com um olhar entediado. A vaca pisca bem devagar, estica a língua para lamber o próprio focinho e retoma a mastigação.

— O segredo é não demonstrar medo — oriento, bem sério, já com o plano formado para dar um baita susto nela. Não deve ser difícil fazer Bethie empinar com um tapinha calculado no traseiro e, de quebra, fazer a princesinha MacKay cair sentada. — Você não vai querer levar uma chifrada.

Os olhos de Key se arregalam.

— Como assim? Você falou que elas eram inofensivas!

— Desde que não estejam assustadas — minto na cara dura, porque essas vacas não machucariam nem uma formiga. — Agora, chegue perto dela bem devagarinho e estenda a mão.

— Estender a... mão?

— Isso, assim ela vai sentir seu cheiro e reconhecer você como amiga.

Key fecha e abre o punho devagar, e estica a mão trêmula na direção de Bethie. Parece muito concentrada enquanto a encara, e os dedos se desenrolam um a um até roçarem o focinho da vaca. A expressão dela é tão séria que me brota até uma leve culpa por querer lhe dar um susto.

— Assim mesmo — incentivo baixinho enquanto me posiciono bem ao lado dela, tentando me convencer de que foi apenas para alcançar o lombo de Bethie. — Está se saindo muito bem.

Não sei o que me leva a pousar a mão sob o cotovelo dela, talvez apenas uma distração antes de dar o susto? E por que meus dedos começam a deslizar pelo braço até envolverem seu pulso? A mão dela é tão delicada... Fica difícil não reparar como se encaixa perfeitamente na minha.

— Fique desse jeitinho. Deixe Bethie vir até você.

A qualquer momento, vou dar um tapinha no lombo da vaca. Keyanna vai berrar de pavor e depois, com certeza, me xingar até não poder mais. Vai ser *divertido*, repito para mim mesmo.

E então aqueles olhos verdes encontram os meus, tão abertos e sinceros que quase me esqueço da brincadeira.

— Ela não morde?

Tento me lembrar do que estava fazendo, e do que pretendia dizer, e me sinto subitamente desarmado por esse aperto no peito diante da visão de seus olhos cor de esmeralda.

— Não — respondo por fim, dando um pigarro para limpar a voz rouca. — Ela não morde.

Bem nessa hora, Bethie empurra a mão de Key com o focinho, explorando os dedos dela em busca de um petisco antes de dar uma lambida pesada. Em seguida vem o som menos atraente que já ouvi na vida, uma gargalhada aguda mais parecida com um guincho estridente. Então por que raios sinto vontade de fazê-la rir de novo?

Solto Keyanna de imediato e dou um passo para trás, na esperança de colocar meus pensamentos em ordem. Essa interação está amigável demais para o meu gosto. A última coisa que eu quero é me tornar amigo de uma MacKay, por mais divertida que ela seja.

— Pronto, aí está — digo em tom neutro, com a expressão impassível. — Viu só? Era só idiotice da sua parte.

A alegria no rosto dela evapora, substituída por uma careta irritada.

— E eu aqui achando que talvez você não fosse um completo babaca.

— Isso que dá pensar demais — retruco com leveza.

Key revira os olhos.

— Você é insuportável assim com todo mundo ou só comigo?

Abro um sorriso irônico.

— Bem, você é especial.

Observo enquanto ela endireita o forcado, lançando um olhar cauteloso para o fardo de feno. Movido por uma curiosidade repentina, decido perguntar:

— Por que está levando isso tão a sério, afinal?

Ela parece confusa.

— Como assim?

— Por que aceitou ajudar na fazenda? Está na cara que você não gosta, e Rhona parece estar contando os dias para você dar o fora daqui... Então não entendo para que tanto esforço para impressionar sua família.

— Não estou tentando impressionar ninguém — resmunga Key.

Lanço um olhar ressabiado para ela.

— Não está, é?

Ela joga o forcado no chão, fechando a cara.

— Argh, sei lá. Talvez. Mal não vai fazer.

— Parece esforço demais para uma recompensa tão pequena.

— É, tenho pensado a mesma coisa — admite ela com um suspiro, e arregala os olhos quando percebe o que acabou de dizer. — Enfim, que diferença isso faz para você?

Reparo na postura rígida: a coluna reta, os ombros quase nas orelhas de tão empertigados. Ondas de tensão parecem irradiar de seu corpo, revelando a verdade por trás dessa fachada indiferente. Por algum motivo, ela está determinada a fazer essa empreitada absurda dar certo. Mais uma vez, eu me pego pensando que seus esforços são quase... admiráveis. Quase.

— Nenhuma, não dou a mínima — respondo, embora as palavras não soem certas. — Só estou curioso para saber por que você se importa tanto com a opinião de uma quase desconhecida.

Key passa os dedos pelo aglomerado selvagem de cachos ruivos, com os lábios curvados para baixo enquanto um suspiro pesado escapa pelas narinas. Assim, com o sol da manhã beijando sua pele, as sardas no rosto dela parecem brilhar como pontinhos dourados.

Não percebo o quanto estou distraído até ouvir sua voz sussurrar bem baixinho:

— Eles são tudo o que me restou, sabia?

Apesar de não ver os olhos dela, consigo ouvir a fragilidade em seu tom. Duvido muito que tivesse a intenção de se mostrar vulnerável justo na *minha* frente, mas ao ver seus ombros curvados como se um manto de derrota tivesse se abatido sobre eles, desconfio que esteja desesperada por qualquer tipo de conexão. De forma vaga, penso em como deve se sentir sozinha aqui nesta terra desconhecida, no meio de uma família cuja matriarca se comporta como se ela não fosse bem-vinda.

— Sim, eu entendo — murmuro, sentindo um peso estranho no peito. — Sei bem como é.

Os olhos dela buscam os meus na mesma hora.

— Sabe?

Algo parecido com esperança cintila naquelas profundezas verdes, despertando em mim uma sensação incômoda. Keyanna MacKay não é o tipo de pessoa com quem se deve criar laços, e eu deveria saber disso melhor do que ninguém. Esse pensamento me leva a desviar os olhos, limpar a garganta e encolher os ombros com indiferença.

— É, enfim. Acho melhor você cuidar logo desse feno para não atrasar o café da manhã. Se as vacas ficarem com fome, é capaz de morderem mesmo.

A expressão suave no rosto dela se desfaz, e é substituída por aquele ar emburrado de sempre. Tento me convencer de que é melhor assim. É mais seguro quando ela me encara com desprezo. Não sei como lidar com nada além disso.

Ela abre a boca como se fosse me dar uma bronca por ter cortado o assunto, mas no fim apenas balança a cabeça e se abaixa para pegar o forcado outra vez. Key dá meia-volta, arrastando o utensílio pelo chão, e passa direto pelo fardo de feno em direção ao celeiro, visivelmente irritada. Os ombros estão empertigados de novo, bem altos, e mesmo de longe consigo ver o tom avermelhado das orelhas, com certeza refletido no rosto inteiro. Eu a observo se afastar cada vez mais, ciente de que não tenho motivos para ir atrás dela.

Ainda bem que tenho um dia cheio pela frente. Assim, não corro o risco de mudar de ideia.

O sótão está frio quando subo pela velha escada retrátil, e o cômodo todo é iluminado pelo brilho sinistro de uma lâmpada solitária. Fui o mais silencioso possível ao atravessar a casa até o segundo andar. Rhona e Finlay já tinham saído para a cidade, e Brodie costuma passar os dias ocupado com... sabe-se lá o quê. Qualquer desculpa para não ajudar na fazenda. Penso, contrariado, que pelo menos Keyanna não é tão inútil quanto o tapado do primo.

Não que isso importe.

Sei que estou traindo a confiança de Rhona, mas a chegada de Keyanna não me deixou com muitas opções. Acima de tudo porque não tenho ideia do que a presença dela pode representar para mim. E, para piorar, as palavras de Blair não param de martelar na minha cabeça, insinuando que Rhona possa estar por dentro de tudo. Ela tem sido generosa comigo, bem mais do que qualquer outro MacKay já foi com um Greer. Mas ainda faz parte daquela família, e isso já basta para eu não me permitir confiar nela. Não para valer, pelo menos. O pensamento não alivia a culpa por ter surrupiado a chave do sótão dias atrás, enquanto a distraía com alguma conversa fiada na cozinha.

Descobri o esconderijo há semanas, quando a vi guardar a chave de volta na gaveta, e desde então tenho evitado chegar a esse ponto. Depois de meses sem encontrar respostas, no entanto, precisei engolir o orgulho e admitir que estou beirando o desespero. Penso na noite passada, e até aperto de leve os hematomas nas costelas, ciente de que vão ter desaparecido pela manhã, deixando para trás uma marca que vai muito além da dor física, e me lembro do motivo de eu estar aqui. Penso no que ainda tenho a perder, em tudo que já perdi.

O sótão de Rhona está entulhado de baús velhos e caixas empoeiradas, e basta uma olhada para saber que não vou dar conta de explorar tudo em uma tarde só. Vai levar semanas para vasculhar todos os cantos, ainda mais tendo que agir na surdina, ou corro o risco de ser flagrado por Rhona e perder qualquer pingo de simpatia que ela ainda possa ter por mim.

Estico a mão e abro a caixa mais próxima, surpreso ao me deparar com roupinhas de bebê cobertas de poeira. A de baixo traz mais do mesmo, com exceção de uma pequena foto emoldurada escondida entre as roupas. Quase sigo para a próxima sem olhar, mas a curiosidade fala mais alto. Puxo o retrato e dou de cara o rosto sorridente e jovem do pai de Keyanna, ainda adolescente, o cabelo igual ao da filha, e o sorriso também. Tem os mesmos dentes da frente um pouco mais compridos que os demais, um detalhe quase imperceptível que passaria batido pela maioria. Seria mais fácil fingir que olhar para essa foto não reacende aquela mesma sensação estranha que senti ao ver o sorriso estampado no rosto dela, mas seria mentira.

Dou uma leve sacudida na cabeça e devolvo a foto ao amontoado de roupas.

Por ora, tenho coisas mais importantes com que me preocupar.

9

Keyanna

Minha primeira semana na fazenda de Rhona e Finlay foi tudo menos tranquila. Meu avô, como ele insiste em ser chamado, vem se desdobrando para que eu me sinta acolhida, mas Rhona tem sido bem menos calorosa. Ainda me olha com a mesma frieza do primeiro dia, quando me convidou a entrar na sua casa a contragosto, e já começo a desconfiar que nenhum dos meus esforços para ajudar na fazenda vai mudar sua opinião sobre mim.

E, como se não bastasse, ainda tem aquele sujeito irritante que parece sentir um prazer especial em fazer com que eu me sinta tão burra quanto me julgou na nossa primeira interação.

Mesmo deitada na cama apertada do quarto de hóspedes, volto a fechar a cara só de pensar na conversa que tive com Lachlan mais cedo lá perto do celeiro. Depois de um dia inteiro de trabalho e inúmeras tentativas frustradas de puxar assunto com minha suposta avó durante o jantar, a mera lembrança basta para me deixar emburrada. Nunca fui de deixar alguém me tirar do sério, e não entendo por que justo *Lachlan* parece saber exatamente como me deixar furiosa. Eu mal conheço o cara. Até porque ele tem feito o possível para me evitar desde aquele dia no Loch Land. Não que eu esteja atrás dele ou algo assim.

Eu o encontrei de novo mais tarde, saindo de casa, e reparei no sorrisinho debochado que me lançou ao ver meu estado deplorável depois das tarefas que eu mesma inventei de fazer. Ficou me encarando em silêncio, especialmente meu cabelo desgrenhado de tanto suor, e arqueou aquela maldita sobrancelha para representar todos os insultos velados que devia estar se coçando para expressar em voz alta. Ainda não sei se ele ter passado reto sem dizer uma palavra foi melhor ou pior.

"Melhor", digo a mim mesma. "Com certeza melhor."

Rolo de um lado para o outro na cama, sem conseguir pregar os olhos. Poderia botar a culpa no colchão duro que não parece ser trocado há anos, na preocupação constante com a situação familiar confusa na qual me meti, ou até mesmo naquele babaca em quem me esforço muito para não pensar. Por estranho que pareça, contudo, o que tira meu sono é essa sensação sufocante de fracasso. Já faz uma semana, sete dias inteiros, e eu continuo sem ter descoberto nada de novo em relação ao meu pai.

Em alguns momentos, Finlay começava a falar sobre o filho, mas bastava um olhar cortante da esposa para que se calasse na hora. É frustrante não saber *por que* evitam tanto o assunto. E mais frustrante ainda pensar que desperdicei inúmeras oportunidades de perguntar ao meu pai quando ainda estava vivo porque eu temia a expressão triste que dominava seu rosto quando falava sobre a Escócia.

O que pode ter acontecido de tão grave para Rhona preferir esquecer o próprio filho?

Depois de mais alguns minutos inquieta na cama, desisto e me levanto para tomar um pouco de ar na janela. Tento abrir o trinco, mas ele nem se mexe. Chego mais perto e percebo que está todo enferrujado. Deve estar trancado há anos. Ótimo. Muito bom mesmo. Puxo de novo com toda a força, mas o esforço só serve para me deixar ainda mais agitada, com o sangue bombeando meus músculos.

— Mas que inferno — reclamo, lançando um olhar furioso para a vidraça.

"Será que nada vai dar certo essa semana?"

Começo a chacoalhar a esquadria da janela feito uma criancinha birrenta, tomando cuidado para não fazer barulho. Não quero acordar ninguém com minha crise de insônia. Céus, devo estar muito ridícula. Aposto que

Lachlan estaria se acabando de rir da minha cara. Jogo a toalha depois de alguns segundos e solto um suspiro frustrado, toda coberta de suor e ávida por um copo d'água... ou talvez até uma dose de algo mais forte, se conseguir afanar dos armários da cozinha. Enfio os pés nas pantufas surradas, pego o roupão pendurado na velha cadeira de balanço e me aconchego nele.

Saio do quarto xingando até a quinta geração da janela que, embora não tenha feito nada de errado, se tornou o alvo perfeito da minha raiva descabida. De repente, escuto um estalo seguido de um rangido estranho. Quando me viro, a vidraça está entreaberta, com os dois painéis bem afastados para permitir a entrada do ar frio da noite.

"Ué."

Caminho de volta até a janela. O trinco continua tão enferrujado quanto antes, mas agora está aberto. Por um momento, apenas encaro a cena sem reação, e meu cérebro sonolento fica cada vez mais confuso. Balanço a cabeça e concluo que devo ter desemperrado a tranca de tanto puxar naquela hora. Talvez o universo tenha decidido me dar uma colher de chá, afinal. Deixo o ar frio me envolver, respiro fundo e tento clarear os pensamentos.

"Tudo bem", penso. "Primeiro água, depois cama."

Fecho a janela sem passar o trinco para não correr o risco de ela emperrar de novo, depois desço as escadas em silêncio. Não quero acordar Rhona e ser obrigada a lidar com seu mau humor, sendo que ela já mal me suporta.

Estou a poucos passos da cozinha quando escuto vozes. Eu me detenho por um instante, paralisada pelos sussurros vindos da porta aberta. Parece até que pensar na minha avó manifestou sua presença ali.

— Você tem sido fria com a menina desde que ela chegou, Rhonnie! Ela é do seu sangue!

— Ela não é uma MacKay! — ouço minha avó dizer. — Não para valer. Duncan deu o sobrenome a ela, mas isso não a torna uma de nós.

Algo aperta meu peito, envolvendo meu coração como um torno, e sei que eu deveria voltar para o quarto, que não vou querer ouvir essa conversa, mas não consigo sair do lugar.

— Vai mesmo afastar a única parte de Duncan que nos resta por algo tão bobo assim, querida? Nós perdemos nosso menino — argumenta Finlay, com a voz baixa e carregada de tristeza. — Não podemos perder nossa neta também.

Incapaz de me conter, dou o último passo, aquele que me permite espiar pela fresta da porta. A pequena lâmpada no canto afasta a penumbra da cozinha apenas o suficiente para revelar a dureza nas feições de Rhona quando responde:

— Sim, perdemos nosso menino. Perdemos Duncan no dia em que ele saiu por aquela porta, e não tenho interesse em nada do que ele deixou para trás.

Finlay balança a cabeça, abre a boca para dizer alguma coisa, mas parece reconsiderar e se afasta com passos pesados na direção da porta dos fundos, sumindo pela varanda telada logo adiante. Rhona permanece inflexível perto da bancada, com o maxilar contraído, os olhos tomados por raiva pura e incontida, deixando claro que foi sincera em cada palavra.

A dor sufocante me invade de uma vez, o sofrimento pelo meu pai, por essa família, por *mim*, e sinto tudo se acumular no meu peito como água, inundando meus pulmões como se eu estivesse prestes a me afogar. A pulsação latejante na minha cabeça parece uma coisa viva, o fôlego me escapa, as emoções lutam para saltar do meu peito, para fugir para bem longe, e eu...

O estrondo de vidro estilhaçado corta o ar, sobressaltando os três. Uma pilha de cacos reveste o chão, os restos de uma xícara em pedaços, como se tivesse caído da mesa por vontade própria. Não consigo evitar o suspiro surpreso que me escapa, e na mesma hora vejo a cabeça de Rhona se virar na direção do som. Nossos olhos se encontram, tão parecidos, e assim permanecem. Os lábios dela se entreabrem, o rosto fica tingido de espanto genuíno, mas sem um pingo de remorso, percebo. Seu olhar volta da xícara quebrada para mim, e fecha a boca como se tivesse desistido de encontrar as palavras certas. Talvez, para ela, não haja mesmo nada a ser dito.

E de repente percebo o tamanho do erro que cometi.

Dou meia-volta e subo as escadas correndo, com a respiração acelerada ao encarar o quartinho minúsculo e frio e perceber que ele não tem nada para me oferecer. Levo apenas um segundo para começar a arrumar as coisas, jogando as roupas dentro da mala. Durante os vinte minutos seguintes, ninguém aparece atrás de mim.

Nem mesmo quando saio pela porta e deixo a casa para trás.

É tolice estar aqui, sei disso. Se a enseada já é perigosa durante o dia, imagino que seja muito pior à noite. Quase consigo ouvir a voz de Lachlan me chamando de burra. Por algum motivo estranho e desconhecido, sinto uma pontada de decepção ao pensar nele. Seguro a urna do meu pai com força enquanto observo o vaivém suave das ondas, ciente de que preciso ir até o fim, sem me preocupar com o dono dessas terras ou em como pode parecer idiota.

— Desculpa — murmuro para o vento, como se meu pai pudesse me ouvir. — Eu tentei, juro que tentei.

Inspiro o ar pelo nariz, tentando conter o impulso de chorar. Sinto o ardor familiar e traiçoeiro nos olhos e enxugo uma lágrima teimosa com o dorso da mão.

— Queria que você tivesse me contado mais histórias. Queria ter feito mais perguntas — continuo ao voltar o rosto para o céu, piscando rápido. — Queria que você não tivesse me deixado *sozinha*.

O céu está limpo, pontilhado por estrelas cintilantes, e consigo sentir a beleza silenciosa desse lugar. Pela milésima vez, me pergunto o que teria levado meu pai a ir embora daqui. O ar parece carregado de energia, uma presença quase palpável, como se a própria terra ouvisse meu triste solilóquio.

Talvez seja só a solidão falando por mim.

Respiro fundo e tento me concentrar, porque nem as pedras, nem aquele babaca do Lachlan Greer vão me impedir de seguir em frente desta vez. Não importa o que aconteça, vou até o fim.

Avanço pela margem com passos decididos até encontrar a mesma pedra larga e plana daquele primeiro dia, marcando uma espécie de caminho lago adentro. Arrasto as botas novas pela superfície para ver se têm mesmo a aderência prometida pelo vendedor, depois inspiro profundamente e dou o primeiro passo.

"Burra", ouço Lachlan dizer. "É isso que você é."

Cerro os dentes e avanço na direção da próxima rocha, um pouco mais elevada.

"Ela não é uma MacKay", diz a voz de Rhona na minha cabeça. "Não para valer."

Dou mais um passo e aperto a urna bem firme junto ao corpo enquanto começo a escalar a rocha.

"Perdemos Duncan no dia em que ele saiu por aquela porta, e não tenho interesse em nada do que ele deixou para trás."

Enfim equilibrada na pedra mais alta, alguns metros acima da superfície do lago, sou invadida por uma onda de satisfação. Mesmo que não tenha encontrado aquilo que vim procurar, mesmo que nunca chegue a conhecer esse outro lado do meu pai e, por consequência, essa parte perdida de mim mesma, posso dizer que pelo menos cumpri seu último desejo. Levanto o braço e pressiono a testa contra a urna, fechando os olhos por um instante enquanto dou um último adeus silencioso ao meu pai. Se eu prolongar demais esse momento, vou acabar desabando de tanto chorar aqui mesmo. Era só o que me faltava ser encontrada por aquele babaca amanhã cedo e ser obrigada a aturar seu sorrisinho arrogante enquanto me diz "Viu, não falei?".

Abro a tampa da urna e respiro fundo uma última vez antes de despejar seu conteúdo na água lá embaixo. As cinzas são dispersadas pela brisa, flutuando suavemente na direção do lago, e as observo desaparecer até não sobrar mais nada.

Mesmo vazia, a urna parece ainda mais pesada entre meus dedos.

— Eu consegui, pai — sussurro. — Eu consegui.

Abro um sorriso, apesar de tudo, sentindo um breve lampejo de triunfo.

E, bem nesse momento, sou atirada lá de cima e afundo no lago.

Levo alguns segundos para me orientar depois de emergir na superfície, arfando em busca de ar enquanto os ombros e as pernas latejam de dor. Algo me derrubou. Alguma coisa imensa, sólida. Senti aquele peso me atingir por trás pouco antes de meu ombro se chocar contra a rocha, e só me resta agradecer por não ter batido a cabeça na queda.

Bato as pernas debaixo d'água e viro o rosto para identificar o culpado, e mesmo enquanto tento entender o que aconteceu, sinto meus instintos em alerta. A parte racional do meu cérebro se esforça para descartar a ideia que está se formando, na esperança de encontrar uma explicação lógica para como fui do ponto A ao ponto B sem recorrer a razões míticas ou sobrenaturais, mas um respingo a poucos metros de distância cala essa voz bem rapidinho.

A princípio não vejo nada, talvez por causa da escuridão. A superfície do lago parece quase negra sob a luz tênue da lua e das estrelas. E, ainda assim, uma silhueta distinta se move na onda mais próxima, com uma insinuação impossível, inacreditável, porque *não pode* ser real.

Primeiro vem a cabeça: larga e achatada, com olhos brilhantes como os de um gato no escuro. Depois o contorno do pescoço, a curva das costas a deslizar pela água. Fico sem reação, incapaz de fazer qualquer coisa além de me manter à tona e encarar, boquiaberta, a criatura de cuja existência duvidei até o último segundo. Contudo, a prova está bem ali, vindo na minha direção com uma velocidade tão absurda que nem tenho tempo de ficar assustada.

"Vou ser devorada pelo maldito Monstro do Lago Ness."

Mesmo no meu estado delirante, o pensamento é tão absurdo que quase me arranca uma risada. E então eu vejo os dentes afiados e percebo que já era. Vou morrer aqui mesmo.

"Burra. É isso que você é."

Aposto que ele ia achar hilário se…

Outra onda quebra em cima de mim e me empurra para baixo, e preciso bater as pernas com ainda mais força para não afundar. Engulo água e volto ofegante para a superfície, piscando para clarear a visão embaçada, enquanto um som de gelar o sangue corta o ar noturno. O rugido do monstro soa como uma mistura entre dinossauro e pássaro, tão alto que deve ser ouvido a quilômetros de distância. O estrondo me distrai por um instante, tempo suficiente para que eu demore a assimilar a cena diante dos meus olhos.

Porque não apenas o Monstro do Lago Ness *existe* como, pelo jeito, não é o único.

Imóvel ali, vejo uma criatura parecida se lançar contra a primeira, cravando os dentes com força e usando o próprio corpo para empurrar a outra para longe. O primeiro monstro solta um uivo e gira na água com tanta fúria que acabo sendo arrastada de novo para o fundo do lago. Quando volto à tona, ofegante, o novo monstro avança mais uma vez e rodopia para se colocar entre mim e a outra criatura. Nesse instante, um pensamento absurdo me passa pela cabeça.

"Acho que ele quer me proteger."

Por mais que a ideia beire a insanidade, cada movimento do segundo monstro parece calculado para manter o primeiro longe de mim. Se não fosse o frio, o pavor e o medo de me afogar, talvez eu até me permitisse ficar maravilhada com a cena. Nessas condições, porém, apenas aproveito a oportunidade concedida pelo meu possível herói e começo a nadar na direção oposta. Os monstros que se resolvam entre si. Essa história já saiu bem pior do que encomenda.

Sinto as pernas latejarem no ponto onde o monstro as atingiu, nadando o melhor que posso enquanto o som da luta ainda ecoa atrás de mim. Outro uivo corta o ar, e dessa vez soa quase... aflito. Não consigo controlar o impulso de me virar e descobrir qual deles está vencendo. Com uma pontada de compaixão, percebo que meu protetor acabou de levar uma mordida feia do oponente. A junção do pescoço comprido com o corpo está destroçada e escura, como se coberta de sangue.

"Você não pode fazer nada por ele", penso. "Dá o fora daqui."

Permaneço à deriva por alguns segundos enquanto meu herói continua a lutar, com o coração quase saltando pela boca quando ele irrompe a superfície e atinge o outro monstro com toda a força do seu corpo colossal. Outro guincho de dor, dessa vez do bicho que tentou me comer. Quase por milagre, ele começa a nadar para longe. Eu o vejo afundar cada vez mais, seu corpo sendo engolido pela água. Meu protetor permanece a alguns metros de distância, como se quisesse testemunhar sua partida, depois emite um ruído baixo, oscilando na água, e pousa seus olhos brilhantes em mim.

"Fodeu."

Não perco tempo e disparo na direção das rochas, usando as pernas para impulsionar meu nado. Prefiro não esperar para descobrir se, na verdade, o monstro só me salvou para garantir seu próprio jantar. Ouço seu corpo gigantesco cortando as ondas atrás de mim, parecendo criar uma corrente de vento própria, e mesmo enquanto avanço aos tropeços pela costa rochosa, tenho a impressão de que esse pode ser o meu fim.

Então é uma surpresa imensa, com o perdão do trocadilho, quando aquela criatura lendária e assustadora desaba na margem como uma baleia encalhada. A cabeça atinge a areia com um baque, e mesmo de onde estou, a vários metros de distância, consigo ouvir sua respiração áspera e ofegante.

Não faço ideia do que me impele na direção dele. Talvez seja a forma como olha para mim, não como se quisesse me devorar, mas movido por uma curiosidade exausta. Dou um passo cauteloso à frente, contrariando meu bom senso, e o monstro não faz menção de me atacar. Chego mais perto e logo vejo o ferimento aberto na base do seu pescoço ensanguentado.

"Está bem machucado."

Mordo o lábio, hesitante, dividida entre o medo pela minha própria segurança e a preocupação de que o *Monstro do Lago Ness* possa morrer por minha causa. Antes de tomar uma decisão, chego a ter o pensamento horrível de que, pelo menos, havia outro.

— Tudo bem — sussurro para a criatura, avançando bem devagar. — Vou dar uma olhada nesse machucado aí. Mas se você me comer, juro que vai ter uma azia daquelas, ouviu?

O monstro resfolega de leve, algo que poderia soar como uma risada se não viesse de uma criatura do tamanho de um jatinho. Deve estar pensando que minhas ameaças não são motivo suficiente para me riscar do cardápio. Por enquanto, porém, não tenho alternativa melhor.

Ele permanece imóvel quando me aproximo, usando um dos olhos enormes e brilhantes para acompanhar meus movimentos enquanto avalio o estrago. A situação não parece nada boa. O sangue jorra sem parar e, como não entendo nada sobre a anatomia dessa criatura, não tenho como saber se o golpe foi ou não fatal.

Arranco a jaqueta com um gesto apressado. Pode não ser grande coisa em termos de primeiros socorros, mas é literalmente tudo o que tenho. Pressiono a ferida aberta com força, e o sangue começa a encharcar o tecido na hora. Sinto uma tristeza repentina por essa criatura, quase certa de que ela salvou minha vida.

— Mas que merda — murmuro, com os olhos marejados e a voz áspera. — Você não pode morrer agora.

"Eu consegui", vem o pensamento distante. "Eu o encontrei, pai."

— Você não vai morrer, está me ouvindo? Não vai.

Aumento a pressão na ferida, e o desespero me corrói por dentro enquanto rezo em silêncio para que o sangramento diminua. Não faço ideia do que significa, não sei se vai fazer a menor diferença, mas o desejo de tentar é tão intenso que parece me consumir. Assim como antes, eu me sinto tão... *cheia*. Como se as emoções estivessem prestes a transbordar.

Meu corpo arde em chamas, e meus os olhos ficam turvos de lágrimas enquanto pressiono com mais força e faço um apelo silencioso a quem estiver ouvindo para salvar essa criatura, o único vínculo que ainda me liga ao meu pai. Sinto a cabeça rodar com o esforço, dominada pela mesma sensação sufocante da casa de Rhona, que parece inundar meu peito como um calor líquido.

Um calor estranho se espalha pelas minhas mãos e se faz presente no meu peito, nos meus braços, nas palmas. Mal enxergo com a visão embaçada. Minha cabeça gira, meus pulmões ardem. De repente, surge um brilho suave...

E, então, tudo escurece.

10

Lachlan

Acordo ao som de gritos.

Pisco algumas vezes contra o sol forte da manhã, sentindo uma leve fisgada no ombro quando levanto a mão para proteger os olhos. Por um momento, tudo parece borrado e confuso, como ao acordar de um sonho do qual mal se tem lembrança. No entanto, quando outro grito selvagem ecoa ali perto, acompanhado pela visão de uma ruiva descabelada e furiosa me encarando com espanto, não demoro muito a me situar. Tudo volta de uma só vez.

O rugido dele. O estrondo na água. O peso do seu corpo ao colidir com o meu.

— Merda. Será que você poderia... — resmungo, tentando me sentar, com a palma da mão pressionada na testa para aliviar a dor latejante. — Parar de gritar?

Basta uma olhada na direção de Keyanna MacKay para me dar conta de que essa foi a coisa errada a dizer.

— Está de sacanagem comigo? — esbraveja ela, depois joga as mãos para o alto e as deixa cair ao lado do corpo, ainda me encarando com uma expressão atônita. — *Você* é o Monstro do Lago Ness?

"Eu poderia muito bem ter deixado essa pentelha ser devorada", penso, distraído. "Mas nããão."

— Como assim? Do que você está falando?

— Do que eu...? Oi? É sério?

Ela começa a andar de um lado para o outro, inquieta, acenando com gestos frenéticos da mão.

— Ontem à noite apaguei ao lado de um dinossauro, aí acordo hoje e dou de cara com *você*! E *pelado*, ainda por cima.

Dou uma conferida e percebo que ela tem razão.

— Olha só... — Endireito o tronco e apoio os cotovelos nos joelhos, tentando esconder minhas partes íntimas. A coitada já está vermelha demais. — Bem, às vezes gosto de nadar à noite.

— Você gosta de nadar à noite — repete ela, impassível.

Espreguiço os braços e solto um grunhido com a rigidez dos ombros.

— Isso mesmo.

— Vai usar essa desculpinha esfarrapada? — pergunta, sem rodeios. — Jura?

— Não parece mais plausível do que você ter dormido ao lado de um... como foi que chamou mesmo?

— Vai me fazer pagar de louca, é isso?

— Eu? Jamais.

— Acabou de fazer.

— Acho que você bateu a cabeça.

O comentário só serve para aumentar a fúria dela. As bochechas ficam ainda mais rosadas, o que nem me parecia possível.

— Sério que você vai dar uma de Edward Cullen pra cima de mim?

— Nem sei do que você está falando.

— Eu não bati a cabeça, inferno! Sei muito bem o que vi.

Começo a me levantar, e ela desvia o rosto na hora para não encarar meu corpo nu. Ainda assim, vejo um leve rubor tingir seu pescoço.

— Eu vi você boiando no lago ontem — começo a dizer, com a voz controlada. — Tentei avisar sobre as pedras, mas pelo jeito você nem ouviu. Pancadas na cabeça podem afetar a memória, sabia? Tem um bom médico na cidade... Posso te levar lá, se quiser.

— Vai insistir nessa história de que salvou a trouxa aqui de se afogar depois de ter escorregado das pedras? — questiona ela.

Encolho os ombros.

— Não tem história nenhuma, só a verdade.

— E por que você está pelado?

— Não queria molhar minhas roupas, né? Acho que desmaiei de cansaço. Salvar os outros dá muito trabalho.

Ela volta a me encarar com os olhos semicerrados.

— Sério?

— Seríssimo.

Faço cara de paisagem, me segurando para não rir de sua expressão indignada.

Dá para ver o quanto se esforça para não olhar meu corpo, e faço questão de ajeitar a postura, com as pernas bem afastadas e os pés fincados na areia, cruzando os braços sobre o peito. O efeito é imediato, bem como eu queria: as bochechas dela pegam fogo e os olhos se concentram nos meus por um instante antes de se desviarem para baixo. Um sorriso malicioso e satisfeito surge em seus lábios.

— Se gostou tanto assim do que viu — provoco —, pode olhar o quanto quiser.

— Claro, vai sonhando — debocha ela, com ar presunçoso, dando um passo na minha direção. — Então quer dizer que você me salvou?

— É, salvei, sim.

Observo seu avanço cauteloso, com os lábios franzidos ao assentir com a cabeça, como se estivesse pensando.

— E eu só imaginei o Monstro do Lago Ness?

— Não é a primeira vez que isso acontece — explico. — Não precisa ficar com vergonha.

Aquele sorriso de canto me avisa que lá vem encrenca, mas só percebo o tamanho do estrago quando ela diz:

— Hum, então o que é isso aqui?

Os dedos dela deslizam pelo meu ombro, provocando um arrepio seguido por uma onda de calor que não tenho tempo de analisar, pois segundos depois uma dor latejante começa a pulsar bem ali.

— Merda — digo baixinho.

Key cutuca a pele sensível, rosada como se tivesse acabado de cicatrizar. Embora não esteja tão feia quanto deveria, a marca da mordida ainda está nítida ali, um tanto reduzida para se adequar ao meu corpo. Fecho a cara, confuso com o estado da ferida e irritado por isso dar ainda mais munição para ela me contrariar. Volto meu olhar na direção de Key e vejo o ar de triunfo em seu rosto.

— Sei muito bem o que vi — insiste ela com firmeza.

Repasso uma série de desculpas na minha cabeça, desesperado para encontrar uma explicação que não envolva revelar um segredo de séculos. Pelo pouco que conheço dessa mulher, porém, sinto que ela não vai largar o osso tão cedo. Então, já não me resta saída.

Respiro fundo e solto o ar devagar.

O segredo resistiu por séculos e, em instantes, tudo desmorona por causa de uma mulher impulsiva e irritante. Uma MacKay, a última pessoa com quem eu gostaria de compartilhar essa história, aquela que, segundo meu pai, pode muito bem ser minha ruína.

"Porra."

— Espera aí!

Continuo a marchar pela beira do lago em busca das minhas roupas, tentando manter o máximo de dignidade possível no ar frio da manhã, seguido de perto pelos passos apressados de Keyanna. Levo a mão ao ombro e aperto a pele ainda sensível, sem entender como se curou tão depressa. Minha condição oferece certa resistência, claro, mas uma ferida como essa deveria levar dias para cicatrizar. Não faz sentido.

A aproximação de Keyanna interrompe meus devaneios. Dou uma espiada por cima do ombro, fechando a cara.

— Não tem nada melhor para fazer, não?

— Além de explorar a enseada onde o monstro mágico do lago me salvou antes de voltar a ser um baita otário, você diz? — pergunta ela, debochada. — Não, pior que não tenho.

Dou um sorrisinho irônico quando ela me alcança e passa a andar ao meu lado.

— Pode falar, você só quer admirar a vista, né? — provoco.

— Longe disso — responde ela com um revirar de olhos, mas percebo que ainda está toda vermelha. — Eu olho para você e já vejo um bundão. Nem precisa tirar a roupa.

— Que gracinha — resmungo.

A raiva nos olhos dela já diminuiu, dando lugar a uma curiosidade inquietante, e está na cara que não vai engolir essa história e me deixar em paz.

— Então... você sempre foi um... — Ela faz um gesto circular com a mão, como se tentasse encontrar a palavra certa. — Monstro?

— Não — respondo secamente. — Uma bruxa me deu uma maçã envenenada depois que mijei no jardim dela.

Os olhos de Key se arregalam de forma quase cômica.

— Sério?

— Claro que não, né.

Ela fecha a cara.

— Viu? Além de bundão, é babaca.

— Se você diz...

Avisto minhas roupas a alguns metros de distância e faço o possível para ignorar a presença dela enquanto recolho as peças e me visto depressa. Para dar o devido crédito, Key ao menos se mantém afastada, com o olhar voltado para outra direção.

— Até parece que você já não viu tudo — comento em tom de brincadeira.

A boca de Key se contorce como se tivesse chupado limão.

— Eu não vi nada.

— Claro, claro.

— O que aconteceu com você, afinal?

— Nada, ué.

— Você simplesmente acordou um belo dia e era o Monstro do Lago Ness?

— Eu odeio esse termo — resmungo.

Key abafa uma risada.

— E como prefere ser chamado, então?

— De nada.

Calço as botas com mais agressividade do que o necessário, amaldiçoando minha própria sorte por ter me enfiado nessa situação. Tanta gente podia ter me visto no lago, tanta gente podia ter se metido naquela confusão... mas tinha que ser justo *ela*? Seria ironia do destino? A última provocação do clã MacKay contra os Greer?

Paro de me vestir por um instante, e o aviso sussurrado do meu pai cruza meus pensamentos.

"Pois o fim só virá..."

Trato de afastar a lembrança. Não vou me deixar levar pelo pânico alimentado por superstições e conjecturas. Com isso em mente, volto a me vestir, dessa vez com mais urgência. Preciso dar o fora daqui e clarear as ideias.

— Calma lá — diz Key de repente, e sua voz rompe o silêncio ao nosso redor. — A Nessie é uma garota!

— Pelo jeito, não é bem assim.

— Mas a Nessie sempre foi tratada como fêmea!

— Eu até tentei avisar que não era verdade, lembra? — comento. — Lá no Loch Land.

— Sim, mas achei que você só estava sendo escroto.

— Não, eu estava tentando dizer que Nessie *tem* escroto.

Key fica vermelha na hora, e eu preciso admitir que uma parte de mim, por menor que seja, adora pegar no pé dela. Ela fica tão linda toda coradinha assim.

"Pare de pensar na beleza dela, mané."

— Então quem é o outro monstro?

Congelo no meio do movimento de vestir a jaqueta, com a mandíbula contraída e os lábios franzidos em uma linha fina. Viro o rosto na direção do lago e observo a superfície tranquila, mesmo sabendo que não vou encontrar nada ali. Durante o dia ele se afasta para águas mais profundas, como se ainda se lembrasse da necessidade de se esconder.

Mesmo que seja tudo o que restou da sua memória.

— Não é da sua conta — declaro.

Continuo andando na esperança de encontrar meu carro, ainda com a mente a mil para descobrir a melhor forma de lidar com a situação. Se Key abrir o bico e contar a verdade para todo mundo... O que vai acontecer?

Se Rhona souber que há mais por trás das histórias e lendas passadas por sua família através de gerações... Será que a história vai se repetir? Ela é uma MacKay, afinal. Por mais acolhedora que tenha sido, está no nome.

— Você *precisa* me contar alguma coisa — insiste Key, quase implorando.

Viro o corpo com um movimento brusco e me aproximo tão de repente que ela dá um passo para trás, tentando manter distância.

— Eu não *preciso* contar nada — praticamente rosno. — Isso não é uma brincadeirinha boba, entendeu? É minha vida. Você faz ideia do que aconteceria comigo se as pessoas descobrissem a verdade? Consegue imaginar as consequências? Porque eu consigo. Só penso nisso há anos. Então, *não*, eu não devo explicações a ninguém.

Observo sua expressão chocada e não sei o que me leva a ir além, mas sou invadido por uma raiva repentina que nem é direcionada a ela, acho, e sim à sua família como um todo.

— Muito menos para você — disparo entre os dentes. — Muito menos para uma *MacKay*.

Eu a deixo plantada ali e saio pisando firme para o outro lado, com a têmpora latejando e o peito ardendo de fúria. No fundo, sei que Keyanna não é o problema. Afinal, nem é culpa *dela*. Nesse momento, porém, não tenho mais ninguém em quem descontar minha raiva.

E mesmo assim, ela não parece nem um pouco abalada.

— Mas você trabalha para minha avó — argumenta, correndo para me alcançar. — Se não gosta da minha família, por que foi morar na fazenda dela?

Fecho a cara, me xingando por dentro. Dei muita brecha para a pergunta. Tento me esquivar com uma desculpa qualquer:

— Sua linhagem é tão antiga quanto a minha. Quero ver se encontro alguma coisa sobre minha maldição nos registros da sua família.

— Ahá! — exclama Key, com um sorrisinho vitorioso ao apontar o dedo para mim. — Então é mesmo uma maldição!

— Pelo amor de Deus — resmungo. — Será que não pode esquecer essa história?

Ela parece *empolgada*. Por que está animada desse jeito? Será que não podia, sei lá, ter medo de mim? Sou um monstro, cacete. Não um filhotinho.

— Mas é tão incrível! — insiste ela. — Meu pai tinha razão! Foi você quem ele viu? Se bem que você só tinha uns seis anos quando ele foi embora daqui, né? Então como…

— Não fui eu. Era… — respondo, respirando fundo antes de soltar o ar. — Era outra pessoa.

Key abaixa o olhar para os próprios pés enquanto caminhamos.

— Caramba… Então sempre houve outros além de você. Que loucura. Meu pai parecia tão *convincente* quando contava a história, mas uma parte de mim sempre ficou com o pé atrás.

Dou um suspiro.

— Bom, você conseguiu o que queria. Provou que seu pai tinha razão. Agora já pode ir embora?

A cabeça dela se ergue de repente, e seus olhos encontram os meus.

— O quê? Não posso ir assim. Ainda tenho um monte de perguntas!

Paro de andar de novo. Já estou perto do carro, mas o medo do que essa mulher pode fazer comigo fala mais alto.

— E o que vai fazer com toda essa informação?

Key parece confusa.

— Hã? Como assim?

— Vai revelar a verdade ao mundo? Contar para todos o que viu?

Ela abre e fecha a boca algumas vezes, com o rosto inclinado.

— Hum… Não? Imagino que seria… ruim para você. Não seria?

Estreito os olhos, ressabiado.

— E desde quando você se importa comigo?

— Não me importo com você — balbucia ela, desviando o olhar. — Mas você salvou minha vida. Eu te devo uma… não?

Eu a estudo por um momento, buscando algum sinal de falsidade, mas não encontro nada. Na verdade, os pensamentos e emoções de Keyanna parecem estar sempre estampados no rosto, como um livro aberto para quem quiser ler. Acho que ela deveria aprender a esconder melhor.

— É, salvei — concordo, um tanto cauteloso. — Mas como vou saber se posso confiar em você?

Uma brisa passa por nós e bagunça seus cachos rebeldes, que se espalham ao redor do rosto e emolduram os traços lindos e delicados nos quais eu nem deveria estar reparando.

— Acho que não tem como saber... — admite ela, coçando o pescoço. — Mas eu... Sei lá. Minha avó me odeia. Ela praticamente disse isso com todas as letras ontem à noite. Na verdade, minha ideia era ir embora depois de... terminar tudo aqui.

— E qual é o problema? Ainda pode ir.

— Mas... Você é real. Entende? Meu pai me contava histórias sobre você... Bom, não exatamente, mas sobre criaturas como você, e aí eu... — Ela morde o lábio, soltando um suspiro pesado. — Se existir mesmo uma maldição, acho que meu pai ia querer que eu te ajudasse.

Arqueio as sobrancelhas, intrigado.

— Você quer me ajudar?

"É, por essa eu não esperava."

Os lábios dela se contorcem daquele jeito esquisito mais uma vez, como se tivesse chupado limão, e o nariz franzido realça ainda mais as sardas.

— Eu... Sim. Acho que quero.

Não sei bem como reagir. A ideia de receber ajuda de uma MacKay chega a ser cômica, com base em tudo que sei, mas a expressão de Key é sincera, com seus olhos cor de esmeralda brilhando de empolgação. Está na cara o quanto está desesperada por respostas.

"Pois o fim só virá..."

Balanço a cabeça para afastar o pensamento, mas ele serve como um lembrete claro. Não posso confiar nela, e seria burrice sequer cogitar isso.

Já estou me virando para ir embora quando digo:

— Eu não preciso da sua ajuda.

— Mas não custa tentar! — exclama ela atrás de mim.

— É melhor você ir embora, Key — respondo por cima do ombro, abrindo a porta do carro com força. — Esqueça essa história e vá embora daqui.

— Deixe de ser teimoso, Lachlan! — grita ela, ainda no mesmo lugar onde a deixei.

Ali, na porta do carro, eu a observo uma última vez. Sinto uma inquietação estranha no estômago ao encarar o *desejo* puro nos olhos dela, a avidez para que eu lhe dê algo, *qualquer coisa*.

Mas eu não posso. Não mesmo.

— Vá embora.

Key repete aquele gesto que parece reservar só para mim: bate o pé com raiva e cruza os braços com força diante do peito.

— Acho que também salvei sua vida, viu?

A voz dela vem abafada do lado de fora, mas ainda assim me faz estremecer dentro do carro.

E tem razão. Sei disso. Ela me salvou mesmo, só não entendo como foi possível. Acho que nem ela sabe. Hesito, com os dedos agarrados no volante, os dentes cerrados.

"Acho que também salvei sua vida, viu?"

Respiro fundo, giro a chave na ignição e começo a dar ré.

"Pode até ser", penso. "Mas alguém como você já destruiu tudo uma vez."

E eu não posso me esquecer disso.

11

Keyanna

Não volto para a casa dos meus avós depois da conversa com Lachlan. Parte de mim queria correr atrás dele, mas nem sei se ele mesmo voltou para a fazenda. Sem contar que ainda não estou pronta para encarar a realidade depois de ter escutado Rhona dizer que eu não era bem-vinda. Então cá estou, sentada diante do balcão no pub de Blair e Rory. Apesar de os dois terem insistido que onze da manhã não é cedo demais para uma cerveja, pedi só uma água enquanto espero a comida que Blair fez questão de preparar para mim.

— Prontinho, aqui está — anuncia ela, colocando uma cestinha na minha frente. — Receita do meu avô. O melhor *fish and chips* que você vai comer em toda a Escócia.

— Ou pelo menos desse lado de Inverness — acrescenta Rory.

Blair estala a língua e olha feio para o irmão.

— Não dê ouvidos para ele — diz, e aponta para a cesta. — Coma um pouquinho, você está na capa da gaita. O que aconteceu?

Olho para minhas roupas amassadas, endurecidas pela água do lago, e nem quero imaginar o estado do meu cabelo depois de ter dormido ao relento. Não faço ideia do que significa "estar na capa da gaita", mas deve ser bem próximo de "o cão chupando manga".

Pego uma batata frita e mordo a ponta.

— Eu tive uma noite… difícil.

— Se este não fosse o único pub da cidade, eu diria que você encheu a cara ontem — comenta Rory.

Empurro o resto da batatinha para dentro da boca. Está mesmo deliciosa, ou talvez eu esteja só com fome mesmo.

— Não, com certeza não foi isso — respondo.

— Ah, qual é — insiste Blair. — Pode afogar as mágoas. É para isso que bartenders servem, não?

Estreito os olhos.

— Da última vez que me abri com um bartender, fui parar em uma atração infantil mequetrefe.

Blair solta um muxoxo.

— Poxa, foi só uma brincadeirinha inocente. E no fim você aprendeu alguma coisa, não aprendeu?

— Sim, aprendi a não confiar em bartenders — resmungo.

Rory empurra o ombro da irmã.

— Viu? Foi ideia sua.

— E você foi na onda — rebate Blair.

— Porque você é mais velha — argumenta ele, com toda a naturalidade. — E a gente tem que respeitar os idosos.

— Vou te mostrar quem é idosa, seu filho da…

— Parem de brigar — intervenho. — Já passou. Não estou mais brava com vocês.

— Desculpa mesmo — dizem os dois em sincronia, e chega a ser um pouco assustador.

— Então me sirvam aquela cerveja para compensar.

O rosto de Rory se ilumina.

— É para já! Assim que se fala!

— Deve ter sido uma noite daquelas — comenta Blair, com os cotovelos apoiados no balcão. — Tem até um pouco de…

Ela estica a mão e tira um chumaço de folhas secas do meu cabelo. Devem ter se enroscado ali enquanto eu me debatia para salvar minha própria vida no lago ontem.

— São plantas aquáticas? — acrescenta, me observando com curiosidade. — Por acaso nadou no lago ontem à noite?

Sinto o rosto arder de vergonha e abaixo os olhos para a cestinha de comida. Finco o garfo no peixe e tento encolher os ombros com indiferença, mas consigo sentir o olhar de Blair cravado em mim.

— Quem foi nadar? — pergunta Rory, deslizando a caneca de cerveja pelo balcão. — Não vá me dizer que voltou para a enseada...

— É perigoso — sibila Blair, girando a plantinha entre os dedos. — Ainda mais à noite.

Sem pensar, murmuro:

— Nem me fale.

Fico paralisada com uma batata frita a meio caminho da boca, e arregalo os olhos enquanto tento voltar atrás.

— Não, hã, é só que... Eu...

— Ela sabe — diz Rory, como se me visse de verdade pela primeira vez. — Não sabe?

Tento responder com naturalidade:

— Sei... o quê?

— Rory — retruca Blair com firmeza. — Fecha essa matraca, pode ser?

Por um bom tempo ficamos os três em silêncio, apenas nos encarando. O único som vem do arrastar da cadeira de Fergus na sua mesinha habitual no canto. Blair olha de novo para a plantinha em sua mão, depois para minhas roupas amarrotadas e para o meu cabelo desgrenhado.

— Você foi nadar ontem à noite, Key?

Faço uma cara desconfiada, porque talvez eu não seja a única a saber a verdade sobre a lenda do Lago Ness. Lachlan disse que era amigo dos gêmeos desde criança, não disse?

— Talvez... — respondo, cheia de dedos. — Por quê?

Rory arregala os olhos e bate as mãos com tudo no tampo de madeira, quase se jogando por cima do balcão.

— Por acaso você viu alguma coisa?

— O que eu poderia ter visto?

Tento esconder o jogo com uma fachada impassível, com medo de trair a confiança de Lachlan sem querer. Um pensamento estranho, considerando que ainda o detesto. Mas acho mesmo que meu pai ia querer que eu o ajudasse, então não estou disposta a revelar os segredos dele tão facilmente.

— A Enseada Skallangal é perigosa — enfatiza Blair. — Não volte lá. Ainda mais sozinha.

Mantenho a expressão o mais neutra possível, tentando sondar o terreno.

— Eu não estava sozinha — respondo. — Lachlan estava lá.

Dessa vez é Blair quem parece abalada, com os olhos arregalados e os lábios entreabertos de surpresa. O olhar dela percorre meu rosto por alguns segundos, e de repente uma onda de compreensão cruza suas feições.

— Então você sabe mesmo. Não é?

— Não posso confirmar nem negar — declaro.

Ela assente com a cabeça.

— Boa resposta. Existem certas... coisas naquela enseada que precisamos proteger, entende?

— Eu nunca machucaria ninguém de propósito — declaro, sem me estender muito. Algo me diz que estamos em sintonia. — Mas alguma coisa tentou me machucar.

Rory prende a respiração.

— Então você viu? Não Lachlan, mas o...

— Rory — adverte Blair, sem tirar os olhos de mim. — Isso não é da sua conta.

Ela me observa por mais um momento, e então acrescenta:

— Lachlan é um bom sujeito, Key. Sei que pode parecer um babaca à primeira vista, mas já passou por muita coisa, mesmo tão jovem. Ele não merecia tudo o que precisou enfrentar, e isso o endureceu. Ficou mais fechado, acho que mais até do que ele gostaria de ser. Entende?

— Não muito — respondo com sinceridade. — Ele não quis falar comigo... depois do que aconteceu.

Observo minhas mãos enquanto as lembranças da noite anterior voltam à tona, os detalhes um pouco confusos, mas ainda vívidos. Penso no meu desespero ao ver a ferida ensanguentada daquela criatura, *Lachlan*, na sensação de impotência por não saber como ajudar. Entre as memórias enevoadas, quase consigo me lembrar daquele brilho cálido, do calor nas palmas das mãos. Fiquei tão concentrada em estancar o sangramento, em conter a hemorragia, mas por acaso parei para pensar no que realmente aconteceu? Tudo ficou escuro de repente, o ferimento estava quase curado pela manhã... Foi obra *dele*? Qual seria a outra explicação? Não pode ter sido eu quem...

Blair dá um longo suspiro, me despertando do devaneio.

— É bem a cara dele. Lachlan não gosta muito de se abrir. Acha que precisa carregar o mundo inteiro sozinho naquelas costas largas dele.

Um sorriso brinca em meus lábios.

— Consigo até imaginar.

— Só... tenta dar uma chance para ele, pode ser? Lachlan tem motivos para ser tão desconfiado. Especialmente em relação a você.

— Como assim? O que tenho a ver com a história?

Blair nega com a cabeça.

— Não cabe a mim falar nada. Se quiser, vai ter que perguntar para ele.

— E vou perguntar como? — debocho. — Aquele cara parece uma mula de tão teimoso e...

— Keyanna!

Olho para trás e vejo meu avô parado na porta do bar, ofegante como se tivesse corrido o caminho todo até aqui. Os olhos estão marejados de lágrimas antigas ou novas, e o corpo frágil treme conforme atravessa o recinto na minha direção.

— Aí está você — diz Finlay, com a voz embargada. — Achei que tivesse ido embora de vez! Quando acordei e não vi você lá, eu...

As palavras morrem em seus lábios. Parece tão desolado que eu me levanto do banco e, no instante em que meus pés tocam o chão, ele se joga nos meus braços. Com minha altura, consigo apoiar a testa no seu cabelo ralo, inalando o aroma estranhamente reconfortante de tabaco e hortelã.

— Desculpa — peço baixinho. — Eu não queria deixar o senhor preocupado, mas...

— Eu sei que você escutou sua avó ontem — continua ele, ainda choroso. — Ela só falou da boca para fora, querida.

— Acho que tinha um fundo de verdade, sim — argumento.

Meu avô se afasta um pouco, com ar cabisbaixo.

— O que minha Rhonnie disse foi doloroso, eu sei disso, e nada justifica, mas ela também está sofrendo. Está assim desde que nosso Duncan foi embora. Mas Rhonnie... — Faz uma pausa, balançando a cabeça. — Ela é teimosa. Acha que precisa carregar os problemas de todo mundo, mas não deixa ninguém ajudar com os dela. E ver você... deve ser muito difícil para sua avó, porque foi por causa de uma briga entre os dois que nosso menino foi embora.

— Foi por isso? Sério?

— Sim, sim. Foi uma briga feia. Acho que ela se arrepende, mas já é tarde demais, entende? E agora você está aqui, tão parecida com nosso menino... Rhonnie deve reviver toda aquela dor, toda aquela culpa sempre que olha para você.

Tento encarar a situação pelo lado dela. Não é nada fácil, porque não faço ideia do que pode ter motivado uma briga tão terrível a ponto de meu pai deixar tudo para trás e mudar de país.

— Não consigo entender — admito. — Meu pai nunca tocou nesse assunto. Nunca me contou por que foi embora. Então eu... eu não sei como ajudar.

— Volte para casa comigo — insiste ele. — Converse com sua avó. Ela nunca vai admitir, mas no fundo se arrepende do que disse. Tenho certeza.

— Não sei se é uma boa ideia, Finlay...

— Vovô — corrige-me ele, endireitando a postura, depois me segura pelos ombros. — Não importa o que aconteça, eu sou seu *avô*, ouviu?

Droga. Agora sou *eu* quem sente vontade de chorar. Concordo com um aceno, tentando não desmoronar enquanto o peso dos acontecimentos da noite anterior, com minha avó, na enseada, e o maldito Monstro do Lago Ness, desaba sobre mim. Respiro fundo e solto o ar, trêmula. Dou outro aceno, dessa vez mais firme.

— Tudo bem — digo ao meu avô. — Se o senhor tem certeza, vou voltar.

— Nunca tive tanta certeza — garante ele com um sorriso radiante, tão parecido com o do meu pai que chega a doer. — Entre no carro e vamos resolver tudinho lá na fazenda, está bem?

Dou uma olhada nos gêmeos, que estavam observando a conversa com ar curioso, mas sério.

— Claro, pode ser. Só preciso pagar a conta e...

Blair me interrompe com um gesto.

— Está tudo certo. Acho que te devo uma por causa do Loch Land.

— Fechado — respondo, aos risos.

Finlay comenta alguma coisa sobre fazer a caminhonete pegar no tranco e sai do bar. Percebo que Rory fica um pouco sem jeito quando pego meu casaco duro no banco, enrolando bem para esconder a mancha escura de sangue.

— Você perdoa a gente, né?

— Sim, claro.

Ele solta um suspiro aliviado.

— E sobre aquele outro assunto...

Fico ali parada com o casaco na mão, observando a expressão apreensiva dos gêmeos.

— Não sei do que você está falando — respondo com um leve encolher de ombros. — Eu não vi nada.

Os dois sorriem ao mesmo tempo, versões idênticas do mesmo sorriso, e eu tenho que me controlar para não tremer inteira.

É esquisito para cacete.

Confesso que estou aliviada por não precisar voltar de carona com meu avô para a fazenda. Não que ele não seja incrível, isso está cada vez mais claro, mas eu precisava de um tempo sozinha para botar a cabeça em ordem. Com tudo o que aconteceu na enseada ontem à noite, eu quase me esqueci dos motivos que me levaram até lá, e só me lembrei quando Finlay entrou todo esbaforido no pub.

As palavras da minha avó reverberam na minha cabeça com uma clareza impressionante, e, apesar de ter concordado em voltar, não estou tão convencida do arrependimento dela quanto meu avô. Não depois de ver a expressão no rosto de Rhona ao dizer aquilo. Como se minha mera presença em sua casa fosse uma ofensa.

Sinto um nervosismo crescente no estômago quando a fazenda desponta no horizonte, seguido por aquele velho aperto no peito. Enrolo no carro por alguns segundos enquanto Finlay desce aos cambaleios da caminhonete velha. Ele me dá um aceno encorajador lá de fora, esperando que eu o acompanhe. Solto o ar bem devagarinho para acalmar os nervos, tentando me convencer de que vai dar tudo certo. Não importa o que aconteça, pelo menos vou colocar um ponto-final nessa história.

— Tudo bem aí? — pergunta Finlay quando me aproximo.

Confirmo com um aceno, mordiscando o lábio enquanto espio a porta da frente.

— Hum, tudo. Tem certeza de que ela vai querer falar comigo?

— Claro que tenho — garante ele. — Pode ir na frente. Vou lá ajudar Lachlan com as vacas. Assim vocês duas ficam mais à vontade.

Trato de afastar a lembrança da noite anterior ao ouvir o nome de Lachlan. Por mais estranho que pareça, no momento tenho problemas maiores do que a existência de um dragão aquático metamorfo. Afinal, a própria Rhona é mais um dragão que preciso enfrentar.

"Por favor, não me deixe sozinha com ela", penso em dizer, mas não tenho coragem de destruir as esperanças do meu avô. Ele parece tão otimista. Por isso, apenas volto a acenar a cabeça quando ele se despede com a promessa de me ver no jantar, embora eu nem saiba ao certo se isso vai mesmo acontecer. Até lá, posso muito bem ter sido expulsa de vez.

"Pelo visto, mesmo quando sua família não quer sua presença, você ainda insiste em ficar."

Acho graça do tom repreensivo do meu próprio cérebro. Como se fosse possível *ir embora* depois de ter encontrado o *verdadeiro* Monstro do Lago Ness.

Mas isso é um problema para outra hora.

Entro direto sem nem bater, achando melhor nos poupar do constrangimento logo de cara. Fecho a porta em silêncio atrás de mim e fico parada no capacho, tentando ouvir sinais da minha avó. Escuto um tilintar vindo da cozinha, o som inconfundível da colher raspando na xícara, quase um ritual para ela. Rhona adora o chá da tarde.

— Melhor entrar de uma vez — chama ela, com a voz cansada. — Não precisa ficar escondida aí fora.

Sigo na direção da cozinha e encontro Rhona sentada à cabeceira da mesa, soprando a xícara fumegante com delicadeza. Mal olha para mim quando cruzo a soleira, contorno a mesa e me acomodo perto dela. Apenas beberica o chá sem a menor pressa, soltando um suspiro pesado depois de engolir.

— Esse conjunto de porcelana era da tataravó de Finlay — comenta ela de forma distraída, traçando com o dedo a filigrana rosa pintada na lateral. — Está na família há mais de um século.

— É muito bonita.

Ainda sem olhar para mim, ela continua:

— Foi passado de geração em geração para as mulheres da família. Uma tradição, por assim dizer. Toda matriarca MacKay passa o conjunto adiante quando chega a uma certa idade.

— Hum, entendi.

— Achei que ficaria de herança para o seu primo, caso ele conseguisse arranjar uma esposa — murmura Rhona enquanto me olha de soslaio, com uma expressão cautelosa. — Mas acho que não vou mais precisar deixar com ele, não é?

Raiva e mágoa começam a fervilhar dentro de mim.

— Caso já tenha esquecido, você mesma disse que eu não sou uma MacKay de verdade. Então não entendo por que o plano mudaria agora.

Os ombros dela afundam e os olhos assumem um aspecto cansado, quase como se transbordassem de arrependimento, mas talvez seja só impressão minha. Depois de um segundo, ela responde baixinho:

— É, eu falei isso mesmo.

Por um bom tempo, Rhona apenas observa a própria xícara. O silêncio se estende entre nós enquanto espero que ela diga mais alguma coisa. Não vou entregar um pedido de desculpas de bandeja e não pretendo continuar onde não sou bem-vinda. Se depender de mim, ela está por conta própria.

— Você precisa entender. Dunc... — Ela engole em seco, como se a palavra custasse a sair. — Seu pai era tudo para mim. Sempre me encheu de orgulho, de felicidade. Ele era... era tão inteligente. Um garoto gentil, doce. Desde o dia em que nasceu, me trouxe... tanta alegria.

Rhona não parece esperar nenhuma resposta da minha parte, então fico quieta e me ajeito na cadeira para ouvir o resto.

— Sua mãe estava de férias aqui quando os dois se conheceram. Fiquei com medo desde a primeira vez que a vi. Medo de que ela o tirasse de mim.

Dava para ver o quanto seu pai estava apaixonado, e eu sabia que ela tinha o poder de levar meu filho embora, de tirá-lo da minha vida e me deixar apenas com uma ou outra visita. E eu não suportava essa ideia.

É uma sensação estranha... ouvir minha avó falar da minha mãe desse jeito. Meu pai sempre a descrevia como uma mulher gentil e atenciosa que se dava bem com todo mundo, então é difícil conciliar a imagem pintada por Rhona com a mãe sobre a qual ouvi a vida toda.

— Não acho que minha mãe teria...

Rhona suspira.

— Sim, sim, eu sei. Foi burrice de uma velha tola. Fiz papel de boba quando o inevitável aconteceu. Quando seu pai me contou que os dois iam se casar... falei muitas coisas das quais me arrependo.

— Foi por isso que vocês brigaram?

Ela nega com a cabeça devagar, e o gesto é carregado de tristeza.

— Não... Nossa relação já estava fragilizada naquela época, mas ainda mantínhamos contato. Trocávamos cartas e telefonemas, e os dois até vinham nos visitar sempre que podiam. E aí ele me contou sobre você... e eu estraguei tudo.

Recuo na cadeira, confusa.

— Eu? O que tem eu?

— Sabia que você foi a primeira mulher a nascer no clã MacKay depois de séculos?

— Não, eu não fazia ideia — respondo, sem saber como lidar com essa informação.

— Eu achei que talvez... você pudesse nos unir de novo. Achei que seu nascimento traria uma reconciliação para a família. E aí, quem sabe, tudo voltaria a ser como era antes.

Agarro a beira da mesa com tanta força a ponto de minhas juntas ficarem brancas, sem acreditar que as respostas que me foram negadas por tanto tempo enfim parecem estar ao meu alcance.

— O que aconteceu?

— Foi a última vez que vi seu pai — conta Rhona lentamente, como se cada palavra fosse difícil de pronunciar. — Ele me chamou para conversar bem aqui, nesta mesa. Parecia... agitado. Meio fora de si. Contou que sua mãe estava grávida, que tinham descoberto que seria menina. Fiquei muito surpresa, claro, mas Duncan... Duncan parecia quase chateado com a notícia.

Essa revelação me deixa desnorteada. Meu pai *nunca* demonstrou, nem por um segundo, estar insatisfeito comigo. Nunquinha.

— Por que ele ficaria chateado?

— Não sei. Nunca tive a chance de descobrir. Ele começou a falar um monte de coisas. Queria levar sua mãe de volta para os Estados Unidos e criar você lá. Disse que nunca mais ia trazer você para a Escócia e...

Rhona olha para o teto, e percebo que seus olhos estão marejados.

— Ele disse que sabia que eu sempre tinha sido contra o casamento, e não queria que seus filhos crescessem no meio desse ambiente hostil. Eu... não reagi muito bem. — Ela me lança um sorriso fraco e choroso. — Você deve ter percebido que sou meio cabeça-dura.

Em outro momento, talvez eu até achasse graça do comentário. Mesmo tendo a conhecido há pouco tempo, porém, ver Rhona frágil assim é... desconcertante. Ela tem sido uma fortaleza desde meu primeiro dia aqui.

— O que aconteceu?

— Eu falei algumas coisas, seu pai também... — conta ela, com um meneio de cabeça. — Já nem lembro mais. Só um monte de palavras amargas e raivosas que os dois falaram da boca para fora, creio eu. Mas agora não faz diferença, não é? Uma vez ditas, não tem como voltar atrás. O estrago foi feito. Seu pai arrumou as coisas e estava prestes a ir embora com sua mãe, e eu disse... — Os lábios dela estremecem, as mãos enrugadas ficam trêmulas contra a xícara. — Eu disse a ele que se saísse por aquela porta, não precisava mais voltar.

Rhona fecha os olhos, e sinto o impulso estranho de segurar sua mão. Não sei se ela aceitaria bem o gesto, então me contenho.

— E vocês dois... nunca mais se falaram?

Ela assente, ainda de olhos fechados.

— Por um tempo, ele mandou cartas. Eu não fui sensata o bastante para engolir meu orgulho e responder. Passei esses anos todos agarrada a esse orgulho besta. Um sentimento feio, inútil. Perdi meu menino, a luz da minha vida, e nunca mais pude dizer a ele o quanto eu o amava. Nem fiquei sabendo da doença. Ele nunca contou para nós. E por que contaria? Foi só depois da morte dele que nós...

A voz dela falha, e uma única lágrima escapa do canto do olho.

— Eu não sabia — sussurro. — Não sabia que ele não tinha contado para vocês.

Rhona solta uma risada fraca, um som amargo.

— Não é culpa sua. Também não é culpa sua eu ter sido tão fria com você. — Os olhos dela estão marejados quando se abrem para me encarar, de um verde vivo e intenso enquanto estudam meu rosto. — Ver você... foi um choque. É tão parecida com seu pai. Quando apareceu naquela porta, foi como se tivesse trazido um pedacinho do meu menino junto, e eu senti... raiva. Uma raiva absurda.

— Ah, sei que eu devia ter...

— Eu não estava com raiva de você, menina — interrompe Rhona, balançando a cabeça. — Não para valer, pelo menos. Sei que a deixei acreditar nisso, mas não era verdade. — Ela respira fundo, soltando o ar pelo nariz. — Eu estava com raiva de *mim mesma*. E ainda estou, se quer saber. Quando vi você ali, tudo ficou tão claro... o tempo que perdi, a vida que joguei fora, a *família* que afastei por causa desse orgulho idiota. E a troco de quê? Absolutamente nada. — O cenho dela se franze e o olhar vai longe. — É isso que sinto toda vez que vejo você, Keyanna. E ainda não sei como contornar essa situação.

A confissão dela me deixa atordoada. Passei a semana toda buscando uma forma de me aproximar da minha avó, sem saber por que ela e meu pai tinham se afastado tanto. Descobrir que, de modo indireto, o motivo fui *eu*... com certeza não estava nos meus planos.

— Eu não sei o que dizer — admito. — Sinto muito.

Rhona dispensa o comentário com um gesto da mão.

— Não tem motivo para se desculpar. Não mesmo. Eu só queria que você entendesse como está sendo difícil para mim... e soubesse que vou me esforçar mais. Eu...

Ela engole em seco e desvia o olhar para minha mão repousada sobre a mesa, depois começa a aproximar os dedos de forma hesitante. Busca meus olhos como se pedisse permissão e, ao ver meu leve aceno, pousa a mão com delicadeza sobre a minha.

— Quero conhecer você, Keyanna. Quero muito. Pode acreditar em mim. Se conseguir perdoar essa sua avó teimosa, eu gostaria de uma segunda chance para mostrar isso a você.

Vejo a emoção transbordar dos olhos dela, tão parecidos com os meus, e tenho a sensação de que um peso imenso foi tirado das minhas costas. Claro, ainda tem toda a questão de ser vizinha do Monstro do Lago Ness, mas saber que não sou odiada pela pouca família que me resta já é um baita alívio.

Ofereço um pequeno sorriso antes de responder:

— Sim, eu consigo. Eu perdoo você.

Rhona respira fundo e usa a mão livre para enxugar as lágrimas.

— Nem sei se mereço, para ser sincera, mas isso vale para muita coisa na minha vida. — Ela dá um tapinha leve na minha mão e retribui o sorriso, o primeiro direcionado a mim desde que cheguei, e sinto uma pontinha de esperança brotar no peito. — Que tal um chá, hein?

Não consigo conter a risada que me escapa. As últimas 24 horas devem ter sido as mais longas da minha vida, e algo me diz que é só o começo.

— Tem alguma bebida mais forte?

Os cantos dos olhos de Rhona se enrugam quando ela me dá uma piscadela.

— Ah, querida. Isso eu tenho de sobra.

12

Lachlan

Nunca imaginei que no auge dos meus 34 anos estaria tão dedicado a evitar alguém, como se estivesse metido em uma briguinha besta de escola, mas é exatamente o que tenho feito nos últimos dias. Infelizmente, logo descobri que Keyanna MacKay não é uma pessoa fácil de ignorar. A mulher é uma pedra constante no meu sapato, me seguindo pela fazenda e tentando me encurralar a cada oportunidade, sem dúvida para me pegar desprevenido e arrancar alguma informação de mim. Porque, claro, seria pedir demais que ela facilitasse a minha vida e voltasse logo para os Estados Unidos, mas pelo visto decidiu que não vai arredar o pé, como se tivesse ainda mais razões para ficar aqui.

O motivo? Não faço a menor ideia.

Não existe uma explicação razoável para ela querer *tanto* me ajudar, como vive insistindo em fazer. Na verdade, se minha família aprendeu alguma coisa ao longo dos anos, foi que os MacKay são as *últimas* pessoas de quem se deve esperar ajuda. Rhona e Finlay parecem legais, até onde sei, mas com certeza são a exceção nessa linhagem terrível que fui ensinado a evitar desde que me entendo por gente. E com base em tudo que sei sobre *filhas do clã MacKay*, tenho ainda mais motivos para sair de fininho toda vez que aquela ruiva teimosa chega perto.

A noite passada foi uma verdadeira lástima, mais uma tentativa frustrada de contato que me levou a recuar para a enseada e lamber minhas feridas, tanto as literais quanto as metafóricas. Não sei por que continuo a dar murro em ponta de faca se não vai adiantar de nada, mas não consigo abandonar tudo de vez. Enquanto ele estiver lá, uma parte de mim sempre vai alimentar essa esperança tola de que posso trazê-lo de volta.

O sol já está alto quando abro os olhos. Pela forma como a luz atravessa as cortinas, percebo que vou começar o dia bem tarde. Espreguiço os braços acima da cabeça e solto um bocejo, até estalar a mandíbula, depois coço a barriga enquanto minhas pálpebras se fecham de novo, desesperadas para conseguir mais uns minutinhos de sono.

Mal começo a cochilar e escuto uma batida forte na porta.

— Lachlan! Eu sei que você está aí!

Dou um grunhido. Já é a terceira vez essa semana que ela aparece. Enfio a cara no travesseiro na esperança de abafar sua voz.

— Eu não vou sair daqui — grita ela através da porta. — Vou ficar o dia todo se for preciso!

"Foi o que você disse na terça-feira", penso, rindo por dentro.

— Dessa vez é sério! Vou ficar plantada aqui até você falar comigo.

Escuto a determinação na voz dela e solto um suspiro contra o travesseiro, já desconfiado de que vai ser o fim da minha maré de sorte. Apesar do meu empenho em acabar de vez com esse assunto, ela parece decidida a se meter na história.

"Eu devia ter deixado essa teimosa ser devorada", reflito com certo pesar.

Logo me dou uma bronca por ter cogitado a possibilidade. Nunca teria deixado uma coisa dessas acontecer, claro, mas é difícil não fantasiar com a paz e o silêncio que isso teria me proporcionado. Estico as pernas para fora da cama pequena e encaro a porta de madeira do outro lado do cômodo, de onde começam a vir gritos desafinados de uma música do The Proclaimers.

— "Você sabe que eu vou ser, que eu vou ser o homem que vai acordar do seu lado!"*

* Tradução livre do trecho: *"Well I know I'm gonna be, I'm gonna be the man who wakes up next to you!"*, parte da canção "I Gonna Be (500 Miles) do álbum *Sunshine on Leith*, lançando em 1988. (N.E.)

"Ela podia ter virado picadinho", resmungo em pensamentos. "Era só eu ter ficado quieto na minha."

Atravesso o quarto pisando firme.

— "E eu andaria quinhentas milhas, eu andaria quinhentas milhas, só para ser o homem que andaria quinhentas millhas para cair na sua..."*

Escancaro a porta com força.

— Será que dá para parar com essa palhaçada?

Ela está sentada de costas para a porta, com a cabeça inclinada para olhar para mim, os cachos ruivos caindo até a cintura. Um sorriso triunfante brota em seus lábios ao me ver ali. Os olhos verdes quase brilham à luz da manhã, os cílios ardem em vermelho e dourado sob os raios de sol.

Detesto como ela consegue ficar linda para cacete mesmo quando enche meu saco.

— Que foi? Não gosta dessa banda?

— Pode admitir — retruco. — Essa é a única música escocesa que você conhece, não é?

— Eu me reservo o direito de permanecer calada — responde ela, depois se levanta e espana a poeira da calça jeans, exibindo aquele mesmo sorrisinho convencido. — Pronto para conversar feito gente, Nessie?

— Fala mais baixo, pelo amor de Deus — sibilo, espiando os arredores como se a casa de Rhona não ficasse a mais de um quilômetro daqui. — E nem pense que isso vai virar apelido.

— Claro, claro — diz ela com doçura. — Como quiser... Nessie.

Fecho a cara.

— Seria ótimo se você deixasse isso para lá, *princesa*.

Em vez de me recompensar com a irritação de sempre, ela apenas estala a língua e encolhe os ombros.

— Pois é, não vai rolar. Enfim, posso entrar? Ou prefere conversar aqui fora?

* Tradução livre de: *"And I would walk five hundred miles, and I would walk five hundred more, just to be the man who walks a thousand miles to fall down at your..."*, outro trecho de "I Gonna Be (500 Miles). (N.E.)

Fico em silêncio por um segundo, com a raiva borbulhando por dentro, prestes a jogar essa garota naquela porcaria de lago eu mesmo. Por fim, dou um passo para o lado e a deixo passar, resmungando baixinho:

— Insuportável.

Ela faz de conta que nem me ouviu.

— Caramba, esse lugar é um ovo! Você cabe mesmo nessa caminha minúscula?

— Nem dez segundos e já está pensando na minha cama?

O comentário me rende um olhar fulminante, e agora é minha vez de abrir um sorriso vitorioso.

— Muito engraçadinho — retruca ela, depois se larga em uma das cadeiras da cozinha e faz sinal para eu me sentar na outra como se fosse a dona da casa, me lançando um olhar cheio de expectativa. — E aí? Pode ser ou tá difícil?

Solto um suspiro carregado, fecho a porta e desabo na cadeira vazia do outro lado da mesa. Passo a mão pelo rosto e a deixo parada diante da boca, fechando os olhos de cansaço.

— Vai, pergunta logo essa porra.

— Tenho tantas perguntas! — exclama ela com a voz transbordando empolgação. — Começou há quanto tempo? Como aconteceu? Quem era aquele outro monstro? Você consegue respirar debaixo d'água sempre ou só quando se transforma? Sabe fazer algum tipo de magia?

Abro um dos olhos e deixo a mão cair sobre a mesa.

— É muita... pergunta de uma vez só.

— Ah, *qual é* — rebate ela, indignada. — Vai me dizer que não teria um milhão de perguntas se encontrasse uma criatura mágica? Se o Pé Grande aparecesse aqui agora, aposto que você ia querer saber um montão de coisas.

— Mas o Pé Grande nem existe...

O queixo dela cai.

— Era só o que me faltava! Deve ter milhares de podcasts e tabloides sensacionalistas dedicados a você, e agora quer me falar que não acredita no Pé Grande?

— É sobre isso que você quer conversar?

Key faz uma careta.

— Claro que não. Só responda logo minhas perguntas.

— Ainda não entendi por que tenho que responder.

— Porque não posso ajudar se não souber os detalhes!

— E quem disse que você pode me ajudar?

A pergunta a deixa surpresa. Ela hesita por um momento, abre os lábios como se fosse responder e depois os fecha com força. O gesto os faz parecer ainda mais cheios, e meus olhos se perdem no tom rosado suave da sua boca antes de serem forçados a encará-la outra vez.

— Não sei se posso ajudar mesmo — admite ela. — Mas eu quero tentar. Você disse que era uma maldição, certo? Não deve ser nada fácil. Foi por isso que veio trabalhar aqui na fazenda, não foi? Para encontrar respostas? Então, me deixa ajudar.

Estreito os olhos enquanto a observo com atenção. Parece tão... sincera. Quase ingênua. Sempre deixa transparecer tudo no rosto, as emoções escancaradas para o mundo inteiro ver, então fica dolorosamente óbvio o quanto ela quer me ajudar. Parece ter a certeza, ou talvez a esperança, de que pode mesmo fazer a diferença. Não consigo entender. Essa atitude contraria tudo o que sei.

— Eu não entendo *por que* você quer me ajudar — declaro, com toda a sinceridade. — Não somos amigos. Na verdade, nem vamos muito com a cara um do outro.

"E é verdade", reforço para mim mesmo. "Eu não gosto dela. Não importa o quanto seja linda."

— Tudo bem, a gente começou com o pé esquerdo, verdade — reconhece Key, coçando a nuca com certo nervosismo. — Mas eu tenho a impressão que... — Ela solta um suspiro. — Eu *sei* que devo ajudar você. Meu pai ia querer isso, tenho certeza.

Adoto uma expressão ressabiada.

— Você falou a mesma coisa antes, mas não faz sentido. Por que raios Duncan ia querer que você me ajudasse?

— Porque você salvou a vida dele!

Fico sem entender.

— Eu fiz... o quê?

— Pensando bem, talvez não tenha sido você... mas alguém parecido — teoriza ela, massageando as têmporas. — Meu pai me contou essa história tantas vezes que ainda sei de cor. Ele estava na enseada e caiu no lago, jurando que era o fim, mas aí... — Os olhos dela se arregalam, cheios de sinceridade. — Alguma coisa o salvou. Uma criatura como você. E sempre me perguntei... — Ela morde o lábio. — Quando eu era criança, acreditava na história inteirinha, tim-tim por tim-tim. Conforme fui crescendo... comecei a achar que era só o jeito do meu pai de deixar minha vida mais especial, com um toque de magia. Mas aí, pouco antes de morrer... — As mãos dela se entrelaçam em cima da mesa, os dedos ficam inquietos e a testa franzida. — Ele estava tão convicto. Insistindo tanto em que era tudo verdade. Perto do fim... era a *única* coisa de que ele ainda se lembrava.

— Finlay me contou — murmuro enquanto levo a mão ao peito, um pouco apertado ao ver sua angústia. — Ele me contou sobre seu pai e a doença.

Keyanna assente com tristeza.

— No fim, éramos só nós dois. Eu trabalhava em um pequeno escritório de contabilidade lá em Nova York, mas tirei uma licença para cuidar dele. Meu chefe era um velho amigo do meu pai e foi muito compreensivo com a situação, me garantiu que meu emprego estaria lá quando eu voltasse. Eu não sabia quanto tempo meu pai teria antes de... — Ela respira fundo, com a garganta trêmula ao engolir em seco. — Depois da pneumonia... era como se o corpo dele não aguentasse mais. Parecia exausto, esgotado. Ele ainda resistiu por quatro meses depois de ter alta do hospital, mas as memórias dele já estavam confusas nessa época. Mal sabia quem eu era na maior parte dos dias. Sempre me chamava pelo nome da minha mãe.

— Sinto muito mesmo — respondo, sem saber ao certo como reagir. É estranho estar aqui e dividir esse momento doloroso com ela depois de tanto tempo apenas trocando farpas e olhares hostis. — Deve ter sido horrível.

Ela balança a cabeça devagar.

— Foi mesmo.

— Mas não acha que já fez o bastante? — pergunto. — Como você mesma disse, conseguiu me salvar. — Torço o nariz ao ouvir minhas próprias palavras. — Tem alguma ideia de como fez isso?

Ela morde o lábio, e meus olhos são atraídos pela forma como seus dentes pressionam a pele delicada.

— Nem imagino. Aquela noite ainda está toda embaralhada na minha cabeça — admite, depois me lança um olhar. — Por acaso você sabe?

Acho que sei mesmo, agora que tive tempo para pensar no assunto. Só não tenho certeza se ela está pronta para ouvir. Se não fosse por aquela maldição, eu diria que é uma hipótese fantasiosa demais para ser verdade.

— E faz diferença? — desconverso, ignorando a pergunta por ora. — A questão é a seguinte: talvez essa dívida criada na sua cabeça já tenha sido paga. Você não me deve nada.

— Não, você não está entendendo. — Os olhos dela encontram os meus, brilhando de determinação. — Meu pai já não se lembrava de quase nada no fim da vida, mas *nunca* esqueceu essa história. Foi tudo o que restou a ele.

— Só não entendo por que você ia querer...

— Você salvou meu pai — declara Key com firmeza. — Ou alguém igual a você. Se não fosse por isso... eu nunca teria conhecido meu pai. Nem teria nascido. — Ela assente mais uma vez, decidida. — Então, se puder ajudar você agora, sinto que devo isso à pessoa que tirou meu pai do lago naquele dia, seja lá quem for.

Fico parado ali em silêncio por um bom tempo. Os olhos dela não se desviam dos meus nem por um segundo, brilhantes como fogo vivo, intenso o bastante para rivalizar com os cachos avermelhados que emolduram seu rosto.

Cada palavra foi sincera, percebo. Na cabeça dela, o ato de me oferecer ajuda serve como uma última homenagem ao falecido pai. Como se me salvar pudesse aliviar um pouco seu sofrimento e fazer a morte dele não ter sido em vão.

E essa dor... é uma velha conhecida.

Não digo nada enquanto empurro a cadeira e me levanto, caminhando na direção da pequena cozinha atrás de mim. Ligo a cafeteira e a observo em silêncio por alguns segundos, até o líquido quente começar a sair. Só então viro o rosto e, com um olhar demorado, ofereço:

— Quer café?

Minha pergunta boba tem um efeito imediato: os lábios rosados de Key formam um biquinho emburrado e as sobrancelhas acobreadas se franzem.

— Sério? Não vai falar mais nada? Só perguntar se eu quero café?

— Isso mesmo — respondo, cruzando os braços sobre o peito enquanto me apoio no balcão. — Por enquanto...

— Está tentando me irritar de propósito?

Nego com um aceno.

— Não, só ofereci café. Você vai precisar.

— Vou precisar? — repete ela, desconfiada. — Por quê?

Fico de costas e pego duas xícaras no armário, soltando um suspiro cansado enquanto tento assimilar o fato de que, pelo visto, tenho uma nova aliada. A última pessoa que eu esperava.

— Porque eu tenho uma coisa para mostrar.

13

Keyanna

— Por que não me fala logo para onde a gente vai?

— Falta pouco — responde Lachlan por cima do ombro.

Afasto outro galho para o lado, tentando seguir aquelas costas largas. A camisa xadrez vermelha dele tem servido como um farol no mar de árvores pelo qual temos avançado na última meia hora e, a essa altura, começo a me perguntar se vai ser outra situação estilo Loch Land. Ou algo ainda pior.

— Só para saber, você não pretende me matar aqui no meio do mato, né?

Apesar de estar de costas para mim, quase consigo sentir a revirada de olhos que ele dá.

— Tem jeitos mais fáceis de me livrar de você, sabia?

— Ah, nossa, que alívio.

— Pentelha como é, aposto que você voltaria só para me assombrar — responde ele com uma risada abafada.

— Mas com certeza — afirmo. — Eu ia cantar para você toda noite antes de dormir.

— É, seria um verdadeiro pesadelo.

Solto um resmungo indignado.

— Ei, eu nem canto tão mal assim.

— Claro, um bálsamo para os ouvidos, tão agradável quanto os mugidos da Bethie quando teve o último bezerrinho.

Dessa vez, sou eu quem reviro os olhos.

— Sério, será que dá para me dizer onde a gente… *ai*.

Paro de repente ao colidir com aquele corpo largo, com as mãos espalmadas nas suas costas e a bochecha espremida entre as omoplatas. Dou um passo para trás e abro a boca para reclamar, mas então percebo onde estamos. O solo está coberto de folhas secas e a área inteira fica sombreada sob a copa das árvores, com alguns raios de sol se infiltrando através das folhagens. As fileiras de granito e pedra estão desgastadas pela ação do tempo, e eu observo tudo enquanto dou a volta em Lachlan, com um olhar intrigado e os braços cruzados diante do peito.

— Bom, este lugar é meio… macabro.

Ele me trouxe a um cemitério enorme, com lápides se estendendo a perder de vista na direção da floresta. Nunca gostei de cemitérios, nem sei se é possível gostar, mas algo na ideia de caminhar sobre ossos me dá calafrios. Sinto um certo alívio por meu pai ter escolhido a cremação. Nunca lidei bem com a ideia de enterrá-lo.

— Nossa família está enterrada aqui — conta Lachlan.

— *Nossa* família?

— Isso, a minha e a sua — diz, e aponta para as lápides à direita. — Está vendo aquela cerca ali? Bem no meio dos túmulos?

— Sim, estou.

— É a divisa entre as terras dos MacKay e as dos Greer. A cerca se estende por quilômetros, cortando a propriedade ao meio. Muito tempo atrás, Greerloch pertencia à minha família, mas ao longo dos séculos a região foi sendo dividida em lotes menores. Este lugar aqui… foi onde tudo começou.

— Um cemitério? — pergunto, cética.

— De certa forma, sim — responde ele, pensativo. — Foi o primeiro terreno que sua família comprou depois que a minha foi amaldiçoada.

Eu me viro na direção oposta e cruzo a pequena distância que me separa das sepulturas, ouvindo os passos de Lachlan atrás de mim. As lápides variam de construções curvas e atarracadas escondidas pela grama a monumentos imponentes quase da minha altura. Observo os detalhes mais de perto e, como eu já suspeitava, vejo o sobrenome MacKay entalhado em todas as estruturas.

Meu olhar repousa em uma lápide específica, apenas alguns centímetros mais alta do que eu, atraído pela escultura realista que parece destoar da pedra antiga e coberta de musgo. Uma base larga e retangular se ergue até a altura do meu peito antes de se transformar no pescoço robusto de um cavalo, adornado por uma tira de couro velha que vai até o focinho, como se fosse possível incitar o animal com um puxão das rédeas. Um olhar rápido revela marcas desbotadas na frente da lápide, o nome tão antigo a ponto de se tornar indecifrável. Se eu não soubesse que são túmulos da família MacKay, mal conseguiria distinguir o sobrenome, mas o primeiro nome está ilegível. Thomas? Travis? Algo começado com T. Quem sabe...

— Por aqui — chama Lachlan, interrompendo minha exploração paralela.

Logo começa a se afastar na direção da cerca. Uma vez lá, ele pisa no arame farpado e levanta a outra parte para eu passar por baixo. Depois também se esgueira entre a cerca e avança por alguns metros até parar diante de uma enorme sepultura adornada com uma cruz celta. O sobrenome dele está gravado no monumento, e eu o observo se ajoelhar bem ali e afastar uma pilha de folhas secas da base.

— Esse foi meu ancestral — anuncia Lachlan. — Algum trisavô de enésimo grau, lá do final do século XIII.

— Ele também era...?

— Igual a mim? Com certeza. Foi o primeiro.

Lachlan continua agachado, com os cotovelos apoiados nos joelhos. Dou uma espiada rápida na linha franzida em sua testa, observando a brisa leve soprar os cachos cor de mel para longe do rosto. Os lábios carnudos estão fechados em silêncio contemplativo, e preciso me forçar a desviar os olhos. Afinal, não estou aqui para admirar um escocês melancólico.

— Sempre venho aqui para pensar na vida — admite.

Faço uma cara de reprovação.

— Isso é meio esquisito.

Ele não responde, ainda concentrado na lápide desbotada. Então, com a voz sussurrada, começa a entoar:

Ó tu, de rosto tão belo e nome tão nobre
De coração sombrio como o véu que a noite encobre
Teus feitos malditos despertam a maldição
Nem preces nem súplicas garantem a salvação
Nas horas longas do luar até o raiar do dia,
Teu corpo há de carregar o peso da tua alma sombria.

Lachlan deixa as palavras pairarem no ar por um momento. Embora pareçam importantes, não consigo entender o motivo. Nunca fui muito fã de poesia.

— Achei… bonito?

Com uma expressão séria, ele balança a cabeça e olha para mim.

— É uma maldição. *A* maldição. Aquela lançada sobre meu ancestral há quase oitocentos anos. E, desde então, todo homem nascido na minha família está condenado a se tornar um monstro do entardecer ao amanhecer. *Todos*, sem exceção.

— Mas… — começo a dizer, e me interrompo enquanto tento assimilar a informação. — Por oitocentos anos? Sério? O que *raios* seu ancestral fez? Para ser amaldiçoada assim, geralmente a pessoa precisa ter feito alguma coisa bem ruim, não?

Lachlan contrai a mandíbula e estreita os olhos.

— Ele não fez nada além de confiar na pessoa errada.

— Só isso? — pergunto, cética. — Mas o poema diz "Teus feitos malditos despertam a maldição". Então deve ter algum motivo, não concorda?

— Não espero coerência das palavras de uma bruxa — debocha ele, erguendo-se em toda sua altura. — Meu ancestral ofereceu abrigo a um kelpie e foi isso que recebeu em troca.

— Um kelpie?

— Isso. Criaturas do folclore antigo. Segundo as lendas, eles se disfarçavam de belas donzelas quando não estavam na forma de cavalo.

— Forma de… *cavalo*?

— Ah, sim, porque seu gigante das neves americano é bem mais plausível, não é?

— Não quero discutir qual criatura mitológica é mais crível — esclareço. — Eu vi o Monstro do Lago Ness semana passada, sabe? Então...

— *Kelpies* — retoma ele, enfatizando bem a palavra como se me desafiasse a questioná-lo — são conhecidos por serem trapaceiros e dotados de grande magia. O poder deles está nas rédeas e, segundo dizem, se alguém conseguir tomar o controle delas, também consegue controlar a magia da criatura.

— Muito interessante e tudo, mas o que isso tem a ver com seu ancestral?

— Ele fez um trato com uma bruxa kelpie. Prometeu um abrigo seguro para ela e toda a família em troca do seu poder para derrotar os clãs que ameaçavam dominar aquelas terras.

— E ela aceitou?

— Sim, aceitou. Mas depois o amaldiçoou mesmo assim.

Fecho a cara, confusa.

— Mas por quê?

— E eu lá sei? — pergunta ele, frustrado. — Você fala como se eu pudesse consultar em um livro de história. Todas as informações que tenho foram passadas de geração em geração, de um Greer para o outro. Dizem que os kelpies são criaturas cruéis e egoístas. Talvez ele tenha sido punido só por acreditar que podia controlar o poder daquela bruxa. Só sei que, por causa dela, todo homem da minha família está fadado a virar um monstro ao anoitecer.

Olho para o chão, pensativa. Essa história parece tão fantasiosa, tão surreal. Mas, convenhamos, acabei de descobrir que o Monstro do Lago Ness na verdade é o cara babaca e gostoso que trabalha na fazenda dos meus avós, então talvez seja melhor ter a mente aberta. Além do mais, bruxas mágicas com aparência de cavalo não são uma ideia mais absurda do que Lachlan virar uma criatura jurássica todas as noites.

— E a maldição só dizia isso? Não tinha mais nada?

Os olhos dele se arregalam por um breve instante num gesto quase imperceptível, e os lábios se afastam antes de se fecharem para um pigarro.

— Não, era só isso mesmo. É tudo o que sei. Não tem ajudado muito, para ser sincero.

— E o que aconteceu com o resto da sua família? Eles... também estão no lago?

Lachlan nega com a cabeça.

— Não vivemos mais do que um ser humano comum. Também não temos nenhum poder especial. Meu avô morreu quando eu era pequeno. Minha mãe se mudou para longe quando… — Ele se interrompe, com os dentes cerrados, e fecha os punhos ao lado do corpo. — Minha mãe foi embora quando meu pai desapareceu.

— Seu pai desapareceu? Quando?

— Eu ainda era criança. Devia ter uns oito anos. Minha mãe não lidou muito bem, então fui morar com minha avó depois disso, até ela falecer.

— Sinto muito — digo, e é sincero. — Foi… foi por causa da maldição?

Lachlan me encara com um olhar duro, cheio de raiva.

— Foi.

— E ele não…? Tipo, ainda está…?

— Sim, ele está vivo.

— Como você sabe?

— Bom… — começa a dizer com tom cauteloso, sem tirar os olhos dos meus. — Ele tentou te devorar uma noite dessas.

Fico boquiaberta com a revelação.

— Então quer dizer que… ele é aquele…

Lachlan confirma com um aceno.

— Sim, é ele. Um dia, meu pai se transformou em um monstro — conta ele, com um brilho de tristeza no olhar. — E nunca mais voltou ao normal.

— Eu… nossa.

— Ele não passa de uma fera selvagem agora — acrescenta baixinho. — Nem me reconhece mais.

As palavras dele me atingem como um soco no estômago. Sinto uma vontade estranha de oferecer um abraço, mas me contenho. Tenho a impressão de que ele não reagiria bem ao gesto.

— Sinto muito — repito. — Eu sei como é difícil. Sei mesmo.

— Tenho certeza de que sabe — responde Lachlan com a mesma delicadeza. — Deve ser por isso que resolvi contar para você.

Minha cabeça gira enquanto as peças começam a se encaixar. O peso dessa revelação desaba sobre mim com tanta força que até me deixa sem fôlego.

— Então seu pai... salvou o meu.

— Sim, salvou.

— E você sabia?

— Sabia.

Essa omissão acende uma faísca de raiva no meu peito. Dou um passo à frente, invadindo o espaço dele sem nem perceber.

— Por que você não me contou?

— Era para ter contado? Eu nem te conhecia.

— Isso no começo, mas já conhecia quando me salvou no lago... e *sabia* sobre meu pai. Por que não me contou nada?

— Acho melhor você se perguntar por que *seu pai* nunca te contou nada.

O comentário me faz hesitar.

— Como assim?

— Acha mesmo que Duncan não sabia de nada disso?

— Eu... por que acha isso?

— Seu pai sabia exatamente quem era o monstro que salvou a vida dele. Por um tempo, os dois até chegaram a ser amigos.

— Não — rebato na hora. — Não pode ser. Ele teria me contado se soubesse.

— Talvez ele não quisesse revelar a verdade — devolve Lachlan em tom acusatório. — Ou não quisesse admitir que prometeu ajudar meu pai, do jeitinho que você está fazendo comigo agora, só para fugir para os Estados Unidos com o primeiro rabo de saia que viu pela frente!

— Não é verdade — insisto. — Meu pai nunca faria isso.

— É, mas fez. Foi burrice do meu pai confiar nele.

— Pode parar — retruco, em tom de alerta.

Um sorriso debochado desponta nos lábios dele.

— Meu pai deveria ter aprendido que não se pode confiar em alguém da sua família. É a única coisa da qual sempre tivemos certeza. Nunca confie em um MacKay.

— Toda hora essa ladainha! — explodo, abrindo os braços. — Desde o instante em que te conheci, você não para de resmungar sobre como minha família é *horrível*, mas continua morando na fazenda dos meus avós! Não faz sentido, Lachlan. Meu pai era um homem bondoso. Jamais abandonaria alguém depois de prometer ajuda. Por que você insiste tanto em dizer que minha família *inteira* não presta?

Lachlan dá um passo pesado à frente e abaixa a cabeça até seus olhos ficarem na mesma altura dos meus. A proximidade faz meu coração disparar. Sinto o aroma picante do perfume dele misturado ao frescor de sabão em pó e ao cheiro da floresta por onde caminhamos mais cedo. Sem nem perceber, respiro fundo justo quando os olhos cinza-azulados dele endurecem.

— Porque — declara com tom sombrio — foi a *sua* família que amaldiçoou a minha.

Recuo como se tivesse levado um tapa. Tento entender, em vão, como essa informação se encaixa em tudo o que ele já me contou.

— Mas não pode ser verdade — retruco, incrédula. — Para isso eu teria que…

— Pois é — interrompe-me ele. — Parabéns, Keyanna. Você é descendente direta de uma kelpie.

14

Lachlan

Vejo o choque dominar as feições dela: olhos arregalados, lábios entreabertos, uma expressão atônita ao me encarar. Meu coração acelera, a respiração falha, a raiva fervilha como uma velha ferida. Não é *justo* que Keyanna tenha crescido longe de tudo isso, que tenha passado a vida inteira em paz, alheia ao que a família dela fez com a minha. Por que a ignorância dela me afeta mais do que a de todos os outros MacKay que conheci? Não entendo. Finlay, Rhona, Brodie... nenhum deles sabe o que acontece com os Greer durante a noite. Então por que o fato de *Keyanna* ter sido poupada desse fardo me revolta tanto?

Ela passa a fitar o chão, com os lábios apertados e o nariz franzido, e quase posso ver as engrenagens girando em sua cabeça.

— Tem certeza?

Não consigo conter uma risada áspera.

— Sim, para caralho. Não tem como esquecer esse tipo de coisa.

— Mas como é possível?

— Depois de ter sido amaldiçoado, meu ancestral capturou a kelpie e tentou forçá-la a desfazer o feitiço. Dizem que ela ficou lá por um ano... até que *alguém* a tirou de lá, a devolveu a rédea e a deixou fugir na calada da noite, levando junto qualquer esperança de reparar o mal que havia causado.

— E essa pessoa que ajudou a kelpie a escapar era...?

— Seu tataravô. Ele era um cavalariço. Segundo dizem, os dois se casaram e tiveram um filho. O sangue dela corre nas suas veias.

Espero que ela negue ou ao menos rejeite a ideia, mas sua reação me pega completamente desprevenido.

— Sinto muito por isso — sussurra Key, com a voz carregada de pesar. — Deve ser horrível.

— É mesmo — respondo, quase como uma pergunta, ainda atordoado com a reação dela.

— Meu Deus, Lachlan... sua família inteira? E depois seu pai... Caramba. Nem consigo imaginar.

Algo começa a se soltar no meu peito a cada palavra dela, como se esse pedido de desculpas valesse por *todos* os integrantes do clã MacKay, por mais absurda que seja essa ideia. Talvez seja só o alívio de compartilhar a tragédia com alguém e receber uma confirmação da atrocidade da situação. Da crueldade de termos sido forçados a viver desse jeito. Ou talvez seja apenas a tristeza genuína em sua voz, como se realmente se importasse.

Abro e fecho a boca como um peixinho dourado enquanto tento recuperar o dom da fala.

— Eu, hã... Obrigado — consigo dizer, por fim. — Obrigado mesmo.

Ela ergue o rosto e me encara com um olhar intenso, com o mesmo brilho ardente da nossa conversa na cozinha. Assente uma única vez, como se para incentivar a si mesma, e dá um passo na minha direção. Levo um susto quando suas mãos diminutas envolvem a minha e a seguram com força, e uma expressão solene em seu rosto acompanha o gesto.

— Toda essa história só me prova que preciso mesmo ajudar você. Se a maldição da sua família foi causada pelos MacKay, então talvez seja responsabilidade de um MacKay reverter esse mal.

Por um instante, me vejo prestes a revelar toda a verdade, mas algo me detém. Talvez ainda não confie nela o suficiente. Ou talvez só não esteja disposto a apagar sua expressão determinada, tão agradável de olhar.

Key deve ter percebido que ainda está segurando minha mão, algo que o calor do seu toque não me deixou esquecer nem por um segundo, porque fica toda vermelha de repente e se afasta depressa. Pigarreia e dá um passo para trás, desviando o olhar.

— Enfim... — diz ela, com movimentos inquietos. — Kelpies, é isso?

Engulo em seco, tentando ignorar o formigamento ainda presente na minha mão.

— Se você acreditar nas lendas...

— E acho que a gente acredita, né?

Lanço um olhar intrigado para ela.

— A gente?

— Bem, sim... — responde ela, mais em tom de pergunta do que de afirmação. — Estamos nessa juntos agora, não estamos?

É absurdo, até surreal, estar diante de uma descendente da família que arruinou a minha e ainda assim considerar aceitar sua ajuda, oferecida de forma tão insistente. Mas é justamente o que estou fazendo, por mais imbecil que pareça. Porque, por alguma razão, ainda que pouco, eu confio nela. Não sei explicar os motivos, nem tenho argumentos lógicos para justificar essa confiança, mas algo me diz que Keyanna vai cumprir sua promessa. Dá para ver o quanto ela quer me ajudar.

Deve ser por isso que abro minha boca idiota e confirmo baixinho:

— É, acho que estamos.

O sorriso dela em resposta me atinge em cheio: amplo, radiante e cheio de uma alegria nunca antes dirigida a mim. Os dentinhos maiores na frente capturam minha atenção e, por um momento breve e absurdo, eu imagino como seria passar a língua por eles.

"Cria juízo, idiota."

Afasto o pensamento com um longo suspiro, depois solto o ar e contemplo a floresta, onde o sol ainda parece estar bem alto no céu. Devo ter mais algumas horas antes do anoitecer.

— É melhor a gente ir embora — aviso.

— Poxa, e deixar o cemitério macabro para trás? — debocha ela, com a voz carregada de sarcasmo. — Mas estava tão divertido.

Reviro os olhos.

— Continua insuportável, mesmo sendo minha aliada.

— Tudo por você, Nessie — provoca ela.

Nada nessa frase deveria me deixar agitado assim, então quase solto uma risada incrédula ao ver a reação do meu corpo traiçoeiro. Balanço a cabeça e a contorno com passos decididos antes de sugerir por cima do ombro:

— Vamos tomar uns drinques no pub. Lá vai ser mais fácil conversar.

Ouço seus passos apressados atrás de mim, as folhas secas estalando sob as botas.

— Lachlan?

— Diga.

Key abaixa a voz como se quisesse revelar um segredo:

— Por acaso eu também vou virar um cavalo?

Minha gargalhada estrondosa vale cada segundo do olhar furioso que ela me lança em seguida.

— Então pech é tipo um gnomo?

Dou risada ao ver a expressão confusa de Key enquanto Rory e Blair tentam explicar a origem do nome do pub.

— Isso — confirma Rory. — Criaturinhas minúsculas, mas fortes que só elas, entende?

Key se ajeita no banco, apoiando o queixo no punho.

— Mas por que O Pech Sagaz?

— Ah, essa é boa — comenta Blair, ocupada em secar os copos. — Vem de uma lenda antiga que ouvimos na infância sobre um pech espertinho que desafiou o homem mais forte do vilarejo, um gigante, para um duelo de força. O vencedor ficaria com o primogênito do outro.

— E ele ganhou, imagino? — pergunta Key.

— Com certeza — continua Blair. — O gigante não botou muita fé nele, entende? Acabou quebrando a cara... nos dois sentidos. Deve ter sido bem humilhante. No fim, prometeu voltar com todo o vilarejo para se vingar do truque do pech.

Rory dá um tapa animado no balcão.

— E aí o pech propôs um desafio!

Blair estala o pano de prato no ombro do irmão.

— Minha vez! Você sempre conta tudo errado.

— Qual desafio? — pergunta Key, vidrada na história.

— Ficou combinado que o gigante poderia ficar com o bebê... desde que conseguisse adivinhar o nome do pech — continua Blair.

O nariz de Key se franze de leve, e eu tento ignorar a doçura do gesto.

— Parece muito a história do Rumpelstiltskin.

— Malditos irmãos Grimm — resmunga Rory. — Ladrões de lenda.

— E aí? — insiste Key. — O gigante adivinhou?

— Que nada — nega Blair, sacudindo a cabeça. — O pech fugiu e criou a criança como se fosse sua filha. Dizem que a menina ficou do tamanho do gigante e sempre andava pelos campos com o pech no ombro.

— Era uma menina?

— É o que dizem.

Outra torcida de nariz.

— Achei o final meio sem graça.

— Nem toda lenda tem um final feliz — comenta Blair.

Dou uma risada abafada.

— Na minha experiência, a maioria não tem.

Keyanna me lança um olhar cheio de compaixão. Ainda não me acostumei com a ideia de ela ser mais do que minha suposta ruína, se meu pai estiver certo. Era fácil não gostar dela quando representava apenas uma possível inimiga, mas não sei lidar com a Key que me observa com olhos cor de esmeralda transbordando empatia. Não mesmo.

— Bom — intromete-se Rory com um sorrisinho. — Pelo menos agora tem alguém com miolos no time.

Parece todo orgulhoso ao apontar para Key, e o encaro com uma expressão irônica.

— Percebeu que acabou de se chamar de idiota, né?

Rory franze a testa e abana a mão diante do rosto como se quisesse espantar o pensamento.

— Ah, você entendeu muito bem. Ter uma mulher infiltrada deve ajudar bastante, não?

— Como vocês dois descobriram a verdade, afinal? — pergunta Key, incisiva.

— Porque esse aí — conta Blair, e aponta o polegar para mim — resolveu se transformar bem na nossa frente.

Key se vira na minha direção.

— Sério?

— Eu era só um moleque — explico. — A gente sabia que cedo ou tarde as transformações iam começar, mas não tinha um dia certo. Então eu tomava cuidado no fim da tarde e tentava ficar em casa, mas uma vez nós três ficamos presos em uma tempestade.

— Imagine o desespero de ficar enfurnado em um celeiro velho com um lagartão gigante — debocha Rory.

— Quantos anos vocês tinham?

— Uns doze? — diz Blair. — Treze? Tão novinhos que quase nos mijamos de medo.

— Mais alguém sabe?

— Agora que minha avó faleceu, só vocês — respondo para Key.

— E ninguém encontrou uma solução até hoje?

Nós três negamos com a cabeça.

— Para ser sincera, não sei se vou ser de grande ajuda — admite Key com certo nervosismo. — Minha avó acabou de decidir que não me odeia tanto assim.

Blair estala a língua.

— É, eu não tinha pensado nisso. Ainda assim, você vai levantar bem menos suspeitas do que aquele ali — diz ela, e torna a apontar para mim — quando estiver explorando a fazenda.

— Verdade — concorda Key, pensativa. — A gente ao menos sabe *o que* está procurando?

— A rédea, obviamente — responde Rory.

Key me observa com uma expressão confusa.

— Então existe mesmo?

— Pelo meu próprio bem, espero que sim — declaro em tom sarcástico.

— Quer dizer que você não sabe?

— Como eu ia saber? — devolvo, pousando o copo no balcão enquanto me ajeito no banco. — Ninguém me deixou um manual de instruções. Só sei que, segundo a lenda, a rédea trouxe a maldição, então talvez seja a chave para reverter tudo também.

— E a Key?

Todos os olhares se voltam para Rory, que nos observa com a cabeça inclinada. Key parece estar tão confusa quanto eu.

— O que tem ela? — pergunto.

— Você disse que ela salvou sua vida lá na enseada — observa Rory. — Será que não tem um pouco daquela bruxaria kelpie no sangue?

Abro e fecho a boca na mesma hora, meus lábios sem franzem para baixo enquanto considero a pergunta.

— Ela nem sabe como fez aquilo.

— Não mesmo — confirma Key. — Não sei direito como fiz nada do que tem acontecido desde que cheguei aqui.

— Isso, e ela... espera, o quê? — Chego mais perto, estreitando os olhos. — Como assim? Teve mais coisa?

— Bom, não posso afirmar com certeza — continua ela, hesitante —, mas uma janela se escancarou sozinha depois de eu tentar abrir à força, aí tem aquela história da cura e... — Faz uma pausa, balançando a cabeça. — Parece maluquice, mas talvez eu tenha feito a chuva parar outro dia.

— Você fez a chuva parar — repito, incrédulo.

Ela encolhe os ombros.

— Sei lá, eu pedi para parar de chover e... deu certo?

— E você não estranhou?

— Achei que fosse só coincidência!

Fico repassando a informação na cabeça, e uma ideia minúscula brota bem lá no fundo, mas trato de afastar os pensamentos de uma vez.

— Não podemos contar com o que está acontecendo com a Key. Ainda mais sem saber do que se trata, já que ela não consegue controlar. A rédea é nossa melhor aposta.

— Mas e aí, onde a gente começa a procurar? — pergunta Key, de braços cruzados.

— Eu já revirei o sótão de Rhona de cabo a rabo e...

Key solta um grunhido de protesto.

— Você foi bisbilhotar as coisas da minha avó?

— Acho que é o mínimo que mereço, depois de tudo — retruco.

Ela me lança um olhar ressabiado.

— Justo.

— Enfim, não vi nada de interessante, mas tem tanta tralha jogada lá em cima... Posso ter deixado algo passar. Também não encontrei nada nas outras construções decadentes espalhadas pela fazenda.

— E o antigo castelo dos Greer? — sugere Blair.

Key se anima.

— Castelo?

— Pertencia aos meus antepassados — explico a ela. — Não tem nada lá. Vasculhei o lugar de cima a baixo.

— Mas não foi acompanhado da Key — insiste Rory. — Talvez a magia kelpie dela encontre o rastro de alguma coisa importante.

— Ela não é um cão farejador, porra — debocho.

— Mal não vai fazer... — comenta Key.

Eu a encaro com desconfiança.

— Tem certeza de que não é só uma desculpa para conhecer um ponto turístico?

— Ah, vai se ferrar — rebate ela, revirando os olhos. — Quem vê pensa que vim aqui curtir as férias. Não fiz nada turístico até agora!

Rory levanta a mão.

— Bom, você visitou o Loch Land...

Key olha feio para ele.

— Deixa quieto — conclui meu amigo.

— A gente tem que começar por algum lugar — argumenta Key. — Tem um motivo para eu estar aqui, sei disso. Consigo sentir.

— São duas horas de caminhada — aviso. — O terreno lá é íngreme demais para ir de carro.

— Posso ir a pé sem problemas — responde ela com entusiasmo.

Deslizo o dedo pelo lábio inferior, perdido em pensamentos. Parece perda de tempo voltar a um lugar que já explorei dezenas de vezes, mas não dá para ignorar a possibilidade de ter deixado algo passar batido. Talvez Key possa descobrir alguma coisa com sua magia estranha e incipiente. A mera ideia provoca um leve calafrio na minha espinha, mas não deixo transparecer. Não quero que ela perceba o quanto estou desesperado. Isso só a assustaria.

— Não custa tentar — concordo, por fim. — Mas é uma bela caminhada.

Key empina o queixo de um jeito birrento e fofo, e só de pensar nela assim já fico desnorteado, porque devia estar mantendo essa mulher a uma boa distância. Mas cá estou eu, prestes a explorar as paisagens escocesas ao lado dela, ciente de que vai reclamar o caminho inteiro. Se meu pai soubesse, ia achar que perdi o juízo.

Ignoro a pontada de dor ao pensar nele.

"Vou salvar meu pai. Não pode ser tarde demais."

— Tudo bem — aceito, com um suspiro cansado. — Pelo jeito, vamos explorar aquele castelo.

— Agora?

— Só amanhã cedo. Agora não dá mais tempo. Preciso voltar e cuidar das vacas.

— Ah.

Aquela expressão retorna aos olhos dela, e não sei se gosto do que me faz sentir. É quase como se eu devesse confortá-la. Loucura, eu sei.

— Esteja pronta ao amanhecer — aviso. — Pode me encontrar na enseada.

A compaixão no rosto dela dá lugar a um sorrisinho travesso.

— Dessa vez você vai estar de roupa, pelo menos?

— Oi? — intervém Blair. — Como é que é?

Reviro os olhos.

— Não é da sua conta — resmungo, depois acrescento para Key, com um sorriso de canto: — Pode deixar que vou estar apresentável. Só não sei se você vai gostar tanto.

O leve rubor nas bochechas dela é adorável, não tem como negar, e me pergunto se posso ter começado a *gostar* de irritar Key de propósito. Como se essa troca de farpas entre nós fosse… divertida.

Os olhos dela cintilam de animação.

— Vai sonhando, Nessie.

"Pensando bem…"

15

Keyanna

— Acho que meu pulmão vai explodir.

Ouço um grunhido irritado vindo da frente, mas Lachlan nem se dá ao trabalho de se virar para ouvir minha décima reclamação desde o início da caminhada.

— Pode parar com isso. Foi você que quis vir.

Solto um resmungo e ajeito a mochila nos ombros, fazendo uma pausa para admirar as colinas ondulantes mais além. O céu lança uma luz cinzenta com a promessa de mais um dia sombrio, e eu faço uma careta antes de continuar andando.

— Vai chover?

— Sempre chove — responde Lachlan por cima do ombro.

— E o que a gente faz se chover?

— Anda mais rápido.

Respiro fundo.

— Você é a simpatia em pessoa, sabia?

— É, todo mundo fala.

Fecho a cara para as costas dele e me esforço para acompanhar o ritmo. Esse homem deve ter uma força sobrenatural mesmo quando está na forma humana, porque só assim para explicar o fato de se mover como se fosse a porra do Exterminador do Futuro.

Mas preciso admitir que a vista não é de se jogar fora. De onde estou, alguns passos atrás, fica difícil ignorar a forma como o suéter de lã bordô se ajusta aos ombros dele, e se eu olhar mais para baixo (o que eu adoraria fingir que não fiz), é impossível não perceber como as calças jeans modelam as coxas grossas e a bunda firme, com seu caminhar quase hipnotizante.

"Puta merda, Key, se controla."

Dou um pigarro, desviando o olhar daquele bundão. E da bunda dele também.

— Então, como é o castelo?

Quase consigo ouvir a impaciência dele.

— É um castelo.

— Isso eu sei. Mas como ele é? Está em ruínas, com teto e paredes desabando, ou...?

Lachlan permanece em silêncio por um instante, e mesmo dali percebo a contração na sua mandíbula.

— O telhado não está de todo ruim. Algumas partes do piso estão bem instáveis, então olhe bem por onde anda, e as paredes começaram a desmoronar. Faz séculos que ninguém mora lá.

— Sério? Por quê?

— Por causa das guerras — explica ele. — Essas terras foram invadidas pelos ingleses dez anos depois da minha família ser amaldiçoada. Meu ancestral estava tão preocupado com os clãs vizinhos que não se preveniu para a possibilidade de outros inimigos.

— E o castelo está abandonado desde aquela época?

— Sim, por aí. Algum parente distante tentou dar um jeito no lugar no século passado, mas... Bem. O idiota foi fotografado e todo mundo teve que viver escondido depois disso.

Paro de andar na hora, de queixo caído.

— Está falando *daquela* foto? A que todo mundo conhece?

Lachlan também interrompe os passos e se vira para observar minha expressão atônita.

— Sim, por quê? O que foi?

— Então aquela foto do monstro era verdadeira?

Ele revira os olhos.

— O que mais seria?

— Mas o responsável não voltou atrás e confessou que era tudo armado?

Lachlan ri baixinho.

— Alastair? Ah, sim. Ele era... um amigo da família. Fez o grande favor de arranjar aquela confissão do Spurling.

— Então a farsa... era uma farsa mesmo?

— Monstros e magia de kelpie tudo bem, mas *nisso* você não quer acreditar?

A risada suave se perde conforme ele segue adiante, e quase tropeço quando tento acompanhar, ainda atordoada.

— Tudo bem, mas não dá para negar que o submarino de brinquedo coberto com gesso e madeira era bem convincente.

— Como acha que colocaram um brinquedo do século passado naquele lugar? Com controle remoto?

— Eu... hã. Não tinha pensado nisso.

— Às vezes as coisas são exatamente o que parecem ser.

Aperto o passo para ficar ao lado dele.

— Já teve outras aparições reais?

— Algumas. É difícil se esconder quando se é tão... grande.

"E ele é mesmo enorme."

Balanço a cabeça com força.

"Pode parar. Nada de achar o cara gostoso só porque ele está sendo um pouquinho menos babaca."

Dou uma olhadinha para a esquerda e reparo na mandíbula forte, os contornos ainda mais acentuados pela barba escura, que também faz os lábios parecerem mais macios e cheios...

"Chega. Sossega."

— Falta muito?

Lachlan acena que não.

— Estamos quase na metade do caminho. Tem um celeiro velho do outro lado daquela colina — diz ele, e aponta para a encosta que parece estar a quilômetros de distância. — De lá, deve demorar só mais uma hora.

Um trovão reverbera acima de nós, e eu lanço um olhar cauteloso para o céu.

— Acha que vamos chegar lá secos?

— Não se preocupe com isso — declara ele, confiante, e dá uma batidinha na lateral do nariz. — Eu sinto o cheiro de chuva de longe. Ainda faltam algumas horas para começar.

Parece pura balela, mas vou fazer o quê?

— Tudo bem — respondo. — Se você tem tanta certeza assim.

Lachlan ri com desdém.

— Eu *sempre* tenho.

Estamos encharcados dos pés à cabeça quando finalmente entramos no celeiro decrépito, pouco mais do que um telhado de palha furado sustentado por quatro paredes apodrecidas. Tiro a mochila das costas e lanço um olhar fulminante para Lachlan, que está sacudindo a água do cabelo.

— Sente o cheiro de chuva de longe, né? Percebi mesmo.

Ele me observa com irritação.

— *Haud yer wheesht.*

— Fala minha língua, por favor — resmungo.

— Fica quieta, otária.

— Nossa — respondo, torcendo a ponta do suéter ensopado. — Quanta gentileza.

Ele põe as mãos na cintura depois de largar a mochila, dando uma olhada geral no lugar.

— Pelo menos aqui a gente não vai se molhar. Já, já a chuva passa. Sempre passa.

— E o que vamos fazer até lá?

— Bom, você podia pedir com jeitinho para ela parar.

Estreito os olhos, mas ele parece estar falando sério. Olho para a entrada, onde ainda chove em bicas, e mordo o lábio por dentro.

— Chega de chuva — murmuro para o nada, me sentindo ridícula.

Ouço uma risada abafada atrás de mim.

— Acho que você vai ter que ser um pouquinho mais convincente.

Meus braços caem ao lado do corpo, e cerro os punhos com força.

— Para de chover!

O silêncio paira por um instante, e então:

— É, já sabemos que você não é o Merlin.

— Não enche — retruco.

Lachlan caminha na direção de um fardo de feno desmoronado, testando a palha com o pé até parecer satisfeito. Ele se joga ali com um grunhido, estica as pernas compridas e apoia as mãos atrás do corpo. Com uma delas, dá tapinhas no espaço vago ao lado, com uma expressão sugestiva.

— Seu trono, princesa.

Fecho a cara.

— Você é um babaca, sabia?

— Claro, claro, eu sei. Agora venha aqui se secar. Saia desse vento ou vai acabar pegando uma pneumonia.

Como se fosse combinado, um arrepio percorre meu corpo. Cruzo os braços e olho com desconfiança para o lugar vazio ao lado dele.

— Nada de gracinhas, hein?

— Quem fala assim? — pergunta ele, com uma risada leve. — Pode vir, Alteza. Sua virtude está a salvo comigo.

— Minha virtude é o menor dos meus problemas — resmungo, tentando afastar as imagens que surgem por essa ideia. Desabo na palha, ainda com os braços apertados contra o peito, na esperança de aquecer meu corpo. — Acha mesmo que vai parar logo?

— É bem provável — responde ele. — Pelo menos você está em ótima companhia enquanto espera.

— Ah, claro — debocho. — Melhor companhia do mundo.

Ficamos os dois em silêncio por um tempo, vendo a chuva cair lá fora, e depois de alguns minutos percebo o calor que irradia de Lachlan, a poucos centímetros de mim.

— Você é um forno, por acaso? Dá para sentir daqui.

Ele encolhe os ombros.

— Sempre tive o corpo quente. Deve ser efeito colateral da maldição. O lago fica bem gelado às vezes.

Desprezo o comentário e me encolho ainda mais, abraçando o corpo enquanto os dentes começam a bater de frio. Tento não tremer muito. Não quero demonstrar fraqueza na frente de Lachlan. Ele ia se divertir à beça.

— Tá com frio?

"Droga."

— Não.

— Ah, claro, então essa tremedeira toda aí é só felicidade por estar pertinho de mim, né?

— Acho que eu gostava mais de você quando me ignorava.

Ele dá risada.

— Você quis ser minha aliada, esqueceu? Agora aguenta.

Encaro o frio por mais um minuto antes de jogar a toalha e me arrastar para o lado dele até estarmos quase colados. O calor que emana do seu corpo é um alívio imediato, e preciso me controlar para não me aconchegar ainda mais.

— Viu só? — provoca ele. — Foi tão difícil assim?

Chego um pouquinho mais perto.

— Ainda não sei. Você está muito… bonzinho hoje. É esquisito.

Lachlan faz um gesto indiferente.

— Se você vai ser teimosa e insistir em me ajudar, o mínimo que posso fazer é colaborar um pouco.

— Isso é quase… gentil da sua parte.

Ele ri baixinho.

— Pode confiar, também é novidade para mim.

Observo a chuva cair do lado de fora do celeiro velho, estranhamente satisfeita com o silêncio repentino. Lachlan permanece quieto ao meu lado, e não consigo evitar a curiosidade de saber seus pensamentos. Desde que descobri a verdade sobre a maldição, tenho me questionado sobre muitas coisas a respeito dele. Tento imaginar como é viver sabendo como sua própria história vai terminar. Pensar nisso me deixa com um aperto estranho no peito.

— Você se lembra da última vez que conversou com seu pai?

Lachlan se assusta com a pergunta e vira a cabeça com um gesto brusco. Sinto os olhos dele no meu rosto, mas continuo concentrada na chuva. Apesar de não saber o que me levou a dizer isso, percebo que estou interessada na resposta. Talvez seja porque ele também conhece a dor de perder alguém.

— Sim — responde por fim, a voz baixa. — Eu me lembro.

— Quantos anos você tinha?

Lachlan inclina o corpo para a frente, com os cotovelos apoiados nos joelhos, o olhar perdido na chuva lá fora.

— Eu tinha oito anos na época. Era só uma criança, mas ainda me lembro do dia.

— O que aconteceu?

— Houve vários sinais — conta ele. — A maldição estava cada vez mais instável, entende? Minha mãe e eu víamos com clareza. Quando meu pai ficava bravo, quando perdia o controle... Era como se partes do monstro transparecessem no homem.

— Isso... — começo a dizer, chegando mais perto. — Isso acontece com você?

— Quase nunca — responde, com os olhos se movendo lentamente pelos traços do meu rosto, como se estudasse minhas feições. — Faço o possível para não perder o controle.

Engulo em seco, abalada com a intensidade daquele olhar. Viro o rosto para o lado e pigarreio.

— Isso é... bom.

— Pois é. Meu pai... ele perdeu o controle um dia. E aí... — Os punhos de Lachlan se fecham, o corpo fica todo retesado e o cenho franzido ao reviver as lembranças. — Ele machucou minha mãe. Não foi grave, mas o suficiente para assustar os dois. A dor daquele momento, do que ele fez... Foi como se ele tivesse se rendido ao monstro. Foi para o lago naquela noite... e nunca mais voltou.

Meu peito se aperta em compaixão, e sinto o impulso estranho de chegar mais perto e oferecer algum tipo de conforto, mas não sei se o gesto seria bem-vindo ou não.

— Sinto muito — sussurro bem baixinho.

Lachlan balança a cabeça.

— Ainda me lembro do que ele disse naquela manhã. As últimas palavras que dirigiu a mim.

— O que ele disse?

— Ele… — A voz de Lachlan falha, e ele respira fundo antes de soltar o ar. — Ele pediu desculpas. Disse que… tentou me salvar. Até hoje não sei o que isso significa, mas nunca vou esquecer a tristeza nos olhos dele ao dizer essas palavras.

— Parece que seu pai te amava muito.

— É, amava mesmo — murmura Lachlan, pensativo por um instante antes de continuar: — Minha mãe foi embora pouco depois. Disse que seria só por um tempinho, que eu ia ficar com minha avó, mas… acho que me ver era difícil demais para ela. A saudade do meu pai mexeu com sua cabeça. Depois disso… ela nunca mais foi a mesma.

— Sinto muito mesmo — respondo com sinceridade.

Ele apenas encolhe os ombros.

— Tudo bem.

— Ela sabia?

— Hum?

— Sua mãe — esclareço. — Ela sabia sobre a maldição?

— Sim, sempre soube.

— Então por que ela…

— Ela nunca imaginou que o perderia assim — explica ele. — Meu pai foi o primeiro a ser consumido pela maldição.

Reflito por um instante, tomada por um misto de compaixão e raiva por essa mulher que nem conheço.

— Mas no meio de tudo isso… ela também abandonou *você*.

A princípio, Lachlan não diz nada, mas por fim admite:

— É, abandonou.

Um calafrio atravessa meu corpo e me tira a capacidade de dizer qualquer coisa, acompanhado de um frio que me faz tremer da cabeça aos pés. O braço de Lachlan envolve meus ombros na mesma hora, e nem sei qual de nós parece mais surpreso com a reação.

— Desculpa — apressa-se em dizer. — Nem pensei, só…

Eu me aconchego nele, deixando o calor do seu corpo aquecer minhas roupas ainda úmidas.

— Não tem problema.

Tomo coragem e apoio a cabeça em seu ombro, tentando não dar muita importância ao gesto. Pura necessidade, claro. Só para me aquecer.

— Mas que frio insuportável.

— Longe de mim deixar a princesa morrer congelada — ironiza ele.

— Babaca — resmungo.

O silêncio recai sobre nós outra vez e, para minha surpresa, não é tão constrangedor quanto deveria ser. É quase… confortável. Os dedos dele se agitam de leve sobre meu ombro, como se quisessem se mexer, e estou dolorosamente consciente do peso e do calor da sua pele contra a minha. Sinto cada detalhe do seu corpo firme colado ao meu. Há quanto tempo alguém não me toca dessa forma? Será que estou tão carente de contato humano a ponto de esse mero toque me deixar assim?

"Pelo jeito, estou."

— E você?

A pergunta me tira do devaneio, e viro o rosto na sua direção.

— O que tem eu?

— Seu pai… — diz Lachlan, ainda me fitando com aqueles olhos azuis que parecem ver através de mim. — Ainda se lembra da última conversa com ele?

— Ah — murmuro, baixando o olhar para a palha ao nosso redor, com os lábios franzidos. — Lembro, sim.

— Se for doloroso demais…

— Não, não — interrompo. — Está tudo bem. Nada mais justo.

— Key.

A firmeza na voz dele me leva a erguer os olhos para encarar seu rosto outra vez, algo cada vez mais difícil porque agora, sem a distração do *ódio*, percebi que ele é mesmo bem bonitinho. Não tem como negar.

— Isso aqui não é uma troca de favores. Você não me deve nada, certo? Só perguntei como um… — A testa dele se contrai, como se precisasse pensar bem nas palavras seguintes. — Como um amigo?

Não consigo evitar o sorriso que brota nos meus lábios.

— Caramba, deve ter sido difícil admitir isso em voz alta, hein?

— Pior do que dor de dente — murmura ele.

Mordo o interior da bochecha.

— E nós somos mesmo? Amigos?

Lachlan volta a estudar meu rosto. Mais uma vez, fico curiosa para saber o que se passa na cabeça dele quando me olha assim. É estranho pensar que há menos de uma semana eu o via como inimigo, e agora… Agora sinto uma urgência quase desesperada de oferecer ajuda. De salvar a vida dele, se puder. Não sei de onde vem. A vontade pulsa dentro de mim como uma semente ávida por ser regada, desesperada para crescer e dar frutos.

— Somos — responde ele. — Acho que somos.

Uma onda de calor desce pelo meu pescoço em direção ao peito, e só me resta torcer para que Lachlan não perceba. Ele já me acha uma tonta no estado normal, então aposto que ia pegar no meu pé pelo resto da vida se soubesse que fiquei toda sem graça por causa desse comentário besta.

— E-entendi — gaguejo, desviando os olhos. — Sim. Tudo bem.

Ele não diz mais nada, como se soubesse que preciso de um instante para me recompor. Puxo na memória as últimas lembranças com meu pai, depois escolho uma ao acaso como se a tirasse de uma caixa guardada e espanasse a poeira, dominada por um misto de saudade e tristeza.

— O último dia dele… — começo a dizer, tentando manter a voz firme. — Foi meio estranho, na verdade. Fazia quase uma semana que estava fora de si, e eu sabia que não ia demorar muito. Nessas horas… a gente sente. Mas naquele dia… — Um sorriso desponta nos meus lábios, apesar de tudo. — Naquele dia, parecia que ele tinha voltado para mim. Só um pouquinho. Era como se, por um breve instante, ele fosse meu *pai* de novo.

— Talvez ele também soubesse — sugere Lachlan. — Que estava quase na hora.

— É, pode ser.

Estou cada vez mais aconchegada nele, no calor constante do seu corpo, emanando como um canto de sereia ao qual não consigo resistir.

— Meu pai olhou para mim naquele dia e, pela primeira vez em muito tempo, dava para… dava para perceber que ele realmente me via ali. Pousou a mão no meu rosto e… — Levo meus próprios dedos até a bochecha, com os olhos fechados. — E chamou meu nome como se não me visse há uma eternidade. Como se tivesse voltado para casa depois de uma longa jornada.

— Um soluço engasgado ameaça escapar do meu peito, mas trato de o engolir. — Ele disse que estava com saudade. Perguntou para onde eu tinha ido.

Os dedos de Lachlan apertam meu ombro com mais força, e o polegar acariciando de leve.

— Key...

— Conversamos um pouco. Não sobre a doença ou nada do tipo, só sobre assuntos bobos. Coisas que nos faziam rir, que o faziam sorrir.

— Que bom que você tem essa última lembrança com ele — diz Lachlan com delicadeza. — Fico feliz.

Concordo com um aceno.

— Eu também. E aí, antes de ele... ir dormir pela última vez, pediu... — Solto um suspiro trêmulo. — Pediu que eu o trouxesse para casa.

— Para casa? — repete Lachlan.

Dou outro aceno.

— Ele queria que eu o levasse ao lago. Queria visitar o lugar uma última vez. Eu já tinha escutado essa história centenas de vezes desde a infância, então sabia muito bem qual lago era. Não consegui levar meu pai até lá em vida, claro, mas achei que... ele ia ficar feliz de descansar ali para sempre.

Lachlan parece cabisbaixo de repente, e mais uma vez me sinto impelida a observar seu rosto.

— O que foi?

— Por favor, me desculpe — pede ele. — Fui tão idiota naquele dia.

— Você não sabia.

— Não, mas mesmo assim. Podia ter sido mais gentil. Ouvi seu sobrenome e...

— Já começou a desconfiar de mim.

Ele confirma com a cabeça.

— Sim, comecei.

De repente a pergunta irrompe do meu peito com uma força impossível de conter.

— E agora? Você confia em mim?

Lachlan encontra meu olhar com uma intensidade que me aquece por inteiro, de uma forma ao mesmo tempo alheia e totalmente relacionada ao seu toque. Os olhos dele recaem sobre meus lábios, agora entreabertos, porque seria loucura sequer cogitar isso… não seria?

— Sim — sussurra ele, quase inaudível. — Acho que confio, Keyanna.

A chuva ainda cai lá fora, mas dentro de mim há um rugido ensurdecedor. Sinto o peso no meu peito a cada respiração, os batimentos acelerados martelando na garganta, ciente do segundo exato em que Lachlan começa a se aproximar, com o olhar tão hipnotizado quanto o meu. O calor na minha pele parece ganhar vida, cada vez mais intenso, meus dedos formigam, as palmas ardem em chamas, mas ele está *tão* perto. Mais um segundo, mais um centímetro e vamos nos…

— Puta merda! — grita Lachlan de repente, com o sotaque mais carregado do que nunca conforme salta para longe.

Pisco algumas vezes, tentando entender o que aconteceu, e então eu sinto.

— Merda!

A palha ao nosso redor começou a pegar fogo, uma chama pequena que fica cada vez maior. Dou tapas com a mão para evitar que se espalhe, e de repente escuto a voz incrédula de Lachlan.

— Key… É *você*.

E então a ficha cai.

O fogo está vindo da porcaria da minha mão.

Entro em pânico, pulo de pé e começo a abanar a mão feito doida, como se pudesse apagar as chamas.

— O que eu faço? — pergunto, com outra sacudida frenética. — Lachlan, o que eu…

Fico imóvel enquanto ele começa a pisotear a palha crepitante na esperança de conter o fogo. Olho para baixo e vejo uma pequena chama tremular bem no centro da minha palma.

— Não dói.

Lachlan para de conter o fogo e, boquiaberto, observa a labareda na minha mão.

— Desde quando você consegue fazer isso?

Giro a mão de um lado para o outro, vendo a chama acompanhar o movimento.

— Hum, desde agora?

— Puta que pariu — dispara ele, passando as mãos pelos cabelos.

Fecho os dedos, surpresa ao descobrir que o gesto apagou a chama.

— Uau.

— Isso é bem mais do que abrir uma janela — comenta ele.

— O que você acha que isso significa?

Lachlan solta um longo suspiro.

— Acho que... precisamos encontrar algumas respostas, e rápido.

Concordo com um aceno, ainda atordoada quando ele começa a recolher nossas coisas. Ouço sua voz dizer que a chuva está começando a dar trégua, que já podemos ir, mas tudo soa distante, como se estivesse vindo de longe. Porque mesmo com tudo o que acabou de acontecer, o fogo, a magia, tudo, um pensamento reverbera mais alto do que qualquer outro.

Por acaso Lachlan e eu quase nos beijamos? E pior... por acaso estou decepcionada pelo fato de o beijo ter sido interrompido?

16

Lachlan

"Você quase a beijou."

"Você quase a beijou, cacete."

Passei os últimos trinta minutos remoendo esse pensamento em silêncio enquanto Key e eu continuamos nossa jornada rumo ao antigo castelo dos Greer. A construção já começou a despontar no horizonte, logo além da próxima colina. Contrariando as expectativas, Key não me encheu de perguntas durante o trajeto, então começo a desconfiar que a mente dela também esteja ocupada com o beijo.

Não faço ideia do que me levou a ignorar o bom senso e me aproximar dela daquele jeito. Talvez tenha sido a vulnerabilidade que ela se permitiu demonstrar. Talvez tenha sido a atmosfera do celeiro, a sensação do seu corpo delicado aninhado ao meu.

Ou talvez tenha sido porque ela é um absurdo de linda e, caralho, como eu queria que isso não fosse tão óbvio.

Não sei exatamente quando aconteceu, ou talvez até saiba e não queira admitir, mas em algum momento entre sua insistência para me ajudar na cozinha de casa e a proximidade do seu corpo naquele celeiro decrépito, todas as razões para me manter longe dela evaporaram. É como se, agora que não consigo mais nutrir o mesmo desdém inicial em relação a ela, meu cérebro e meu corpo tivessem se rebelado e decidido que, na verdade, Keyanna MacKay é a mulher perfeita, ao mesmo tempo sensual e adorável, alguém que eu não teria sido capaz de imaginar nem nos meus sonhos mais loucos.

Para ser justo, tudo isso já era verdade desde o dia em que a conheci, mas como naquela época eu conseguia me esconder debaixo de uma camada grossa de aversão, ficava bem mais fácil de ignorar.

Sei que tenho preocupações maiores do que a sensação dos lábios dela nos meus, e eu me esforço para me lembrar de todas elas enquanto abrimos caminho pela grama molhada, ciente de que esse silêncio prolongado só vai piorar as coisas.

— Então, lá no celeiro…

— Sim?

A expectativa na voz dela me faz hesitar e, quando me viro na sua direção, vejo que o sentimento se reflete nos olhos. Aquelas profundezas verdes me encaram de volta, cheias de esperança, e por um momento fico hipnotizado como um marinheiro ao ouvir o canto de uma sereia. Será que ela precisa mesmo ser tão irresistível?

— Eu, hã… Aquele lance com o fogo — balbucio, e vejo o rosto dela murchar. Não há muito o que fazer, então só ignoro. — Tem alguma ideia de como conseguiu?

Key olha para os pés, com os ombros caídos.

— Não, nem imagino.

— Nenhum palpite de *como* aconteceu?

— Não sei… Tive a impressão de que meu corpo estava cada vez mais quente, mas, hum… você estava bem perto de mim. E sua temperatura já é alta por natureza, então nem dei muita bola até…

— Até quase botar fogo no celeiro.

Ela revira os olhos.

— Nossa, quanto exagero.

— Acho que tenho o direito de ser dramático depois de quase ter sido queimado vivo por uma certa mulher aí…

— Falou o cara que vira dinossauro à noite.

A troca de farpas parece um território mais seguro, e me convenço de que estou aliviado com a mudança de assunto. A delicadeza daquele momento no celeiro é uma ladeira perigosa e escorregadia que eu não posso me dar ao luxo de percorrer.

— Pois é, princesa — respondo, aos risos. — Acho que você tem razão.

O castelo surge em toda a sua glória quando alcançamos o topo da colina, e eu me detenho ali por um instante, com a cabeça inclinada em sua direção.

— Lá está ele.

Key parece fora de si de empolgação. Os lábios entreabertos deixam escapar um som que só pode ser descrito como o canto de um pássaro, acompanhado de um gritinho estridente de entusiasmo. Por que eu acho isso tão fofo?

— Meu Deus! É maravilhoso!

Tento me colocar no lugar dela, mas como já estive aqui centenas de vezes, o lugar não passa de um velho monumento decadente, um lembrete de tudo que deu errado na minha vida.

— É só um amontoado de pedras velhas, Key.

Ela me cutuca de leve com o cotovelo.

— Nem vem, me deixa aproveitar. Não tem castelos dando sopa assim em Nova York, sabia?

— Sério? — pergunto, sem conseguir disfarçar o sorriso. — Deve ser bem difícil para você, né, princesa?

— Argh, não vou deixar você me irritar — rebate ela, avançando com firmeza morro abaixo. — Hoje não! Vem, quero ver de perto.

Ainda estou rindo enquanto vou atrás dela, acelerando o passo para acompanhar o ritmo daquelas pernas compridas.

Não começo a imaginar aquelas pernas de outro jeito, nem penso em como seria se estivessem enroladas na minha cintura... não, claro que não.

Seria maluquice.

— Não pode ser real — sussurra Key com admiração, deslizando a ponta dos dedos pelas pedras gastas da parede. — Parece um conto de fadas.

— Está mais para pesadelo, isso sim — resmungo, dando uma olhada na construção. — Quer ver o resto?

Key se vira, mordendo o lábio.

— É seguro?

Meus olhos se demoram um segundo a mais do que deveriam no contraste dos dentes brancos ao pressionar a maciez dos lábios dela, trazendo à mente a lembrança de como já estiveram perto dos meus. Balanço a cabeça para espantar o pensamento.

— É só ficar perto de mim — aviso.

Já mostrei o pátio e o salão principal na última hora, e até deixei que ela explorasse por conta própria alguns dos cômodos menores ao redor. Não tem nada de muito interessante, como tentei avisar, mas isso não a impediu de agir como se fosse a experiência mais emocionante da sua vida. Mesmo agora, ela passa a mão nas pedras antigas como se fossem preciosas. Tento ver tudo com os olhos dela de novo e me lembro da sensação de visitar o castelo pela primeira vez. Parecia outro mundo. Agora, não passa de uma lembrança dolorosa.

— Cuidado por onde anda — alerto, observando os pontos frágeis do piso enquanto ela continua a exploração. — Era só o que me faltava ter que tirar você de um buraco.

Não a vejo revirar os olhos, mas quase consigo sentir.

— Tá, tá.

Acompanho com o olhar conforme ela desaparece no cômodo ao lado, onde ficava o antigo salão de banquetes, se não me falha a memória. Logo escuto seus suspiros empolgados ao encontrar a imensa mesa de carvalho que, por milagre, continua inteira.

Ela aparece no vão da porta, com os olhos arregalados ao acenar para mim.

— Lachlan! Viu isso aqui?

Balanço a cabeça e vou até lá.

— Já estive aqui antes, esqueceu?

— Ah, verdade — responde ela com ar distraído enquanto passa os dedos pela superfície empoeirada da mesa. — Quando você veio aqui pela primeira vez?

Penso por um momento.

— Eu era bem pequeno, então nem lembro direito.

— Veio com seu pai?

— Isso.

Ela apenas assente, ainda distraída, observando os arredores como se quisesse absorver cada detalhe.

— Deve ter sido um lugar muito bonito um dia.

— É, deve mesmo — comento, sem tirar os olhos dela enquanto admira todos os cantinhos do cômodo.

Há uma certa inocência nos olhos de Key que, em outras circunstâncias, provavelmente me irritaria. Quando penso em tudo o que sei sobre ela, porém, na sua determinação, lealdade e força mesmo nos momentos difíceis, fica impossível não admirar essa atitude. Parece quase errado admitir, principalmente para alguém tão calejado quanto eu, mas ver Key enfrentar tanta coisa sem perder esse brilho nos olhos, essa vontade de viver... mexe comigo de um jeito estranho.

— O que tem ali dentro?

A voz dela me arranca do devaneio e, na mesma hora, eu a vejo se esgueirar para o cômodo seguinte. Corro atrás para garantir que ela não caia mesmo em algum buraco no chão. A luz do sol atravessa as nuvens e se infiltra pelos furos no teto, iluminando o estado decadente do que com certeza já foi uma cozinha impressionante. Lá está Key, tocando qualquer coisa ao seu alcance, como se pudesse arrancar informações dos objetos só de encostar neles.

— Olha só para isso! — exclama ela, segurando uma panela toda enferrujada. — Não é incrível?

— É uma panela — respondo sem um pingo de empolgação.

Ela faz cara de emburrada.

— Mas deve estar aqui há séculos! Capaz até de ter servido sopa para seu trisavô... ou tataravô... enfim. Não é legal?

— Claro — concordo no automático, um pouco atordoado com seu sorriso. — Bem legal.

— Você é tão estraga-prazeres — acusa ela, rindo baixinho. — Pode me mostrar sua parte preferida do castelo?

— Minha parte preferida?

Ela se aproxima e começa a puxar meu braço.

— Isso, eu quero ver.

Abro a boca, depois fecho, pensativo.

— Tudo bem. Vem comigo.

Dou meia-volta e a conduzo pelo salão de banquetes, depois pelo salão principal, até a ala oposta que leva ao interior do castelo. Os passos de Key ecoam atrás de mim, apressados e cheios daquela curiosidade que ela parece nutrir em relação a tudo. Quase fico empolgado em dividir esse momento com ela. Já faz muito tempo que não mostro esse lugar a ninguém. Desde a última vez que estive aqui com meu pai.

Paro quando chegamos perto da entrada e me viro na sua direção.

— Feche os olhos.

— O quê? Nem pensar.

Lanço um olhar intrigado para ela.

— Cadê seu espírito aventureiro?

— Sei lá, vai que você decide me empurrar em um alçapão escondido enquanto eu estiver distraída?

Um sorriso brota nos meus lábios sem permissão. Dou um passo à frente e levanto o queixo dela com a ponta dos dedos.

— Acha mesmo que eu faria isso?

— Eu...

Os olhos dela se desviam para minha boca, sem dúvida se lembrando de como chegamos perto de cruzar essa linha poucas horas atrás. Tento me convencer de que foi melhor assim, que só serviria para complicar as coisas, mas isso não me impede de imaginar como teria sido bom.

— Feche os olhos, Key — peço baixinho.

A linha delicada de sua garganta sobe e desce ao engolir em seco, e depois de apenas um segundo as pálpebras dela se fecham, atendendo ao meu pedido. As pontas dos meus dedos ainda repousam sob seu queixo, e com os olhos fechados assim, quase consigo imaginar como seria fácil chegar um pouco mais perto, só o suficiente para encurtar a distância entre nós, e então...

Dou um passo para trás e seguro a mão dela.

— Agora, cuidado por onde anda — insisto.

Ela solta um resmungo.

— Meio difícil fazer isso de olhos fechados.

— Para de ser pentelha.

Eu a conduzo com cuidado para dentro do cômodo, atento ao chão conforme avançamos em direção ao centro. Faço o possível para não encostar nela com muita intimidade, mantendo os dedos leves na sua cintura antes de recuar. Ainda parece transbordar empolgação, com o rosto corado e a respiração um pouco mais acelerada do que o normal. Meu próprio entusiasmo, mesmo por algo tão simples, é a coisa mais viva que senti em muito tempo. E me pergunto o que poderia encontrar se me permitisse explorar esse sentimento.

— Pronto, pode abrir.

Os olhos dela se abrem devagar e começam a explorar o ambiente, e um suspiro surpreso lhe escapa ao ver o que eu queria mostrar. A luz atravessa o vitral e se espalha pelo chão antigo, e as cores quase dançam sob os raios de sol.

— Uau — sussurra ela, se aproximando.

Estendo a mão e a seguro pelo pulso.

— Cuidado. É bem antigo.

— Como sobreviveu por tanto tempo?

— Nem imagino. Está aqui desde sempre.

— O que significa?

Eu a puxo na direção do vitral e aponto para as imagens no centro.

— É o brasão da minha família. A árvore simboliza a força. A espada representa o poder.

— Tudo isso é tão surreal — comenta baixinho. — Não é maluco pensar que seus antepassados estiveram bem aqui, neste mesmo cômodo, centenas de anos atrás?

— Sim, acho que é mesmo — respondo, ainda sentindo o calor da sua pele sob meus dedos, incapaz de me afastar. — Quando eu era criança, passava horas aqui enquanto meu pai vasculhava o castelo. As luzes mudam com o movimento do sol.

— É tão lindo — murmura Key. — Já pensou em tirar o brasão daqui?

— Não teria coragem de arriscar — confesso. — Além do mais, acho que não me traria muita sorte. — Dou uma risada curta. — Nunca trouxe para ninguém da família.

— Lachlan — começa a dizer, e ainda não sei se gosto da compaixão na sua voz. — Eu… puta merda!

Fico até desnorteado quando ela passa por mim, avançando na direção do vitral.

— O que foi?

— Não está vendo? Bem ali, ó!

— Cuidado com o piso — insisto, e vou atrás. — Presta atenção!

— Já ouvi, já ouvi — responde ela, desatenta, sem interromper o passo. — Mas olha isso!

— Key, é sério — digo com mais firmeza. — O chão aqui não é estável.

— Nossa senhora. Eu já ouvi, tá bom? Juro que ouvi. Até parece que eu vou ca…

Um estalo agudo ecoa pelo ambiente, e vejo o lampejo de pavor nos olhos dela segundos antes de o chão desabar sob seus pés. Meu coração quase sai pela boca quando a vejo desaparecer entre as tábuas, dominado por uma onda de pânico como nunca senti enquanto corro até o buraco.

— Key? Key! Fala comigo. Você está bem?

Uma nuvem espessa de poeira sobe no ar, e eu, cada vez mais desesperado, tenho a impressão de ouvir sons fracos de movimento lá embaixo.

— Keyanna!

— Estou aqui — responde ela com a voz baixa, me inundando de alívio. — Está tudo bem.

Solto o ar com força, e o coração ainda entalado na garganta.

— Puta merda, Key. Eu falei para tomar cuidad…

— Lachlan — interrompe ela.

— O quê?

— Fica quieto.

Abro a boca, prestes a retrucar com um xingamento, mas de repente…

— Desce aqui.

Pular atrás dela foi bem mais fácil do que imaginei. O compartimento fica a pouco mais de dois metros abaixo do chão, levando a um espaço minúsculo e desprovido de janelas. Com a luz fraca que vem de cima, também não consigo ver nenhuma porta.

Key espana a poeira das roupas e eu preciso me segurar para não perguntar se ela se machucou. Tenho quase certeza de que ela ia me mandar catar coquinho se eu começasse a bancar o preocupado.

— Que lugar é esse?

Ela me lança um olhar incrédulo.

— Como assim? Você não sabe?

— Eu nunca tinha pisado aqui — admito.

Os olhos dela cintilam de empolgação.

— Então quer dizer que eu descobri isso sozinha?

— Ah, sim — zombo. — Pelo visto ser atrapalhada serviu para alguma coisa.

— Quieto — resmunga ela. — Achei que tinha visto um negócio esquisito na parede lá em cima, mas caí antes de conseguir olhar mais de perto.

Meus olhos percorrem o cômodo, analisando os arredores. Há uma espécie de cama de metal no canto, ao lado de uma cadeira de madeira tão apodrecida que parece prestes a desabar. Não há mais nenhum móvel à vista.

— Lachlan — chama Key, agachada ao lado da cama. — Olha isso.

Nos pés da cama, presos ao chão por parafusos, há grilhões de ferro. São grossos e muito largos para pulsos, então deviam ser usados para prender tornozelos.

— Que porra é essa?

— Acho que este lugar é uma masmorra — teoriza ela.

— Não, eu conheço a masmorra do castelo.

— E não me mostrou?

— Você estava ocupada demais babando nas panelas da cozinha.

— Não acredito! Como você teve a pachorra de…

— Key — interrompo, apontando para trás dela. — Dá uma olhada.

Ela se vira devagar, com os olhos atraídos pelas marcas espalhadas na parede. À primeira vista parecem rabiscos aleatórios, mas um olhar mais atento revela que são uma espécie de entalhe.

— São perfeitos — murmura Key, passando os dedos pelas ranhuras. — Como se tivessem sido feitos por máquina.

Se eu não tivesse visto tantas coisas estranhas na vida, pareceria quase bobo dizer:

— Ou por magia.

— Meu Deus — solta ela, quase empolgada. — Você acha que…?

— Acho que está na nossa cara.

Os entalhes mostram uma mulher linda, retratada com um realismo assustador, com cachos selvagens e corpo esguio. Há dezenas de gravuras dela em diferentes situações, todas feitas com riqueza de detalhes. Na mais próxima do teto, a mulher oferece um objeto muito semelhante à rédea que tenho procurado com tanto desespero. Em outra, vemos esse mesmo aparato nas mãos de um homem grande, com cabelo na altura dos ombros, vestido com peles e um kilt.

— Será que é seu ancestral?

— Só pode ser — murmuro, ainda observando os entalhes com atenção.

Há uma gravura da mulher, sem dúvida a kelpie, aos prantos no escuro. Em outra ela aparece furiosa, com os dentes arreganhados. Vemos mais representações do meu ancestral: liderando seu exército, parado no topo de uma colina, com a rédea em punho… É o último entalhe, no entanto, que me paralisa.

— São eles — sussurra Key, tocando a gravura com a ponta dos dedos.

A kelpie entrega a rédea ao meu ancestral, e ele a segura bem acima da cabeça, com o rosto tomado por uma expressão de triunfo. Algo semelhante a raiva aperta meu peito.

"Por que você o traiu?"

Mesmo com o coração acelerado, consigo ouvir a respiração suave de Key perto de mim. Por algum motivo estranho, isso me acalma… me lembra de que não estou sozinho. Não agora, pelo menos.

— Tem alguma ideia do que significa?

Eu me levanto do chão, onde estava agachado, batendo a poeira da calça enquanto ela faz o mesmo.

— Não sei — admito. — Mas parece que ele a manteve presa aqui.

— Você disse que ele a trancou… depois de tudo.

Estudo a última gravura, com a cabeça a mil.

— Sim, disse mesmo. E não sei se o culpo, depois do que ela fez.

Pelo canto do olho, vejo Key baixar a cabeça para fitar o chão, e a ouço sussurrar:

— Desculpa.

Levanto o queixo dela com a ponta dos dedos mais uma vez, forçando seu olhar a encontrar o meu.

— Ei, não é culpa sua. Ouviu?

Mesmo com a luz fraca, os olhos dela brilham com uma intensidade que parece iluminar todo o ambiente.

— Não é?

— Você não tem culpa pelo que aconteceu no passado, e eu também não — declaro, surpreso ao perceber que acredito mesmo nisso. — O importante é que você está aqui agora, disposta a consertar as coisas.

Os lábios dela tremem, e de repente me dou conta de como estamos próximos. Consigo me lembrar com clareza do calor da sua respiração perto da minha boca naquele celeiro, do toque da sua pele contra a minha.

"Seria mesmo tão errado?"

Meu corpo se inclina na direção de Key, mais uma vez rendido aos seus encantos. E talvez seja mesmo um feitiço. Talvez essa criatura deslumbrante, que me ensinaram a temer desde sempre, tenha me enfeitiçado por completo.

Nada disso me impede de chegar mais perto, e o mesmo parece acontecer com Key.

Crac.

Tenho apenas um segundo para perceber a viga do andar de cima se soltando, um único instante para calcular onde ela vai cair antes de empurrar Key com força para o lado. As costas dela atingem a parede no exato momento em que a viga despenca sobre mim. Solto um grunhido e tensiono o corpo para me desvencilhar dos destroços, e meus olhos disparam na direção de Key, preocupado para saber se ela está bem.

— Você se machucou?

Os lábios dela estão entreabertos de surpresa, o peito arfante.

— Você me salvou de novo.

Percebo que minhas mãos estão apoiadas na parede atrás dela, uma de cada lado, e nossos corpos a meros centímetros um do outro.

— É, salvei. Acho que você me deve mais uma.

Consigo ver a pulsação acelerada no seu pescoço, a língua rosada deslizando pelo lábio inferior, aqueles olhos encantadores, capazes de enfeitiçar qualquer um, e então faço a última coisa que deveria.

Encurto a distância e a beijo com vontade.

17

Keyanna

A surpresa me domina por apenas três segundos. Três míseros segundos de confusão pura até meu corpo assimilar a situação e entrar em sintonia com meu cérebro para decidir que, sim, somos a favor de Lachlan nos beijar até perdermos os sentidos.

As mãos dele se afastam da parede de pedra e aninham as laterais do meu rosto, e os lábios se colam aos meus com intensidade suficiente para me deixar sem fôlego. É como se toda a frustração acumulada desde aquele primeiro dia se transformasse, de uma só vez, nesse desejo avassalador que me leva a agarrar sua blusa e puxar seu corpo para mais perto de mim, que me faz levantar o rosto e pedir por mais.

— Key — sussurra ele, com a voz rouca contra minha boca. — Está tudo bem?

— Não para — respondo, quase incapaz de pronunciar as palavras.

Ele solta um grunhido, um som que sinto até nos dedos dos pés, e então seus dedos se enroscam no meu cabelo, puxando com a delicadeza necessária para não machucar, mas com pressão suficiente para me fazer sentir. Não me lembro da última vez que fui beijada assim. O último ano não foi muito propício para relacionamentos, considerando tudo o que aconteceu, mas, para ser sincera, nem sei se já fui beijada assim antes.

Lachlan me beija como se tentasse me devorar. Os dentes mordiscam meu lábio inferior mesmo antes de sua língua provocar o mesmo ponto, um convite para eu me abrir ao seu beijo, coisa que faço com todo o gosto. A língua dele encontra a minha, quente e úmida e ávida, o ato tão desesperado que chega a ser sexual. Como se a língua de Lachlan estivesse a foder a minha boca, a reivindicar cada pedacinho, a erradicar todos os outros beijos que vieram antes.

— Não é justo — murmura ele contra meus lábios, pouco antes de sua língua voltar a explorar a minha.

Respiro fundo, com as pálpebras pesadas e as pernas bambas.

— O quê?

Uma de suas mãos desliza do meu cabelo para o pescoço, e a palma é tão larga que o envolve de fora a fora, e o polegar pousa sobre minha pulsação acelerada. Consigo sentir meu coração pulsar sob seu toque, ainda atordoada com a sensação da língua dele contra a minha, com a forma como seu joelho se arrasta entre minhas pernas para me manter ali, oferecendo uma pressão deliciosa que me faz querer rebolar de um lado para o outro.

— Não é justo que você seja tão linda assim — rosna ele com a voz rouca.

Deixo escapar um suspiro que mais parece um gemido, e sinto meu quadril se inclinar como se tivesse vontade própria, o atrito da minha virilha contra sua coxa provocando uma chuva de faíscas entre minhas pernas, mesmo por cima das roupas.

Nunca senti uma necessidade tão intensa, tão desesperada. Acho que se ele me pedisse para me deitar naquele chão imundo agora mesmo, eu nem pensaria duas vezes. Todas as ocasiões em que ele foi insuportável, irritante ou um completo babaca parecem ter se acumulado ao longo dos dias, empilhadas umas sobre as outras, e bastou uma pequena faísca para incendiar tudo. E agora estou ardendo por dentro, prestes a ser consumida pelas chamas.

— Lachlan — sussurro, voltando a mexer o quadril.

Os lábios dele provocam o cantinho da minha boca, descendo pela mandíbula antes de plantar um beijo molhado no meu pescoço.

— Está gostoso assim?

— Hum...

A mão dele encontra minha cintura, a outra ainda emaranhada no meu cabelo, e seus dedos agarram as laterais do meu quadril, me forçando a rebolar para a frente e para trás.

— Tão linda assim — murmura ele. — Toda vermelhinha por causa dos meus beijos.

— Não é maluquice?

Sinto o calor úmido da sua língua contra meu pescoço palpitante.

— Acho que você não fez nada além de me deixar maluco desde o instante em que te conheci.

Solto um suspiro ofegante quando sinto os dentes dele rasparem minha pele.

— Não é bem um elogio, né?

— Já falei — retoma Lachlan, com o sotaque mais carregado e a voz áspera feito cascalho. — Eu não perco o controle. — Os lábios dele exploram meu pescoço e beijam um pontinho sensível logo abaixo da orelha. — Mas você me dá vontade de mandar o bom senso para longe.

— Eu não me importo — respondo, e envolvo os ombros dele para chegar ainda mais perto. Ao erguer o rosto, encontro seu olhar intenso sobre mim, e minha boca se abre de surpresa. — Seus olhos.

Foram tomados por um brilho suave, e o azul-claro habitual parece arder com uma fonte interna de luz. As cores dançam e rodopiam como chamas azuladas, e eu não consigo desviar os olhos, completamente hipnotizada. Quase posso sentir uma pontada dolorosa na minha garganta, no meu couro cabeludo, mas estou muito vidrada na forma como Lachlan morde o lábio e encara minha boca com voracidade.

Não sinto medo, apenas aquele desejo avassalador que me faz esquecer de todo o resto, e me aproximo, disposta a implorar por mais, a pedir qualquer coisa que ele tiver a oferecer, e estou prestes a dizer que ele pode fazer o que quiser comigo, pode ter o que quiser, pode...

Crac.

Pulamos de susto quando outra tábua despenca do andar de cima e atinge a cama velha com um baque. Lachlan me puxa na sua direção, usando o próprio corpo para me proteger. Consigo sentir o ritmo acelerado de sua respiração quando ele aninha meu rosto junto ao peito, os batimentos frenéticos do seu coração mesmo através das camadas de tecido. Abro um sorriso ao perceber que ele está tão abalado quanto eu.

— Esse não deve ser o lugar mais apropriado para esse tipo de coisa — comento baixinho, com as palavras abafadas pelo casaco.

O peito dele estremece com uma risada.

— É, acho que não.

Afasto o rosto enquanto Lachlan me observa com atenção. O brilho nos olhos dele desapareceu, deixando para trás apenas o azul-claro de sempre, e apesar de ainda serem lindos, com certeza estão bem menos hipnotizantes.

— Eu…

Lachlan estuda meu rosto como se buscasse uma explicação para o que acabou de acontecer, como se nem ele mesmo entendesse. Não o culpo. Ontem eu estava disposta a dar uma rasteira nele, e agora… Bem, agora só consigo pensar no gosto dos seus lábios.

— Sim, eu sei — interrompo, poupando Lachlan do trabalho de encontrar as palavras certas. — Foi bem… inusitado.

Ele sorri com malícia, chegando mais perto para me dar um beijo quase imperceptível.

— Se eu soubesse que esse era o segredo para te deixar menos insuportável, teria começado bem antes.

Dou um tapa no peito dele e reviro os olhos.

— Babaca.

— Não achou que isso ia mudar só por causa de uns beijinhos, né?

A implicância na voz dele me arranca uma risada, e só isso o impede de levar um chute bem dado nas canelas. Tenho uma sensação esquisita quando ele começa a se afastar, como se uma parte de mim lamentasse a distância repentina e o quisesse de volta, prestes a exigir que ele me beije de novo.

Mas este não é o melhor lugar para isso.

Lachlan dá um pigarro, com os punhos cerrados ao lado do corpo, e desvia o olhar.

— E aí, como vamos sair daqui? Precisa de um pezinho para subir?

— Acho que sim — respondo, olhando em volta.

Não gosto muito da ideia. Do jeito que eu sou sortuda, é capaz de o resto do chão ceder assim que eu agarrar a borda do buraco e tentar me esgueirar para cima. Como esse cômodo não tem saída, porém, não resta outra opção.

Observo o lugar, pensativa.

"Isso não faz sentido... Faz?"

Começo a pensar no que vi na outra sala antes de ter despencado aqui embaixo: uma espécie de ranhura na parede que, embora discreta, não me pareceu... certa. Com isso em mente, olho para a parede atrás de nós e passo as mãos pela pedra com um movimento amplo.

— O que você está fazendo?

Balanço a cabeça.

— Não sei muito bem. Só sinto que está... errado.

— Errado?

— Isso. Não consigo explicar direito. É como se...

Fico paralisada, com as mãos imóveis. Agora que meu coração desacelerou e minha mente parou de repetir o nome de Lachlan, consigo perceber partes da energia que me cercava enquanto avaliávamos as gravuras na parede, os entalhes deixados por nada mais, nada menos do que minha ancestral mágica.

Parece quase... uma presença. Um peso no ar. Um sussurro desconhecido que me incita a... tomar uma atitude.

Para ser sincera, até agora essa história de magia não tem sido lá grandes coisas.

Mesmo assim, sigo o impulso e me agarro ao fio tênue de uma ideia enquanto continuo a explorar a parede. Quando meus dedos passam por sulcos mais profundos na pedra, eles parecem assumir uma forma familiar.

— Lachlan — chamo. — Acho que tem uma porta aqui.

— Cacete, talvez você seja mesmo um cão farejador — murmura ele, vindo logo atrás.

Acho que eu não deveria achar graça do comentário, mas não consigo evitar. Pressiono o ombro contra a parede, empurro com força e... absolutamente nada acontece.

— É, não sei se foi um bom palpite — comento baixinho, depois espio Lachlan por cima do ombro. — Pode tentar...

— Claro. Vai um pouquinho para o lado.

Ele se posiciona contra a parede, cerrando os dentes quando começa a fazer força. Os tendões do seu pescoço saltam conforme ele empurra a pedra velha, e depois de um tempo vem um rangido do outro lado, seguido de uma lufada de ar, e a parede enfim se abre.

— Pelo jeito você também serve para alguma coisa — provoco, aos risos.

Mesmo com a luz fraca, eu o vejo revirar os olhos. A passagem secreta se alarga o suficiente para nos permitir entrar, e Lachlan se inclina para a frente, com o braço estendido.

— Primeiro as damas, Alteza.

É, o apelido ainda é bem irritante.

Do outro lado da porta, uma escadaria estreita e espiralada avança ao andar de cima. Ao cruzar a abertura escondida na pedra, avisto correntes quebradas e enferrujadas no chão, ainda presas a ganchos robustos cravados no lado oposto da porta.

Estico a mão e pego um cadeado de ferro maciço, passando o dedo pelo buraco da fechadura.

— Acho que ele não queria mesmo que ela saísse — observo.

— É, parece que sim — concorda Lachlan, depois se agacha ao meu lado e aponta para a corrente arrebentada, indicando o elo partido. — Dá uma olhada nisso. A ferrugem nesse ponto é bem antiga. Está intacta.

— Hum, e o que tem?

— Quer dizer que essa corrente foi quebrada há séculos.

— Então... ele a ajudou mesmo a fugir. Meu ancestral.

Lachlan observa o elo partido por alguns segundos.

— Dizem que ele se apaixonou por ela enquanto estava presa aqui. Que roubou a rédea de volta e a usou para libertar a kelpie.

Se não fosse a maldição, eu até acharia a história bem romântica. Duvido muito que Lachlan concordaria, então guardo o pensamento só para mim. Fico em silêncio por mais um momento enquanto ele volta a analisar a corrente com atenção, e por fim balança a cabeça e a deixa cair no chão.

— É melhor a gente ir — avisa ele. — Se quisermos voltar antes do pôr do sol.

— Ah, verdade.

Ele passa por mim e sobe as escadas, e eu me apresso em ir atrás. Logo alcança o patamar e puxa uma alça de ferro robusta cravada na parede. Escuto o rangido de algum mecanismo do outro lado, o som metálico de engrenagens em movimento antes de a porta se abrir e revelar o cômodo de onde caí, adornado por aquele vitral magnífico.

Lachlan me segura pela mão e me ajuda a atravessar o buraco escancarado, e tento não pensar naqueles dedos em outras partes do meu corpo. Com cuidado, avanço pelas tábuas de madeira apodrecida até chegar a uma posição mais estável no centro da sala. Em silêncio, vejo Lachlan observar o vitral, depois a porta e por fim o buraco, com o rosto tomado por uma expressão de pura incredulidade.

— Não acredito que essa passagem esteve aqui o tempo todo.

— Para ser justa — respondo —, estava bem escondida.

— Mas... se eu tivesse encontrado antes...

— O que teria mudado? Não encontramos nada lá embaixo além de uma cama enferrujada e um punhado de entalhes na parede.

Ele passa a mão pelo rosto.

— Sei lá. Talvez tivesse algum significado para o meu pai. Talvez ele pudesse ter...

— Lachlan. — Dou um passo à frente e levanto a mão para envolver seu rosto, depois o forço a olhar para mim. — Não tinha como você ter feito nada diferente naquela época, ouviu? Você era só uma criança.

Ele me observa em silêncio por um bom tempo, sem o brilho habitual naqueles olhos azuis.

— É, pode ser — responde em voz baixa. — Talvez você tenha razão.

— Claro que tenho — confirmo, tentando parecer mais leve, e dou uma leve palmadinha na sua bochecha. — Agora vamos lá, Nessie. Precisamos levar você de volta para o lago antes que vire um dinossauro bem no meio do castelo.

Ele solta uma risada abafada e começa a me seguir na direção da porta.

— Você que manda, princesa.

Abro um sorriso.

Tudo bem, talvez o apelido não seja tão irritante quanto eu pensava.

O sol já está baixo no horizonte quando chegamos à fazenda. Lachlan me acompanha até o celeiro e para por ali mesmo. O lago fica na direção oposta, então não faria sentido ele me levar até a casa e dar meia-volta para seguir por outro caminho.

Por um momento, ficamos parados ali em um silêncio constrangido, e sei que os dois estão pensando no que aconteceu naquele castelo. Mal tocamos no assunto durante a volta. Na verdade, passamos o caminho todo sem trocar uma palavra. Lachlan estava perdido nos próprios pensamentos e preferi deixar que ele processasse as coisas no seu tempo. Mas agora não tem como evitar. Uma tensão espessa paira entre nós, recusando-se a ser ignorada.

— É uma pena não termos encontrado mais nada — digo por fim, sem saber o que mais tenho a oferecer.

Ele sacode a cabeça.

— Achei que a gente não ia encontrar nada. Aquela passagem secreta já provou que eu estava bem enganado.

— Verdade — respondo com uma risada. — Aposto que foi difícil admitir isso em voz alta.

Um leve sorriso toca seus lábios.

— Pior do que dor de dente.

O silêncio se impõe entre nós outra vez, o rosto de Lachlan é tomado por uma expressão pensativa, e seus olhos se voltam para o chão enquanto ele se balança, inquieto. Quase como se estivesse nervoso, o que não é do seu feitio.

— Key, sobre o que aconteceu…

— Sim?

Por mais que seja constrangedor, não consigo evitar o desespero por saber mais.

O leve movimento dos seus lábios, agora contraídos em uma linha fina, basta para me deixar nervosa.

— Olha — começa a dizer, e eu já me preparo para o pior. — Pensei o caminho todo e… Não sei se é uma boa ideia.

— Não é uma boa ideia — repito, sentindo o estômago embrulhar. — Como assim?

Talvez eu seja masoquista... ou talvez só queira ouvir a justificativa dele com todas as letras.

Lachlan faz um gesto vago entre nós dois, ainda sem olhar para mim.

— Isto aqui. Nós dois. Seja lá o que tenha sido... Só vai complicar as coisas. Não vai dar certo.

— Ah.

Ele respira fundo e solta o ar.

— Meu futuro é incerto, Keyanna. Sabemos muito bem disso. Não sei quanto tempo me resta antes de...

Uma parte de mim lamenta profundamente por ele, um sentimento que vai além do desejo por seu toque, mas não posso ignorar a decepção que se instala no meu peito.

— Entendi — respondo, com a voz fraca.

— Não — sussurra ele. — Não faz assim.

— Assim como?

— Como se eu estivesse rejeitando você.

— E não está?

Ele levanta as mãos, exasperado.

— Só quero fazer a coisa certa!

— Ou a coisa mais fácil — contraponho.

— Isso não é justo — sibila. — Sabe muito bem que tenho razão. Se você e eu nos envolvermos... e depois? Como vai ser se essa maldição desgraçada não tiver cura e eu acabar me tornando um monstro para sempre?

— Isso não vai acontecer, a gente pode...

— Você não tem como saber, Key — interrompe ele, exaltado. — Não tem como saber. Ninguém sabe. Além disso, e se eu machucar você?

— Eu sei que você não me machucaria — respondo na hora.

— Não de propósito — rebate ele, irônico. — Tenho certeza de que meu pai nunca quis machucar minha mãe, mas não conseguiu se controlar. E se eu também perder o controle, hein? Como vai ser?

Reparo no pânico em seus olhos, no medo genuíno que me diz que ele se martirizou com isso durante todo o trajeto de volta, sem dúvida consumido por possibilidades que podem nunca vir a acontecer. Talvez eu devesse estar mais assustada. Talvez devesse dar ouvidos a suas preocupações, mas não consigo. Algo dentro de mim sabe que ele jamais me machucaria. Não sei de onde vem essa certeza, mas ela está lá.

Endireito os ombros, levantando o queixo.

— E se eu disser que acho que você vale o risco?

— Alguns dias atrás você mal me tolerava — argumenta ele.

Fecho a cara.

— Não tolerava? Será que te odiava mesmo, ou só tentava fingir que não queria você tanto assim?

Porque, em retrospecto, suspeito que a segunda hipótese esteja mais próxima da verdade. Lachlan tem dominado meus pensamentos há semanas, mesmo quando eu não queria. Mesmo quando dizia a mim mesma que não o suportava, ele não saía da minha cabeça. Deve ter algum motivo.

A expressão dele amolece um pouco, os ombros relaxam enquanto ele estuda meu rosto, parecendo... exausto.

— Não é você quem decide — declara baixinho. — Não vou deixar você correr esse risco.

Estreito os olhos enquanto a decepção se abate sobre mim como uma onda, preenchendo todos os poros até eu me sentir sufocada.

— Tudo bem — respondo depois de uma pausa. — Se é isso que você quer.

— É assim que tem que ser.

Olho para ele por mais um momento, depois balanço a cabeça.

— Como quiser — digo enquanto chego mais perto, apontando o dedo na direção dele. — Mas quem tem medo aqui é *você*. Não eu.

Ele ri sem um pingo de humor.

— Estou começando a desconfiar de que você não tem medo de nada, Key.

Preciso controlar a euforia despertada por esse elogio. Está na cara que Lachlan também não quer isso. E, para ser sincera, nem consigo ficar brava com a decisão. É a vida dele em jogo, afinal. Não posso cobrar dele a promessa frágil de um mísero beijo. Não seria justo. Por mais que pareça errado seguir em frente.

— Vou continuar procurando — aviso, então. — De forma discreta.

Ele acena a cabeça.

— Obrigado.

Dou as costas e me afasto na direção da fazenda sem olhar para trás, por mais que eu quisesse. Ainda estou abalada com tudo o que aconteceu, distraída a ponto de não reparar na pessoa parada nos degraus da varanda. Nossos corpos se esbarram com um estrondo antes de mãos firmes segurarem meus ombros para me estabilizar.

— Key? — chama Brodie, com um olhar confuso ao ver minha situação. — Está tudo bem?

Demoro um momento para me recompor, com o cérebro ainda fervilhando de irritação, mas depois de encarar meu primo em silêncio por alguns segundos, enfim consigo responder:

— Ah, sim. Desculpa. Estou bem. Só tive um dia esquisito.

— Quer conversar sobre isso?

Ele parece sincero, até preocupado, com os olhos verdes carregados de uma energia tranquila. Começo a me perguntar por que os gêmeos o acham tão idiota, já que Brodie sempre foi legal comigo. Mesmo assim, sei que não posso revelar todas as descobertas da última semana. Não cabe a mim espalhar o segredo dos outros.

— Não foi nada — desconverso. — Sério. Só uma briguinha boba.

— Rhona sempre diz que uma boa xícara de chá resolve qualquer coisa — comenta ele com um sorriso suave, depois se aproxima e sussurra de forma conspiratória: — Cá entre nós, não sou lá muito entendido na cozinha, mas como ela e Finlay já foram dormir, acho que eu e você conseguimos nos virar sozinhos.

Dou uma risada, sentindo parte da tensão se dissipar no meu peito.

— Na verdade, um chá parece uma ótima ideia.

— Então vamos dar um pulo na cozinha e ver no que dá.

Brodie cantarola baixinho enquanto vasculha os armários em busca de mel, e eu observo tudo da mesa, já com a xícara nas mãos.

— Deve estar por aqui — murmura ele.

— Não esquenta com isso — aviso. — Está gostoso assim.

Ele me lança um olhar por cima do ombro.

— Tem certeza?

— Absoluta — respondo, e aponto para a cadeira à minha frente. — Agora, venha tomar o seu antes que esfrie.

Brodie se acomoda na cadeira com um suspiro, estica as pernas e pega a xícara antes de assoprar o líquido fumegante. Apoio o queixo na mão, com o cotovelo sobre a mesa, e percebo que ele também parece estar moído.

— Pelo jeito não fui a única que teve um dia longo.

— Hum? — Ele encontra meu olhar, pisca uma vez, e dispensa o comentário com um gesto. — Ah, não foi nada. Começou a chover enquanto eu estava fora. Só precisei me esconder em um dos galpões até a chuva passar. Não foi muito confortável, confesso.

Minha mente vai longe, perdida nas horas passadas ao lado de um escocês particularmente irritante e lindo naquele celeiro velho, e logo me esforço para afastar o pensamento, determinada a não seguir por esse caminho.

— Estava lá para cuidar dos animais da fazenda?

Brodie toma um gole lento da xícara, soltando um suspiro de satisfação.

— Hoje não. Tenho trabalhado em outro projetinho paralelo.

— Sério? Qual?

Ele me olha com uma expressão um pouco constrangida, quase como se tivesse vergonha de responder.

— Uma espécie de relatório das gerações passadas. Tenho visitado o cemitério da família, rastreado a árvore genealógica.

— Não é mais ou menos o que você faz da vida?

Ele desvia o olhar, e as pontas das orelhas de repente ficam tão vermelhas quanto seu cabelo.

— Sei que é um pouco bobo — diz baixinho. — Já que eu deveria estar de licença.

— Não acho nada bobo — respondo com uma risada, e dou um gole no chá quando percebo que não está mais pelando. — Está na cara que você gosta do assunto.

— Gosto mesmo — confirma ele, esboçando um sorriso. — Apesar de meu pai ser contra.

Faço uma careta.

— Sem querer ofender, mas eu ainda acho que cuidar de registros históricos é bem mais interessante do que gerenciar uma empresa de pesca.

— Não ofendeu — garante ele, achando graça. — Concordo com você, claro. Só que... eu sou o caçula, né? Nunca tive chance de assumir os negócios da família. Essa responsabilidade vai para o meu irmão mais velho. No máximo, eu passaria a vida sendo tratado feito lixo por ele, como tem acontecido desde que me entendo por gente. Para ser justo, ele não era o único.

— Seus irmãos implicavam muito com você?

— Ah, bem, eu era o menorzinho. Só fui crescer mesmo lá para o ensino médio. Era um alvo fácil e tal.

— Eles parecem uns idiotas — retruco com irritação.

Brodie ri mais alto, com os olhos enrugadinhos nos cantos.

— É, talvez sejam mesmo.

— Por isso gosta mais de ficar aqui? Com Rhona?

Ele encolhe os ombros.

— Rhona sempre me tratou bem. Para ser sincero, acho que ela gostava de me ter por perto porque a fazia se lembrar do seu...

A boca dele se fecha abruptamente, e os olhos se arregalam quando percebe o que estava prestes a dizer, e eu sinto um aperto no peito.

— Do meu pai — concluo por ele. — Não é?

Brodie confirma com um breve aceno.

— Rhona nunca disse isso com todas as letras. É só uma suspeita minha.

— É, eu entendo — sussurro de volta. — Faz sentido.

Ele me observa com ar pensativo por um instante, virando a xícara de um lado para o outro.

— Deve ser difícil para você... estar aqui.

— No começo foi mesmo — confesso. — Agora... já está um pouco melhor.

"Porque ando muito ocupada com monstros do lago e fazendeiros bonitos para me afundar em tristeza", penso com meus botões, mas não digo nada.

— Percebi que você foi dar uma volta com Lachlan hoje — comenta Brodie, sem parecer crítico, apenas curioso. — Achei que vocês dois não se davam bem.

— E a gente não se dava mesmo — admito, mordendo o lábio. — Mas isso mudou uns dias atrás... Percebi que ele não é tão escroto quanto eu pensava.

"Escroto... Hum... Não pense no pau dele, Keyanna, pelo amor de Deus."

— Tome cuidado com esse aí — aconselha Brodie.

— Já percebi que você não vai muito com a cara dele.

— Na verdade, não fede nem cheira — responde ele com indiferença. — Lachlan sempre foi o mais popular quando éramos mais novos. Nunca nos demos muito bem. Mas o pai dele e o meu eram amigos, então acabavam forçando a gente a brincar. Era sempre bem chato, e ele e os amigos só me ignoravam enquanto eu lia quietinho em um canto.

— Ele não chegou a... maltratar você nem nada do tipo, né?

Brodie nega com um aceno.

— Não, não era para tanto. Nunca dei muita bola para ele, para ser sincero. Acho que meu pai só queria que me enturmasse na esperança de que eu ficasse mais durão. — A boca dele se curva para baixo, e uma ruga se forma entre as sobrancelhas. — Acho que meu pai teria adorado trocar de filho, se pudesse.

— Isso é horrível.

Ele encolhe os ombros.

— As coisas são como são. Talvez seja por isso que tenho um pé atrás com Lachlan. Bom, também não ajuda o fato de ele ser tão... antipático.

Deixo escapar uma risada.

— Babaca, você quis dizer.

— Foi você quem falou — defende-se ele, aos risos.

— É, às vezes ele pode ser bem babaca mesmo — admito. — Mas... Sei lá. Até que ele não é tão ruim assim.

O sorriso de Brodie se torna travesso.

— Impressão minha ou você tem uma quedinha pelo ajudante da fazenda?

— O quê? Eu não!

Sinto meu rosto esquentar na hora, pensando na sensação da sua boca na minha, na pressão do seu corpo contra o meu. Levo a xícara aos lábios rapidinho para esconder a expressão culpada.

Solto um suspiro quando a pouso de novo no pires, olhando feio para meu primo.

— Nem pense em dizer isso para Rhona, hein? Era só o que me faltava ela achar que só estou aqui para correr atrás de macho.

— Eu jamais faria isso — promete ele, ainda com aquele sorrisinho nos lábios.

Enquanto brinco com a xícara, distraída, minha mente insiste em voltar ao momento que tanto tento esquecer, mas as palavras de Lachlan ainda estão vívidas.

"Não é você quem decide. Não vou deixar você correr esse risco."

A lembrança do tom derrotado, da expressão abatida, quase me destroça por dentro. Eu daria tudo para ser capaz de ajudar, de tirar um pouco daquele peso dos seus ombros. Chega a ser ridículo, considerando que eu mal o conheço e que poucos dias atrás nem podia ver a cara dele na frente.

Lanço um olhar para Brodie, ainda ocupado em tomar seu chá, enquanto as palavras se acumulam na ponta da minha língua, aguardando uma chance de sair.

— Então, sobre seu trabalho — arrisco, mantendo a voz casual. — Você nunca me disse se tem informações privilegiadas sobre o Monstro do Lago Ness.

Brodie parece surpreso.

— Ainda está nessa?

— Bom... você conhece as histórias do meu pai. É difícil não ficar curiosa.

— Acho que se a criatura existisse mesmo, teríamos mais registros além daquelas fotos tremidas.

— Então você nunca viu nada sobre o monstro nos... hã, sei lá. Nos documentos antigos da família?

Brodie parece confuso.

— Nos documentos da nossa família?

Escolho as próximas palavras com cuidado para não dar com a língua nos dentes.

— Ah, sabe como é... Se o monstro existisse, teria registros dos avistamentos por aí, certo? E a história dos Greer? Essa região toda não pertenceu a eles no passado?

— Sim, com certeza — confirma ele, ainda meio intrigado. — Mas quase todos os registros da família foram destruídos em um incêndio na propriedade no século XIX.

Arqueio as sobrancelhas, surpresa.

— Sério?

— Lachlan não te contou?

— Hum... o assunto não surgiu.

"Estava muito ocupada tentando enfiar a língua na goela dele para fazer as perguntas certas."

— Pois é, metade da construção pegou fogo. Muitos documentos foram perdidos naquele ano.

Brinco com a alça da xícara, distraída.

— Deve ser complicado para Lachlan.

"Também ajuda a explicar por que ele não conseguiu descobrir muita coisa nesses anos todos."

— Sim, deve ser mesmo — concorda Brodie com compaixão. — Cheguei a supervisionar a reconstrução da ala incendiada uns tempos atrás. Antes disso, não havia recursos para mexer em nada, então o espaço ficou abandonado e todo destruído. Mas agora está novinho em folha.

— E foi legal? Descobriu alguma coisa interessante?

Brodie me encara, um pouco consternado, se engasga com o chá e bate no peito para tentar se recompor, tossindo sem parar. Por fim, apenas nega com a cabeça.

— Só encontrei documentos queimados e livros danificados pela fuligem.

— Ah... Que pena.

— Nem me fale — lamenta-se ele. — Sempre me entristece ver a história se perder assim. Fica fácil demais para as pessoas inventarem umas bobagens para preencher as lacunas.

— É, faz sentido — concordo, rindo baixinho.

Brodie dá uma olhada no relógio na parede, revelando surpresa ao ver as horas.

— Caramba, acho melhor eu ir dormir. Amanhã terei um longo dia pela frente.

— Mais trabalho para seu projeto pessoal?

Ele parece envergonhado de novo.

— Eu sei que é bobo.

— Não tem nada de bobo nisso — insisto. — Poxa, estou aqui quase pelos mesmos motivos. Talvez a gente possa trocar umas figurinhas qualquer dia desses.

Brodie sorri para mim.

— É, seria legal.

Depois que ele se despede e sai da cozinha, começo a pensar que muitas pessoas da cidade devem ter uma impressão equivocada a seu respeito. Na verdade, ele é muito agradável quando você o conhece melhor. Nossa conversa, inclusive, até ajudou a amenizar um pouco a minha raiva.

Fico séria, sentindo o peito apertar com a simples lembrança da rejeição de Lachlan. O calor do chá desaparece, me deixando fria e amarga. Mais uma vez, tento me convencer de que não é justo cobrar algo que ele nunca prometeu, mas isso não diminui a dor.

Carrego a irritação a tiracolo durante todo o processo de lavar a xícara, subir as escadas e escovar os dentes no banheirinho em frente ao meu quarto. Olho para o espelho, catalogando as marquinhas deixadas pelos dentes de Lachlan no meu pescoço, algumas escondidas pelo meu cabelo. Sei que já vão ter sumido pela manhã, e a simples ideia me desanima ainda mais.

Eu quero Lachlan.

A constatação me atinge com mais força do que deveria, porque estava na cara esse tempo todo. A avidez dos nossos beijos, a decepção diante da sua recusa em continuar, indícios tão claros e, ainda assim, só agora a dimensão do meu desejo por ele se revelou com clareza.

Quero ajudar Lachlan. Quero que ele tenha uma vida melhor do que a dos seus antepassados. Quero trocar mais beijos e risadas, quero descobrir o que mais se esconde nesse homem tão desesperado para escapar da sombra de um monstro. Assim que esse pensamento me invade, cria raízes e se enterra bem fundo, impossível de ser arrancado.

Mesmo deitada na minha cama mais tarde, à espera de um sono que custa a vir, continuo a pensar nele. Chega a ser absurdo o fato de Lachlan, afetado por uma maldição secular capaz de ceifar sua vida, ter se sentido na obrigação de me proteger. Como se fosse eu quem precisasse de ajuda.

E quando o sono finalmente me alcança… percebo que a decisão dele me deixou puta da vida.

18

Lachlan

A NOITE PASSADA FOI UMA MERDA, para ser sincero.

Não que as noites vividas como uma criatura mitológica tentando me reaproximar do meu pai monstro que já não se lembra da própria humanidade sejam boas, mas a de ontem se superou.

Só conseguia pensar na decepção no rosto de Key quando lhe disse que não era uma boa ideia continuarmos com... seja lá o que tenha acontecido no castelo. Não porque eu não a deseje, já que está cada vez mais óbvio que eu a quero pra cacete, por mais impraticável que seja. O problema é que... ela já sofreu tanto. Perdeu tanto. Não posso, em sã consciência, arriscar ser mais um vazio deixado na vida dela.

Talvez seja arrogância minha imaginar que algo entre a gente poderia ser tão importante a ponto de ela sentir falta quando acabasse. Mas o que senti quando a toquei, quando a beijei... parece o começo de uma coisa séria, importante. Bem mais do que as relações vazias e passageiras com desconhecidas para sanar meu desejo. Não, nada disso. Foi quase como... se eu estivesse destinado a tocar Key. Como se fosse a coisa certa, de alguma forma.

Mas isso é ridículo, não é?

E eu ainda nem lhe contei tudo. Não revelei o que o resto da maldição implica, o que isso poderia significar para ela. Como a verdade a afetaria? E por que a mera possibilidade de sair magoada ao saber disso me deixa tão aterrorizado? Não quero lhe trazer preocupações. Não quero lhe dar mais razões para sofrer. Apesar do que a família dela fez com a minha, apesar do papel que possa desempenhar na minha história... acho que Key já sofreu o bastante.

Esses pensamentos continuam a me assombrar durante a longa caminhada de volta à fazenda, e o sol fica cada vez mais alto no céu enquanto sigo pela trilha que leva da casa principal até meu modesto chalé. Paro por um instante e contemplo o casarão no topo da colina, imaginando como seria bater na porta de Key e confessar que falei tudo da boca para fora. Dizer que, apesar do medo, acho que ela pode valer o risco.

Só que isso seria egoísta pra caralho.

Acabo por afastar essa ideia, seguindo meu caminho até estar dentro de casa, com a porta fechada atrás de mim e os pés livres das botas, sentindo o cansaço se infiltrar nos meus ossos. Não é físico, exatamente, e sim mental. Até espiritual, talvez. Como se todas as dores e perdas da minha vida tivessem se acumulado em uma gigantesca pilha de merda determinada a me soterrar vivo.

Porque talvez não exista salvação para mim.

Talvez seja simplesmente meu destino acabar como meu pai.

Tiro o casaco e o penduro ao lado da porta antes de me arrastar até a cozinha, na esperança de recuperar a dignidade com um pouco de café. Pego o filtro no armário e vou buscar o resto das coisas, disposto a começar o preparo, mas antes mesmo de encher o reservatório da cafeteira com água, escuto batidas pesadas na porta.

Meu coração acelera no peito quando me viro para olhar, prendendo a respiração até que uma nova pancada forte reverbere na madeira.

— Lachlan! Abre essa porta!

É muita loucura eu sentir uma mistura de euforia e desespero só de ouvir a voz dela? Será que veio me dar outro esporro? Para me chamar de covarde, quem sabe? Para ser sincero, bem que mereço.

— Não saio daqui até você abrir essa porta — avisa ela.

Minha voz sai um pouco rouca ao responder:

— De novo essa história?

— Sim, e dessa vez também é para valer.

Largo a embalagem de café de volta na bancada, com o coração martelando nas costelas enquanto dou um passo na direção da porta. Preciso falar para ela ir embora. Sei disso. Palavra nenhuma vai mudar nossa situação. Então de que adianta me torturar com a visão daquele rostinho lindo?

Mesmo assim, dou mais um passo.

— É sério, Lachlan — grita ela. — Ó que começo a cantar.

Um sorriso brota nos meus lábios sem permissão, e quando dou por mim já atravessei o resto do cômodo e estou com a mão na maçaneta, prestes a abrir a porta. E lá está Keyanna MacKay em toda a sua glória, com os cachos indomáveis e os olhos verdes fervilhando de raiva.

— Tudo menos cantar, por favor — imploro.

— Sabe de uma coisa? — pergunta ela, pousando as mãos na cintura enquanto me fuzila com os olhos. — Acho que o burro aqui é *você*.

Minhas sobrancelhas quase enroscam no cabelo, tamanha a surpresa.

— Ah, é?

— É, sim.

Ela dá um passo na minha direção, com ar de desafio, como se me esperasse abrir caminho. Não dá um pio quando passa direto por mim e marcha chalé adentro, parando bem no meio da sala com cara de poucos amigos.

Fecho a porta e cruzo os braços.

— Posso saber por que sou burro?

— Nem sei por onde começo. Primeiro: praticamente me fez implorar para você aceitar minha ajuda — sibila Key, e levanta um dedo como se quisesse enumerar meus crimes. — Segundo: me beijou. — Fico confuso, mas ela segue firme. — E terceiro: ainda teve a cara de pau de decidir se posso ou não correr o risco de fazer isso de novo.

— Isso o quê, exatamente?

— Beijar você.

Estreito os olhos.

— Mas você mesma disse que era burrice.

— Foi burrice porque você me beijou achando que não ia acontecer de novo.

— Ah, é?

— Com certeza. — Ela se aproxima ainda mais, olhando feio para mim. — Achou mesmo que podia me beijar daquele jeito e nunca mais repetir?

— Eu nunca disse que ia ser fácil — rebato. — Só que era a coisa certa a fazer.

Key assente uma vez, pensativa, ainda com aquela expressão furiosa quando retruca:

— Bem que eu falei. Burro.

E então, de repente, ela se lança adiante, passa os braços ao redor do meu pescoço e cola a boca na minha.

Todas as minhas boas intenções vão pelo ralo quando sinto o corpo dela contra o meu, dominado por uma sensação semelhante à de ontem, uma certeza avassaladora que eu não sentia desde… bem. Nunca, na verdade. Em algum canto profundo da minha mente, sei que seria melhor me afastar. Sei que eu deveria resistir e poupar Key de um possível sofrimento futuro.

Mas sou fisicamente incapaz de me desgrudar dela.

Em vez disso, sinto meus braços envolverem sua silhueta esguia e a puxarem para mais perto. Sinto minha boca se abrir para receber a língua dela, gemendo ao sentir o gosto da sua pasta de dente, ao provar aquela doçura que é só dela. Não resisto a deixar minhas mãos deslizarem por suas costas e se enroscarem no seu cabelo, fascinado com os cachos sedosos enrolados na ponta dos meus dedos.

O cheiro dela é suave e adocicado, talvez do shampoo, mas tem gosto de mel e sol e boas lembranças, por mais raras que as minhas sejam. Como posso me afastar quando ela é a primeira coisa que me permiti desejar em anos?

Um suspiro surpreso escapa dos lábios dela quando espalmo as duas mãos na sua bunda, seguido por um gemidinho contra minha língua enquanto a levanto no colo. As pernas dela me enlaçam a cintura, minha ereção fica pressionada contra o calor entre suas coxas, arrancando outro gemido do fundo da minha garganta.

Meus lábios a exploram livremente, saboreando cada pedacinho da sua pele, tentadora mesmo quando eu pensava nela como inimiga, deixando um rastro de beijos no seu rosto, no maxilar, ao longo da linha delicada do pescoço, até que ela esteja ofegante. Nunca senti uma vontade tão intensa. O calor avassalador de Key me invade e me acende com uma eletricidade crepitante, me deixando dividido entre a vontade de continuar assim para sempre ou receber tudo o que ela está disposta a me dar.

— A gente não deveria fazer isso — argumento sem muita convicção.

Ela apenas inclina a cabeça para trás, deixando o pescoço livre para os meus beijos.

— Se você parar, eu acabo com a sua raça.

Uma risada rouca me escapa pouco antes de sentir as unhas dela na minha mandíbula, roçando os pelos aparados da barba, e em seguida brincam com o decote da minha camisa, dando um puxão curioso na gola.

— Não vai tirar isso aqui, não?

Sorrio contra seus lábios.

— Eu sabia que você tinha gostado da vista naquele dia.

— Fica quieto e tira logo — resmunga ela.

— Qualquer coisa por você, princesa.

Eu a coloco de pé no chão antes de tirar a camisa, e seria mentira dizer que não gostei do calor intenso nos olhos de Key ao me ver sem a peça. Tento permanecer imóvel enquanto as mãos dela acariciam os pelos escuros do meu peito, e respiro fundo quando seu polegar resvala por um dos meus mamilos.

— Cuidado — aviso.

Ela morde o lábio.

— Com o quê?

— Gosto de jogar limpo — sussurro, brincando com a barra do suéter dela. — E por enquanto o placar está meio desequilibrado.

Ela sorri com malícia, afasta minhas mãos e tira o suéter com um movimento ágil, quase tímida ao deixar o tecido pendurado no dedo por um segundo antes de o soltar no chão.

— E agora? Melhorou?

Solto um suspiro trêmulo enquanto admiro as curvas e ondulações suaves do seu corpo, a pele macia salpicada de sardas que imploram para serem traçadas com a minha língua.

— Não é justo mesmo — murmuro.

Ela sorri ainda mais, engancha o dedo na alça do meu cinto e me puxa para trás até cairmos na minha cama minúscula, pequena demais até para mim, que dirá para nós dois. Ainda assim, Key esparramada nos meus lençóis é... uma visão de tirar o fôlego.

Passo os dedos pelo cabelo dela, baixando o rosto para explorar sua clavícula com os lábios. Sinto o corpo dela estremecer sob meu toque quando levo a outra mão à sua cintura e acaricio o osso do quadril com o polegar, exalando com força contra sua pele.

— O que estamos fazendo, Key?

Ela solta uma risada divertida.

— Achei que já estivesse óbvio.

— Hum... — Levanto a cabeça, estudando seu rosto. — Vai ter que me explicar direito. Sou burro, esqueceu?

Ela estica o pescoço, cola os lábios nos meus enquanto sua mão serpenteia entre nós e agarra meu pau por cima da roupa, alisando com firmeza suficiente para me fazer ver estrelas.

— Pode tirar a calça também — determina ela.

Respiro fundo e, sem nem perceber, começo a fazer movimentos de vaivém contra suas mãos.

— Tem certeza?

— Já falei — diz ela, com um beijo delicado. — Não sou eu que estou com medo.

— Porra — sibilo, estremecendo quando ela aperta meu pau. — Se continuar assim, não vai dar tempo nem de tirar a roupa.

O som da risada dela me acende por dentro. Ainda é um dos ruídos menos atraentes que já ouvi, e mesmo assim, escutar aquela gargalhada vibrante e saber que foi causada por mim... soa como música aos meus ouvidos.

Um turbilhão de movimentos se segue enquanto Key me ajuda a tirar as calças jeans e a ajudo a se livrar das dela, com o corpo pressionado contra o seu e a mente a mil quando sinto o calor entre suas pernas envolver meu membro rígido prestes a escapar da cueca boxer.

Parece surreal estarmos juntos aqui, praticamente pelados na minha cama, quando até uma semana atrás eu jurava que ela me odiava e que o sentimento era recíproco. Mas será verdade? Ontem ela mesma disse que, apesar do ódio que acreditava sentir por mim, não conseguia me tirar da cabeça. Acho que comigo foi igual. Devo ter ficado tão empenhado em nutrir um sentimento que julgava ser o certo que nem percebi a verdade por trás.

Considerando como estou desesperado por ela neste momento… eu diria que a resposta é bem óbvia.

O quadril dela se insinua na minha direção em um convite claro, e ainda assim me vejo abrir a boca para fazer a pergunta, sem acreditar que pode mesmo ser real. Os mamilos rosados despontam através da renda do sutiã, e os peitos de tamanho perfeito me dão água na boca.

— Quer continuar mesmo? Tem certeza? Eu… — Engulo o nó cada vez maior na minha garganta. — Eu não quero trazer mais sofrimento para você, Keyanna. Já sofreu demais na vida.

O olhar dela se abranda, tal como o sorriso, e as mãos envolvem meu rosto com delicadeza divina. Aproximo o rosto sem pressa, encontrando sua boca para um beijo mais suave do que todos partilhados até agora.

— Tenho certeza — responde ela entre um beijo e outro. — Agora, por favor, tira minha roupa.

Embora minha mente ainda esteja lutando para acompanhar essa reviravolta, meu corpo, ao que parece, já entendeu tudo.

Meus dedos tremem quando alcançam o elástico da calcinha lilás, um algodão macio e simples que nunca seria considerado elegante, mas consegue ser a coisa mais sexy que já vi na vida. Ou talvez seja só porque é ela.

Começo a puxar o tecido sem a menor pressa, com uma reverência no fundo dos ossos, e minha respiração fica ofegante ao ver os caracóis ruivos e perfeitos entre suas pernas. Não consigo parar de olhar, mesmo quando deslizo a calcinha para baixo e a jogo longe. Os pelos, mais escuros do que o cabelo, formam um contraste tão acentuado com a pele clara a ponto de me deixar hipnotizado.

Minhas mãos parecem ásperas demais para sua maciez quando as deixo deslizar sobre a parte superior das coxas, minha pele bronzeada contrastando com sua tez pálida, meus dedos calejados quase abrasivos contra tamanha delicadeza. E ainda assim, ruídos silenciosos e sedutores escapam de seus lábios a cada toque. Como se estivesse tão sedenta quanto eu. Como se seu desejo fosse tão desesperado quanto o meu.

— Quero sentir seu gosto — digo baixinho, levantando os olhos para encontrar os dela. — Quero sua bocetinha na minha boca.

As bochechas dela ficam rosadas na hora, os lábios entreabertos e as pupilas dilatadas.

— Puta merda, sim. Isso, faz sim. Por favor, eu quero.

Dou uma risada contida, chego mais perto e sinto o cheiro dela, tão inebriante que me deixa tonto.

— Já que você pediu com tanto jeitinho...

Um suspiro ofegante escapa dos lábios dela quando afasto suas coxas, e sou dominado por uma ferocidade primitiva diante daquela visão tão macia, molhada e rosinha, como se implorasse pela minha língua. Nunca estive com uma mulher que me conhecesse de verdade, cada parte de mim, e é libertador saber que não preciso controlar o que digo ou faço. Posso simplesmente aproveitar o momento. Desfrutar dela.

Aconchego o rosto entre as pernas dela e inspiro mais uma lufada do seu cheiro, despertando nela um suspiro quase envergonhado, mas o gemido baixinho que se segue quando a lambo de cima a baixo praticamente a faz derreter.

— *Ah* — diz, arfante. — Quero mais.

Murmuro em concordância e tracejo o clitóris com a ponta da língua, saboreando o gosto, o calor e apenas *ela*, de olhos fechados enquanto repito o movimento, deixando que os sons dela me guiem. Sinto as pontas dos dedos dela enroscadas no meu cabelo quando traço outra volta com a língua, depois a sinto agarrar os fios com tudo quando sugo o clitóris para dentro da boca, chupando com força antes de soltar com um estalo molhado.

— Meu Deus, Lachlan, é tão... *isso*, aí mesmo.

Adoro descobrir como ela não tem medo de expressar seus pensamentos e desejos na cama, assim como faz no resto da vida, e cada gemido de prazer, cada palavra ofegante, só serve para me estimular ainda mais. Só aumenta minha vontade de fazer Key se derreter contra mim.

— É a bocetinha mais linda que eu já vi — murmuro, afastando os lábios para mais uma lambida, com o polegar pressionado sobre sua abertura, toda molhadinha e escorregadia e implorando por mim. — Quer me sentir aqui?

— Sim, por favor — pede, ofegante, com uma das mãos ainda enroscada no meu cabelo enquanto a outra agarra os lençóis. — Será que... você pode...

— Pronto, pronto, estou aqui — praticamente ronrono. — Vou fazer bem direitinho.

Um gemido alto irrompe dela quando finalmente deslizo o polegar para dentro, envolvendo o clitóris inchado com os lábios e chupando com gosto. Equilibro a perna dela por cima do ombro, agarrando a coxa para manter seu corpo firme contra a cama enquanto me perco no prazer de saborear cada pedacinho. Logo meu polegar é substituído por dois dedos, e ela geme com a mudança, parecendo desesperada por mais enquanto estimulo aquele pontinho interno que a faz se contrair ao meu redor.

— Lachlan!

— Tão macia — sussurro, empurrando meus dedos mais fundo enquanto rodopio a língua ao redor do montinho sensível. — Tão linda. — Começo a chupar mais forte, murmurando baixinho quando a sinto ficar mais molhada, até mais macia, em volta dos meus dedos. — Quero ver você gozar — rosno e continuo a deslizar os dedos com movimentos ritmados. — Pode fazer isso por mim? — Abro os olhos e admiro seu corpo, percebendo como está vermelhinha e ofegante. — Pode gozar para mim, linda?

— Eu… *ah*.

As coxas dela começam a tremer ao redor das minhas orelhas, e o resto do corpo segue pelo mesmo caminho enquanto o clitóris lateja contra minha língua e os dedos puxam meu cabelo com tanta força a ponto de machucar, mas até a dor é bem-vinda, porque de repente tudo está quente e molhado e eu a *sinto* gozar bem na minha boca.

Não consigo parar de sentir o gosto dela, de acariciar sua pele, de lamber aquela partezinha escorregadia que jorra só para mim, encharcada por *minha* causa. É inebriante, viciante. Tenho a impressão de que poderia passar a eternidade aqui, entre as pernas dela, vendo seu corpo se desmanchar de prazer vez após outra, mas de repente suas mãos me agarram pelos ombros, e as unhas arranham minha pele conforme me puxa na sua direção.

Rastejo por cima de Key, cobrindo o corpo dela com o meu enquanto sua boca busca a minha, extasiado ao saber que ela deve sentir o próprio gosto na minha língua. Meu pau está tão duro que chega a doer, eu a sinto pressionar os joelhos contra as laterais do meu quadril para me encaixar entre suas pernas, e aquele calor escorregadio começa a encharcar a parte da frente da minha cueca.

Ela me beija com uma voracidade impressionante, como se estivesse ávida por meus beijos e não quisesse outra coisa além disso. E talvez prefira parar por aqui desta vez, mas me dou conta de que estou plenamente satisfeito com essa opção. Se tudo o que ela quer de mim neste momento é se desmanchar na minha língua, já me considero sortudo até demais.

E então Key se joga de costas na cama, ofegante, com os olhos vidrados e as bochechas coradas, inclinando o quadril para cima só para se esfregar em mim.

— Mais — sussurra ela, beijando o canto da minha boca. — Eu quero mais.

Os lábios dela encontram os meus, desesperados, famintos, e de repente minha ficha cai: estou disposto a fazer tudo que Keyanna MacKay quiser.

19

Keyanna

Parece impossível que eu possa me sentir assim, ficar com a pele quente e arrepiada por causa do orgasmo que ele me deu, o peito ainda ofegante enquanto tento recuperar o fôlego, e ainda querer mais. Só que eu quero. Muito, muito mais.

O corpo de Lachlan me pressiona contra o colchão, e estremeço só de pensar na sensação do pau dele dentro de mim. Só então me dou conta de que nunca quis tanto alguém como quero Lachlan neste momento. Talvez seja a mudança súbita de todos os sentimentos intensos que tenho nutrido pelo meu suposto inimigo desde aquele primeiro dia. Talvez seja o jeito como ele olha para mim, como se não acreditasse que sou real. Para ser sincera, não sei ao certo por que, de repente, sinto essa necessidade desesperada de estar tão perto de Lachlan Greer, mas não consigo controlar. É mais forte do que eu.

Ele está muito demorado para o meu gosto, então engancho os dedos no elástico da sua cueca e tento tirar com um puxão. Não dá muito certo, e escuto sua risadinha silenciosa quando solto um muxoxo frustrado.

— Está com pressa, Key?

Belisco a bunda dele, intrigada quando mal consigo agarrar a pele naquele mar de músculos. Claro. Não sei por que achei que seria diferente.

— Está enrolando, Lachlan?

Ele chega mais perto, com os lábios a centímetros do meu pescoço enquanto os dedos afastam a alça do sutiã.

— Só quero aproveitar.

— Dá para aproveitar mais depressa?

Ele desliza a alça pelo meu ombro, deixando uma trilha de beijos na minha clavícula antes de passar a língua por toda a extensão do meu peito.

— Hum... Não.

Minha respiração fica entrecortada quando ele encontra meu mamilo e o provoca com a língua, e de repente essa enrolação toda nem parece assim tão ruim. Arqueio as costas para que ele possa enlaçar minha cintura, de olhos fechados para também me entregar ao momento enquanto ele me abocanha e abre o fecho do meu sutiã. Demora menos de um segundo para me livrar da peça, e no momento seguinte as mãos também começam a explorar, apalpando, apertando, o polegar traçando o contorno do bico enquanto ele continua a usar os dentes e a língua para me levar à loucura.

Até este exato momento, não sei se eu estava ciente do quanto meus seios eram sensíveis. Não são muito grandes para os padrões da maioria das pessoas, mas sob o peso das mãos imensas de Lachlan, eu me sinto quase minúscula. Na verdade, todo o meu corpo parece diminuto em contraste com o dele, os ombros tão largos que chegam a bloquear a luz.

— Cacete, Key, você está toda molhadinha — grunhe ele contra meu mamilo intumescido e mordiscado pelos seus beijos, depois dá outra arremetida com o quadril para enfatizar a fala, me fazendo estremecer. — Assim você me deixa maluco, meu amor.

"Meu amor."

É um apelidinho bobo, surgido no calor do momento e alimentado por hormônios sexuais e adrenalina, imagino, mas ainda assim faz todo o meu corpo revirar de prazer, faz a pele quase arder com uma onda de desejo e satisfação.

— Caramba, você está fervendo, linda — murmura ele, mordiscando meu peito. — Nada de botar fogo nos meus lençóis, hein?

Tenho vontade de revirar os olhos, mas infelizmente é uma preocupação legítima.

— Lachlan — imploro com um *choramingo*, sem exagero, o que vai me deixar morta de vergonha mais tarde. — Será que dá para... — Eu me contorço debaixo dele, prestes a explodir. — Por favor?

Ele se apoia no colchão e paira acima de mim, me estudando com aqueles olhos azuis gelados, acesos como se fossem pegar fogo. Não chegam a brilhar, mas são tão vívidos que seria fácil me perder neles.

— Não querendo acabar com o clima — diz ele com uma careta. — Mas eu não... tenho nada aqui.

Solto uma risada incrédula, passando a mão por sua barriga musculosa antes de apalpar o volume na cueca.

— Eu diria que você tem *muita* coisa.

— Mulher demoníaca — grunhe ele, com um tremelicar dos cílios. — Sabe muito bem do que estou falando.

A ficha cai.

— Nada? Ah... *ah*. Quer dizer camisinha?

— Já faz um tempo que não faço essas coisas, então nem compro mais.

Sem perceber, comecei a alisar seu comprimento através do algodão fino, incapaz de resistir ao toque. Preciso sentir sua dureza, seu calor, contra a minha pele. Lachlan solta um grunhido quando enfio os dedos por baixo do elástico e envolvo seu pau, apertando de leve.

— Eu... tenho DIU — conto. — E fiz os exames três meses atrás, todos negativos. — Sinto uma única gota de esperma se acumular na pontinha e a espalho ao redor, vendo seu olhar fica enevoado. — E você?

— Fiz há seis meses — responde roucamente, acenando com a cabeça. — Não me envolvi com ninguém desde então.

— Nem eu.

Ele aperta os lábios e fecha os olhos, dando uma leve estocada no meu punho.

— Não posso prometer que vou durar muito tempo nessa sua bocetinha linda sem nada entre nós.

Passo o outro braço ao redor do seu pescoço e o puxo para mais perto de mim, meu braço ainda preso entre nossos corpos.

— Confio em você.

— Eu não confio — murmura ele.

Mas seus lábios já voltam a buscar os meus, e as mãos já estão ocupadas em se livrar da última barreira entre nós, arrancando a cueca para que a dureza da sua ereção deixe um rastro quente na minha barriga. Ele dá outra arremetida como se movido por puro instinto, com o corpo imenso estremecendo enquanto abro mais as pernas.

— Eu quero você — imploro, mordiscando seu lábio inferior. — Por favor.

Sinto as mãos dele no meu quadril, apalpando as laterais da bunda, afastando as coxas enquanto ele abre espaço entre minhas pernas. E então vem o deslizar da pele enquanto ele acaricia o caos encharcado causado por sua língua, e sinto seu hálito quente contra minha boca quando ele *finalmente* se encaixa no lugar certo.

Ele recua, e lá está aquele brilho nos olhos, fraco, mas perceptível.

— Olha para mim.

E obedeço, sustentando o olhar enquanto ele desliza para dentro de mim sem a menor pressa. Sinto cada centímetro, cada investida do pau grosso conforme me penetra mais fundo, e a cada segundo seus olhos brilham um pouco mais. Uma parte de mim se *delicia* com a ideia de Lachlan perder o controle. De eu ser a responsável por fazer isso com ele.

Quando ele já está tão fundo quanto possível, tendo preenchido cada pedacinho até eu estar prestes a transbordar, vejo um lampejo de algo primitivo nos seus olhos, um brilho intenso e faiscante quando ele move o quadril sem a menor pressa, voltando a me saborear, a aproveitar o momento.

— Ah, você parece… um sonho — murmura, com a garganta agitada ao engolir em seco.

Os movimentos dele correspondem aos meus quando agarro seus ombros e o puxo para junto de mim, determinada a beijar todos os lugares ao meu alcance, o queixo, a bochecha, a cartilagem sensível da orelha, com a voz rouca quando sussurro:

— Mete.

A primeira estocada me dá a sensação de ter tomado um choque, uma descarga elétrica que percorre cada centímetro do meu corpo e me arranca um suspiro ofegante e surpreso. As mãos de Lachlan me agarram, uma por baixo para me manter bem perto enquanto a outra se molda ao meu quadril. Sinto sua respiração quente contra o meu pescoço quando ele enterra o rosto ali e dá mais uma arremetida. E outra, e outra, e *outra*.

— Porra — sibila com um grunhido, encontrando um ritmo constante que me faz ver estrelas a cada movimento profundo. — Está toda encharcada por minha causa, não está, Key?

E Lachlan tem razão, nunca fiquei tão molhada assim. Mas não sinto um pingo de vergonha, extasiada como estou com as sensações que ele me provoca.

— Aposto que também vai deixar meus lençóis encharcados — continua a dizer, com a voz áspera e profunda, o sotaque ainda mais forte. — Seu cheiro vai ficar impregnado neles por vários dias. Quero dormir sentindo o cheiro dessa sua bocetinha linda, pensando em como ela estava apertadinha em volta do meu pau.

Enlaço a cintura de Lachlan com as pernas, sentindo aquela pressão crescer dentro de mim a cada estocada. Os dentes dele afundam no meu ombro, a ardência esquenta ainda mais minha pele, e meus lábios se abrem de surpresa. Na mesma hora, a língua dele aparece para aliviar a marca deixada pela mordida, e eu posso sentir nossos corpos cada vez mais escorregadios um contra o outro, os movimentos cada vez mais rápidos e frenéticos.

— Assim mesmo, meu amor — sussurra ele. — Toda molhadinha por minha causa. Gostosa para cacete. Vai gozar para mim?

— Vou — sussurro, agarrada ao corpo dele. — Não para. Isso, assim mesmo. Não... *ah*.

Dou um solavanco quando sinto uma pontada aguda e repentina na lateral do meu quadril, e Lachlan fica imóvel na hora, recuando e piscando como se tivesse saído de um transe. Ainda o sinto latejar dentro de mim, parecendo desesperado para continuar, mas quando repara na minha expressão e baixa os olhos para os próprios dedos, ainda agarrados com firmeza no meu quadril, seu rosto se enche de pavor.

Ele se afasta de mim tão depressa que mal tenho tempo de entender o que aconteceu. Em um instante estava entre as minhas pernas, prestes a me dar o orgasmo mais espetacular da minha vida, e no outro está encostado na cabeceira da cama, com aspecto pálido e enjoado.

— Key — diz ele, com a voz rouca. — Por favor, me desculpa. Foi sem querer.

Apenas o encaro, desnorteada, e então acompanho seu olhar e vejo os cortes finos no meu quadril, por onde escorre um filete de sangue.

— O quê? — Eu me endireito na cama, colocando os dedos sobre os machucados. — Mas que porra é essa?

Levanto a cabeça de repente e dou de cara com os punhos cerrados de Lachlan ao lado do corpo, reparando pela primeira vez nas garras pretas e afiadas saindo das pontas dos dedos.

— Meu Deus.

Lachlan ainda parece prestes a vomitar.

— Não foi de propósito, eu juro. Por favor, me desculpa.

— Como assim? — pergunto, sem entender, e dou mais uma olhada nos arranhões, se é que dá para chamar assim. — Não foi nada, Lachlan. Só tomei um susto.

Ele balança a cabeça, com os olhos arregalados.

— Não, eu perdi o controle. Machuquei você. Eu sabia que isso ia acontecer. Avisei que…

— Ei, está tudo bem — sussurro e chego mais perto, mesmo quando ele se retrai. — Sério, não foi nada.

— Eu *machuquei* você.

Quero me solidarizar com o desespero dele, e até consigo, de certa forma, mas meu corpo ainda está muito agitado e confuso por ter sido privado daquele orgasmo fenomenal, e francamente, deixar de aproveitar por causa de uns arranhõezinhos bestas me parece absurdo.

Rastejo pela cama antes que ele consiga se afastar, monto em cima da sua cintura e agarro seu cabelo para forçá-lo a olhar para mim. Ainda está com aquela cara de cachorrinho abandonado, por isso dou uma puxada firme nos fios, forte o bastante para que ele sibile de dor.

— Doeu?

Ele estreita os olhos.

— Não é a mesma coisa.

— Não? — pergunto e me inclino na sua direção, cravando os dentes no ombro dele com força suficiente para deixar uma marca. — E agora?

— Já entendi sua estratégia — avisa ele. — Mas é diferente. Posso te machucar de verdade.

— Mas não vai — declaro. — Eu sei que não.

— Não tem como saber.

— Não tem mesmo — concordo, plantando beijos por seu pescoço. — Mas eu confio em você.

Os dedos dele deslizam timidamente sobre as laterais do meu quadril, já sem as garras, e apesar da interrupção repentina, sinto a rigidez de sua ereção contra minha barriga e fico eufórica ao saber que ele está assim por *minha* causa, porque estava dentro de mim. Sinceramente, essa certeza é muito mais importante para o meu cerebrinho primitivo agora do que um punhado de arranhões.

— Você devia ter mais medo, Key — comenta ele, deixando a cabeça tombar contra a cabeceira enquanto eu provoco o pontinho atrás da sua orelha com a língua. — Devia ser mais cautelosa.

— Acho que você devia ser menos cauteloso, isso sim — contraponho, rebolando no colo dele. — Não tenho medo de você — acrescento, mordiscando o lóbulo da sua orelha até sentir a pele arrepiar. — Além do mais — cantarolo, ainda provocando com os dentes e a língua. — É até meio sexy.

Lachlan agarra minha bunda e me puxa para mais perto até estarmos quase colados, depois vira o rosto e busca meus lábios, com a língua deslizando para dentro enquanto ele parece se perder de novo, ainda que só um pouco.

— Eu não quero machucar você — murmura contra a minha boca. — Nunca.

Dou um beijo delicado nele, apoio os joelhos na cama e estico a mão para ajeitá-lo entre as minhas pernas, ouvindo sua inspiração brusca quando começo a afundar no seu colo.

— Então não me machuque.

— *Cacete*, Key.

Minhas mãos se enroscam no seu cabelo enquanto as dele agarram as laterais do meu quadril com força. Com o rosto esmagado contra meu peito, Lachlan começa a deslizar para dentro e para fora de mim, perdido na energia escaldante que parece surgir entre nós. Fecho os olhos e me deixo levar por essa sensação, concentrada apenas na forma como ele me preenche, no *calor* enquanto mergulha bem fundo dentro de mim, uma e outra vez.

Consigo sentir o orgasmo voltar à tona, mais iminente a cada arremetida do pau dele contra aquele pontinho sensível que me deixa com a visão turva e o coração acelerado.

— Goza para mim — rosna ele, ao mesmo tempo uma ordem e um apelo. — Quero sentir essa bocetinha gozando no meu pau.

Deve ser a primeira vez que não sinto vontade de contestar uma vontade de Lachlan. Não que eu tenha alguma chance de resistir. Já é tarde demais para isso. Meu corpo se incendeia, minha cabeça cai para trás e meus lábios se afastam para soltar um gemido enquanto me entrego ao clímax. Lachlan não para nem por um minuto, prolongando meu prazer pelo que parece ser uma eternidade, até todo o meu corpo estar com os nervos à flor da pele, como se cada toque me fizesse explodir de novo.

— Isso, assim mesmo — murmura ele, com os movimentos cada vez mais errantes. — Está fazendo direitinho. Porra, você é tão gostosa. Vai aceitar tudo o que eu oferecer, né? Vai receber cada... — sussurra, com as palavras saindo através de dentes cerrados, e posso sentir o jeito como o pau dele se contrai dentro de mim, me deixando excitada de novo. — Gotinha...

Lachlan continua a arremeter durante o orgasmo, e um grunhido áspero escapa da sua boca enquanto estremece contra mim, latejando por dentro. Consigo sentir tudo, o calor do gozo, a contração do pau, com a respiração ofegante e o olhar vidrado no teto.

As luzes do teto começam a piscar, as lâmpadas se apagam e voltam a se acender como se acompanhassem os tremores do meu corpo. Observo a cena com surpresa, ainda ofegante. Elas continuam nesse vaivém, ficando cada vez mais fortes, até começarem a emitir um zumbido agudo. O ruído se torna mais alto, um estalo repentino reverbera pelo cômodo e todas as luzes da casa de Lachlan se apagam ao mesmo tempo.

Volto a me situar aos poucos, atordoada, percebendo a testa de Lachlan repousada contra meu pescoço, enquanto meus dedos acariciam o cabelo dele como se tivessem vontade própria.

— É só impressão ou a casa pifou por sua causa? — pergunta ele, com os lábios encostados na minha pele.

Deixo os lábios se aninharem no seu cabelo.

— Hum... Acho que foi isso mesmo.

— Pelo jeito mandei muito bem, então — comenta ele com uma gargalhada.

Dou uma puxadinha de leve no seu cabelo, estalando a língua.

— Larga mão de ser convencido.

— Ah, agora já é tarde demais para isso.

Sinto um sorriso bobo se espalhar pelo meu rosto, tão feliz que nem tenho vontade de me mexer. Continuamos assim por um bom tempo, nenhum de nós parecendo querer sair do lugar. Para ser sincera, não sei dizer quanto tempo demoramos para nos recuperar do que acabou de acontecer. Nem sei se quero descobrir.

Porque há duas coisas absurdamente óbvias para mim neste momento. A primeira é que não vejo a hora de repetir a dose. E a segunda? Bem. Lachlan tinha razão. Ele tinha toda a razão.

Se eu o perder... vou sofrer para cacete.

20

Lachlan

— Se continuar me olhando assim, juro que vou acabar com você.

Demoro um segundo para reagir, meio sem entender quando vejo Key me lançando um olhar irritado do outro lado da mesa. Só então percebo que eu estava encarando o curativo discreto sob a barra da camisa, *minha* camisa, que está usando. E, sinceramente, só de ela estar com minha roupa já seria motivo suficiente para me deixar vidrado, mas não consigo ignorar a culpa quando penso que a machuquei, por mais que ela insista que está bem.

— Eu devia ter tomado mais cuidado — resmungo, dando um gole na xícara de café.

Ela me lança um olhar sugestivo.

— Na verdade, gosto mais assim.

— Keyanna MacKay — respondo com uma risada. — Por acaso está flertando comigo?

— Estou só com sua blusa, sem calcinha — debocha ela. — Acho que a fase de flertar já passou.

— Nem me lembre disso — murmuro. — Tenho um monte de coisa para fazer hoje, não posso arrastar você de volta para cama.

Ela pisca para mim, toda charmosa.

— Não pode? Tem certeza?

— Mulher demoníaca — murmuro, virando o restinho de café.

É estranho, ou talvez a naturalidade da cena cause estranheza, ver Key tão à vontade na minha casa, olhando para mim não com aquela irritação de antes, mas como se quisesse sentir meu toque outra vez. Confesso que a mudança me agradou e muito.

— Já tinha acontecido alguma vez?

Inclino a cabeça, confuso.

— O quê?

— Você perder o controle assim...

— Não, nunca — respondo com firmeza. — Normalmente sou bem... cuidadoso.

Um sorriso presunçoso se espalha pelo rosto dela.

— Então é só comigo.

— Larga mão de ser convencida — respondo, dando o troco pelo que ela me disse mais cedo.

— Ah, agora já é tarde demais para isso. — Ela ri de um jeito encantador, esticando os braços com um gesto provocante. — E aí, quais os planos para hoje?

Coloco a xícara na mesa e me ajeito na cadeira.

— Primeiro de tudo, alimentar as vacas.

Key se encolhe toda, fazendo careta.

— Eca, tô fora.

— E aquela história de ser o braço direito da sua avó?

— Agora tenho você para fazer por mim — rebate ela com doçura.

— É mesmo? — pergunto, com a sobrancelha arqueada. — Uma transa e já acha que vou estar às suas ordens?

— Não, mas acho que posso te convencer a me poupar de tarefas relacionadas a vacas.

Dou uma risada abafada, meneando a cabeça.

— São só uns filhotinhos crescidos. Não fazem mal a uma mosca.

— Você falou que elas podiam me morder!

— Sim, mas foi só porque você estava enchendo meu saco.

Ela olha feio para mim.

— Babaca. Tá, que seja. Eu ajudo... de longe.

Observo enquanto ela toma mais um gole de café, hipnotizado pela forma como seus lábios se moldam no contorno da xícara, lembrando de como estavam macios contra os meus. A visão traz à tona a sensação do corpo dela nos meus braços, o calor da nossa junção, o desejo desesperado de tocar nela de novo, sem saber quando posso arrastá-la de volta para a minha cama.

De onde tirei que eu não gostava dessa mulher?

Acho até que estou um pouco obcecado, para ser sincero, e nem sei dizer como ou quando começou.

— E o que mais?

Pelo jeito, me perdi em pensamentos de novo. Fico ali, piscando feito idiota, enquanto ela me encara.

— Hã?

— Lachlan Greer — diz ela baixinho. — Está distraído?

— Você nem imagina — admito, porque não tem como negar.

Ou a risada dela começou a ficar mais atraente, ou perdi a cabeça de vez.

— Vou ajudar Blair e Rory a deixar tudo pronto para os jogos mais tarde — respondo, com a mente longe, e me levanto da mesa para colocar a xícara na pia.

Key se endireita, parecendo interessada.

— Jogos?

— Eles não te contaram?

— Só fui umas três vezes no pub.

— Ah, verdade — respondo, lavando a louça. — Eles fazem um festival todo ano para comemorar o aniversário do pub. — Faço um gesto exagerado com as mãos para dar ênfase e continuo: — Os Jogos das Terras Altas de Greerloch. Tudo baseado naquela lenda que inspirou o nome do pub.

— Aquela do gnomo e a filha do gigante?

— Essa mesma. Tem um monte de competições e tal, mas a maioria das pessoas só vai para encher a cara. Vai ser neste fim de semana.

— Pretende participar dos jogos?

— Nem a pau — respondo, achando graça da ideia. — Tenho mais o que fazer do que atirar troncos e saltar pneu por aí.

— Parece bem divertido, na verdade.

Não gosto do rumo que a conversa está tomando.

— Nem pense.

— Pode ser uma boa ideia, poxa — insiste ela. — Aposto que vai estar lotado de gente. Seria uma ótima desculpa para puxar assunto sobre a história dos nossos antepassados.

Atravesso a distância entre a pia e a mesa, me inclinando para apoiar as mãos no tampo enquanto lanço um olhar intrigado para Key.

— E você acha que dá para sair perguntando para qualquer um assim, na cara dura?

— Se todo mundo estiver lá para "encher a cara", como você mesmo disse — argumenta ela, pontuando as palavras com aspas no ar —, duvido que alguém vá estranhar a conversa fiada inofensiva da americana forasteira.

— Estou desconfiado que seja só uma desculpinha sua para me arrastar para essa festa, por que será?

— Porque você é um babaquinha rabugento — responde ela, toda sorridente enquanto desliza os dedos pelo dorso da minha mão. — Sair um pouco e ver gente te faria bem, sabia?

Viro a cadeira dela de frente para mim e me agacho entre suas pernas, cedendo à vontade de acariciar as laterais das suas coxas.

— Ah, é?

Os joelhos dela se afastam um pouco, e dá para ouvir a respiração cada vez mais acelerada.

— É, sim, eu acho.

— Tem tantas coisas que prefiro fazer a interagir com desconhecidos... — murmuro, sugestivo.

O sorriso dela é quase tímido.

— Por que deixar para amanhã o que você pode fazer hoje? Ou agora mesmo, quem sabe?

— Agora, sim, você está falando a minha língua — cantarolo, virando o rosto para beijar a parte interna do seu joelho. — Chega um pouquinho para a frente que já resolvo isso agora.

A pressa dela para se ajeitar na cadeira me arrancaria um comentário implicante em qualquer outra hora, mas quando suas pernas se abrem diante de mim, esqueço até meu nome.

— Pensei que você tivesse umas vacas para alimentar — comenta Key, ofegante, enquanto agarro os joelhos dela e os acomodo sobre meus ombros.

Um suspiro lhe escapa quando minha língua encontra as dobras já encharcadas entre suas pernas, e estremeço ao sentir o gosto.

— Elas que esperem. Agora é minha vez de comer.

Não faço ideia se o grunhido dela foi causado pela piada ruim ou pelo meu toque. No momento, porém, estou ocupado demais para descobrir.

Três horas depois, lá estou eu no campo atrás do Pech Sagaz, rodeado de gente, empilhando barris de whisky enquanto vejo Key conversar com Rory a poucos metros de mim. Ela até me ajudou a alimentar as vacas, no fim das contas, provavelmente mais disposta a colaborar depois do que rolou entre nós na cozinha. E como não foi atacada pelos filhotinhos, parece até disposta a repetir a experiência. Quem sabe.

E o mais estranho de tudo é que eu também quero fazer isso de novo. Quero que ela me ajude todos os dias. Caramba, quero Key ao meu lado, simples assim. Mais uma vez, fico me perguntando como minha atitude em relação a essa ruiva linda e desbocada pode ter mudado tão rápido.

— Já, já a cara dela cai de tanto que você está olhando.

Lanço um olhar furioso para o sorrisinho debochado de Blair e largo o barril no chão para disfarçar, como se não tivesse sido pego no flagra.

— Não sei do que você está falando.

— Ah, sabe. Ô se sabe — rebate Blair, dando risada. — Reconheço um tonto apaixonado de longe, nem adianta esconder. — Ela me dá uma cotovelada de leve. — O que tanto rolou nesse castelo, hein?

Resmungo, pego outro barril e o carrego até o cantinho onde a pista de obstáculos está sendo montada.

— Que tal você ir encher o saco de outro?

— Mas eu gosto de encher o seu — argumenta ela com doçura, batendo os cílios.

— Vou falar para a Molly que ela foi substituída.

Blair fecha a cara e vira o rosto na direção de Molly, a filha do dono da loja de ração, e observa com interesse enquanto ela amarra uma fita entre duas árvores para marcar a linha de chegada.

— Ainda não sei se ela me daria uns beijos — reflete Blair.

Balanço a cabeça.

— Você é mesmo pior que homem.

— Não seja machista — rebate ela. — E pare de tentar mudar de assunto. Está com essa cara de bobo apaixonado por Keyanna desde que vocês dois chegaram aqui. E chegaram juntos, aliás. Não pense que não reparei.

— A gente mora na mesma fazenda, né — saliento.

Blair me encara com desdém por uns bons segundos antes de soltar um suspiro resignado.

— Tudo bem, que seja. Pode ficar com seus segredinhos.

— Acha que vai ter bastante gente este ano? — pergunto, mudando de assunto.

Ela concorda com um aceno.

— Ah, sim. Com certeza. Isla comentou que os filhos dela estão para chegar da faculdade.

Faço uma expressão surpresa.

— Mais gêmeos? Era só o que faltava mesmo.

— Os dois são grandes, fortes e conseguem jogar pneu para todo lado. Vão ser uma bela visão.

Fecho a cara e dou uma olhada discreta na direção de Key. Os filhos de Isla devem ter quase a mesma idade dela. Será que... Abano a cabeça. Já tenho problemas demais para me preocupar com situações fictícias envolvendo a mulher com quem só dormi *uma* vez.

Mesmo que eu esteja maluco para dormir de novo.

— Eu vi, hein? — provoca Blair.

Fico de costas para ela.

— De novo, não sei do que você está falando.

— E se eu pedir para a Key ser o prêmio deste ano, que tal?

Volto a olhar para Blair, de cara amarrada.

— De onde tirou essa ideia?

— Ahá! — exclama, apontando para mim como se tivesse feito uma grande descoberta. — Não gostou, né?

— Você é uma péssima amiga — resmungo.

Blair me manda um beijinho, parecendo muito convencida para o meu gosto.

— Sou uma ótima amiga. Aliás, quer ver só? Vou provar! — Ela põe a mão ao redor da boca e grita antes que eu tenha chance de impedir: — Ei! Keyanna!

Key se vira na nossa direção, percebe o aceno de Blair e se despede rapidamente de Rory, que está arrumando as cadeiras dobráveis, antes de vir ao nosso encontro.

— Chamou?

— Key, meu bem — cantarola Blair. — Lachlan já comentou sobre o prêmio dos jogos?

O rosto de Key se contorce em confusão.

— Hum, não?

— Ah, certo. Eu te contei a história sobre o nome do pub, não contei? Aquela da donzela e do pech?

— Sim, sim. Contou.

— Então, todo ano a gente escolhe uma donzela para ser o "prêmio", e o vencedor dos jogos ganha um beijo dela.

Key inclina a cabeça, desconfiada.

— Só não tem muito a ver com a história, né?

Blair encolhe os ombros.

— É, pode ser. Mas dá um gás para os caras se esforçarem mais. Quanto mais esforço, mais sede... ou seja, mais cervejas vendidas por mim. Entendeu?

— Acho que não vou gostar de onde isso vai dar — comenta Key.

Cruzo os braços diante do peito e lanço um olhar severo para minha amiga.

— Ela não precisa aturar encarada de homem babão o dia inteiro, Blair.

— Ai, que exagero — murmura Blair, passando a mão no cabelo de Key como se ela fosse um gatinho perdido na rua. — Aposto que ela vai querer ajudar, não vai?

Blair faz um beicinho exagerado, e preciso me segurar para não revirar os olhos diante desse golpe baixo.

— Ah, bem… — Key abre um sorrisinho irônico. — Se for ajudar…

— É assim que se fala! — comemora Blair, dando uma apertada no ombro de Key antes de me lançar uma piscadinha vitoriosa. — Todo mundo vai ficar maluco com a notícia.

Continuo de cara emburrada enquanto Blair se afasta na direção de Rory, mas só me dou conta disso quando Key me cutuca de leve.

— Pode desamarrar essa tromba aí — aconselha ela. — Vai acabar ficando assim.

— Você não precisava ter entrado nessa maluquice dela.

Ela apenas encolhe os ombros.

— Que mal tem? Parece bem tranquilo.

— Você vai ter que beijar o brutamontes que ganhar os jogos!

O sorriso dela se escancara como o do gato de Cheshire.

— Está com ciúmes, Lachlan?

— Eu… — Fecho a boca, dou um pigarro. — Claro que não.

Os dedos de Key deslizam pelo meu antebraço, deixando para trás um rastro de arrepios que não parecem ter nada a ver com o ar gelado ao meu redor.

— Seria uma boa ideia você participar dos jogos, então. Só para garantir que mais ninguém vai ter chance.

— É mesmo? — pergunto, com o rosto a centímetros do dela, sentindo meus lábios se curvarem. — Só me refresca a memória… — Pego um de seus cachos e o enrolo na ponta do dedo. — Na cama de quem você estava hoje de manhã?

Os olhos dela se arregalam, as pupilas dilatam um pouco e a boquinha linda e rosada chega a se abrir, mas ela a fecha de repente, virando o rosto na direção do som de um carro se aproximando pela frente do pub.

— São meus avós — diz ela.

Espio por cima do ombro.

— Ah, sim. Finlay veio trazer os fardos de feno.

— Fardos de feno?

— Para a pista de obstáculos.

Key sorri de novo, com aqueles dentinhos da frente em destaque, e eu sinto meu coração acelerar. Ela consegue ser fofa e sexy ao mesmo tempo, e essa combinação parece uma receita infalível para me deixar tonto.

— Ah, entendi — responde ela, aos risos. — Acho que vou ter que te obrigar a participar desses jogos.

— Só porque quer me ver ganhando aquele beijo, né?

Aqueles olhos de esmeralda cintilam com divertimento.

— Vai ter que pagar para ver, não?

Olho para o sol alto no céu e fico com raiva por já estar tão tarde, ciente de que não vai dar tempo de arrastar Key de volta para minha casa e deixar claro quem a fez gritar a manhã inteira. Talvez até dar uns tapas nessa bunda linda por ser tão sacana.

Mas a mão de Finlay bate nas minhas costas de repente e me arranca desses pensamentos nada apropriados com a neta dele.

— E aí, Lachlan, como vai?

Respondo com um sorriso meio sem graça. Gosto de Finlay e tenho quase certeza de que é um sujeito decente, mas não deixa de ser um MacKay. Confiar nele não é tarefa fácil.

O pensamento me deixa confuso.

Por que, então, confiar em Keyanna parece a coisa mais natural do mundo?

— Tudo certo — respondo, clareando as ideias, depois aponto para Hamish e Malcolm, que estão descendo da caminhonete atrelada ao trailer. — Pelo jeito você conseguiu botar aqueles dois para trabalhar.

Finlay dá uma risada.

— Ah, sim, sim. Tive que arrastar Hamish para longe do rebanho por um dia.

Em seguida olha para Key, parada ao meu lado, e se aproxima para um abraço. Com a diferença de altura, os braços de Finlay mal passam da cintura dela.

— E minha neta preferida, como está?

— Sou a sua única neta, esqueceu? — responde ela, achando graça.

— Mas será que é mesmo? — contrapõe Finlay. — Eu era galã na minha época, entende? Vai saber se eu...

O tapão de Rhona, bem na nuca, quase o tira do prumo.

— Para de falar besteira, homem — sibila ela, estalando a língua, depois dirige um olhar à neta, bem mais afetuoso do que antes. — Como vai, Keyanna?

— Estou ótima — responde ela com um sorriso tímido.

Dá para ver que a relação das duas ainda está um pouco estremecida, mas Rhona parece disposta a se aproximar da neta. E está na cara como essa mudança deixou Key mais tranquila.

— Venha, venha. Quero apresentar Malcom a você — avisa Finlay. — O pai dele e eu éramos amigos na escola. — Ele entrelaça o braço no dela e a conduz para longe. — Mas ó, não acredite em nada do que ele disser sobre mim, ouviu?

Key me lança um sorriso antes de ser levada, me deixando ali meio caidinho por ela, e por mais que eu tente disfarçar, acho que não estou sendo muito convincente.

— Não a machuque — diz Rhona ao meu lado, me dando um susto.

— Hã? Como assim?

O olhar dela é avaliador, quase frio, e transmite a mesma confiança que eu tenho nela. Ou seja, quase nenhuma.

— Você entendeu. Cuide bem dela.

— Nem sei do que você está...

— Ah, me poupe — interrompe ela. — Já estou velha e cansada demais para joguinhos. Cuide bem da minha neta e não vamos ter problemas, estamos entendidos?

— Mas eu... — Engulo o resto da frase ao ver o olhar dela, e me limito a assentir de leve. — Tudo bem.

Ela retribui com um aceno brusco.

— Ótimo. Então está resolvido.

— Ei, Rhona — chama uma voz vinda de trás. — Onde deixo essas tortas?

Nunca consegui entender por que fico tão ouriçado na presença de Brodie MacKay. A gente nunca se deu muito bem, é verdade, mas passei uns dez anos sem nem ver a cara do sujeito antes de voltar para cá, e mesmo assim ele age como se eu tivesse atropelado o cachorro dele. Quando éramos crianças, e eu sempre tentava incluir Brodie nas brincadeiras, mas ele se achava melhor do que todo mundo. O pai dele era um cara divertido, só meio barulhento, mas Brodie sempre foi o oposto: quieto, na dele. Deve ser por isso que nosso santo nunca bateu.

Brodie percebe que estou olhando para ele, e seu rosto se torna frio e inexpressivo quando ergue o queixo para me cumprimentar.

— Lachlan.

— Brodie — devolvo.

— Pode deixar as tortas lá na geladeira dos fundos — instrui Rhona. — Só não esquece de colocar umas folhas de alface por cima, ou Fergus vai comer tudinho antes do festival.

Ele acena para a tia, me encara por mais um segundo e vai embora na direção do pub, parando no meio do caminho para conversar com Finlay e Key. Sinto o estômago revirar quando vejo o sorriso dela, toda radiante para o primo. Não é ciúmes, porque sei muito bem que os dois são parentes, mas alguma coisa naquela interação não me desce. Talvez seja porque ele não vai com a minha cara e não faz a menor questão de esconder. Ou talvez apenas porque minha desconfiança em relação à família dela, e ao que eles representam para o meu futuro, tenha começado a se estender para a própria Key. Não faz o menor sentido, claro. Afinal, eles são a família dela.

Pelo visto, Keyanna MacKay é a exceção a todas as minhas regras.

Rhona berra alguma coisa para Blair do outro lado do campo e vai marchando até lá, abandonando a bronca pela metade. Acabo sozinho ali, perto da caminhonete, trocando olhares com Key enquanto Malcolm e Finlay se acabam de rir de alguma piada. Aponto para a lateral do pub com um gesto discreto da cabeça, dou as costas e sigo naquela direção, sem conferir se ela está vindo atrás.

Essa parte do estabelecimento fica de frente para a floresta, um lugar vazio e silencioso, e fico ali apoiado na parede, só esperando. Leva menos de um minuto para Key aparecer, e a puxo pela cintura, de surpresa, colando seu corpo ao meu.

— Alguém pode ver a gente — diz ela, rindo.

Estou distraído com a visão daquela boca linda, mas consigo responder:

— Não estou nem aí.

— Caramba, foi só a gente transar uma vez e você já ficou todo possessivo feito um homem das cavernas.

Fico confuso.

— Não quis dizer nesse sentido. Foi só um...

Ela tapa minha boca com a mão e abre um sorriso de orelha a orelha.

— É brincadeira — esclarece Key, recolhendo a mão para me dar um beijo, e eu me inclino na hora, sedento por mais. — Na verdade, até gosto desse seu lado primitivo.

— Gosta, é?

Aperto sua cintura, erguendo-a levemente até que fique nas pontas dos pés, e volto a encontrar seus lábios em um beijo profundo. Aproveito o momento com urgência, como se quisesse memorizar cada detalhe do seu gosto e do seu toque antes de ser forçado a ficar longe dela esta noite.

Meus lábios se demoram nos dela por mais um segundo, e então me afasto e encosto a cabeça na parede.

— Parece que a situação com sua família melhorou.

— É, acho que sim — concorda ela com um breve sorriso. — Tem sido... bem mais fácil ultimamente.

— Pelo jeito, está se dando bem até com seu priminho querido.

Ela solta uma gargalhada.

— O que Brodie fez para você, hein?

— Nada — resmungo, meio mordido. — Só não confio nele, simples assim.

— Está ligado que ele trabalha na sociedade histórica, né? Pode ser uma mão na roda para a gente. Ah, aliás, até dei uma sondada sobre os documentos da sua família — conta ela, de cenho franzido. — Por que não me contou que todas as informações se perderam num incêndio?

— Eu comentei que não tínhamos mais os registros.

— Mas não que tinham literalmente virado cinzas!

— Faz diferença? Foram para o saco. É só isso que importa.

— Mas talvez Brodie possa...

— Eu não quero a ajuda dele — declaro com firmeza, mais ríspido do que pretendia.

Key apoia as mãos no meu peito, com uma expressão séria no rosto.

— Acho que não pode se dar ao luxo de ser tão cabeça-dura. Não sabemos quanto tempo você ainda tem.

— Ele é um MacKay — insisto com teimosia.

Key arqueia uma sobrancelha delicada, parecendo quase achar graça do comentário.

— Eu também sou, esqueceu?

E lá está de novo, aquele lembrete incômodo de que, para todos os efeitos, ela é minha inimiga. Meu pai ficaria furioso se descobrisse que aceitei a ajuda dela. Se soubesse do nosso envolvimento, desse meu desejo quase... possessivo em relação a ela. Key ainda é um MacKay, isso não mudou. O problema sou eu, que de uma hora para outra resolvi ignorar esse fato.

— Não — digo em voz baixa. — Não esqueci.

— Só pensa com calma, pode ser?

— Tudo bem... — cedo, relutante. — Vou pensar.

Ela sorri e fica na ponta dos pés para me roubar outro beijo.

— Assim que eu gosto — responde ela, e olha para o céu com uma expressão preocupada, percebendo que o sol já começou a se pôr. — É melhor você ir embora.

Solto um suspiro.

— É, eu sei.

Inclino o pescoço até repousar a testa na dela, satisfeito só de sentir seu cheiro por um segundo que seja. Sei que preciso ir embora, que ainda não podemos correr o risco de sermos flagrados, porque surgiriam perguntas demais, e ainda assim... Há uma sensação quase pacífica em estar com ela. Como se, nesse cantinho isolado onde nada mais importa além de Key, eu finalmente pudesse baixar a guarda.

— Pode me esperar na minha cama — aviso.

Sinto o sorriso dela contra meus lábios.

— Posso?

— Vou deixar a porta destrancada.

— Olha o perigo! Assim vai acabar com alguma criatura assustadora dentro de casa.

Recuo um pouco e abro um sorriso lupino.

— Eu sou a criatura mais assustadora daqui, esqueceu?

Ouço vozes cada vez mais próximas e solto um suspiro resignado enquanto começo a me afastar dela, odiando cada segundo. Key ri baixinho da minha bravata e, quando minhas mãos escorregam da sua cintura, a dela sobe até meu rosto e dá uma palmadinha.

— Claro, Nessie. Claro que é.

Ela caminha com passos arrastados na outra direção, voltando para onde os outros ainda se ocupam com os preparativos do festival, e preciso reunir todas as forças para não correr atrás dela feito um cachorrinho abandonado. A única coisa que me detém é o sol cada vez mais baixo no horizonte, um lembrete claro de tudo que me impede de ceder aos meus desejos. Hoje o fardo parece mais pesado. Como se me empurrasse para baixo, determinado a me esmagar. No fundo, acho que sei exatamente a razão por trás disso.

E ela acabou de me dar as costas e ir embora.

21

Keyanna

NA VÉSPERA DOS JOGOS, acordo morta de cansaço e com uma leve ressaca. Finlay me arrastou para um torneio de cartas com Brodie ontem à noite, e seja lá o que ele tenha usado para "batizar" nossos chás acabou batendo aos pouquinhos, me deixando bem mais bêbada do que eu pretendia. A dor de cabeça no café da manhã serve como um lembrete para me manter sóbria. No fim das contas, nem tentei entrar de fininho na casa de Lachlan ontem à noite. Só subi aos tropeços até meu quarto e fui direto para a cama.

— Pelo jeito, você ficou tão baqueada quanto eu — murmura Brodie da porta, depois entra na cozinha e vai até a geladeira.

Massageio as têmporas.

— Baqueada no sentido de estar com uma ressaca do cão?

— É, por aí — confirma ele, dando risada. — Onde esse raio de suco de laranja se enfiou?

— Vai mesmo tomar suco agora?

— É tiro e queda para curar ressaca. Não sei por que, mas comigo sempre funciona.

— Acho que vou ficar só no chá mesmo... O normal, não aquele turbinado de ontem à noite. Nem sei o que meu vô enfiou naquilo.

— Uma dose de Grouse — esclarece Brodie.

— Grouse? O que é isso?

— O whisky preferido de Finlay — explica ele, pegando a caixa de suco na geladeira, e só de olhar já fico enjoada. — Ele adora preparar drinques com whisky, mas são fortes demais.

Solto uma risada.

— Deu para ver.

Finlay entra na cozinha bem na hora, esbanjando um bom humor nada condizente com nosso estado de espírito.

— Bom dia — diz ele com entusiasmo. — Como estão nesta bela manhã?

Brodie o fuzila com os olhos enquanto bebe o suco direto da caixa e, por mais que eu tenha me afeiçoado ao meu avô, confesso que estou prestes a fazer o mesmo.

— Como está todo animado assim? — pergunto. — Parece que fui atropelada por um caminhão.

— Ai, ai, esses americanos — brinca Finlay. — Tão sensíveis...

Brodie solta um resmungo.

— Minha cabeça está a ponto de explodir e nem sou americano.

— Ah, mas você sempre foi café com leite — argumenta Finlay, abanando a mão.

Rhona entra na cozinha e estala a língua ao ver Brodie com o suco de laranja na mão.

— O que eu falei sobre beber direto na caixa, hein?

— Desculpa — pede Brodie, fazendo careta, depois lança outro olhar amargo para Finlay. — É que seu marido tentou envenenar a gente ontem à noite.

— Eu avisei para vocês dois irem dormir — debocha Rhona. — Não é culpa dele se resolveram ignorar.

Brodie desaba em uma das cadeiras com um grunhido, se inclina na minha direção e cochicha:

— Ele só embebedou a gente para ganhar o jogo.

— Ouvi isso aí, hein! — exclama Finlay da ponta da cozinha. — Não preciso que vocês estejam de porre para ser melhor no carteado. — Ele me dá um olhar incisivo. — Brodie é um desastre no jogo. Não sabe disfarçar nada, esse aí.

— Sei disfarçar bem, sim — remeda meu primo.

Apesar da dor de cabeça infernal, dou risada da cena e aceito o chazinho que Rhona me oferece, acompanhado de um olhar de desaprovação.

— Vai devagar para não dar revertério — aconselha ela.

Retribuo com um sorriso tímido.

— Obrigada.

Nem tudo são flores na nossa relação, claro, mas é um alívio saber que pelo menos as coisas melhoraram desde aquela conversa. Dá para ver o quanto minha avó tem se esforçado, e para mim isso já está de bom tamanho.

Vou dar um pulo na casa de Lachlan assim que terminar o chá. Ele tem me encontrado na sua cama toda manhã nos últimos três dias, então com certeza vai estranhar se voltar do lago e não me vir por lá. Só agora me dei conta de que nem tenho o número dele. Na verdade, nem sei se ele usa celular. É tão estranho não ficar vidrada no telefone o tempo todo, tão diferente da minha vida em Nova York. E, para ser sincera, até que gosto disso.

Ouço o barulho da porta da frente bem na hora que Rhona pergunta se aceito um ovo mexido, e em questão de segundos Lachlan cruza a soleira da cozinha, com ar exausto, como se tivesse sido conjurado pelos meus pensamentos. Os cabelos estão desgrenhados pelo vento, e os olhos azuis arregalados suavizam quando encontram os meus, como se de repente se livrassem de uma grande tensão. Será que estava preocupado comigo?

— Bom dia, Lachlan — cumprimenta Rhona. — Veio tomar café?

Ele pisca duas vezes, como se tivesse saído de um transe, desvia o olhar do meu e responde:

— O quê? Ah, não. Eu só vim… — Hesita, sem dúvida tentando arranjar uma desculpa decente para estar aqui. — Vim só…

— Desculpa — intervenho depressa, salvando a pele dele. — Eu sei que combinei de te encontrar no celeiro hoje de manhã, mas *alguém aqui* — lanço um olhar mordaz para o meu avô — me embebedou durante o carteado ontem à noite.

Lachlan parece confuso por um instante, e então a ficha cai.

— Ah, entendi — responde, inquieto. — Tranquilo. Outro dia eu te ensino a carregar os fardos de feno.

— Já que apareceu — diz Rhona com rispidez —, faça o favor de se sentar aí e comer alguma coisa.

— Não precisa, eu não quero incomodar nin...

O olhar severo de Rhona basta para fazer Lachlan engolir o resto da frase. Ao perceber que não adianta protestar, ele apenas concorda com um aceno e entra de vez na cozinha. Em seguida se acomoda no lado oposto da mesa, de frente para mim, e me lança um olhar furtivo. Sorrio de volta, um pedido de desculpas silencioso por tê-lo metido nessa confusão. Sei que ele ainda se sente um pouco desconfortável perto da minha família.

Finlay se ajeita na cadeira ao lado de Lachlan.

— Pretendia ensinar Keyanna a usar o trator, é isso?

Lachlan limpa a garganta.

— Hã... Sim, isso mesmo. Ela ficou curiosa para aprender.

Meu avô sorri para mim, radiante.

— Já está quase craque no assunto, então?

— Longe disso — respondo. — Ainda morro de medo das vacas.

Lachlan se segura para não rir da minha cara.

— Ela jura que vai virar comida de vaca.

— Se alguém não tivesse me botado medo logo de cara...

Dessa vez, ele escancara o sorriso.

— Não tenho culpa se você é tão ingênua, princesa.

Fecho a cara, prestes a reclamar desse apelidinho idiota, mas, infelizmente, ele começou a ter o efeito oposto em mim. Em vez de me irritar, passou a me deixar toda boba por motivos que provavelmente estaríamos explorando agora mesmo... se não estivéssemos no meio da cozinha com meus avós.

— Eu também morria de medo das vacas quando era criança — comenta Brodie. — Achava que iam me pisotear. Depois passou, claro.

— Não sei se você está do meu lado ou não — retruco, toda rabugenta.

Brodie faz que não é com ele.

— Não estou do lado de ninguém. Só quis participar da conversa.

Lachlan mal consegue disfarçar a desconfiança enquanto o encara, e de repente me lembro da promessa que fez de ao menos considerar a ajuda de Brodie. Não tocamos mais no assunto desde aquele dia no pub, e me pergunto se esta seria uma boa hora para retomar a ideia.

— Brodie já contou para vocês sobre o projeto dele?

Rhona se vira do fogão e lança um olhar intrigado por cima do ombro.

— Hein? Que projeto?

— Ele está pesquisando a árvore genealógica dos MacKay — explico.

Brodie fica vermelho de vergonha e desvia o olhar.

— É só uma bobagem para matar o tempo.

— Bom, eu acho uma ideia maravilhosa! — exclama Finlay, sempre otimista. — Tem muita história boa nessa família. — Ele dá uma cotovelada nas costelas de Lachlan, bem de leve, aos risos. — A família desse aqui e a nossa já foram inimigas mortais, acreditam?

Tento não demonstrar quando vejo a expressão de Lachlan ficar vazia, como se tentasse permanecer impassível. O tiro saiu pela culatra rapidinho.

Sem um pingo de emoção, ele responde:

— É mesmo?

— Ah, com certeza — continua Finlay. — Não sei os detalhes, mas meu avô dizia que teve uma briga por causa de terras. Segundo contavam, o primeiro terreno onde os MacKay se estabeleceram naquela época pertencia aos Greer!

Lachlan contrai a mandíbula, em um esforço visível para disfarçar o incômodo, ainda mais porque Finlay claramente não faz ideia da ferida que está cutucando. Sinto meu estômago apertar de compaixão.

— Já ouvi algo parecido — comenta Brodie.

Decido me intrometer para botar panos quentes na situação:

— Uma pena os arquivos da família de Lachlan terem se perdido naquele incêndio. Seria legal saber a verdadeira história. — Faço uma pausa calculada, tentando parecer natural, e acrescento: — Será que os documentos dos MacKay não ajudam a esclarecer a questão?

— Até agora, não encontrei muitas referências aos Greer nos arquivos — admite Brodie.

— Pode ser uma boa ideia para incrementar sua pesquisa — sugiro. — A gente podia dar um pulinho em Inverness! Ver se descobre algo útil. —

Abro um sorriso para Lachlan, que continua impassível. — Uma coisa meio Indiana Jones, sabe?

Brodie se ajeita na cadeira e dá um pigarro.

— Acho que já olhei tudo por lá — declara. — Fora que o lugar é um tédio. Não sei se vale a viagem.

— Mas nunca se sabe, né? Vai que você deixou alguma coisa passar? Um olhar novo pode…

— Não estou a fim de viajar agora — interrompe-me Brodie, curto e grosso. — Sinto muito.

Fico sem reação diante da rispidez inesperada no seu tom de voz. Brodie sempre me tratou bem, então sou pega de surpresa por essa explosão repentina devido à minha tentativa de sondar o terreno.

Ele mesmo parece notar, com os lábios entreabertos e a testa franzida, antes de se levantar da mesa.

— Perdão, ainda estou meio ruim de ontem. Acho melhor ir me deitar um pouco.

Ninguém fala nada enquanto ele guarda o suco na geladeira e sai da cozinha, e o silêncio é quebrado apenas quando ouvimos o som de seus passos escada acima.

— Não leve a mal — pede Rhona após uma pausa. — Acho que o trabalho dele anda bem puxado. Nunca falou com todas as letras, porque sempre evita tocar no assunto, mas deve ser isso.

— Ele comentou que estava de licença — argumento.

Rhona concorda com um aceno.

— Acho que tem mais coisa por trás, mas não quero pressionar. Brodie sempre foi um menino sensível. Vivia grudado na barra da saia da mãe feito uma lapa.

— Lapa?

— É tipo uma craca — explica Lachlan com desdém.

Rhona lança um olhar sério para ele.

— O irmão de Finlay nunca foi um pai muito carinhoso. Os irmãos de Brodie são idênticos a Seamus, o que também não ajudou.

— Acho que eu devia pedir desculpa — admito.

Rhona balança a cabeça.

— Não precisa, menina. Brodie não é de guardar rancor. Logo, logo, ele volta ao normal. Se bobear, capaz até de vir pedir desculpas primeiro.

Reparo então que Lachlan parece perplexo com toda a conversa, com o olhar perdido na cadeira vazia onde Brodie estava. Talvez esteja repensando a forma como enxerga meu primo.

— Espero que ele ainda queira conversar sobre o projeto — comento. — Também tenho vontade de conhecer mais sobre a nossa história. Bom, até porque meu pai nunca me contou nadinha.

Rhona ri baixo e serve os ovos no prato.

— Duncan também sempre foi fascinado por esse assunto. Uma vez, chegou a viajar para Inverness com o pai de Lachlan. Passaram dias por lá fuçando a árvore genealógica da família. Acho que Duncan se sentia mal pelo seu pai — conta Rhona, com o olhar voltado para Lachlan —, já que não sobrou nenhum registro familiar dos Greer para contar a história.

A boca de Lachlan se escancara de surpresa, e sinto a mesma emoção espelhada no meu rosto. Ele já tinha mencionado que os dois eram amigos, e até deu a entender que meu pai deixou o dele na mão quando foi embora para os Estados Unidos, mas pelo jeito o buraco era bem mais embaixo.

— Lachlan comentou que eles eram bem próximos, né? — pergunto, na esperança de descobrir alguma coisa.

Rhona vira as fatias de bacon na frigideira, assentindo com a cabeça.

— Sim, sim. Aqueles dois eram unha e carne. Estavam sempre metidos juntos em alguma aventura.

— Tem fotos minhas no colo dele quando eu era bebê — murmura Lachlan.

Finlay dá risada.

— Você era um bebê gorducho, rapaz. Forte como um touro, como seu pai dizia.

— Muito estranho meu pai nunca ter falado dele — arrisco, cheia de dedos. — Sei que as coisas entre vocês estavam complicadas, mas se ele e o pai do Lachlan eram tão próximos assim…

— É estranho mesmo — concorda Rhona. — Sempre achei que os dois tivessem mantido contato depois que Duncan foi embora. Pelo menos antes de Callum ter desapa... — Ela fecha a boca de repente e se vira para Lachlan, que fica visivelmente tenso. — Desculpa, rapaz.

Lachlan balança a cabeça.

— Tudo bem.

— E sua mãe, como vai? — pergunta Finlay.

Lachlan parece ainda mais angustiado, se é que isso é possível.

— A gente não se fala muito. É difícil para ela. Afinal, sou muito parecido com meu pai.

— Ora, rapaz. — Finlay dá um tapinha leve na mão de Lachlan e, a menos que eu tenha imaginado, o gesto parece aliviar um pouco a tensão nos seus ombros. — Fico triste de ouvir isso. Ainda bem que voltou para casa, então. É bom estar perto de quem gosta da gente.

O olhar de Lachlan encontra o meu, provocando uma sensação cálida no meu peito.

— Pois é — concorda em voz baixa. — Estou começando a achar que sim.

— É uma pena que Brodie não queira ir para Inverness — desconverso, tentando tirar o foco de Lachlan.

— Os arquivos são abertos ao público — comenta Finlay, despreocupado. — Na teoria, vocês dois ainda podem ir sozinhos. Só vai ser difícil encontrar algo que ele já não tenha visto. Seria mais fácil conversar com o próprio Brodie. Seu primo sempre levou jeito para essas coisas.

— Pena mesmo é termos perdido aquele diário velho — comenta Rhona, distraída enquanto serve as fatias de bacon na travessa, depois ergue os olhos para o marido. — Aquele bem antigo, lembra?

— Puxa, verdade! — exclama Finlay, surpreso. — Já tinha até me esquecido dele.

Fico na ponta da cadeira, tomada pela curiosidade.

— Que diário?

— Um troço velho caindo aos pedaços — explica Rhona. — Seu pai achou dentro de um baú no celeiro muitos anos atrás.

Meu queixo cai.

— Sério mesmo?

— Sim, sim — confirma Rhona, assentindo enquanto começa a servir os pratos. — Duncan passou um tempão achando que o diário era uma espécie de caça ao tesouro.

Finlay solta uma risada baixa.

— Mas aí ele percebeu que não passavam de relatos sem graça do dia a dia.

— Nunca tentaram ler? — pergunta Lachlan, sem conseguir disfarçar o entusiasmo na voz.

Finlay nega com a cabeça.

— Nunca fui muito chegado em história. Dei uma olhada por cima quando ele encontrou, mas ler mesmo, nunca li.

— E nem teria como, porque ele vivia grudado naquele diário — comenta Rhona, achando graça. — Curioso foi ele nunca ter mostrado para você, Keyanna. Mas, pensando bem, se ele nunca falou da família... até que faz sentido.

Lachlan busca meu olhar com a mesma urgência que começa a pulsar dentro de mim. O que tinha nesse diário? Onde ele está agora? Ficou nos Estados Unidos ou está escondido aqui em algum canto?

Rhona começa a distribuir os pratos e sou forçada a desviar os olhos para agradecer, tomada por uma fome repentina quando aceito a comida das mãos dela.

— Está com uma cara ótima — elogio.

Ela solta um resmungo.

— Não é nada.

— Uma delícia — comenta Lachlan, já de boca cheia.

— Minha Rhonnie é a melhor cozinheira de toda a Escócia — comenta Finlay.

Rhona revira os olhos.

— Parem com essa rasgação de seda e comam logo.

Observo Lachlan comer em silêncio, morrendo de vontade de estender a mão e segurar a dele por cima da mesa, só para mostrar que não está sozinho, mas me seguro. Não sei se está pronto para assumir... seja lá o que temos... na frente de todo mundo. Em vez disso, então, apenas estico a perna e faço carinho no tornozelo dele com a ponta da meia.

Esboço um sorriso quando o olhar dele encontra o meu, e vejo seus lábios se movendo para formar um "Está tudo bem" silencioso.

Dou um aceno e começo a devorar o café da manhã, distraída pela conversa tranquila entre Lachlan e meus avós. Um calor inesperado brota no meu peito diante da simplicidade da cena. Considerando o passado turbulento das nossas famílias, parece quase mágico ver os MacKay dividindo a mesa com um Greer.

Balanço a cabeça, decidida a afastar esse pensamento bobo antes que ele vá longe demais.

Leva um tempo até enfim conseguirmos escapar dos meus avós na cozinha, depois de Lachlan ter inventado uma desculpa qualquer sobre precisar cuidar das vacas. Ele avisa que vai me esperar lá fora, e quando termino de trocar de roupa, de fato o encontro não muito longe da porta, encostado na parede da varanda, com o olhar perdido nas colinas mais além.

— Desculpa — digo antes de qualquer coisa. — Não queria ter colocado você naquela saia justa.

— Está tudo bem. Nem foi tão ruim assim.

— Meus avós... — Escolho as palavras com cuidado, sem querer chatear Lachlan depois de tudo que ele já passou. — Acho que não são como aqueles outros MacKay. Acho que você pode confiar neles.

Ele se vira para mim, estuda meu rosto por alguns segundos e logo estende a mão para ajeitar um cacho rebelde atrás da minha orelha, com os lábios curvados em um sorrisinho de canto.

— É, talvez eu possa mesmo.

— Lachlan — continuo, dessa vez mais firme. — Acho que o tal do diário nunca foi para os Estados Unidos.

Uma expressão intrigada cruza suas feições.

— Por que diz isso?

— Eu revirei todas as coisas do meu pai quando ele morreu. Se estivesse lá, com certeza teria encontrado.

— Será que ele guardou em outro lugar?

— Não tinha nenhum depósito no nome dele.

— Então onde está?

— Acho que... — começo a dizer, cada vez mais convencida de que tenho razão. — Acho que ainda deve estar aqui.

Lachlan parece hesitante.

— Explorei essa fazenda de cabo a rabo por meses, Key. Acha mesmo que eu não teria visto o diário?

— Ah, sim, do mesmo jeito que você tinha passado o pente-fino no castelo, né?

O comentário o faz sorrir.

— Não tenho culpa se você parece um cão farejador.

— Admita de uma vez — provoco. — Sou o seu amuleto da sorte.

— É, talvez seja mesmo — sussurra ele, inclinando-se para beijar meu rosto, e ainda parece pensativo quando se endireita, com o cenho franzido. — Mas não se empolgue muito com a ideia. Pode não dar em nada.

— Não, tem alguma coisa aí — rebato com convicção. — Tenho certeza.

Ele me chama com um gesto, sem dúvida querendo se distrair com as tarefas matinais da fazenda, e dá para ver que ainda não está muito convencido. Ainda não está pronto para nutrir esperanças, para acreditar que temos chance de encontrar o bendito diário, se existir mesmo. E isso não faz mal, acho.

Talvez eu possa ter esperança suficiente por nós dois.

22

Lachlan

— NÃO ACREDITO QUE DEIXEI BLAIR me meter nessa furada — resmungo.

Key me dá um sorrisinho enquanto a ajudo a subir os degraus da sua torre improvisada.

— Não quer lutar pela minha honra, é isso?

— Nem tem essa parte na lenda — reclamo. — Blair inventou tudo para vender mais cerveja.

— E quem pode culpar a coitada? — responde Key lá de cima.

Observo enquanto ela se acomoda na plataforma de madeira e encontra o "trono", nada mais do que um tronco de árvore todo entalhado, como se fosse o dia mais feliz da sua vida.

— A vista daqui é ótima — elogia, ajeitando a coroa de plástico na cabeça.

Faço uma cara feia para ela, com as mãos na cintura.

— Primeiro faz um escândalo por eu te chamar princesa e agora está aí, de coroa e tudo?

— Ah, vai saber — graceja ela, piscando para mim. — Talvez eu esteja começando a gostar. Aliás, adorei o *seu* visual novo.

Olho com desconfiança para o kilt na altura dos joelhos. Era do meu pai, mais velho do que andar para a frente, mas Blair disse que era obrigatório se eu quisesse participar e entrar no clima dos jogos. A essa altura, o festival quase não tem relação com o nome do pub, então aposto que ela só inventou essa ladainha para rir da minha cara.

Solto um suspiro resignado, balanço a cabeça e me viro para dar uma conferida nos outros participantes. O campo atrás do pub está abarrotado de gente, alguns velhos conhecidos e um monte de turistas, sem dúvida atraídos pela cerveja barata e pela promessa de ver homens suados. Todos estão com uma bebida na mão, rindo e conversando enquanto esperam o começo dos jogos. Eu não ia participar, não mesmo. Mas aí vi os gêmeos da Isla desfilando com regatas justas, músculos bronzeados e sorrisos de galã e... bem, talvez eu seja mais ciumento do que imaginava. Quem diria.

— E aí, Lachlan? Como vai?

Só percebo a chegada de Hamish quando ele me dá um tapão nas costas, com os olhos azuis brilhando no sol da manhã enquanto sorri para mim.

— Estaria melhor se estivesse sentado, e não parado feito bobo no meio do campo — resmungo, depois lanço um olhar intrigado para ele. — Não me diga que vai participar também?

— Claro, por que não? — responde ele, de peito estufado. — Não pensem que não coloco vocês mais jovens no chinelo.

Continuo em silêncio, só encarando, até ele enfim soltar um suspiro derrotado.

— Tudo bem, tudo bem — admite. — Blair só me chamou para ser o apresentador do evento.

— Sortudo.

— Acho que ela só me escolheu porque sabe que não sou muito de beber.

— Faz sentido. Deve ser o único por aqui que não vai acabar desmaiado na grama até o fim do dia.

Hamish assente, abre um sorrisinho malicioso e me cutuca com o cotovelo.

— E você, hein? Por que decidiu participar? Não vá me dizer que está atrás de um beijinho daquela moça bonita dos MacKay, está?

"Sei o barulho exato que a 'moça bonita dos MacKay' faz quando está com a minha língua entre as pernas", penso em responder, mas acho que causar um infarto no velho Hamish não cairia muito bem.

Apenas dou de ombros.

— Só vim ajudar os gêmeos.

— Arrã, sei — diverte-se Hamish. — E meu nome do meio não é Elsbeth.

Torço o nariz.

— Espera, é verdade?

— Você tem seus segredos — desconversa ele, aos risos. — E eu tenho os meus.

Ele me dá outro tapão forte nas costas e segue todo animado na direção da plataforma armada ao lado da torre de Key, onde tem um alto-falante ligado ao microfone.

Os outros competidores começaram a se reunir perto da plataforma, inclusive os gêmeos de Isla. Não me lembro do nome deles por nada no mundo. Um talvez seja Cormac, não era isso? Malcolm também se aproxima, todo cheio de si com um kilt vermelho berrante, e a barba ruiva trançada como se estivesse a caminho da guerra, não de uma competição de salto de pneus.

— Ele podia pelo menos ter botado uma camisa — reclama alguém do meu lado.

Dou outra olhada em um dos gêmeos. Cormac, Camdan? Não faço ideia. Só sei que ele parece tão incomodado com a aparência de Malcolm quanto eu. Ótimo. Pelo menos não sou o único aqui com bom senso. O outro gêmeo aparece ao lado do irmão, os dois com camisetas pretas com as mangas rasgadas e kilts de tartã azul e verde.

— É, podia mesmo — concordo.

Um deles fecha a cara.

— E ele não tem idade para ser pai da moça?

— Com certeza — respondo, mal-humorado. — Aposto que ele só veio para se gabar depois.

Não gosto nem um pouco de como os dois olham para Key, que está conversando com Hamish no alto da torre, mas não posso me esquecer de que todo mundo aqui deve achar que ela está solteira. Mesmo que, lá no fundo, eu tenha começado a pensar nela como minha.

— Ewan, prazer — cumprimenta um deles, interrompendo meus pensamentos sombrios.

Aperto a mão dele e logo o outro irmão também estende a sua.

— Niall.

"É, passei longe."

— Lachlan.

— Sim, a gente sabe — diz Ewan, dando risada.

Niall me lança um olhar sugestivo.

— Será que você aguenta o tranco, velhote?

"Pelo jeito são dois idiotas mesmo."

— Eu é que te pergunto — rebato. — Quantos anos vocês têm? Doze?

— Temos idade o suficiente para saber o que é bom — responde Niall com uma gargalhada, depois se vira na direção da torre e acena para Key. — A neta do velho Finlay é uma coisinha linda, não acha?

Os irmãos se cumprimentam com um soquinho no punho, e decido ali mesmo que vou acabar com a raça dos dois.

— As mocinhas estão prontas para levar uma surra? — provoca Malcolm, tomando seu lugar na frente da plataforma.

Dou uma olhada no peitoral largo e nos braços enormes dele, sem me intimidar. Ao contrário de qualquer um ali, tenho força de sobra para arremessar os três para o outro lado do campo. Basta eu querer.

Um sorriso quase selvagem desponta nos meus lábios.

— Isso é o que vamos ver.

Minha alegria por ter vencido no arremesso de troncos dura pouco, menos de dez minutos, porque logo os gêmeos começam a jogar sujo, inclusive me fazendo tropeçar, e ganham a corrida de obstáculos. Duas horas depois, estou encharcado de suor e prestes a matar um. Ewan está fora, graças a Deus, mas seu irmão Niall e Malcolm continuam firmes e fortes na disputa.

Cada vez que lanço um olhar na direção de Key, percebo que ela está curtindo até demais. Fico feliz que esteja se divertindo, claro, mas algo me diz que está rindo da minha cara, não comigo. Merecia umas belas palmadas na bunda pelo atrevimento, isso sim.

— Tudo certo aí, vovô?

Olho feio para Niall e me curvo para a frente, apoiando as duas mãos nos joelhos para recuperar o fôlego. Maldita Blair com essa insistência em deixar os jogos tão autênticos. Não dava para a gente só fazer uns arremessos e escaladas e acabar logo com isso?

— A seguir temos o tradicional arremesso de martelo! — anuncia Hamish. — Nossos competidores devem atirar uma vara com uma bola de metal presa na ponta, e aquele com o arremesso mais curto será desclassificado. Com isso, vão restar apenas dois finalistas para a última etapa! — A um sinal de Hamish, Key finge segurar as saias do vestido, mesmo estando de calça, para fazer uma reverência exagerada. — Lembrem-se: o prêmio é um beijo desta linda dama, então se esforcem, hein?

"Nada a ver com a lenda original, diga-se de passagem."

— Podem ficar com o beijo — grita Malcolm —, mas ainda vou acabar com a raça dos dois.

Niall revira os olhos, e tenho que me segurar para não fazer o mesmo.

— Só joga logo esse martelo, pode ser?

— Com todo o prazer — responde Malcolm, convencido.

Ele esfrega as mãos antes de caminhar até a vara jogada na grama, levantando a ponta metálica para testar seu peso. Não passam de dez quilos, até onde sei, mas como Blair adora dificultar as coisas, aposto que estão bem mais pesadas do que deveriam. Minhas suspeitas se confirmam na hora: os músculos de Malcolm se contraem de imediato com o esforço, as bochechas se inflam quando ele respira fundo, tentando se firmar.

Niall e eu observamos enquanto ele começa a girar, arrastando a vara pelo ar conforme pega impulso. Seu rosto fica vermelho, o cabelo pingando suor à medida que ganha velocidade, e em questão de segundos a vara se solta, voa longe pelo campo e cai uns dez metros mais à frente. A multidão irrompe em gritos e aplausos, enquanto Malcolm, ainda ofegante, levanta o braço e fecha o punho para comemorar.

— Os mais velhos primeiro — oferece Niall com uma mesura. — Bonitos depois.

Respiro fundo e tento me convencer de que não seria muito educado estrangular o cara na frente de todo mundo.

Caminho na direção da vara de arremesso, ajeito na cintura meu kilt azul e vermelho, bato as mãos e firmo os dedos ao redor da madeira. Posiciono os pés com cuidado na grama e volto a olhar para Key, debruçada sobre a grade da torre. Ela acena para mim, e sorrio de volta, quase sem perceber.

Faço uma careta assim que tiro a vara da grama.

Blair deixou a minha mais pesada de propósito, com certeza. Essa porcaria deve ter no mínimo uns cinquenta quilos. Malcolm jamais teria conseguido arremessar algo tão pesado assim. Ou seja, Blair mexeu os pauzinhos só para deixar mais "interessante" para mim.

Por mais que eu ame minha amiga, às vezes a odeio com a mesma intensidade.

Cerro os dentes e começo a girar, sentindo o peso do metal na ponta da vara ameaçar meu equilíbrio conforme traça círculos ao meu redor. Espero até o movimento se tornar fluido antes de cronometrar a hora certa do arremesso. Finco o calcanhar na grama e solto, vendo o bastão descrever um arco no céu antes de cair, e sorrio de orelha a orelha quando percebo que superei o arremesso de Malcolm por uns dois metros.

Olho para ele, ainda ofegante, mas sem dúvida cheio de marra.

— E aquela história de acabar com a minha raça, hein?

Malcom abana a mão com desdém.

— Bando de pirralhos com ego enorme.

Niall assume sua posição, piscando para mim.

— Agora vocês vão ver como se faz.

Malcolm perdeu de Niall por pouco, e se não tivessem enfiado uma cerveja na mão dele logo depois da derrota, aposto que teria dado bem mais trabalho. Agora está na beira do campo aos resmungos, já no segundo copo, enquanto eu e Niall nos posicionamos para a disputa final.

— Nosso último desafio é o clássico cabo de guerra — anuncia Hamish —, mas com um toque especial!

Lanço um olhar acusador para Blair, pressentindo que armou mais uma só para me ferrar, e ela apenas me sopra um beijinho em resposta.

— Para acirrar a competição — continua Hamish —, os dois finalistas vão amarrar a corda na cintura e, em vez de puxar o adversário para o outro lado da linha, um vai ter que derrubar o outro no chão.

"Ah, puta que pariu."

— É isso mesmo que vocês ouviram — enfatiza Hamish. — Não basta força, mas também astúcia!

Niall já se posiciona, e logo depois de prender a corda ao redor da cintura, o babaca arranca a camiseta e a joga longe, deixando os músculos suados à mostra. Começa a bancar o fortão, exibindo os braços para todos os lados, e sorri para mim como se fosse me intimidar.

"Você não precisa provar nada para esse idiota."

Até que ele manda um beijo para Keyanna, e fico cego de raiva.

Solto um grunhido enquanto encaixo a corda na cintura, depois tiro a camiseta sem a menor cerimônia. Não tenho por que me exibir na frente desse moleque, mas como sou pelo menos cinco centímetros mais alto e tenho uns vinte quilos a mais, não resisto a elevar um pouco a postura. Um olhar rápido na direção de Key revela que ela está rindo escondido. Com certeza vai tirar sarro de mim mais tarde.

Com as mãos firmes em cada lado da corda, Niall finca os pés na grama, já posicionado, e eu faço o mesmo. Escuto Hamish começar a contagem, mas, quando o apito soa, o sangue martelando nos meus ouvidos abafa qualquer som. Agarro a corda com força e dou um passo para trás, tomado de satisfação quando Niall cambaleia um pouco para a frente, apesar de não cair. Com um impulso inesperado, ele usa todo o peso do corpo contra mim, puxando a corda na direção oposta.

Esse vaivém dura bem mais do que eu gostaria. Mesmo quando consigo arrastar Niall por um metro, parece impossível tirar seu equilíbrio a ponto de ele desabar de cara no chão. Uma camada de suor reveste minha pele, escorrendo nas laterais da testa, e todo o meu corpo começa a arder em chamas por causa do sol forte. Logo percebo que, por mais forte que eu seja, esse moleque pode me superar em resistência. Com isso em mente, tento pensar em métodos alternativos para fazer o idiota comer grama.

A possibilidade da derrota começa a pesar sobre mim, e a ideia de qualquer outra pessoa beijando Keyanna, por mais inofensiva que seja, ameaça desencadear uma raiva quase tangível dentro de mim. Sinto o ódio fervilhar sob a pele, meus dedos formigam como se as garras estivessem prestes a sair, e fecho os olhos com força, sabendo que devem estar brilhando.

"Puta merda, você não pode se descontrolar aqui no meio de todo mundo."

Abro os olhos com uma determinação renovada. Preciso acabar logo com isso antes de perder o controle e criar pânico em todo mundo. Observo Niall com mais atenção quando ele tenta me derrubar de novo, segurando firme e procurando qualquer sinal de fraqueza.

Na puxada seguinte, percebo que ele joga todo o peso na corda enquanto me arrasta para a frente, e a visão me dá um estalo. Mal consigo conter o sorriso. Deixo a corda afrouxar um pouco, fingindo cansaço, e consigo ver aquele olhar vitorioso quando Niall pensa que me pegou. Espero que ele jogue todo o peso contra a corda mais uma vez, observando seus pés saírem um pouco do chão enquanto os calcanhares afundam na grama.

Era a deixa de que eu precisava para acabar com ele.

Dou um puxão rápido e certeiro quando Niall começa a pender para trás, uma força tão inesperada que o desequilibra na hora. A cara dele é impagável, um misto de choque e descrença, e então cai de bunda no chão, ainda atordoado enquanto largo a corda na grama.

A plateia começa a aplaudir, mas ignoro os gritos e assovios e sigo direto para a torre da Key, com o sangue ainda a martelar nos ouvidos. Ela está à minha espera no topo, com um sorriso largo e as bochechas coradas pelo sol, e se levanta do trono improvisado para me receber quando alcanço a plataforma.

— Foi bem interessante — comenta ela, sem tirar os olhos do meu peito nu. — Uau, acho que gostei de você assim todo suado.

— Gostou?

— Muito — responde, alisando meu kilt com a ponta dos dedos antes de murmurar em aprovação. — E adorei isto aqui.

Enlaço a cintura dela com o braço e a puxo para mais perto.

— Prometeram que o vencedor teria um prêmio.

— Ah, é? — cantarola Key, jogando os braços ao redor do meu pescoço. — Então vem pegar.

Eu a beijo sem pensar duas vezes, com uma intensidade nada apropriada para o prêmio simbólico oferecido pelo torneio, mas não estou nem aí.

A adrenalina corre nas minhas veias, instigando meus instintos mais primitivos, como se a simples ideia de vê-la com outro homem despertasse o monstro dentro de mim, ávido por mostrar a quem ela pertence.

Porque ela parece mesmo ser *minha*.

Deslizo a língua pelos lábios dela e capturo o gemido baixo provocado pelo gesto, ciente de que essa cena vai dar o que falar. A fofoca vai correr solta. E quer saber? Também não estou nem aí para isso. Podem falar o que quiserem, desde que eu seja o único a tocá-la assim. Porra, quase perdi a cabeça só de imaginar outra pessoa recebendo um beijinho inocente dela. Será que essa possessividade toda é um efeito colateral da maldição? Um instinto monstruoso latente que me faz desejar cada toque, cada beijo, tudo o que ela quiser me oferecer?

Ou sou só eu?

Uma coisa é óbvia: estou obcecado por Keyanna MacKay. E considerando que meus dias podem estar contados... não sei muito bem como lidar com esse fato.

23

Keyanna

— Parecia tão promissor, sabe?

Ajeito as costas na velha cadeira de metal esquecida no canto do celeiro, deixando a cabeça repousar contra a parede. Não tenho resposta, assim como não tive nos últimos dez minutos, mas isso não me impede de despejar tudo o que sinto.

— Fiquei tão cheia de esperança quando ouvi falar desse diário. Tenho *certeza* de que meu pai não o levou para Nova York, então só pode estar aqui, certo?

Mais silêncio. Solto um suspiro.

— A gente virou essa fazenda de pernas para o ar na última semana, e nada. Nem uma carta escondida no fundo de uma gaveta. Onde ele pode ter enfiado esse raio de diário?

Dois olhos piscam para mim, preguiçosos, e a mandíbula se move devagar enquanto ela me encara com ar de tédio. Solto um suspiro, me levanto e atravesso a distância entre nós para coçar seu queixo.

— Você é uma ótima ouvinte, Bethie, mesmo tão fedida.

Ela solta um mugido baixo, soprando um jato de ar úmido que quase me faz vomitar.

— Sério? — resmungo. — Precisa mesmo ser tão nojenta?

— Ah, achei você.

Espio por cima do ombro e vejo Lachlan cruzar a entrada do celeiro, vindo até mim enquanto continuo a fazer carinho na Bethie.

— Finalmente entendeu que as vacas não vão te devorar?

— Ainda tenho minhas dúvidas — admito. — Mas até que ela é fofinha. Sei lá.

— Está ouvindo, Bethie? — pergunta Lachlan, coçando atrás da orelha dela, que se aninha ao seu toque. — É um baita elogio vindo dessa aí.

Tento sorrir, sem muito sucesso, e Lachlan percebe na hora.

— Veio aqui sofrer pelos cantos?

— Não estou... sofrendo — minto.

— Está, sim. — Ele se afasta de Bethie, passa o braço ao redor dos meus ombros e me puxa para perto, beijando meu cabelo. — Já falei, não pode ficar tão abalada com isso. Não precisa resolver tudo sozinha.

"Então por que sinto o contrário?"

— Achei mesmo que a gente ia encontrar o diário — confesso baixinho. — Como foi no castelo.

— Aquilo foi pura sorte, Keyanna — responde ele com ternura. — Você não é um detector de segredos ambulante. E nem espero isso de você, tudo bem?

Dou um aceno leve.

— É, pode ser.

— E aí, tem praticado?

— Sim, mas não sei se adiantou.

Bem, mais ou menos. Uma semana atrás, eu mal conseguia controlar essa magia esquisita dentro de mim, mas depois de mais um episódio em que apaguei todas as luzes da casa de Lachlan e quase botei fogo no tapete dele... achamos melhor eu começar a praticar um pouco.

— Mostre para mim.

Dou um suspiro e me afasto dele, abro bem a mão e tento alcançar a sensação que sempre me invade quando a magia resolve dar as caras. Como um poço sempre prestes a transbordar, tornando-se tangível. Como se meu corpo desse vazão ao que já não conseguisse conter.

Fecho os olhos e continuo a buscar a magia. Eu a imagino como um poço de verdade, como se eu o tivesse enchido até a borda. Depois de alguns segundos, o calor familiar começa a vibrar sob minha pele, uma centelha de entusiasmo alojada no ventre, como sempre acontece, atiçando essa energia, alimentando minhas forças, enchendo meu poço.

Visualizo a água se derramar sobre a borda e escoar para um lugar mais específico. Um lugar pequeno, onde possa ser controlada. O calor percorre meu corpo e se acumula na palma da minha mão, e, quando abro os olhos, uma pequena chama cintila bem ali.

Dou um sorriso quando a vejo tremular, e desvio os olhos para Lachlan, procurando um reconhecimento pelo meu sucesso.

— Um belo truquezinho — provoca ele.

Fecho a cara.

— Esse truquezinho pode queimar sua bunda em dois segundos, quer ver?

— Não, por favor — acrescenta ele, todo debochado. — Retiro o que disse. Com certeza você é muito poderosa.

Fecho a mão e deixo a chama se apagar.

— Enfim, pode ser útil um dia.

— Pode mesmo — concorda Lachlan, dessa vez mais sério, e me puxa de volta para beijar meu rosto. — Você é incrível, Key. E não precisa de mim para saber disso.

Sinto meu peito apertar de um jeito quase doloroso, como se fosse explodir, e me agarro a Lachlan.

Não sei como dizer a ele que, a cada dia que passa, a cada momento que o conheço um pouco mais, fico mais assustada. Parece absurdo sentir tanto medo de perder alguém depois de tão pouco tempo juntos, mas o sentimento está lá, contrariando a lógica. Cada dia sem respostas parece uma perda. Apesar das manhãs passadas na cama dele, as noites sozinha são quase assombradas pelo vazio. Um lembrete constante de que, quanto mais me entrego a essa coisa entre nós, mais dolorosa vai ser a perda inevitável para a sua maldição.

— Como você consegue?

Lachlan se afasta um pouco, parecendo confuso.

— Consigo o quê?

— Viver cada dia sem saber o que vem pela frente? Não fica apavorado?

Ele adota com uma expressão séria, e passa a fitar o nada.

— Às vezes, sim — admite. — Mas não posso ficar preso nisso. Ia acabar maluco. É melhor seguir em frente como se a resposta estivesse por aí. Mesmo que alguns dias sejam mais difíceis do que outros. — Um sorriso toca seus lábios quando volta a olhar para mim, com a expressão suavizada. — Nos últimos tempos, tem sido um pouco mais tolerável.

Eu me jogo contra o peito dele, com força o bastante para um suspiro surpreso escapar de seus lábios, e abraço sua cintura.

— Estou com medo — admito. — Não devia sentir isso, né? Você me odiava até umas semanas atrás.

Lachlan enrosca os dedos no meu cabelo e me puxa com delicadeza até meu olhar encontrar o dele.

— Como você mesma disse... Acho que nunca te odiei de verdade, Key. Era só mais fácil fingir que era isso.

Viro o rosto de lado, aninhando a bochecha na curva do seu pescoço.

— E agora? O que a gente faz?

— Amanhã? Vamos terminar de vasculhar o sótão. Semana que vem? Não faço a menor ideia. — Sinto os lábios dele resvalarem no meu cabelo, um beijo quase imperceptível, enquanto sua mão enorme envolve minha cabeça com ternura. — Mas agora... acho que a gente precisa de uma bebida.

— Mas ainda é uma da tarde.

Ele solta uma risada abafada.

— Nem todo mundo pode se dar ao luxo de aproveitar a noite, sabe?

— Nem me fale — resmungo contra a camiseta dele.

— Vamos, princesa — insiste ele, em um tom divertido. — Vamos tomar uma cerveja. Vai fazer bem para os dois.

— Se você diz...

— Pelo menos assim você para de bater papo com as vacas.

Vou atrás quando ele sai andando na direção da porta, sem entender como consegue parecer tão tranquilo. Parte de mim suspeita que é só fachada, uma encenação para me deixar mais calma. Tenho vontade de explodir com ele só de pensar nisso, mas não quero perder tempo com briguinhas bobas. Dá para ver como ele está empenhado em segurar as pontas.

"Merda."

Preciso mesmo de uma bebida.

— Está bem, mas a gente sabe que depois da guerra sua família se estabeleceu na área onde hoje fica a cidade — relembro, folheando um velho livro de recenseamento que encontrei nos fundos da pequena biblioteca de Greerloch.

Lachlan leva a xícara aos lábios, dá um bom gole e suspira alto.

— Sim, é isso mesmo. Antigamente tinha uma mansão a alguns quilômetros da propriedade do Hamish. Pegou fogo lá pelo século XVII.

— Nossa, vocês têm um azar danado com casas.

Ele dá risada.

— Ah, meu amor, eu diria que temos azar com muitas coisas.

Meu coração acelera com a escolha de palavras. Ele não me chama assim muitas vezes, nem sei se percebe quando acontece, mas guardo cada uma delas como lembranças preciosas, todas capazes de me causar arrepios.

— Se minha família se envolveu *mesmo* com a kelpie, já deviam estar com a rédea naquela época, não?

— Fala mais baixo — sibila Lachlan, espiando os poucos clientes ainda espalhados ao redor do pub, turistas relutantes a ir embora depois dos jogos. — Mas, sim, é bem provável.

— E onde *minha* família estava quando a sua fundou Greerloch?

— Até onde sei, os MacKay moram nas mesmas terras que compraram da minha família naquela época.

— Essa parte me deixa encucada.

— Por quê?

— Não faz sentido. Por que venderiam a terra assim se a culpa de vocês virarem monstros foi nossa?

— Bom — diz Lachlan, pensativo, sem tirar os olhos da cerveja. — Eu chutaria que, se tinham mesmo a rédea, ninguém seria capaz de lhes negar qualquer coisa.

— Então é isso? Usaram a rédea para intimidar sua família e tomar as terras, depois jogaram fora como se não valesse nada?

Lachlan fica confuso.

— Eu… acho que sim?

— Não parece muito esquisito?

— Eu viro a porra de um dinossauro à noite, Keyanna — resmunga ele. — Não tem nada mais esquisito que isso.

Faço um gesto vago com a mão, roendo a unha do polegar enquanto tento ligar os pontos na cabeça. Sinto que tem algo ali, a resposta está quase na ponta da língua, mas ainda fora de alcance. Se a rédea estava com os MacKay, e eles nunca saíram daqui, então com certeza…

— Oi, Keyanna.

Uma voz alegre vinda de trás me arranca da confusão dos meus pensamentos.

Para ser justa, Lachlan só fica um *pouquinho* tenso ao ver meu primo parado atrás de mim, sem dúvida se lembrando da nossa última conversa com Brodie.

Eu me viro na cadeira, oferecendo um sorriso.

— Oi.

— Não está meio cedo para beber?

Ele sorri ao dizer isso, deixando claro que só está brincando, e arqueio a sobrancelha em resposta.

— Olha quem fala, né?

— Só para constar — protesta ele —, eu vim pelo *fish and chips*.

— O melhor da região! — grita Rory lá do bar.

Lachlan estica o pescoço na direção do amigo.

— O que eu te disse sobre escutar a conversa dos outros, hein?

— Ah, mas nunca ligo para o que você fala. Por que ia mudar agora?

Lachlan revira os olhos, balança a cabeça e se recosta na cadeira, resmungando:

— Idiota.

Brodie arregala os olhos e se inclina sobre a mesa, curioso.

— Opa! O que temos aqui?

Olho para o livro ainda aberto.

— Um beco sem saída, nada mais.

— Ainda interessada na história da família?

— É, quero ver se encontro alguma coisa — confesso, e olhar para ele me dá uma ideia, então endireito a postura e acrescento: — Você também tem pesquisado isso, né?

— Sim, um pouco. É mais por diversão mesmo. Meu pai sempre dizia que a gente tem sangue viking. — Ele dá uma risada cética. — Mas acho que era só papo furado.

— Ah, com certeza — respondo com uma risadinha nervosa, tentando não pensar em cavalos mágicos que mudam de forma. — Deve ser mesmo.

Ele volta a olhar para o livro.

— Procurando algo específico?

— A gente está se virando bem — declara Lachlan com firmeza, cerrando a mandíbula.

Fico séria, tentando transmitir pelo olhar que ele vai levar uma voadora se não parar com essa palhaçada de macho protetor.

— Não custa nada pedir uma ajudinha para o Brodie — enfatizo. — É só por diversão, afinal de contas.

Lachlan se remexe na cadeira, emburrado como uma criancinha que acabou de levar bronca.

— É, pode ser.

Dou uma palmadinha no assento livre ao meu lado.

— Então vem cá, Brodie. Pode sentar.

Ele ainda parece um pouco hesitante, mas acaba aceitando.

— Claro. Tenho um tempinho.

— A gente estava tentando descobrir quando os MacKay se estabeleceram na região — explico. — Eles compraram a terra da família do Lachlan, não foi?

— Sim, foi isso mesmo — confirma Brodie. — A antiga casa da fazenda foi construída bem na divisa das terras dos Greer. — O rosto dele se ilumina, claramente fascinado pelo assunto. — Os Greer já tinham enterrado seus mortos ali, né? Inclusive os criados e todo o resto, então os MacKay que tinham trabalhado para eles por séculos estavam todos lá. No fim, escolheram o terreno mais colado no cemitério para ficarem perto da família.

— Eu... não sabia disso — admite Lachlan, surpreso de verdade. — É sério?

Brodie assente com a cabeça, olhando para Lachlan com certa cautela.

— Sim, é sério. Nunca encontrei a escritura original, mas vi muitas referências a ela.

— Chegou a ver alguma coisa sobre um diário durante as pesquisas?

— Está falando daquele que Duncan encontrou?

Faço uma expressão surpresa.

— Rhona contou para você?

— Não, não foi isso. Já ouvi sua avó mencionar o diário antes, claro, mas há registros de um documento original criado pela primeira pessoa a se estabelecer naquela terra.

Meu coração acelera.

— Sabe quem foi?

— Claro. O nome dele era Tavish. Era cavalariço dos Greer lá na fortaleza original.

Lachlan se inclina na cadeira.

— No castelo?

— Isso.

Apesar demonstrar certa hesitação em compartilhar essa história, Brodie parece feliz por ter alguém interessado no projeto. Até me sinto meio culpada por não ter revelado toda a verdade.

— Ele se casou com outra pessoa que vivia na fortaleza — continua. — Talvez uma criada? Não sei muito bem. O nome dela nunca é mencionado. Acho que foram os primeiros MacKay a se estabelecerem onde Rhona e Finlay moram agora.

Meu coração volta a acelerar. Algo nessa informação parece *importante*, quase vital. Se Lachlan cresceu ouvindo que um cavalariço MacKay se apaixonou pela kelpie e a ajudou a fugir… só pode ter sido esse tal de Tavish.

Preciso me segurar para não dar pulinhos na cadeira, dominada por uma energia frenética quando encontro o olhar de Lachlan do outro lado da mesa. Minha surpresa se reflete na expressão dele: a boca entreaberta, os olhos azuis arregalados, a mente acelerada para digerir a novidade.

— O que foi? — pergunta Brodie, sem entender nada. — Que cara é essa?

Faço uma bela imitação de peixinho dourado, abrindo e fechando a boca antes de enfim engolir o nó entalado na garganta.

— Não foi nada — respondo. — A gente tinha feito uma aposta. Pelo jeito, vou ganhar.

Uma risadinha abafada escapa de Lachlan.

— Não sei, não.

— Vocês dois ficam bem juntos — comenta Brodie, suspirando. — Os solteiros como eu sofrem.

— Quer um conselho? — oferece Lachlan, baixando a voz. — Esquece a Blair, beleza? Está mirando no lugar errado. *Bem* errado, se é que me entende.

— Sério? — pergunta Brodie, parecendo surpreso.

Lachlan lança um olhar solidário.

— Seríssimo.

— Já era de esperar — resmunga Brodie. — Com a sorte que eu tenho...

— Meu pai sempre dizia que é melhor ter amado e perdido do que nunca ter amado — comenta Lachlan.

Brodie franze a testa.

— Acho que foi Tennyson quem disse isso, camarada.

— Está de sacanagem? — pergunta Lachlan, atônito. — E eu achando que o coroa era um poeta nato!

Brodie joga a cabeça para trás e cai na gargalhada.

— Confia em mim, se essa for a única decepção que teve com seu pai, já está no lucro.

Lachlan solta um suspiro.

— Dizem que seu pai é bem escroto mesmo — comenta, e logo se retrai quando percebe o que acabou de dizer. — Foi mal, cara.

Pelo jeito, Brodie se lembra de que não vai muito com a cara de Lachlan, porque o sorriso morre em seus lábios enquanto ele se ajeita na cadeira, desviando os olhos com um leve encolher de ombros.

— É, acontece. Culpa minha por não ter virado o filho que ele tanto queria.

— E como seria isso? — pergunta Lachlan.

Os olhos de Brodie ficam mais frios ao responder:

— Se depender dele, acho que mais parecido com você.

Lachlan fica sem entender.

— Comigo? Sou um peão de fazenda. Com certeza ele deve ter mais orgulho de um filho inteligente como você, não? Com esse seu emprego chique lá em Inverness.

Brodie fecha ainda mais a cara, se é que isso é possível, e juro que não sei onde a conversa desandou. Os dois estavam se dando tão bem.

— É, enfim — murmura Brodie. — Melhor eu ir atrás de algo para comer antes que caia duro de fome.

— Obrigada pela ajuda — respondo, me segurando para não perguntar o que acabou de acontecer.

Ele dá um aceno ríspido com a cabeça.

— Boa sorte com as pesquisas.

— Para você também.

Espero até ele sair do alcance da voz antes de me debruçar sobre a mesa e perguntar:

— Que merda foi essa?

Lachlan faz um gesto indiferente.

— Nem imagino. O cara não gosta de mim, Key. Acho que não tem muito o que fazer.

Apesar de ainda estar intrigada, deixo o assunto para lá. Isso é um problema para outro dia. Temos assuntos mais urgentes para resolver agora.

— E aquela história. Acha que…?

— Sim, com certeza — responde ele antes mesmo de eu terminar.

— E agora? O que a gente faz?

Lachlan fica pensativo e olha para a janela.

— Infelizmente, agora está tarde para fazer qualquer coisa. Já, já vai escurecer.

— Ah. Tudo bem.

Sinto meu ânimo murchar com a perspectiva de passar mais uma noite longe de Lachlan. Talvez seja porque, a cada despedida, uma parte de mim tenha medo de que ele não volte.

Consigo ver esse mesmo receio estampado no seu rosto conforme estuda meu semblante abatido, até que finalmente estende a mão sobre a mesa e entrelaça os dedos nos meus.

— Quer ir comigo?

— O quê? — pergunto, confusa. — Acho que não é assim que funciona.

Ele revira os olhos.

— Não, também não é para tanto. Só até a beira do lago... por um tempinho. — Ele volta a olhar para a janela. — Ainda faltam algumas horas até o sol se pôr... e quero te mostrar uma coisa.

Considerando o quanto estou desesperada para passar mais tempo com ele, nem preciso pensar duas vezes.

— Claro. Quero ir junto.

— Olha para mim.

Meus olhos se erguem para encontrar os dele. Sinto a leve carícia do seu polegar no dorso da minha mão, sem dúvida na esperança de aliviar um pouco a tensão transbordando de mim.

— Ainda temos tempo — promete Lachlan. — Está bem?

Solto um suspiro.

— Desde quando você virou otimista?

— Não sei do que você está falando — rebate ele, fingindo estar ofendido. — Sempre fui conhecido pela minha alegria contagiante.

Só levanto uma sobrancelha, sem dizer nada.

— Tá bom, tá bom. Só levanta logo daí e vem comigo, pode ser?

Não consigo evitar o sorriso.

— Assim está melhor.

Tento não pensar no anoitecer cada vez mais próximo enquanto nos despedimos de Rory, Blair e até de Brodie. Tento não imaginar a possibilidade de o sol afundar no horizonte e não trazer Lachlan de volta ao raiar do dia. Um de nós precisa continuar à espera de uma solução.

Mas é cada vez mais difícil ser a única a nutrir essa esperança.

24

Lachlan

— Fala a verdade, isso aqui não passa de um plano bem elaborado para me matar, né?

Dou risada quando ela se agarra com mais firmeza ao meu braço, tentando não tropeçar nas pedras espalhadas pelo caminho.

— Já falei que tem jeitos mais fáceis de me livrar de você.

— Ah, sim, que alívio — resmunga ela.

— Estamos quase chegando.

— Não dava para a gente ter vindo de carro?

— É um atalho — explico. — Cadê seu espírito aventureiro?

Ela quase escorrega em um pedregulho e se pendura em mim para recuperar o equilíbrio.

— Vai se ferrar — sibila. — Essa paisagem vai acabar me matando.

— Ah, que pena. Mas não é linda?

O sol poente atravessa as árvores quando afasto um galho da trilha e nos conduzo na direção da clareira, onde uma brisa sopra pelas águas cintilantes do lago. Keyanna prende a respiração ao meu lado, com os olhos arregalados de encanto, e tenho a impressão de estar vendo minha terra natal pela primeira vez. Este lago, esta orla... quase sempre são lembretes dolorosos de tudo o que há de errado na minha vida. É raro eu vir aqui e apenas admirar a beleza.

— A vista do pôr do sol é deslumbrante daqui — comento, rindo baixinho. — Já cansei de ver.

— Lachlan...

Ouço a preocupação na voz dela e balanço a cabeça.

— Nada disso. Hoje vamos esquecer os problemas. — Dou uma sacudida no cobertor que levo no carro, ainda pendurado no meu braço. — A gente vai se sentar, assistir ao pôr do sol e deixar o resto para amanhã, combinado?

Dá para ver que ela está doida para protestar, e essa relutância toda me arranca um sorriso. Eu a deixo remoer o assunto enquanto estendo o cobertor na areia, me acomodo e dou um tapinha no lugar vago ao meu lado. Ela ainda me olha como se achasse tudo isso uma grande bobagem, como se precisasse correr agora mesmo para tentar resolver todos os meus problemas sozinha e, curiosamente, essa determinação no seu rosto me faz me apaixonar por ela, só um pouquinho.

Não faz nem um mês que a conheço, menos ainda que estamos juntos, e pouco tempo atrás mal conseguíamos dividir o mesmo cômodo sem brigar. Mas acho que a forma como tudo começou só reforça a certeza de que Keyanna MacKay é intensamente bela em sua determinação, e me sinto honrado por ser o alvo dessa ferocidade toda.

— Vem cá — convido, dando mais uma palmadinha no cobertor. — Fica aqui comigo.

Ela contrai os lábios enquanto se acomoda ao meu lado, claramente engolindo qualquer protesto, e nem lhe dou a chance de hesitar. Sem perder tempo, passo o braço ao redor dos seus ombros e a puxo para junto de mim.

— Viu só? — digo. — Foi tão difícil assim?

— Pior do que dor de dente — resmunga ela.

Dou um sorriso e beijo a lateral do seu rosto, satisfeito de ficar abraçado com ela enquanto o sol continua a desaparecer no horizonte.

— Faço isso direto, sabia? — comento.

Sinto os olhos dela pousados em mim.

— Isso o quê? Ficar sentado aqui?

Concordo com a cabeça, distraído.

— A transformação começa quando o sol desaparece no horizonte, então muitas vezes eu venho para cá antes, só para garantir.

Key permanece em silêncio por um instante, e pergunta com a voz quase sussurrada:

— Dá muito medo?

— Antes dava — admito com franqueza. — Eu tinha... treze anos na primeira vez que aconteceu. Foi o tal incidente do celeiro que Blair e Rory mencionaram. — Dou um sorriso irônico, depois volto a contemplar o lago, mais sério. — Quando meu pai desapareceu, minha mãe já tinha ido morar com a irmã em Glasgow, e fiquei sozinho com a minha avó. A gente já sabia que, uma hora ou outra, a maldição também ia se manifestar em mim, então parecia arriscado me afastar muito do lago. Depois da primeira transformação, fui embora para Inverness. Tentei levar uma vida normal por um tempo. — Respiro fundo, soltando o ar lentamente. — Também tentei me reaproximar do meu pai, mas mesmo naquela época ele já tinha se esquecido do seu lado humano. Ele não me reconheceu.

— Sinto muito.

Dou um aceno resignado.

— Fazer o quê? As coisas são assim.

— E conseguiu?

Viro o rosto para ela, sem entender a pergunta.

— O quê?

— Levar uma vida normal.

— Ah. Por um tempo, sim — respondo. — Meu pai deixou uma poupança para mim, e como acharam que ele tinha morrido, recebi o dinheiro quando fiz vinte e um anos. Nem precisava trabalhar, mas arranjei um emprego em uma construtora de lá. Sempre gostei de botar a mão na massa, sabe?

— E a sua mãe? Vocês ainda se falam?

— De vez em quando. Como falei para Rhona... Acho que é difícil para minha mãe. Ela e meu pai... era amor de verdade, sabe? Eram malucos um pelo outro. Mesmo quando ele contou sobre a maldição, pouco tempo depois de ter declarado que a amava... minha mãe nunca hesitou. Ficou destroçada quando ele não voltou para casa. Meu pai estava tão perto, mas era como se tivesse morrido. E acho que a machuca ver tanto dele em mim. Sem contar o medo de que o mesmo possa acontecer comigo.

— Mas você ainda é filho dela! — revolta-se Key. — Ela praticamente te abandonou.

Apesar de tudo, abro um sorriso diante da ferocidade em sua voz ao me defender.

— Sim, tem razão. Mas eu não culpo minha mãe. Talvez já tenha culpado um dia… mas passou.

— E por que você voltou para cá?

Fico pensativo e a abraço mais forte, sentindo o medo se apoderar de mim. Consegui mantê-lo afastado por um tempo, mas com Keyanna tão perto, com algo a perder bem aqui, nos meus braços… ele parece ainda mais intenso.

— Teve uma noite que não voltei ao normal — confesso, em voz baixa. — Pensei que a maldição tinha me levado, como fez com meu pai.

Ouço o suave arfar que escapa de seus lábios, e a mão dela se fecha com força sobre minha coxa.

— Como assim? Por quanto tempo? Já aconteceu de novo?

— Não, foi só aquela vez — trato de tranquilizá-la. — Demorou mais dois dias para eu voltar ao normal, e só não me perdi de vez porque ainda estava consciente. Sabia, pelas tentativas de me aproximar do meu pai, que se fosse mesmo o fim, eu seria apenas um monstro. Isso me deu esperança.

— Por que acha que aconteceu?

Encolho os ombros.

— Não sei muito bem. Foi um período difícil. O trabalho estava puxado, minha mãe teve uma crise… Ficou fora de si e passou um tempo internada. Acho que… todo o estresse pesou e, no fim, tive mais dificuldade para me reencontrar.

Key mergulha em um silêncio sepulcral, imóvel por tanto tempo que chego a me virar para olhar para ela.

— O que foi?

Ela mantém o olhar voltado para o próprio colo.

— E se eu estiver atrapalhando seu controle? E se eu estiver, sei lá, acelerando o processo?

— Não fale bobagem, meu amor — sussurro. — Você me traz uma paz que eu não sentia fazia muito tempo.

Ela ergue o rosto, mordendo o lábio inferior.

— Isso não vai acontecer com você — declara, com os olhos brilhando de determinação. — O que aconteceu com seu pai. Eu não vou deixar.

Estudo seu rosto em silêncio, tracejando o contorno da bochecha com a ponta dos dedos. Os cílios dela estremecem ao meu toque, os lábios se entreabrem em um convite.

— Se alguém pode impedir... é você.

Sinto a maciez de seus lábios quando os cubro com os meus, um som baixo escapa do fundo da sua garganta quando minha língua se insinua, deslizante, para provocar a dela. Envolvo seu queixo com delicadeza, extasiado com a maciez da pele, com o calor da língua quando se enrosca na minha.

Já a toquei inúmeras vezes desde aquela primeira ocasião, quando nos deitamos juntos na minha cama, e, em cada uma delas, eu me pego esperando que os sentimentos avassaladores que ela provoca em mim finalmente se acalmem, que já não ameacem me consumir por inteiro. Mas isso nunca acontece. Sempre que toco em Keyanna, tudo parece certo... como se ela tivesse sido feita para mim. Como se ela fosse *minha*.

Os dedos dela se esgueiram por baixo do meu casaco, as pontas fazem cócegas na minha barriga, que se contrai ao toque. Em seguida avançam pelo abdômen até alcançar o peito, deixando um rastro de calor por onde passam. Com um movimento ligeiro e inesperado, ela passa as pernas ao redor da minha cintura e se acomoda no meu colo. Ainda ocupado em devorar seus lábios, estico as mãos, agarro as laterais da bunda e a puxo mais para baixo, colando seu corpo ao meu.

Quase consigo sentir a fera espreitando dentro de mim, como se também desejasse reivindicar Keyanna, como se soubesse que ela é *nossa*. Nunca me senti tão próximo assim do monstro que se esconde sob minha pele, e talvez por isso mesmo seja tão difícil manter o controle quando ela me toca desse jeito. Preciso reunir todas as minhas forças para garantir que fique longe, para ter certeza de que não vou machucá-la como da primeira vez. A ideia de ferir Keyanna me embrulha o estômago. Não posso permitir que aconteça de novo.

Key começa a rebolar no meu colo, e sinto meu pau endurecer dentro da calça, uma resposta pavloviana ao seu toque. Solto um grunhido quando ela começa a se esfregar, essa mulher diabólica, sentindo seu sorriso colado aos meus lábios enquanto as mãos se enroscam no meu cabelo.

Ela se afasta, com as pupilas dilatadas.

— Quanto tempo a gente tem?

— Mais um pouquinho — respondo, abrindo um sorriso. — Espera... Quer fazer agora? Aqui mesmo?

— Cadê seu espírito aventureiro?

De queixo caído, eu a observo tirar o suéter e jogar no cobertor ao lado, revelando que não está vestindo nada por baixo. Os mamilos rosados já estão duros no ar frio, quase implorando para serem abocanhados.

— Vai acabar pegando um resfriado — murmuro sem tirar os olhos deles, com a boca salivando.

Key chega mais perto e beija meu queixo.

— Então você vai ter que me esquentar.

Suspiro baixinho, rolando até que ela esteja aconchegada debaixo de mim no cobertor.

— Pode deixar comigo.

Cubro o corpo dela com o meu, e só me afasto para ajudá-la a tirar meu casaco, mais uma adição à pilha de roupas jogadas ao nosso redor. Tiramos o resto com movimentos urgentes, dominados pela adrenalina de estarmos tão expostos, onde qualquer um pode ver. Duvido muito que alguém vá dar as caras, e a mera ideia de outra pessoa flagrar Key pelada desperta meus instintos mais primitivos, e ainda assim... a possibilidade de sermos pegos só aumenta o desespero.

— Cacete, você é tão linda — sussurro, beijando sua pele nua debaixo de mim.

A maciez do corpo dela contra o meu é uma revelação quase divina, a forma como as coxas se abrem para me dar espaço, a avidez das mãos percorrendo cada centímetro da minha pele, tudo isso culmina na necessidade avassaladora de ter Key só para mim, desencadeando uma energia frenética que parece estar diretamente ligada ao seu toque.

Deslizo a mão pela barriga dela até mergulhar os dedos entre as pernas, soltando um grunhido quando a sinto toda encharcada. Eu a beijo com voracidade enquanto deslizo um dedo para dentro, deixando aquele calor apertado me envolver, sabendo como vai ser gostoso quando for a vez do meu pau.

— Já está toda molhadinha por minha causa, meu amor — praticamente ronrono. — Essa bocetinha linda foi feita só para mim.

O braço dela envolve meu pescoço, tentando me puxar para mais perto.

— *Lachlan.*

— Shh, estou aqui. — Enfio mais um dedo, juntando os dois para alcançar aquele pontinho que a faz balançar o quadril. — Queria tanto te chupar, mas não vai dar tempo. Adoro sentir você gozar na minha língua. E se eu comer essa bocetinha amanhã em todas as refeições, hein? O que acha?

— Para de me provocar — reclama ela.

Deslizo os dedos para fora e começo a estimular o clitóris com movimentos lentos de vaivém.

— Não está bom assim, princesa? — continuo a provocar. — Só meus dedos não bastam?

Key deixa a cabeça pender para trás, ofegante, com os lábios entreabertos e as pálpebras trêmulas enquanto continuo a esfregar seu pontinho sensível com meu dedo ainda encharcado.

— Lachlan, me come — sussurra aquela boquinha linda. — Preciso do seu pau.

— Ele é todo seu, meu amor.

Afasto a mão e abro espaço entre suas pernas, deixando meu pau provocar sua virilha escorregadia. Observo a expressão dela quando começo a deslizar para dentro, e o calor úmido me envolve como um punho, tão apertadinha que preciso me controlar para não gozar na hora.

As unhas dela se cravam nos meus ombros quando me leva até o fim. Dou uma arremetida com o quadril, incapaz de me conter, mais uma vez extasiado com a sensação de ser engolido por Key.

— Tão gostoso — sibilo, com o rosto enterrado no pescoço dela, a voz arrastada de prazer. — É sempre uma delícia.

— Mais — implora ela, erguendo o quadril como se pudesse chegar ainda mais perto. — Eu quero mais.

A brisa torna o ar ainda mais frio do que o habitual, e ainda assim sinto o suor escorrendo na testa, vejo as gotinhas acumuladas nas têmporas de Key, sem dúvida aquecida pelo meu calor exacerbado. Eu a cubro com meu corpo e começo a me mexer, rebolando o quadril à medida que o vaivém ritmado do meu pau para dentro e para fora dela me faz estremecer por inteiro.

A cada retirada, sinto suas paredes internas contraídas ao meu redor, e quando volto a penetrá-la, sou envolvido por uma maciez aveludada que me faz gemer. As pernas dela envolvem minha cintura, me puxam para mais perto, e apoio os braços no cobertor, afastando o corpo apenas o suficiente para olhar seu rosto enquanto começo a meter com força. Seus olhos cor de esmeralda estão enevoados, a boquinha rosada entreaberta e ofegante, e sinto uma tensão quente lamber todo o meu corpo, como se o sangue corresse mais depressa nas veias, trazendo um tamborilar constante de *minha minha minha*.

Vejo os olhos dela se arregalarem, as pupilas dilatadas quando diz:

— Lachlan… seus olhos.

Com a ponta dos dedos, ela começa a traçar o contorno da minha mandíbula, o polegar acariciando a lateral do rosto. Sinto a pele enrijecer, os dedos dormentes, e quando olho para baixo vejo as garras emergindo lentamente das minhas mãos.

Fico imóvel, com o peito arfante enquanto me esforço por recuperar o fôlego.

— Key — chamo com a voz rouca. — Eu preciso… — Cerro os dentes e fecho os olhos, tentando recuperar o controle. — Só um segundo.

— Ah, *ah*. — Os cílios dela tremulam e a cabeça tomba para trás, com um lindo tom de vermelho tingindo seu pescoço. — Consigo sentir seu… *cacete*. Acho que está ficando maior.

Aperto os dedos quando as garras se formam completamente, rasgando o cobertor ao nosso redor, e deslizo para fora dela. Com espanto, percebo que meu pau está mesmo mais grosso, talvez até mais comprido, e o mais impressionante… coberto de cristas protuberantes por toda a extensão.

— Mas que porra é essa? — sussurro, erguendo os olhos para encontrar os dela. — Key… isso nunca tinha acontecido.

Ela estende a mão e passa os dedinhos finos ao redor do meu pau latejante, dando uma estocada da base até a ponta. Estremeço de prazer, vendo os dentes dela fincados contra o lábio inferior, os olhos explorando meu corpo.

— Você está... lindo.

Fico surpreso com a escolha de palavras, mas quando sigo a direção do seu olhar, vejo camadas cintilantes de escamas verde-escuras espalhadas sobre minha pele. Nos ombros, no peito, no quadril... e um aglomerado delas ao longo da virilha até a base do pau.

— Key, eu... — começo a dizer, mas as palavras me escapam. — Não sei o que está acontecendo.

— Acha que vai começar agora?

Faço uma avaliação rápida, buscando os sinais familiares da transformação, mas sinto apenas uma energia pulsante, como se cada pedaço do meu corpo estivesse mais *vivo* do que nunca.

— Acho que... não?

Com um movimento firme, ela conduz meu pau para baixo e o faz deslizar pelas dobras escorregadias entre suas pernas. A sensação nos arranca um gemido, e fica muito mais difícil recuperar o controle quando a toco desse jeito. Muito mais difícil encontrar a força de vontade para sequer tentar.

— Não para, por favor — implora ela, com a voz rouca, voltando a alisar meu pau. — Quero você assim mesmo. Desse jeitinho.

— Key, a gente não devia...

Mas ela já está se encaixando ao redor do meu pau outra vez, esfregando a cabecinha sensível contra sua abertura e me fazendo grunhir de prazer. Repete o movimento, usando meu corpo para estimular a si mesma.

— Você me quer?

— Quero para caralho — rosno.

Sinto sua outra mão na minha nuca, me puxando para um beijo.

— Então vem me pegar — murmura ela. — Eu aguento.

— Key... E se...

E então volta a cobrir minha boca com a dela, aprofundando o beijo antes de dizer:

— Sei que não vai me machucar. Confio em você.

E quando ela esfrega a cabeça do meu pau na sua abertura molhada, perco qualquer vontade de protestar.

Deslizo para dentro dela, indo o mais devagar possível, apesar de todo o meu corpo gritar para eu meter com toda a força. Mas ela está apertadinha para cacete. Chega a ser doloroso. As cristas do meu pau resvalam nas paredes internas, e sinto suas coxas trêmulas ao redor da minha cintura, ouço o suspiro ofegante escapando dos seus lábios.

— Puta merda.

— Caralho, Key. Está tão apertadinha que vai acabar estrangulando meu pau.

— Que gostoso — sussurra. — Não para.

A mão dela desliza sobre as escamas do meu ombro, explorando a pele sensível e desencadeando arrepios de prazer. Mantenho o ritmo lento a princípio, deixando o corpo dela se habituar à novidade, e dou apenas uma retirada lenta antes de mergulhar de volta. Mas estou subindo pelas paredes, a ponto de ficar louco.

— Está gostoso, é? — pergunto e dou outra arremetida, dessa vez mais profunda. — Gostou de dar para um monstro, Key?

— Mas é você — sussurra ela, buscando meus lábios. — Ainda é só você.

E talvez seja porque não preciso me esconder dela, talvez seja porque não há nada em mim que a assuste, mas quando Key volta a me beijar com doçura, e as coxas apertadas ao redor da minha cintura como se implorasse silenciosamente por mais, fica difícil me segurar.

Eu recuo um pouco e me ajoelho, com os braços enlaçados na cintura dela enquanto a posiciono no meu colo. A visão das minhas garras negras contra a pele pálida chega a ser alarmante de tão erótica. Sou extremamente cuidadoso para não a machucar, mas meus polegares insistem em acariciar os ossos do quadril dela com firmeza, e a agressividade do gesto contrasta com o calor úmido entre suas pernas, ainda bem apertadas ao meu redor.

Aumento o ritmo, vendo os peitos dela balançarem com a força da minha investida.

— É isso que você quer? — Dou outra estocada, e meus olhos são atraídos pela visão daquelas cristas desaparecendo dentro dela, uma a uma. — Quer que eu te foda como um monstro?

— Isso, continua — pede, ofegante. — Não para.

— Deixa comigo — respondo com um grunhido, mais uma vez maravilhado com o contraste das minhas garras em sua pele. — Vou encher essa bocetinha linda de porra.

Ela arqueia as costas quando começo a meter com força, e o estalo da minha virilha contra a bunda de Key ecoa na brisa fresca do crepúsculo. O sol baixou o suficiente para lançar um tom rosado sobre a pele dela, misturado ao rubor espalhado por todo o seu peito e pescoço. A visão do meu pau enorme forçando caminho para dentro dela, uma e outra vez, parece quase violenta, e ainda assim ela aceita cada estocada com um apelo desesperado. Ela quase me implora.

E o monstro... o monstro continua ávido por mais.

— Assim mesmo, meu amor — cantarolo. — Olha só para você. Tão gostosa. Aguentando tudinho, cada centímetro do meu pau.

— Lachlan — chama ela, sem fôlego. — Eu... pode me... *Ah*. Por favor, preciso que você me toque.

Uma pequena parte de mim ainda quer lembrar a ela do perigo, mas é engolida pelo rugido ensurdecedor nos meus ouvidos, pelo turbilhão de sangue nas minhas veias. Estico a mão entre as pernas dela e mergulho o polegar entre os lábios escorregadios, traçando círculos vagarosos no clitóris inchado enquanto continuo a dar uma estocada atrás da outra, cada vez mais feroz.

A reação dela ao meu toque é imediata, a contração na barriga, nas coxas, cada vez mais apertadas conforme estimulo o clitóris sem parar, no mesmo ritmo constante das arremetidas.

— Goza para mim — ordeno, com a voz áspera demais, errada demais, escapando dos meus lábios como se pertencesse a outro alguém — Quero ver você gozar no meu pau, Keyanna. Quero ver você toda molhadinha por causa de um monstro.

O corpo dela treme da cabeça aos pés, como se as palavras servissem como o último impulso, e vejo o momento exato em que ela se entrega ao êxtase. Sinto cada contração ao redor do pau, cada vez mais apertadinha, praticamente chupando meu orgasmo e me obrigando a gozar junto.

Solto um rugido tão bestial quanto me sinto, atiro a cabeça para trás e a agarro com mais força, ainda pulsando dentro dela, bem lá no fundo.

Uma nova onda de tremores percorre sua pele, e eu não consigo fazer mais do que abraçar seu corpo, mais e mais forte, incapaz de soltar.

Enterro o rosto na curva do seu pescoço, logo abaixo da orelha, moldando meu corpo ao dela enquanto seus dedos deslizam pelos meus ombros, sobem para se entrelaçar ao meu cabelo, e nada jamais pareceu tão certo quanto estar aqui com ela. Keyanna tem insistido tantas vezes que tudo vai ficar bem, que vamos encontrar uma solução, mas apenas agora, sentindo o corpo dela nos meus braços, eu me permito nutrir essa esperança.

— Eu não ia reclamar se a gente repetisse a dose antes de resolver o lance da maldição — brinca ela com uma gargalhada ofegante, virando o rosto para roçar os lábios no meu maxilar.

Solto uma risada abafada e apoio as mãos no cobertor em frangalhos, uma de cada lado do seu corpo, arqueando a sobrancelha em resposta. Aos poucos, as coisas parecem voltar ao normal, e ainda assim percebo a forma como seu corpo estremece quando meu pau lateja uma última vez, perdendo a rigidez dentro dela, seus olhos enevoados, os dentes fincados no lábio inferior.

— Você é mesmo uma mulher diabólica — comento, aos risos.

Ela esboça um sorriso e estende a mão para alisar os músculos definidos do meu peitoral.

— E você adora que eu sei — murmura ela.

"Se eu só adorasse estava bom", penso.

Porque, por mais impossível ou improvável que pareça, posso estar me apaixonando por Keyanna MacKay, a mulher que devia ser minha inimiga, a única capaz de me fazer acreditar, mesmo que só por um instante, que ainda tenho salvação.

— Está quase escuro — aviso, já sentindo sua falta.

Vejo a expressão dela murchar.

— Ah.

Sinto um aperto no peito ao ver sua tristeza, e o fardo da maldição nunca pesou tanto sobre meus ombros quanto neste momento. Queria tanto caminhar com ela sob as estrelas, levá-la de volta para a minha cama e passar a noite ao seu lado. Queria tantas coisas que nunca me permiti desejar. E esses sonhos tornam a incerteza do futuro ainda mais assustadora.

Chego mais perto e dou um beijo leve em seu rosto.

— Vamos dar um jeito nisso, meu amor — sussurro. — Vamos encontrar uma solução.

Em vez de responder, ela passa os braços ao redor do meu pescoço, como se tivesse medo de me soltar. Como se, lá no fundo, achasse que eu não voltaria se me deixasse partir. E eu só queria, mais do que qualquer coisa, ser capaz de prometer que isso nunca vai acontecer.

Porque, depois de uma vida inteira tendo tão pouco... de repente sinto que tenho tudo a perder.

25

Keyanna

Enquanto recolho minhas roupas, vejo Lachlan lançar um olhar apreensivo para o sol cada vez mais baixo no horizonte.

— É melhor você ir embora.

— Hum, então… — começo a dizer. — Eu estava pensando e… queria ver como acontece.

Ele fica imóvel, com a cara fechada.

— Não quer, Key. Confie em mim. É bem… chocante.

— Mais chocante do que garras e um pau cheio de cristas? — pergunto, intrigada.

Ele começa a responder, mas desiste, apertando os lábios.

— Só é… diferente.

Eu me aproximo e espalmo a mão no seu peitoral. Ainda está sem camisa, porque não faria sentido se vestir só para tirar tudo de novo dali a poucos minutos.

— Não vou ficar assustada, está bem? É que parece… errado não ver tudo. Se a gente conseguir… — Eu me interrompo, balançando a cabeça. — *Quando* a gente conseguir quebrar a maldição, quero poder dizer que vi tudo. Cada parte sua.

— Tecnicamente, você já viu — rebate ele.

— Não, nunca vi a transformação.

Lachlan me observa por um bom tempo, como se tentasse decidir, e por fim assente de leve, com uma expressão cautelosa.

— Tudo bem. Mas... se for muito ruim, só esquece o que viu, pode ser?

Dou um beijo no rosto dele.

— Eu aguento. Não se preocupe.

— Melhor se afastar, então.

Recuo alguns passos enquanto Lachlan dá uma última olhada no sol, a essa altura quase escondido no horizonte, e começa a desabotoar as calças. Ao perceber meu olhar sugestivo, com as sobrancelhas arqueadas, ele apenas sorri e balança a cabeça.

— Acho que você só queria me ver pelado, hein? — brinca ele, mal conseguindo esconder o nervosismo na voz.

— Não vou mentir, é um bônus — admito.

E é mesmo. As calças deslizam pelas coxas enormes, revelando o que parecem ser quilômetros de pele bronzeada e um pau impressionante, mesmo mole... É, não dá para negar. Só vantagens.

— Se não parar de me olhar desse jeito, vou ficar de pau duro. E aí a transformação já era.

Dou risada.

— Acho que não é assim que funciona.

— É, sei lá, mas não estou a fim de descobrir. Nunca tive uma ereção como monstro.

— Poxa, agora fiquei curiosa — confesso, rindo mais ainda.

— Mulher diabólica — murmura ele, terminando de tirar as calças e as jogando de lado.

Lachlan lança mais um olhar para a superfície do lago e recua até estar com a água na altura dos tornozelos. Dá uma leve estremecida com o frio e fecha os olhos enquanto o sol afunda no horizonte, deixando apenas uma réstia de luz para trás.

— Só lembra do que eu disse — pede ele. — E não esquece... Eu nunca vou te machucar.

— Eu sei disso. E depois do que acabamos de fazer, acho que está bem claro o quanto confio em você.

Um sorriso breve desponta nos lábios dele, logo substituído por uma careta de dor. Ele quase se dobra ao meio, envolvendo o próprio tronco com força conforme sua pele começa a ondular, a mudar de cor, de textura. Parece mais brutal do que a mudança de momentos atrás, quando transamos, a transformação se insinuando de uma só vez, como se o rasgasse por dentro. Fico boquiaberta de espanto quando o pescoço dele se alonga, quando seus traços se distorcem em algo mais monstruoso bem diante dos meus olhos, a pele mais e mais escura conforme as escamas passam a revestir cada centímetro do seu corpo mutante.

Ele se agiganta, cada vez mais colossal, e o homem de antes se esvai por completo, substituído pela criatura que se avoluma com rapidez impressionante, aquela mesma que me salvou semanas atrás. Passados alguns segundos do que me parece ser uma transformação dolorosa, o monstro enfim repousa nas águas rasas, girando o pescoço como se tentasse aliviar a rigidez deixada pela mutação. Seu olhar recai sobre mim, e preciso me lembrar de que ainda é Lachlan ali. Apesar do tamanho gigantesco, ele nunca me faria mal.

E então, com um gesto de submissão, ele abaixa a cabeça e me convida a chegar mais perto. Meus pés avançam por vontade própria até estarem submersos na água. Envolvo seu rosto imenso com as duas mãos, esticando o pescoço para encarar os olhos enormes, ainda do mesmo azul penetrante no qual tantas vezes me perdi.

— Aí está você — sussurro, alisando a lateral do seu rosto. — Ainda está lindo, sabia?

Lachlan solta um barulho muito parecido com uma risadinha cética, e dou um tapinha de leve na bochecha dele.

— É verdade, seu teimoso. Está diferente, mas continua lindo.

Ele estremece sob meu toque, e quase fecha os olhos quando encosta o focinho enorme no meu rosto. Há algo estranhamente íntimo nesse momento, em ser a única a conhecer esse lado dele, em *saber* que ainda é Lachlan dentro da criatura. Beijo seu focinho com delicadeza, fechando os olhos.

— Obrigada por me mostrar.

Ele emite outro som, um rugido gutural que interpreto como uma maneira de dizer "de nada". Dou uma última palmadinha na sua bochecha antes de me afastar. Reparo no pescoço comprido, no corpo imenso, dotados de uma graciosidade inesperada que duvido que ele, ou qualquer outra pessoa, tenham se dado ao trabalho de admirar.

Beijo o focinho dele mais uma vez, esfregando o nariz ali com ternura antes de dizer:

— Pode ir. Você está muito exposto aqui. É arriscado.

Outro som reverbera do seu peito, talvez um sinal de concordância, porque logo começa a nadar para longe, recuando para as profundezas do lago. Continuo ali até Lachlan sumir de vista, tomada por uma gratidão imensa por ser digna da confiança que ele destinou a apenas um punhado de pessoas ao longo da vida.

Bem ali, com os pés ainda nas águas rasas do lago, prometo a mim mesma que farei tudo ao meu alcance para honrar essa confiança.

O farfalhar dos arbustos ao longe me assusta, e me viro bruscamente para a margem, já com o coração disparado ao captar o que parecem ser passos pesados.

Será que alguém viu?

Corro para fora da água em direção aos arbustos, apenas para avistar um coelho emergir da folhagem. Solto um suspiro aliviado, feliz por não ser ninguém nos espionando. É a última coisa de que precisamos neste momento.

Só então me dou conta de que corri na direção do barulho sem pensar na minha própria segurança, tão preocupada com Lachlan que nem passou pela minha cabeça me proteger. Essa revelação me faz hesitar. Apesar de não ser especialista no assunto... isso se parece muito com aquilo que chamam de amor.

E diante da incerteza a respeito do futuro de Lachlan, apesar da minha crença inabalável em relação à cura, esse pensamento é mais assustador do que o monstro cujo focinho acabei de acariciar.

O caminho de volta para a fazenda parece mais demorado do que nunca. Minha mente ainda fervilha com essa nova possibilidade relacionada aos meus sentimentos por Lachlan, e isso torna impossível fazer qualquer coisa além de caminhar sem pressa pela trilha que leva para casa.

"Casa."

Não sei quando comecei a me sentir assim, mas a fazenda, meus avós, as terras, Lachlan, até as malditas vacas, tudo isso me dá uma sensação de lar, algo de que eu sentia falta desde a morte do meu pai. Começo a me perguntar como seria meu futuro aqui. Meus avós iam adorar se eu continuasse na Escócia, ainda mais agora que Rhona e eu começamos a nos entender melhor. Mas... será que Lachlan também se sentiria da mesma forma?

Estremeço ao me lembrar do que aconteceu na beira do lago. Pode até parecer estranho, mas não senti um pingo de medo quando a transformação começou. Ao ver Lachlan naquele estado intermediário entre homem e monstro, tudo o que senti foi um desejo ardente de ter mais dele. De conhecer partes do seu corpo que mais ninguém conheceu. E, *céus*, como foi bom. Nunca vou admitir em voz alta, mas acho até que vou sentir saudade das garras se encontrarmos um jeito de quebrar a maldição.

Quando, corrijo a mim mesma. *Quando* quebrarmos a maldição.

Porque, para mim, não existe alternativa. Ouvir Lachlan confessar sobre quando não voltou a si... me deixou em frangalhos. Talvez por isso mesmo eu tenha me aproximado naquele momento, para me lembrar de que ele ainda está aqui. Eu precisava de uma prova concreta de que ainda temos tempo, porque me recuso a considerar a possibilidade de perder Lachlan justo agora que o encontrei. Ele ainda tem a vida inteira pela frente. *Nós* ainda temos a vida inteira pela frente. Ou assim espero.

Droga, talvez eu esteja mesmo caidinha por ele. E, para ser sincera, esse pensamento me assusta mais do que qualquer parte monstruosa que ele me possa mostrar. É cedo demais, irracional demais, mas só de pensar em me afastar dele agora, por qualquer motivo que seja, já perco o fôlego e sinto o peito apertar. Massageio o ponto dolorido na tentativa de aliviar a tensão, enquanto repito para mim mesma que não há razão para ficar tão preocupada. Só queria conseguir acreditar nisso.

A casa da fazenda está mergulhada em silêncio quando chego, então deixo os sapatos na porta antes de entrar. Consigo ouvir ruídos baixos vindos da sala, onde avisto Rhona tricotando perto da lareira, acomodada na cadeira de balanço.

— Boa noite — diz ela. — Chegou agora?

Aceno com a cabeça, ainda parada na soleira.

— Cheguei, sim. Eu só... — Sinto o rosto esquentar quando me lembro de *onde* estava. — Fui dar uma volta.

— É um lugar ótimo para dar umas caminhadas — comenta Rhona, aos risos, depois aponta para a cadeira ao lado. — Vem cá, senta um pouquinho. Já, já preciso sair para fazer a janta.

Fico parada ali, um pouco indecisa. Não sei se vou ser uma boa companhia agora, preocupada como estou com a possibilidade de Lachlan não voltar amanhã. Só que mal tenho passado tempo com minha avó desde aquela conversa, quando enfim nos acertamos, e não posso explicar a ela o motivo para tanta ansiedade.

Avanço sem pressa até o interior da sala e me jogo em uma das poltronas, afundando na almofada fofa e tentando afastar os pensamentos confusos. O silêncio também parece reinar no resto da casa, pois os únicos sons vêm do leve tilintar das agulhas de Rhona e do crepitar suave da lareira.

— Cadê todo mundo? — pergunto.

— Finlay está lá no pub jogando baralho com Hamish e os outros.

Abafo uma risada.

— Espero que ele não precise embebedar os adversários dessa vez.

— Pois é — diverte-se Rhona. — Seu avô leva o carteado muito a sério.

— Brodie foi junto?

— Não, ele... — começa a responder, mas logo se interrompe, com a testa franzida. — Na verdade, não sei onde ele se meteu. Passou a maior parte do dia fora. Deve estar ocupado com aquela pesquisa dele.

— Tomara que fique pronta logo. Vou adorar saber mais sobre a nossa família.

Rhona solta um muxoxo.

— A maioria não passava de um bando de bobos apaixonados.

— Como assim?

— Ora, nosso sobrenome significa "feliz", não sabia?

— Chega até a ser meio irônico, considerando os últimos meses.

Rhona dá uma risada seca.

— É, acho que sim. Tem dezenas de histórias sobre homens da família sacrificando alguma coisa por amor. O pai do Finlay sempre dizia que era a maldição dos MacKay. Vira e mexe ele contava uma lenda antiga sobre um MacKay que salvou uma princesa fada ou coisa parecida de um lorde maligno. — Ela revira os olhos. — Finlay adorava repetir essa mesma história para o seu pai quando ele era pequeno.

Hesito por um instante, surpresa com a similaridade entre esse relato e a lenda de Tavish e a kelpie, apesar das diferenças óbvias.

— Ele salvou a princesa de um cara malvado?

— Ah, é só uma historinha boba — insiste Rhona, estalando a língua. — Mas era assim que o pai do Finlay contava. Quase sempre depois de se gabar sobre como pisou em um peixe-aranha enquanto procurava a aliança que a esposa tinha deixado cair no mar.

— Peixe-aranha? Nunca ouvi falar.

— Uns bichos traiçoeiros — explica ela. — Com um ferrão enorme nas costas. Dói que nem o diabo.

— E o que o vovô sacrificou por você, hein? — pergunto em tom brincalhão.

— Ah... — Rhona balança a cabeça, mas um sorriso carinhoso brota em seus lábios. — Se perguntar ao seu avô, ele vai dizer que largou a vida de galanteador para ficar comigo. Cobiçado como era.

Dou risada.

— É a cara dele falar isso.

— Para ser sincera — continua Rhona, abaixando a voz. — Acho que seu avô nunca precisou sacrificar nada na vida. Sempre teve muita sorte. — A alegria desaparece do semblante dela na mesma hora, como se tivesse se lembrado de alguma coisa. — Bem... com exceção do seu pai, acho.

Ela fica em silêncio, concentrada nas agulhas de tricô. A dor parece irradiar dela em ondas, e algo dentro de mim se encolhe, sem saber como ajudar. Tanto sofrimento nessa família... e para quê?

Aponto com o queixo para o novelo de lã no colo dela, observando com interesse o tom esmeralda suave do fio.

— O que você está tricotando?

Rhona interrompe o vaivém das agulhas, e seu rosto é tingido por um rubor sincero, fazendo minha avó durona parecer quase… tímida.

— Bem, já que você perguntou — diz ela, pigarreando para recuperar a aspereza habitual. — Comecei a tricotar uma manta para sua cama. O frio está chegando, e eu não sabia quanto tempo você pretendia ficar, então pensei…

— É para mim?

Sinto o sorriso se espalhar pelo meu rosto, tocada pelo gesto e ainda mais pelo jeito visivelmente envergonhado de Rhona. Meu coração se aperta de novo, dessa vez com algo mais próximo de alegria, ao ver essa atitude tão típica de avó vinda dela.

— Não é nada de mais — resmunga ela.

Meu sorriso se alarga.

— Está ficando linda — elogio com sinceridade. — Não vejo a hora de usar.

Rhona volta os olhos para as agulhas e encolhe os ombros.

— É, enfim. Sei que o antigo quarto de Duncan fica meio gelado às vezes.

Prendo a respiração.

— Estou no quarto do meu pai?

— Não te falei?

— Não, eu…

Minha mente fervilha com a informação, ao mesmo tempo radiante por estar dormindo no mesmo lugar onde meu pai cresceu e atordoada por não ter explorado o quarto até agora. Nem passou pela minha cabeça que podia ter alguma coisa escondida lá.

— Eu não fazia ideia — concluo, por fim. — Muito… interessante.

Rhona para de tricotar de novo, com uma expressão mais suave ao encarar as próprias mãos.

— Está sendo muito bom… ter você aqui. Às vezes, parece mesmo que um pedacinho do meu filho voltou para mim. — Um pequeno sorriso surge em seus lábios, e os olhos se enchem de ternura ao encontrar os meus. — De certa forma, voltou mesmo, né?

As lágrimas pinicam meus olhos, e preciso piscar bem rápido para não começar a chorar. Já foram muitas emoções para um dia só.

— É — respondo com a voz embargada. — Espero que sim.

Rhona limpa a garganta, piscando sem parar, e desconfio que também esteja lutando contra as lágrimas, mas não vou dizer nada.

— Vá lá se arrumar para o jantar — diz secamente. — Já, já vai ficar pronto.

— Tudo bem.

Percebo que ela evita meu olhar quando me levanto da poltrona. Ainda estou um pouco mexida com essa história de estar dormindo no antigo quarto do meu pai. E apesar da vontade de correr escada acima, fico parada ali, debatendo se meu gesto seria bem-vindo, e decido tentar mesmo assim. Chego mais perto e a abraço por trás, envolvendo seus ombros. Minha avó fica imóvel por um segundo, talvez dois, antes de relaxar, e sinto uma leve pressão quando sua mão dá tapinhas carinhosos no meu antebraço.

— Você é uma boa menina.

Dou um beijo quase imperceptível no rosto dela.

— Obrigada.

— Agora chispa daqui — resmunga. — Chega de drama.

Eu a deixo em paz, ciente de que minha avó não gosta de se mostrar frágil na frente dos outros, mas ainda assim percebo o leve sorriso em seus lábios quando volta a tricotar. Talvez aquele abraço tenha sido mais necessário do que ela gostaria de admitir.

Para mim, ao menos, foi.

26

Lachlan

Não sei por que ainda insisto nessa história. Os anos mostraram que a criatura com quem divido o lago nada tem daquele homem que um dia chamei de pai. E, ainda assim, de vez em quando, algo em mim insiste em provar o contrário. Esta noite não é diferente. Meus sentidos ficam mais aguçados na forma de fera, então consigo sentir sua presença. Ele gosta de se recolher em uma parte mais profunda do lago, sobre uma espécie de plataforma, e quase sempre o encontro lá quando não está caçando peixes.

Sempre sou recebido com hostilidade.

Não conseguimos conversar, ao menos não com palavras, mas ainda existe uma certa comunicação entre nós. Uma linguagem quase instintiva para mim, embora ele não a compreenda por completo. A voz do monstro é baixa e triste, e quando tento alcançá-lo de uma distância segura, projetando todas as minhas esperanças no chamado, suas respostas vêm em gritos desconexos de FIQUE LONGE e INIMIGO.

Como se ele não passasse de uma fera defendendo seu território.

Às vezes me pergunto se já não está na hora de aceitar que Callum Greer realmente se foi.

A noite está escura, as nuvens ocultam a maior parte das estrelas, então me sinto seguro para ir à superfície. O território do meu pai fica nas partes mais profundas do lago, a quilômetros da costa. Seria quase impossível sermos avistados aqui, mesmo se alguém decidisse explorar a beira do lago. Eu só preciso respirar. Preciso do ar, da lembrança de que ainda não me perdi por completo.

Sinto a presença do meu pai a alguma distância, vigilante, talvez para ver se me aproximo mais. Se precisa defender seu lar. Carrego cicatrizes antigas de encontros semelhantes, e é no mínimo duro admitir que meu próprio pai já me fez sangrar mais de uma vez. Sempre preciso me lembrar de que aquela criatura não é ele. Não mais.

Não sei por que o procurei hoje. Já fazia bastante tempo desde a última vez. Talvez seja porque o fardo da maldição parece mais pesado do que nunca esta noite. Depois de estar com Key mais cedo, de sentir sua aceitação incondicional, a certeza inabalável de que vai encontrar um modo de me libertar... acho que comecei a me perguntar se a minha liberdade também seria estendida ao meu pai. Se a maldição for desfeita, ele voltará a ser quem era? Ou será que já se perdeu para sempre?

Apesar de saber que a pior alternativa parece mais plausível, encarar essa possibilidade ainda dói demais. Já vivi mais tempo sem meu pai do que com ele, e por algum motivo meus sentimentos crescentes por Keyanna tornam essa ausência ainda mais difícil de suportar. Penso na possibilidade de um futuro normal, em que ela seria minha de verdade, com aliança e tudo, um futuro em que possamos construir nossa própria família. Ter filhos que nunca vão conhecer o avô.

É cruel demais.

Mas acho que eu já deveria estar acostumado com esse tipo de dor.

Pensar em Key é um alívio e uma tortura. Há tantas coisas que ainda não revelei a ela. Uma parte de mim tem sido covarde demais, com medo de ela voltar atrás se souber de tudo. Mas agora que compreendo a dimensão dos meus sentimentos, muito mais intensos do que jamais imaginei possível, percebo que não tenho escolha. Com ou sem maldição, nosso futuro não pode ser baseado em mentiras. Key sempre foi honesta comigo, e ela merece o mesmo de mim.

As nuvens se abrem sobre o lago, revelando uma lasca de luar, um vislumbre de estrelas. Só então me dou conta de que nunca admirei as estrelas como um homem adulto, nem uma vez, e me pergunto se podem ter mudado ao longo desses anos todos. Se quebrarmos mesmo essa maldição, a primeira coisa que farei será caminhar sob o céu estrelado com Key. Um bom começo para todas as coisas que ainda quero viver.

MEU

LONGE

ATACAR

Distraído como estou, só percebo sua presença quando está a poucos metros de mim. Dou um impulso e escapo por pouco do bote, vendo as mandíbulas poderosas estalando no ar quando meu pai emerge das profundezas. O luar se derrama sobre sua pele verde musgosa, os olhos são incendiados por um brilho selvagem, sem qualquer resquício de humanidade. Ele permanece imóvel na superfície e começa a transmitir impulsos mais violentos, ameaças para me expulsar do seu território. Em vez de tristeza, sou tomado por um vazio crescente. Um entendimento doloroso de que não tem mais nada para mim aqui. E talvez nunca mais tenha.

Abaixo a cabeça, em um gesto claro de submissão, recuando lentamente enquanto conduzo meu corpo imenso para longe dali, em direção à enseada onde deixei minhas roupas. Sinto sua presença pairar atrás de mim por um bom tempo, e quando finalmente desaparece, tento me convencer de que vai ficar tudo bem. Mesmo que meu pai já não tenha salvação, eu o conheço bem o bastante para saber que ficaria feliz com a possibilidade de ainda haver esperança para mim.

Nado em direção à margem com determinação renovada, reafirmando a mim mesmo que meu fim ainda não chegou. Amanhã, contarei a Keyanna tudo o que ela ainda não sabe, e depois de implorar seu perdão por ter escondido tantas coisas, vamos encontrar uma saída juntos. E enfim me permito nutrir essa esperança, incentivado pela determinação ferrenha de Key, desesperado para que não seja uma crença infundada. Porque finalmente entendi que, embora meu passado tenha ficado para trás... à frente ainda pode haver um futuro.

Um silêncio incomum paira no ar quando chego na fazenda pela manhã. Não escuto os mugidos famintos das vacas, nem os cacarejos das galinhas, e até a casa principal está mergulhada em escuridão. Dou uma olhada no chalé e o encontro vazio, me perguntando se Key voltou a encher a cara em uma noite de jogatina com o avô. A possibilidade me arranca um sorriso involuntário. Daria tudo para ver a cena um dia.

Estou prestes a bater na porta da frente quando Rhona a escancara diante do meu punho erguido, com os lábios contraídos em uma expressão severa.

— Pois não? O que você quer?

Apesar de ser uns trinta centímetros mais baixa do que eu, essa mulher ainda consegue me meter medo.

— Eu, hum... Eu só estava procurando a Key.

— Claro que estava — responde ela com um bufo, depois me lança um olhar sério. — Está fazendo o que eu disse? Está cuidando bem dela?

Concordo de imediato, na esperança de que seja verdade.

— O melhor que posso.

— Acho bom mesmo — retruca Rhona, e se afasta da porta. — Ela ainda está na cama. Finlay arrastou a coitada para outra noite de carteado depois do jantar.

Preciso me controlar para não sorrir.

— Obrigado.

— Não quero saber de sem-vergonhice na minha casa — grita ela enquanto avanço pelo corredor.

Levanto a mão como se concordasse, mas, para ser sincero, não posso prometer nada.

Encontro Key esparramada na caminha minúscula, com um dos braços pendurados para fora do colchão, o rosto escondido pelo mar de cachos revoltos. Um sorriso desponta nos meus lábios, acompanhado de uma pitada de tristeza por saber que não posso acordar ao lado dela todos os dias. Mas trato de reprimir o sentimento enquanto tranco a porta. Talvez um pouco de sem-vergonhice não faça mal a ninguém.

Eu me sento na beirada da cama, passando os dedos por sua panturrilha macia. Ela se remexe no sono, inquieta com as cócegas, e solta um suspiro abafado quando aliso a parte de trás da coxa, deslizando a mão pela curva arredondada da bunda antes de sussurrar seu nome.

— Key?

Ela apenas inclina o quadril na minha direção, ainda de olhos fechados.

— Hum... Lachlan.

Por um instante, fico sem reação ao perceber que ela ainda está adormecida, *sonhando* comigo. A fera desperta dentro de mim, cada vez mais selvagem, e os dedos formigam quando as garras ameaçam vir à tona. É incrível como a mera presença dela faz o monstro se agitar no meu peito.

— Keyanna — murmuro outra vez, levantando a barra da blusa para beijar sua barriga macia, sem tirar os olhos dela. — Hora de acordar.

— Hum, está gostoso assim — responde ela, ofegante, ainda de olhos fechados.

Meus lábios se curvam em um sorriso enquanto afasto o shortinho do pijama, beijando o osso proeminente do seu quadril.

— Está, é? Então acorda e vai ficar melhor ainda.

Enterro o rosto nas dobras de sua coxa, sentindo o aroma inebriante de sua excitação, e fico ainda mais curioso para descobrir o teor desse sonho. Lambo a pele macia, dou um beijo molhado e agarro as laterais da perna dela com força até finalmente ouvir um suspiro acima de mim.

— Lachlan?

Seus lindos olhos verdes estão pesados de sono, confusos enquanto ela tenta assimilar minha presença no quarto.

— Alguém dormiu demais — comento.

Ela solta um grunhido.

— Vovô me encurralou de novo. Não consegui recusar.

— A ressaca está muito forte?

— Não, tomei só uma daquelas bombas alcoólicas dele.

Dou risada.

— Sua saúde agradece.

Ela se endireita na cama de repente.

— Ah! Rhona me contou uma coisa ontem à noite.

— Sério? O quê?

— Ela disse que este é o antigo quarto do meu pai.

Arregalo os olhos, observando os arredores.

— Jura?

— Ainda não entendeu o que isso significa?

Pendo a cabeça de lado, curioso.

— Não, o quê?

— O diário pode estar *aqui*. — Ela aponta para o chão para reforçar seu ponto de vista. — Talvez esteja escondido em algum lugar deste quarto.

Abro a boca, surpreso, e deixo meus olhos percorrerem mais uma vez o cômodo de aparência comum.

— Pode estar mesmo — concordo, e estendo a mão para envolver seu braço com ternura. — Mas não vamos criar muita expectativa, tudo bem? Não quero que você fique frustrada se não der em nada.

— Mas precisa estar aqui — insiste Key, aflita. — Estamos ficando sem tempo. Tenho certeza.

— Calma, meu amor — sussurro, aninhando o rosto dela no meu peito. — Não se preocupe. Vai dar tudo certo.

— A gente não tem como saber — resmunga ela contra minha camisa. — Eu me sinto péssima por ainda não termos encontrado o diário.

Faço carinho nas costas dela, odiando vê-la tão estressada.

— Acho que sei como te deixar mais tranquila — murmuro, beijando seus cabelos, e então abro um sorriso. — Mas só se você me contar com o que estava sonhando.

O rosto dela fica vermelho na hora.

— Sonhando?

— É, meu amor — respondo, dando um beijo na sua bochecha. — Até chamou meu nome.

— Eu sonhei... oh.

Um som surpreso escapa dos lábios dela quando a empurro contra o colchão, afastando seus joelhos para me encaixar entre suas pernas.

— Com isso — diz, ofegante. — Eu estava sonhando com isso.

— Sonhou que eu estava chupando sua bocetinha linda, é?

Ela morde o lábio, assentindo.

— Só que...

— O quê?

— Bem... você estava...

Esfrego o nariz no tecido macio da calcinha, agradecendo aos céus por ela dormir quase pelada.

— Hum? Estava como?

— Igual a ontem à noite.

Abro um sorriso, sem tirar os olhos dela.

— Sonhou com o monstro, Key? Foi isso?

— Talvez...

O monstro em questão praticamente ronrona dentro de mim, mais próximo da superfície na presença de Key.

— Quero saber como foi — insisto.

— Sua língua — diz ela bem baixinho. — Ficou... maior.

Meu pau lateja dentro da calça jeans, e aquele formigamento nas pontas dos dedos anuncia o surgimento das garras. Fica mais fácil me soltar diante da aceitação incondicional de Key. Passo as garras de leve na pele dela e sou recompensado com um suspiro ofegante.

— Seus olhos — sussurra ela. — Ficam tão lindos assim.

Prendo uma garra no elástico da calcinha, atento à reação dela quando, com toda a delicadeza, começo a rasgar o tecido. Meus sentidos ficam mais aguçados nesse estado intermediário, e consigo sentir o cheiro encharcado entre suas pernas. Ela gosta disso, tenho certeza. Gosta mesmo.

— Quer que eu te chupe com minha língua de monstro, é isso?

— Foi só um... *porra*. — Ela sibila quando rasgo o outro lado da calcinha, jogando o tecido esfarrapado no chão. — Foi só um sonho.

— Mas pode se tornar realidade — provoco. — Se bem que... sua avó disse que não queria saber de sem-vergonhice na casa dela.

Os dentes de Key afundam no lábio inferior.

— Você trancou a porta?

— Tranquei.

— Ela deve ter saído para dar comida para as galinhas. Se você... Hum. Se você quiser...

— Já falei, meu amor. Quero comer essa bocetinha gostosa em todas as refeições, esqueceu?

Ela balança a cabeça, trêmula.

— Não esqueci.

— Abre as pernas — ordeno com a voz rouca. — Quero ver o que é meu.

Respirando fundo, ela afasta os joelhos e revela as dobras já molhadas, implorando pela minha boca. A visão e o cheiro dela provocam um rugido quase animalesco no meu peito, mas eu me seguro para não ceder aos desejos do meu corpo, virando o rosto para beijar suas coxas em vez de mergulhar entre suas pernas e me banquetear com sua boceta.

— Tão macia — ronrono entre um beijo e outro. — Tão docinha.

Lambo a parte interna de sua coxa, aos poucos me entregando aos impulsos monstruosos enquanto sinto meus incisivos se alongarem e minha língua engrossar. Tento me concentrar na sensação, empenhado na tarefa árdua de manter a ferocidade só onde quero, algo que nunca tentei antes.

Um suspiro arfante lhe escapa quando finalmente deixo o órgão alongado deslizar entre suas coxas, lambendo os lábios da boceta e deixando a pontinha se enrolar em torno do clitóris já inchado. Porra, o gosto dela é tão bom. Faz com que me sinta mais selvagem do que sem dúvida pareço.

Ela geme enquanto minha língua desliza por sua virilha e avança para se insinuar pela abertura, provocante, mas uma mudança repentina nos pega de surpresa.

— Oh!

Afasto o rosto bruscamente e, com um olhar atônito, percebo que a ponta da minha língua comprida se dividiu em duas, semelhante à de uma cobra. Recolho o máximo possível de volta à boca, atento a qualquer sinal de rejeição no rosto de Key. Mas quando vejo o brilho nas suas pupilas dilatadas e a forma sutil como ela umedece os lábios, percebo que não a repeli. Muito pelo contrário.

Mergulho entre as pernas dela com fervor renovado, afastando bem as coxas para deslizar a língua bifurcada por toda a extensão de sua virilha, parando apenas para estimular o clitóris com as duas pontas. Chupo, mordo, provoco até que ela esteja ofegante, e mantenho os olhos semicerrados enquanto um zumbido satisfeito ressoa na minha garganta.

As costas dela se arqueiam contra o colchão quando deixo as pontas fendidas da minha língua encontrarem sua entrada outra vez, sua boca se abre enquanto eu as empurro para dentro, deixando o comprimento alongado preenchê-la de um jeito que nunca me seria possível como um simples homem. O calor úmido e suave de seu interior envolve minha língua, a ponta bifurcada faz cócegas nos seus pontinhos mais sensíveis e leva seu corpo a se contorcer ao meu redor.

Enfio a língua o mais fundo que posso, depois recolho bem devagar, sentindo a pele dela estremecer, seu peito arfando enquanto um pequeno gemido escapa de seus lábios.

— Lachlan — sussurra ela, sem fôlego. — Está tão...

Não consigo falar, não assim, então apenas redobro os esforços, começando a ondular a língua com movimentos ritmados, imaginando que é meu pau bombeando dentro dela. Quase enlouqueço só de sentir a maciez dela na boca, e logo meu pau começa a pulsar contra o colchão, implorando para ser aliviado. Mas agora é a vez dela.

Fecho os olhos enquanto deixo a língua deslizar para dentro e para fora dela, suas coxas esmagando as laterais da minha cabeça enquanto seu corpo estremece contra mim. Todos os meus sentidos são dominados por Key, vejo, cheiro, saboreio cada pedacinho, e a fera dentro de mim se deleita com isso, ávida por mais, desesperada para consumir Key por inteiro. Ela emite um som estrangulado quando meu lábio superior esbarra em seu clitóris latejante, então me esforço para chupá-lo, mesmo com dificuldade.

Deslizo a língua para fora, lambendo-a antes de murmurar:

— Ah, meu amor, quero te devorar inteirinha.

— Tão... gostoso — sussurra ela. — Não para.

— De jeito nenhum — murmuro, já lambendo sua entrada antes de mergulhar de volta para dentro.

Continuo a lamber sem piedade, com movimentos incessantes de vaivém até Key começar a se contorcer e gemer tão alto que tenho medo que alguém apareça para conferir se está tudo bem. Aperto suas coxas em sinal de aviso e escuto um som estrangulado, como se ela tentasse se conter. Olho para cima e a vejo mordendo a parte carnuda da mão, com os cílios tremendo enquanto se esforça para ficar quieta.

"Caralho, por que isso me deixa com tanto tesão?"

Aperto a pele macia de suas coxas com mais força, segurando bem firme enquanto a fodo com a língua, fechando os olhos para aproveitar melhor cada cheiro, cada som. Os ruídos suaves e úmidos vindos de sua boceta quentinha enquanto minha língua entra e sai, o aroma inebriante de sua excitação preenchendo minhas narinas, o quarto e a minha cabeça, tudo isso me domina com uma potência enlouquecedora.

Minhas garras se cravam na pele dela, forte o bastante para sair sangue, e preciso de todo o meu esforço para me conter, para não perfurar sua carne enquanto me perco nela. Fica ainda mais difícil quando ela começa a tremer, e sua respiração se torna ofegante e entrecortada conforme arqueia as costas e tateia o colchão para se firmar.

Consigo sentir quando ela goza, consigo *saborear* seu gosto, e o monstro dentro de mim continua a lamber cada gota, encharcando minha língua com aquela umidade até minha cabeça girar. Continuo até que ela esteja choramingando de prazer, e só então recolho a língua, centímetro a centímetro, até restar apenas a ponta bifurcada, lambendo a abertura trêmula como a fera gananciosa que aparentemente sou.

Ainda estou passando a língua bem devagar quando ela diz:

— Meu Deus!

— Pode chamar de Lachlan mesmo.

Key dá um tapinha leve no meu ombro.

— Tarado.

— Ah, é? — Mordisco a parte interna da sua coxa, tentando acalmar o coração para meu corpo voltar ao normal. — E quem foi que sonhou putaria comigo, hein?

Ela apenas respira fundo, sem dizer nada.

— Foi tão bom quanto no sonho? — pergunto.

— Ainda melhor — responde com um suspiro, depois se apoia nos cotovelos e me observa com os olhos vidrados. — E agora? Não é sua vez?

— Era para eu estar ajudando a arrumar uma cerca da fazenda — admito. — Acho que vou passar o dia todo ocupado com isso.

— Então não posso retribuir o favor e te chupar até você ver estrelas, é isso?

Cada centímetro do meu corpo pulsa de desejo, e preciso reunir todas as forças para não pular na cama com ela agora mesmo.

Dou um pigarro.

— Hum, pensando bem... Acho que tenho um tempinho, sim.

Ela me dá um sorriso acanhado.

— É, bem que eu imaginei.

27

Keyanna

Apesar daquele bom-dia inesquecível proporcionado por Lachlan, foi só ele sair para arrumar a cerca que a sensação de urgência da noite passada voltou com tudo. Entre a jogatina com meu avô, o sonho maravilhoso e a versão ainda mais fantástica da vida real, eu havia me esquecido completamente do comentário casual de Rhona sobre eu estar dormindo no *quarto do meu pai* esse tempo todo. Então, depois de me despedir de Lachlan e forrar o estômago, comecei a virar o cômodo de cabeça para baixo.

Mas depois de um dia inteiro de buscas, uma leve crise existencial e uma dor de barriga de mentirinha para escapar da janta, posso afirmar com toda a certeza: não tem nada de especial no antigo quarto do meu pai.

Vasculhei caixas no armário que tenho quase certeza de que não eram abertas desde antes de eu nascer, e achei até uma foto do meu pai adolescente com um corte de cabelo tão medonho que me arrancou gargalhadas. Quase quebrei a cômoda tentando encontrar algum compartimento secreto, como se fosse a protagonista de *A lenda do tesouro perdido* ou coisa parecida, e agora estou sentada no meio de uma pilha de caixas de sapatos tiradas do fundo do guarda-roupa que estão cheias de, *quem diria*, sapatos velhos.

O quarto está uma zona, mas nem se compara ao caos na minha cabeça. A descoberta sobre estar hospedada no quarto do meu pai pareceu tão importante na hora. Como se fosse a peça que faltava em um quebra-cabeça. Tinha certeza de que encontraria o diário aqui em algum canto, porque só pode estar dentro dos limites da fazenda. Mas depois desse fiasco, preciso admitir que a dúvida começou a bater.

E se meu pai tiver levado o diário para Nova York? E se tiver jogado fora? Ou perdido no meio da mudança? E se esse diário não for tão importante quanto meu cérebro encasquetou que é? Qualquer uma dessas possibilidades vai me deixar sem chão, porque o que mais posso fazer para ajudar Lachlan? E se eu não conseguir resolver o problema? E se eu o perder também?

A frustração fervilha no meu peito e sobe pela garganta, quase me sufocando. Pela segunda vez esta noite, sinto as lágrimas brotarem, mas agora já não tento impedir o choro. É um alívio deixá-las cair, permitir que essa manifestação física do meu estresse escorra pelo meu rosto e desça até o colo, e prometo a mim mesma que, depois desse mergulho no fundo do poço, vou me recompor. Vou dar um jeito e seguir em frente.

Por enquanto, porém, sinto até um certo prazer estranho em me entregar ao choro.

Continuo atormentada pela ideia de Lachlan simplesmente... não voltar pela manhã. E se ele nunca mais voltasse a ser humano? O que eu faria? Tenho certeza de que eu carregaria essa culpa pelo resto da vida. Apesar de termos passado tão pouco tempo juntos, sei que sentiria a falta dele para sempre. Só de imaginar essa possibilidade, meu peito se aperta com uma dor lancinante, como se mal conseguisse respirar.

Tem que existir uma saída. Alguma solução. Qualquer coisa.

Estou enxugando os olhos quando ouço uma batida suave na porta e, antes de pedir que entrem, começo a esfregar o rosto mais depressa para me livrar das lágrimas. Devo parecer alguém à beira de um colapso sentada aqui, aos prantos, no meio dessa bagunça toda. E, convenhamos, não está muito longe da verdade.

— Key?

Dou um último suspiro, usando a base da mão para enxugar uma lágrima teimosa.

— Ah. Oi, Brodie.

— Eu ouvi você lá do corredor… Está tudo bem?

Estou muito cansada para rir, então apenas balanço a cabeça.

— Só tive um dia ruim.

O coitado faz uma cara de quem não sabe muito bem como reagir a uma mulher chorando. Deve estar se perguntando por que inventou de bater em vez de passar direto pela minha porta.

— Ah, sinto muito.

— Está tudo bem — respondo, soltando o ar. — Ou vai ficar. Só estou tendo um momento de coitadinha.

Brodie assente com a cabeça, observando as caixas abertas e as pilhas de papéis e tralhas espalhadas pelo chão.

— Você… está procurando alguma coisa?

— Estou, sim — admito, e dessa vez dou risada, mas soa amarga. — Sabe quando você cisma com alguma coisa, e aí fica com siricutico até conseguir resolver?

— Hã… acho que sim?

Abro os braços, indicando o quarto ao redor.

— Essa é a cisma da vez.

— Ah, entendi. — Ele me lança um olhar ressabiado, como se achasse que vou explodir a qualquer momento. — Precisa de ajuda?

Solto outra risada sarcástica.

— Só se você for vidente e não me contou ainda.

— Dessa vez vou ficar devendo — responde Brodie, rindo baixinho. — Foi mal.

— É, imaginei.

— Rhona comentou que você não estava se sentindo bem.

— Ah, eu… — desconverso, um pouco envergonhada. — Posso ser sincera? Eu só não estava a fim de interagir hoje.

Considero contar a verdade, revelar que estou revirando tudo em busca do velho diário do meu pai, mas não tem como explicar meu desespero sem mencionar a maldição de Lachlan. E não posso contar segredos dos outros. Ainda mais agora que ele começou a aceitar a ajuda de Brodie.

— Ah, sim. Faz sentido — responde ele, distraído, dando uma última olhada no quarto. — Bom, se precisar de alguma coisa, é só me chamar, tá?

Ofereço um sorriso.

— Pode deixar. Obrigada.

— Que isso, não precisa agradecer — diz ele, abanando a mão. — Você é da família.

"Você é da família."

Pelo amor de Deus. Primeiro Rhona, agora Brodie... Pelo jeito essa família tirou o dia para me fazer chorar de emoção. Só falta Finlay aparecer aqui com alguma relíquia de família e uma historinha de ninar.

— Eu sei — respondo, com a voz embargada. — Mas, sério, obrigada mesmo.

Brodie assente outra vez, sorrindo de leve, depois aponta para a bagunça.

— Boa sorte para arrumar tudo isso aí antes que Rhona veja.

— Nem me lembre — resmungo.

Ele ri baixinho.

— Pena que não tem um botão mágico para isso, né?

— Pois é, seria ótimo.

Solto um longo suspiro quando ele fecha a porta e me deixa a sós com a bagunça. Preciso colocar tudo de volta onde estava para evitar as perguntas de Rhona, e sem a adrenalina e a euforia de quando eu achava que estava prestes a encontrar alguma coisa, a perspectiva de arrumar esse monte de tralhas espalhadas é desesperadora.

Respiro fundo. Quem me dera que aquele botão mágico existisse mesmo.

Demora alguns segundos para o pensamento se formar, e quando a ficha finalmente cai, fico paralisada, boquiaberta. Dou uma olhada nas pilhas e mais pilhas de bagunça ao redor e me pergunto se não comecei do jeito errado.

"Talvez você seja mesmo um cão farejador."

"Você não é um detector de segredos ambulante."

Posso ouvir a voz de Lachlan na minha cabeça, mas não consigo evitar a dúvida: *E se eu for?*

Levanto-me de um salto, desviando das pilhas de tralhas para não dar a Lachlan o gostinho de dizer que sou desastrada, fecho os olhos e tento controlar a respiração. Penso naquele dia no castelo dos Greer, na sensação de encontrar a passagem secreta. Mentalizo a conexão estranha com alguma coisa que até hoje não consigo explicar.

Busco essa presença outra vez, praticamente imploro por ela, entoando abobrinhas desconexas na minha cabeça, rogando a essa força que me dê algum sinal, um vislumbre, por menor que seja.

"Por favor", imploro em pensamento. "Cadê você? Eu sei que está aí. Dá para sentir. Só me ajude dessa vez, só agora. Não precisa fazer mais nada por mim, só quero um sinal. Por favor. Só me mostre onde está o..."

O ar me escapa quando sinto: aquele fio de energia pulsante me chamando, me incentivando a tomar uma atitude. Não me importo com as instruções vagas, só estou extasiada por ter achado, por estar mais perto de entender essa força misteriosa que me encontrou quando cheguei aqui.

Dou meia-volta, guiada por instinto, e sinto o chamado vindo do... chão? Torço o nariz, hesitante. Tem vários papéis espalhados ali, claro, mas a menos que sejam páginas arrancadas do diário e escritas em código...

Caio de joelhos de novo e jogo os papéis para o lado. Debaixo deles, só tem o piso de madeira, cheio de marcas e mais antigo do que consigo conceber, liso demais para abrigar qualquer segredo, ou assim me parece. Perfeito até demais, mesmo sendo tão velho. Impossível ter algo escondido bem naquele... De repente, eu vejo.

Um buraquinho minúsculo na madeira, do tamanho do meu dedo, posicionado no canto de uma tábua quase toda ocultada pela cama. De pé, ninguém perceberia. Caio de barriga no chão e me arrasto para baixo da cama, enfio a ponta do dedo no buraco e sinto uma onda de entusiasmo ao encontrar a abertura oca.

Meu coração acelera quando encaixo o dedo e tento soltar a tábua. A madeira resiste, sem dúvida intocada há mais de vinte anos, range, geme e se recusa a ceder, mas depois de um minuto puxando e xingando baixinho, consigo arrancar a tábua, revelando um compartimento escondido embaixo.

E lá está.

Couro rachado, papel amarelado e tudo. Está amarrado com uma tira de couro desfiada, e o puxo com todo o cuidado do mundo, com medo de estragar. Rastejo de volta e me sento de pernas cruzadas, virando o diário nas mãos, frente e verso, sem ver nada de especial. Ainda assim, consigo sentir aquela mesma energia, aquela conexão que me levou até ele. Como se a mesma magia estranha dentro de mim também já tivesse tocado este diário um dia.

Desamarro a tira de couro devagar, e sei que deveria esperar por Lachlan, mas estou impaciente demais, sorrindo feito louca quando abro a capa. Um pedaço de papel solto cai lá de dentro, velho, mas não tanto quanto o resto do diário. É uma folha de caderno, afinal. E quando vejo a letra do meu pai, a caligrafia que eu reconheceria em qualquer lugar, mesmo que pareça uma eternidade desde que a vi pela última vez, o ar fica preso nos meus pulmões.

Mãe,

Não sei se você vai encontrar isso um dia. Para ser sincero, nem sei se eu quero que encontre. Se você ler o conteúdo deste diário, vai entender por que fui embora, e não sei o que é pior: você ficar decepcionada comigo por ter partido, ou ter a certeza de que fui embora porque sou um covarde.

Talvez, com o tempo, eu encontre a coragem que me faltou. Mas, por favor, saiba que não fui embora por sua causa. Não mesmo. Eu só não conseguia desafiar o destino, não conseguia aceitar a incerteza do futuro, então fui embora. Por ela. Tudo o que está neste diário é verdade. A história inteira. Disso tenho certeza. E é por isso que não pude me arriscar. É por isso que tive que ir embora enquanto ainda podia.

Mas uma coisa foi e sempre será certa.

Eu te amo, mãe.

Duncan

Já estou chorando de novo. Pelo jeito, não vou fazer mais nada hoje.

Ler as palavras do meu pai, ouvir a voz dele através delas, saber o impacto que essa carta teria em Rhona... é demais para aguentar. Aperto a folha de papel contra o peito, sem ter a menor ideia de como vou explicar tudo isso para minha avó, mas a tristeza me impede de pensar em qualquer coisa. São tantas perguntas. Tantas dúvidas sem respostas.

"Então fui embora. Por ela."

O que meu pai quis dizer com isso? Será que era minha mãe? Só pode ser, certo? E o que ela tem a ver com isso? Não consigo imaginar que tipo de ligação minha mãe teria com tudo o que descobri sobre mim, sobre Lachlan, sobre a nossa história, mas a única forma de encontrar essas respostas é ler o diário. Assim que minhas mãos pararem de tremer, claro.

Já vi que não vou pregar os olhos esta noite.

28

Lachlan

Foi um sacrifício e tanto sair de perto de Keyanna para ajudar Finlay e, embora eu esteja cada vez menos cauteloso em relação ao velho, ele não é páreo para sua linda neta quando o assunto é companhia.

— Pode segurar aí desse lado?

Volto minha atenção para ele, alcanço a tábua de madeira indicada e seguro firme enquanto bate com o martelo.

— Pronto, já peguei.

— Essas bezerrinhas são danadas — comenta Finlay, achando graça. — Quando cismam com alguma coisa, ninguém segura, não é? Nem mesmo uma cerca das boas como essa.

— Não tem nada de "inha" nas suas bezerras, Finlay.

Ele me dá um sorriso.

— Ainda são só bebês, todas elas.

— Se você diz...

Ouço o batuque ritmado do martelo enquanto Finlay prega a tábua no lugar, mantendo minha mão firme até que ele se afasta, enxugando o suor da testa.

— Ainda tem mais uns quatro pontos para arrumar — anuncia. — Nesse ritmo, vamos levar o dia todo.

— Tenho tempo de sobra.

Finlay ri de novo, me lançando um olhar irônico.

— Tempo de sobra longe da minha neta, você quer dizer?

Arregalo os olhos, surpreso com a insinuação descarada.

— Não precisa fazer essa cara, rapaz — insiste. — Acha que minha Rhonnie esconde alguma coisa de mim?

— É, imagino que não — murmuro.

Finlay volta a martelar a cerca, sem tirar os olhos de mim.

— Agora me diga — recomeça. — Por acaso está brincando com o coração da minha neta?

— Eu... Não. Claro que não — gaguejo, atordoado com a dureza repentina no olhar dele.

Acho que nunca vi o homem fechar a cara sem ser para chorar.

Balanço a cabeça, tentando me recompor.

— Eu... — "Amo sua neta? Sou maluco por ela? Quero um futuro com ela se não sucumbir ao monstro?" — Eu me importo com ela — decido. — Muito.

— Acho bom mesmo, rapaz — responde Finlay. — Porque você pode até ser grandalhão, mas eu sei onde ficam os poços de areia movediça.

— Mas não tem areia movediça aqui — protesto.

Os lábios dele se curvam em um sorriso assustador.

— É, vai achando.

— Não quero magoar sua neta — asseguro a ele, olhando para o martelo com um nervosismo nada característico. — De jeito nenhum. Prometo.

Finlay me encara por um bom tempo, e por fim solta uma gargalhada, substituindo o ar sombrio por aquela expressão amigável de sempre.

— Então tudo bem — declara em tom alegre. — Estamos entendidos. — Ele balança o martelo na minha direção. — Não posso deixar alguém partir o coração da minha neta justo agora que a tenho perto de mim, não acha?

— É verdade — concordo. — E eu jamais faria isso.

— Gostei de ver. — Finlay dá uma piscadela, batendo o martelo na tábua de madeira enquanto olha para o fim da cerca. — Acha que a gente termina antes do jantar? — pergunta, e volta a olhar para mim. — Falando nisso, rapaz, espero que você venha jantar com a gente qualquer dia desses. Entende?

Sinto um aperto no peito. Promessas assim ainda fogem ao meu controle, mas quero acreditar que, em um futuro não muito distante, serei capaz de cumprir todas elas.

— Claro, claro — respondo, tentando me agarrar a essa esperança. — Não vai demorar.

Ele me dá um tapinha no ombro e aponta para o quadriciclo.

— É melhor irmos andando então, hein?

Vou atrás de Finlay, ainda um pouco atordoado por aquela mudança drástica no comportamento dele. Se contasse para Key, aposto que acharia que estou inventando. Para ser sincero, nem eu acredito direito no que vi. Acho difícil esbarrar nela de novo, com o tanto de trabalho que ainda tenho para hoje, mas vou contar tudo isso a ela bem cedinho amanhã. Só me resta torcer para Finlay e eu conseguirmos terminar a cerca antes do pôr do sol.

"Não posso deixar alguém partir o coração da minha neta justo agora que a tenho perto de mim, não acha?"

Se ele soubesse o quanto estou maluco por ela. Chega a ser ridículo.

Mesmo assim, não baixo a guarda perto de Finlay pelo resto do dia.

Mais uma noite brutal sem um pingo de tranquilidade. Depois de um dia exaustivo consertando cercas e horas sendo afugentado por meu pai de qualquer coisa que ele considere seu território, só consegui dormir um pouco antes do nascer do sol. Ainda assim, meu corpo está rígido e dolorido, não apenas por causa da estranheza da transformação. Deve ser uma visão horripilante, tanto quanto a experiência em si, então ainda estou um pouco surpreso que Key não tenha saído correndo, aos berros, naquele dia. Lembrar da reação dela me faz sorrir. Agiu como se eu não fosse um monstro. Como se, apesar de tudo, ainda fosse apenas eu ali. E, para ser sincero, sempre me sinto assim na presença dela.

O sol começa a despontar no céu, e a nebulosidade sombria da noite passada é substituída pelo alvorecer, deixando a grama orvalhada a cintilar sob os raios quentes da manhã. Uma luz difusa paira sobre a fazenda enquanto subo a colina que leva até lá, e me detenho no topo por um instante, admirando os arredores.

Por mais que não seja minha casa, saber que Key está me esperando lá embaixo, que sentiu minha falta durante a noite... quase me dá a sensação de ter encontrado um lar. É a primeira vez que sinto algo assim desde que minha família se desfez.

Desço a colina depressa e alcanço a estradinha de cascalho que serpenteia até a casa principal, mas logo me desvio dela e corto o gramado na direção do chalé. Faz apenas um dia que estive com Keyanna pela última vez, e ainda assim só consigo pensar em me enterrar dentro dela, me perder no seu calor, no seu toque, me sentir mais humano. Tem algo nela que me ancora à minha essência de uma forma que nada jamais fez.

Por isso estou sorrindo quando abro a porta, esperando por ela, mas quando a vejo encolhida na minha cama, com olheiras fundas sob os olhos vermelhos, agarrada a um livro grosso de couro de aparência antiga, todas as sensações boas dentro de mim parecem murchar e se dissipar de uma só vez.

E, na mesma hora, minha ficha cai.

— Você encontrou — digo com a voz engasgada.

Ela acena a cabeça, parecendo bem menos animada do que eu esperava. É isso, não é? A resposta deve estar nesse diário. Não tem alternativa.

Então por que ela parece tão arrasada?

Atravesso a distância entre nós com passos apressados e me ajoelho ao lado da cama, estendendo a mão para tocar seu rosto enquanto busco os olhos dela com os meus.

— O que aconteceu?

— Ainda não terminei de ler.

Pela marcação, já está bem avançada na leitura, lá pelas últimas páginas, mas não pode mesmo achar que eu ficaria chateado por ela ainda não ter terminado, certo?

— Está tudo bem — respondo com ternura. — Ainda temos tempo, Key. Não se preocupe.

Ela nega com a cabeça, escapando do meu toque para abrir espaço na cama.

— Acho melhor você se sentar.

Atendo ao pedido dela, me levantando do chão apenas para me acomodar ao seu lado na cama. Ela abraça o diário contra o peito como se fosse algo perigoso, como se a qualquer momento pudesse explodir. Parece até sentir certo medo dele, e isso também me deixa em alerta.

— Por favor, me conta o que aconteceu — praticamente imploro. — Está com cara de quem chorou.

Key solta o ar pelo nariz, algo entre uma risada incrédula e um resmungo.

— É, tive uma noite de cão.

Sinto meu estômago embrulhar.

— Por causa do diário? Não tem respostas? É por isso que você está...

— Tem respostas — interrompe baixinho, com o semblante triste enquanto olha para mim, como se tentasse decidir como suavizar o golpe, só não sei qual. — Eu só... não sei como contar.

— Pode falar, não tem problema — respondo com a voz tensa, tentando me preparar para o que a deixou tão desolada. — Vai ficar tudo bem, Key. Eu prometo.

Ela dá outro aceno com a cabeça, pousa o diário no colo e começa a folhear com cuidado, como se procurasse por uma parte específica. Observo enquanto ela vira uma página após a outra e estremece de leve quando enfim parece encontrar o que tanto buscava.

— Ainda não li tudo, ok? Não esqueça — reitera. — Posso ter deixado passar alguma coisa. Talvez até uma explicação que faça mais sentido. Não sei como, mas vai ficar tudo bem. Só quero que você saiba que isso não muda nada. Entendeu?

Meu corpo inteiro parece feito de pedra quando o medo me domina.

— Keyanna — digo com a voz rouca. — Mostra para mim.

A resposta dela mal passa de um sussurro:

— Tudo bem.

E então me entrega o diário, aberto na página certa, e aponta para a linha onde deve querer que eu comece. Dou uma última olhada em seu rosto abatido, me lembrando do que ela disse.

"Vai ficar tudo bem."

Retribuo o aceno como se fosse uma resposta, depois volto minha atenção para o diário.

E bastam poucas linhas para meu estômago afundar.

Inverno, 1297

Lorde Greer está de volta. Ele e seus homens ainda exalam o fedor sanguinário da batalha, mas a notícia de sua vitória contra os clãs do Norte já se espalhou por toda a terra. Ninguém ousará desafiá-lo agora. Ele se considera um rei. Vi quando seguiu direto para os aposentos dela. Mas ele não a conhece. Não como eu. Ela não é má como a pintam. Manteve sua promessa. Esperou pelo retorno dele. Sem dúvida acreditava que ele faria o mesmo. "A rédea em troca de santuário", foi o combinado. E, no entanto, ao retornar para casa, ele a levou. Escondeu-a em algum lugar. Procurei nas masmorras, mas não encontrei nada. Ele carrega a rédea como se lhe pertencesse, como se fosse dele por direito. Ele a traiu e a chama de monstro, mas Sorcha não é um monstro. Lorde Greer é o verdadeiro monstro.

Não posso permitir tamanha injustiça. Não posso deixá-la definhar na escuridão enquanto ele permanece livre sob o sol, mantendo-a prisioneira. Eu a salvarei.

Minha voz soa estranha, quase como se não fosse minha, quando pergunto:

— O resto também é assim?

— Quase tudo — responde Key, com a voz suave. — O diário começa logo antes de ela chegar à fortaleza. Não... não retrata seu ancestral de uma forma muito favorável.

Aperto o diário com mais força.

— O que diz?

— Lachlan, isso não tem importância agora.

— O que diz?

Eu a ouço suspirar, apoiando a cabeça no meu ombro. Posso sentir o calor de sua respiração através da manga da blusa quando me responde:

— Diz que ele era um homem cruel, sedento por guerras. Era mau com seus servos, com seus parentes... Assassinou pessoas inocentes de clãs vizinhos para expandir os domínios. — Key solta um suspiro trêmulo, com a voz ainda mais baixa ao acrescentar: — Meu ancestral, imagino que seja Tavish, ele... ele menciona algumas vezes que o lorde era um sujeito maligno, determinado a conquistar toda a região. Dizem que ele sequestrava mulheres de aldeias que invadia e as entregava aos seus soldados como recompensa, que matava crianças para acabar com as linhagens que considerava perigosas, que ele... — Ela pigarreia, desviando o olhar. — Acho que já deu para entender.

Cada palavra dela desaba sobre mim como um peso, prestes a me sufocar. Sinto tudo e nada ao mesmo tempo, entregue a uma tentativa vã de entender as frases que agora flutuam diante dos meus olhos. Tudo o que eu conhecia está sendo desafiado por esse trecho tão curto, e se for mesmo verdade, então toda a minha vida, toda a minha história... não passa de uma mentira.

Posso sentir Keyanna ao meu lado, esperando que eu diga alguma coisa, que reaja de alguma forma, mas estou tomado pela mesma dormência que senti ao ver meu pai na noite passada. Só que, desta vez, não há pena, nem tristeza. Nem por mim, nem pelo resto da minha linhagem.

Toco o nome da criatura, a mulher que sempre acreditei ser a origem do meu sofrimento, só agora imaginando o quanto deve ter sofrido nas mãos da minha família, me perguntando se ela merecia. E acho que não. Duvido que tenha merecido. Saber disso faz meu estômago se revirar de culpa, e repasso cada pensamento cruel que já tive sobre ela, sobre sua família, até mesmo sobre Key, não muito tempo atrás. Agora... cada palavra repousa na minha língua como cinza, deixando um gosto amargo na boca. Porque, ao final desta leitura, uma coisa é certa.

Não somos as vítimas desta história.

Somos os malditos vilões.

Eu a [illegible] desejado [illegible] com meu amor [illegible] [illegible] [illegible] [illegible] [illegible] [illegible] [illegible] [illegible]

[illegible] [illegible] [illegible] [illegible] [illegible] [illegible] [illegible] [illegible] [illegible] [illegible] [illegible] [illegible] [illegible] [illegible] [illegible] [illegible] [illegible] [illegible] que a verdade [illegible] [illegible] [illegible] [illegible] determinado a conquistar toda a região [illegible] que ele [illegible] [illegible] [illegible] [illegible] [illegible] [illegible] [illegible] [illegible] [illegible] [illegible] [illegible] [illegible] [illegible] para acabar com [illegible] [illegible] [illegible] [illegible] [illegible] [illegible] [illegible] [illegible] [illegible]

[illegible] [illegible] [illegible] [illegible] sobre mim com [illegible] [illegible] [illegible] a me [illegible] [illegible] [illegible] ao mesmo tempo, entregue à uma tentativa vã de entender os fatos que [illegible] diante dos meus olhos. Tudo [illegible] [illegible] [illegible] [illegible] sendo destruído por esse [illegible] [illegible] [illegible] [illegible] [illegible] [illegible] toda a minha vida, toda a minha história [illegible] não passa de uma mentira.

[illegible] [illegible] [illegible] [illegible] [illegible] [illegible] esperando que eu diga alguma coisa [illegible] tristeza. Nem por um [illegible] pelo resto de minha linhagem.

[illegible] [illegible] [illegible] [illegible] [illegible] que [illegible] [illegible] [illegible] a origem do [illegible] [illegible] [illegible] [illegible] [illegible] [illegible] [illegible] [illegible] [illegible] [illegible] [illegible] da minha família, [illegible] [illegible] [illegible] [illegible] [illegible] que [illegible] [illegible] que tenha [illegible] [illegible] [illegible] [illegible] [illegible] [illegible] [illegible] [illegible] [illegible] [illegible] [illegible] [illegible] [illegible] [illegible] sobre sua família, [illegible] [illegible] [illegible] [illegible] [illegible] [illegible] cada palavra [illegible] [illegible] [illegible] [illegible] [illegible] [illegible] [illegible] [illegible] [illegible] [illegible] [illegible] final desta leitura, uma coisa é certa:

Não somos as vítimas dessa maldição.

Somos os malditos.

29

Keyanna

— Você tinha razão — diz Lachlan com a voz rouca.

Apoio a mão no antebraço dele, apertando de leve.

— Sobre o quê?

— Quando disse que minha família devia ter feito algo ruim — esclarece. — E fizemos mesmo. Essa maldição é culpa nossa, não é?

— Lachlan, não…

— Nós *merecemos* — sibila ele entre os dentes cerrados.

— Para com isso, não é verda…

— Mas pior que é, não é? — Ele vira o rosto para mim, com os olhos azuis marejados, prestes a transbordar. — Até onde você acha que isso vai? Em que momento começamos a nos pintar como vítimas? Meu avô sabia? Meu *pai*? Será que sou só um idiota que eles tentaram proteger com tantas mentiras?

Nego com fervor, segurando o rosto dele com as mãos.

— Olhe para mim. Eu não acredito nisso nem por um segundo. Esse diário é antigo demais, Lachlan. Foi escrito há *séculos*. Se o seu ancestral era mesmo tão maldoso quanto dizem, não parece mais provável que ele próprio tenha começado a espalhar essa narrativa ainda em vida? Se Tavish *de fato* se casou com a kelpie, essa tal de Sorcha, então com certeza tentaria proteger a esposa. A condição dela não podia ser alardeada aos quatro ventos. Então eles não podiam sair desmentindo os rumores, certo?

— Na teoria isso funciona que é uma beleza — debocha ele. — Mas, sinceramente, que diferença faz? *Minha família cavou a própria cova*. Passamos todo esse tempo buscando uma saída, uma forma de nos redimir... e nem merecemos!

— Para com isso — interrompo, estalando a língua. — Não é verdade.

Consigo ver a raiva fervilhando nos olhos dele, mesmo sob o brilho das lágrimas.

— Será que não? Pelo jeito, venho de uma longa linhagem de monstros, Key. Éramos monstros muito antes de essa kelpie aparecer e fazer disso nossa realidade. No fim, minha família só colheu o que plantou.

— Olha para mim. — Envolvo o rosto dele com as duas mãos, forçando-o a me encarar. — Você se lembra do que me disse? Lá naquele quarto onde ela foi prisioneira?

— Ah, sim, e meu ancestral só a manteve trancafiada para sugar toda a magia dela como um maldito parasita. Como se não bastasse ele ter...

Aperto as bochechas dele, dificultando sua fala.

— Você me disse que, assim como você, eu não tinha culpa pelo passado das nossas famílias. Disse que o importante era eu estar aqui agora, disposta a fazer a coisa certa. Não foi isso? — Percebo o modo como ele desvia o olhar, mas acompanho o movimento, sem deixar que me escape. — Isso também vale para você. Está me ouvindo? Você não é culpado pelo que um cara escroto com o mesmo sobrenome que o seu fez setecentos anos atrás. Não foi você quem fez aquelas atrocidades... foi *ele*. Você *não* é ele, entendeu?

— Será que sou mesmo tão diferente? — Os ombros dele afundam em sinal de derrota, os olhos cerrados com força. — Olha como te tratei quando a gente se conheceu. Como se você fosse inferior só por causa do sobrenome. Como se eu fosse *melhor* do que você só por causa do meu. Então me diz, Keyanna, será que sou mesmo tão diferente dele?

— Você é — enfatizo. — *Claro* que é. — Encosto minha testa na dele, acariciando seu rosto com o polegar. — Óbvio que teve aquela reação quando a gente se conheceu. Você passou a vida inteira acreditando que minha família era culpada por você ter perdido seu pai, e talvez até por se perder um dia. Não te culpo por nada disso. Eu entendo, de verdade. Caramba, talvez eu tivesse feito a mesmíssima coisa se fosse o contrário. Mas sei que você é diferente. Cresceu ouvindo que aquela era a única verdade, a mais importante de todas, e mesmo assim, quando teve a chance de confiar em mim, você não teve medo de mudar de ideia. Você. Não seu pai. Não aquele ancestral escroto. *Você*. Foi você quem tomou uma atitude. Quem deixou de lado toda aquela besteira sobre maldição e culpa e *confiou* em mim porque sentiu que era o certo. — Deposito um beijo delicado nos lábios dele, deixando que dure um instante. — Poderia ter repetido os erros da sua família, mas escolheu seguir por outro caminho. Entende? São as escolhas em relação ao futuro, não seu passado, que definem quem você é.

Um som engasgado escapa da garganta dele, e o puxo para mais perto de mim, envolvendo seus ombros com os braços enquanto ele abraça minha cintura e enterra o rosto no meu peito. Apoio o rosto no de Lachlan e respiro fundo seu cheiro, uma mistura de água, ar e algo só dele, sentindo seu corpo trêmulo nos meus braços enquanto tenta assimilar minhas palavras. Não consigo imaginar como deve ser difícil. Passar a vida toda com uma única certeza, transmitida de geração em geração, só para ver tudo cair por terra em um piscar de olhos... é o suficiente para enlouquecer qualquer um. Mas não vou deixar Lachlan desmoronar. Estou aqui, pronta para colar os pedaços, para garantir que ele não se quebre.

— Eu não sei se mereço você — sussurra ele, a voz rouca contra meu suéter.

Aninho o rosto em seus cabelos.

— Claro que merece.

— Não, você não entende — rebate ele, afastando o rosto para me encarar. — Não é só isso, Key. Não que já não seja horrível, porque é, mas ainda tem *mais*. Estou começando a achar que você merece algo melhor do que eu. — O rosto dele parece tão aflito que chega a partir o coração. — Merece mais do que *isso*. Do que essa confusão infernal. Principalmente porque... — Ele engole em seco, parecendo perdido novamente. — Eu ainda nem... Preciso contar uma coisa...

Lachlan deixa escapar um suspiro surpreso quando encosto meus lábios nos dele, em uma tentativa de protesto que surge por uma fração de segundo antes de se entregar. Pouco a pouco, sinto a tensão abandonar seu corpo conforme o beijo se aprofunda. Se minhas palavras não bastam para mostrar o que sinto por ele, deixo que os gestos falem por mim.

— Key — sussurra, atordoado. — Key, eu preciso...

— Você precisa ficar quieto — murmuro. — Já falou demais.

Ele solta um grunhido quando minha língua desliza por seus lábios, que se abrem para mim sem hesitar. Como se fosse a coisa mais natural do mundo. E, de certa forma, é mesmo. Será que ele não vê? Não percebe que nossa conexão é muito mais do que mero acaso?

Enrosco meus dedos nos cabelos de Lachlan, inclino a cabeça dele para trás para explorar sua boca, mantendo meus beijos lânguidos, demorados, aproveitando a sensação e o gosto. A cada segundo, sinto que ele relaxa um pouco mais, e me acomodar no seu colo se torna uma decisão fácil. Moldar meu corpo ao dele é tão natural quanto respirar. Como se eu pertencesse a esse lugar.

Sinto as mãos dele enterradas debaixo do meu suéter, as palmas largas deslizando por toda a extensão das costas, deixando um rastro de calor. Nossos beijos continuam num vaivém lento, uma troca demorada, sua língua perseguindo a minha a cada recuo, assim como a minha busca a dele.

Normalmente, quando me despe, tudo é rápido, frenético. Desta vez, porém, os movimentos são lentos, calculados. Lachlan tira minha blusa como se estivesse desembrulhando um presente, e por um instante, meu cabelo se prende na gola antes de cair em cascata sobre os ombros. Ele admira meu corpo com uma reverência que me deixa mais nua do que se estivesse sem roupas. Antes de conhecer Lachlan, nunca me senti tão grata por ter peitos pequenos a ponto de dispensar o uso do sutiã, mas logo percebi o quanto parece ser obcecado por eles.

As mãos dele são tão imensas que me cobrem por inteiro, os dedos acariciam a pele macia antes de beliscarem meus mamilos até ficarem intumescidos. Inclina o rosto para abocanhar um deles, sem desviar os olhos dos meus, e minha boca se abre em um suspiro quando sua língua quente rodeia o bico endurecido, provocando arrepios por todo o meu corpo.

"Isso", penso. "Era disso que eu precisava."

Precisava ter certeza de que Lachlan ainda me olha como se não quisesse mais nada do mundo. De que as descobertas de hoje não abalaram a intensidade do que sente por mim. Precisava saber se ele está tão envolvido nessa relação quanto eu.

Deixo que me provoque por mais um instante, apreciando a sensação dos seus lábios no meu corpo, e por fim o empurro para trás, determinada a arrancar sua camisa. Não paro por aí, alcançando o botão da calça jeans para tirar tudo de uma só vez, e ele apenas me assiste, sem protestar, com um olhar intenso enquanto me livro das suas roupas. Com um olhar ainda mais intenso quando me livro das minhas.

Seus olhos estão quase fechados quando o empurro de costas contra o colchão, quando me arrasto por cima dele e monto no seu colo, e quando nossos olhares se encontram... Percebo que eu poderia ficar viciada no jeito como Lachlan olha para mim. Como se eu fosse uma criatura de outro mundo. Em qualquer outra hora, eu até acharia graça dessa ideia, já que, bem... De certa forma, sou mesmo.

Rebolo o quadril no colo dele para sentir sua ereção contra mim, roçando todo o comprimento até arrancar um som quase gutural dos seus lábios. As mãos dele cobrem minhas coxas, apertando e agarrando como se tentasse se conter, me deixando ditar o ritmo, e me esfrego contra ele mais algumas vezes antes de pôr fim a essa tortura, estendendo a mão para encaixar seu pau na minha abertura escorregadia.

Mantenho o olhar dele preso ao meu quando começo a afundar no seu colo, abrigando cada pedacinho, centímetro por centímetro, sentindo cada movimento enquanto ele me explora, me preenche, e só paro quando estamos colados um ao outro, quando seu pau já foi o mais fundo possível. Suas mãos traçam círculos lentos nas minhas coxas, um padrão hipnotizante que nem tenho certeza se ele percebe, com seu olhar reverente e intenso ao percorrer cada parte do meu corpo.

As mudanças quase imperceptíveis no rosto dele quando começo a me mover, o leve rubor nas bochechas, o peso repentino nas pálpebras, o ligeiro entreabrir dos lábios, cada uma delas faz com que eu me sinta ainda mais desejável, ainda mais ousada. Finco os joelhos no colchão e me afasto, içando o corpo para cima até apenas a cabecinha dele continuar dentro de mim, pairando no ar por um segundo ou mais antes de afundar com tudo. Seus olhos escancarados não escondem nada, o rosnado selvagem que irrompe da sua garganta, menos ainda.

Então faço de novo. E de novo. *E de novo.*

Não sei quando ele começa a espelhar meus movimentos. Em um instante sou eu quem dita o ritmo, quem está no comando, e no outro... as mãos dele agarram as laterais do meu quadril com força, sua virilha se ergue da cama em um ritmo feroz, até eu estar praticamente quicando no seu pau. Jogo a cabeça para trás quando ele vai mais e mais fundo a cada estocada, conforme a grossura do seu comprimento resvala naquele pontinho sensível e a pressão aumenta na minha barriga.

A uma hora dessas, ele estaria soltando uma profusão de palavras sujas capazes de me deixar ainda mais excitada, mas algo nesse silêncio inusitado faz tudo parecer... *mais* intenso. Como se ele não quisesse que as palavras atrapalhassem a energia crepitante que parece se formar entre nós. Uma energia quase palpável, tangível. Com certeza ele também sente. Não tem como não sentir.

Como se lesse meus pensamentos, seu polegar encontra meu clitóris e começa a estimulá-lo com a pressão certa, antes mesmo de eu precisar pedir. Traceja círculos ao redor do feixe sensível, movimentos lentos desalinhados com o ritmo violento das suas arremetidas. As sensações conflitantes me levam para cada vez mais perto do êxtase, atingindo um clímax que parece iminente demais.

Minhas coxas tremem, meu corpo estremece, e eu sinto: está bem ali.

E quando Lachlan finalmente abre a boca, sua voz está tão suave, tão cheia de admiração, que meu coração parecer prestes a explodir.

— Goza para mim — sussurra. — Goza para mim, meu amor.

E, como se obedecesse ao comando dele, meu corpo se entrega, se derrete, se estilhaça, e mal percebo quando as lâmpadas queimam, quando as janelas começam a chacoalhar com a força de um vento repentino, tão improvável nesta manhã ensolarada.

Todo o resto desvanece quando sinto o orgasmo desabar sobre mim, embalada pelos grunhidos vagos de Lachlan ao meu ouvido, pela sensação latejante do seu pau me inundando de calor. Deixo minhas mãos cobrirem as dele, ainda cravadas nas laterais do meu quadril, minha boca ainda aberta e ofegante em direção ao teto, meus olhos ainda fechados enquanto saboreio as sensações que cintilam por dentro.

Permaneço imóvel até Lachlan me puxar na direção dos seus braços, onde me segura com firmeza. Acaricia meus cachos selvagens, beija meu rosto, me abraça mais forte até não restar nenhum espaço entre nós. Depois de uma longa noite e uma manhã ainda mais arrastada, a calma e o calor irradiando dele fazem o cansaço enfim se instalar. E, como nenhum de nós parece capaz de encontrar palavras para o que acabou de acontecer, solto um bocejo longo e arrastado, que traz de volta o peso da minha noite passada em claro.

— Pode dormir — murmura ele, com o rosto enterrado no meu cabelo. — A gente conversa quando você acordar.

Aceno a cabeça, aninhada ao peito dele, acreditando na promessa velada. Ele ainda vai estar aqui quando eu acordar. Sei disso porque sei o que ele sente por mim. Acabei de sentir. Seja por magia ou por alguma intuição ilusória, percebi cada nuance dos sentimentos de Lachlan por mim, tão claros como se ele mesmo tivesse me contado. E agora, mais do que nunca, sei que estamos construindo algo... real.

Porque, afinal, sinto exatamente a mesma coisa por ele.

Acordo antes de Lachlan, sem saber ao certo por quanto tempo dormimos. O sol se infiltra com força total pela janela, então já deve ser bem depois do meio-dia. Faz algumas semanas que parei de carregar o celular comigo para cima e para baixo. Ainda é uma novidade para mim, mas já nem faz falta. Perdi contato com a maioria dos meus amigos de Nova York quando meu pai ficou doente, e se quiser conversar com alguém por aqui, basta me levantar e ir atrás.

Há algumas semanas, isso seria impensável.

Eu me visto sem fazer barulho, ajeito o cobertor de Lachlan e o deixo dormir mais um pouco. Vou até a cozinha, penando para fazer o café naquela cafeteira caindo aos pedaços, depois me acomodo diante da mesa para retomar a leitura do diário. Por enquanto, a rédea só foi mencionada algumas vezes: quando Sorcha chegou ao castelo, quando o ancestral de Lachlan fez o acordo, quando a traiu... Só agora cheguei na parte em que Tavish recuperou a rédea e libertou a kelpie da prisão. É uma leitura dolorosa, porque acabei descobrindo outra coisa: o ancestral de Lachlan só foi amaldiçoado depois de Sorcha ter saído da prisão. Não por capricho ou crueldade, mas como punição por quase um ano de cativeiro sob circunstâncias desumanas. Espero que Lachlan nunca leia essas páginas. Ele já se culpa demais por esse homem desprezível com quem compartilha apenas o sobrenome.

As anotações no diário ficam cada vez mais escassas depois da libertação de Sorcha e dos relatos alegres de Tavish sobre ela ter correspondido ao seu amor. Fora isso, tem só algumas linhas sobre o casamento deles, planos para usar a rédea para garantir que o Lorde Greer nunca mais fizesse mal a eles ou ao resto da família, e até mesmo um registro de que ele cedeu algumas terras para que pudessem recomeçar a vida. E então... mais nada. Apenas registros fofos do cotidiano, mas nada fora do comum.

"Sério? Só isso?", penso com meus botões. "Depois de tudo, os dois vão terminar felizes para sempre na fazenda?"

Pelo jeito, Tavish era mesmo um "bobo apaixonado", como Rhona mencionou. Sorcha não fazia nada de errado aos olhos do marido. Cada menção a ela parece idealizada, o que é até bonitinho, admito, mas ele simplesmente... nunca mais menciona a rédea. Só fez um breve comentário sobre usar o poder do artefato com moderação, para não atrair atenção indesejada, e ficou por isso mesmo.

Sinto minha frustração aumentar a cada página virada, já quase sem esperanças quando chego às últimas. Não pode ser outro beco sem saída. Não pode. Não suporto a ideia de encarar Lachlan e dizer que não tenho respostas. A rédea estava aqui, inferno. Estava bem aqui.

A última página é mais um relato de um dia qualquer, uma história boba sobre um arado quebrado, a reclamação de Tavish sobre sentir o peso da idade, embora sua Sorcha continue linda como sempre. Eu até acharia meigo, se não representasse meu completo fracasso em encontrar a rédea. Em *salvar* Lachlan.

Estou prestes a arremessar o diário longe quando percebo mais alguma coisa escrita depois da última página. Eu a levanto, curiosa, arregalando os olhos ao ver mais palavras na contracapa, não nos garranchos de Tavish, mas sim com uma caligrafia bonita, quase artística.

A quem encontrar o diário do meu amado,

Meu Tavish se foi esta noite, e, com ele, partiu também meu coração. Em todos os meus anos de vida, jamais pensei que amaria um mortal. Os homens sempre foram cruéis com a minha espécie, comigo, e aprendi desde cedo a não confiar neles, a ter medo deles, quando necessário.

Mas Tavish me fez mudar de ideia.

Enterro este diário aqui nesta terra, no nosso lar, com a esperança de que, um dia, quando nossa história tiver sido apagada pelo tempo, nosso amor continue vivo. Na esperança de que os filhos de nossos filhos encontrem as palavras dele e saibam de onde vieram. Estou decidida a deixar esta vida ao lado de meu marido, pois não desejo caminhar por um mundo onde ele já não esteja.

Deixo minha rédea com meu amado, pois minha magia é meu coração, e apenas a ele pertence.

Lembre-se da minha maldição, ó prole MacKay. Lembre-se dela e saiba que aqueles que nos causaram dor agora colhem o sofrimento semeado. Nos anos vividos ao lado de Tavish como uma mulher mortal, aprendi o significado de perdão, mas não cabe a mim concedê-lo. Tal é o poder das palavras, tal é a natureza da minha maldição. Pois, embora eu nunca possa ser filha dos MacKay, uma donzela dessa linhagem caminhará por este mundo um dia, portadora da minha magia, e receberá a chance de perdoar. Somente se ela assim desejar, minha maldição terá fim.

Lembre-se das minhas palavras:

Ó tu, de rosto tão belo e nome tão nobre
De coração sombrio como o véu que a noite encobre

Teus feitos malditos despertam a maldição
Nem preces nem súplicas garantem a salvação
Nas horas longas do luar até o raiar do dia,
Teu corpo há de carregar o peso da tua alma sombria
Todos os teus filhos hão de sucumbir
A busca de uma graça em vão a perseguir
Tua linhagem desfeita diante de um perdão
Cada filho levando consigo a maldição
Teus atos atrozes serão nada, disso eu sei
Pois o fim só virá com uma filha dos MacKay

O diário despenca no chão com um estrondo, e o choque me faz esquecer da necessidade de tratar essa velharia com cuidado. Sério, quantas vezes o mundo de alguém pode ser virado de cabeça para baixo em um único dia? Ouço uma leve movimentação atrás de mim, mas não me viro para olhar, perdida demais nos meus próprios pensamentos.

E então escuto uma voz sonolenta chamar meu nome.

— Sou eu — declaro, ainda atordoada, e me viro sob o olhar confuso de Lachlan. — Eu sou a filha dos MacKay.

E mais do que a revelação surpreendente de que tenho um papel a desempenhar nessa história, de que todas essas reviravoltas já estavam previstas, o que mais me derruba é a expressão de Lachlan ao ouvir minhas palavras. O reconhecimento. É aí que tudo se encaixa.

Ele sempre soube.

30

Lachlan

AINDA ESTOU TENTANDO me livrar dos resquícios do sono, mas mesmo nesse estado, não tem como ignorar o rosto de Key mudando de choque a decepção em questão de segundos.

Ela descobriu.

Não sei o que ela leu naquele diário, mas o olhar dela me diz tudo. Seja lá o que tenha encontrado, ela sabe que não fui totalmente honesto.

— Por favor, me deixa explicar — gaguejo, pulando para fora da cama, meu corpo agindo no automático para chegar mais perto dela.

Ela se levanta da cadeira da cozinha e se afasta depressa, cruzando os braços diante do peito como se quisesse se proteger. De mim. Esse gesto dói como uma punhalada nas costas.

— Key, por favor — arrisco outra vez. — Não sei o que você viu, mas juro que não é...

— Não é o quê? — interrompe ela, com um tom magoado. — Não é verdade? Não é o que eu estou pensando? Por acaso se esqueceu de me contar que aquele seu poeminha sinistro tinha uma segunda parte? Muito conveniente!

Dou uma olhada no diário caído no chão, com a lombada para cima, e me abaixo para pegar. Depois o coloco sobre a mesa com cuidado, com uma expressão séria.

— Então você sabe sobre a maldição. Tudo.

— "Pois o fim só virá com uma filha dos MacKay" — recita ela, e eu solto um suspiro. — Por que você não me contou?

Passo as mãos no rosto, tentando resistir à vontade de me aproximar dela.

— No começo? Porque não te conhecia. Não fazia ideia do que essa parte da maldição significava. E, aliás, ainda não descobri. E depois... — Olho para os meus pés, cerrando os punhos com força enquanto a culpa me consome. — Eu não sabia como contar. Fiquei com medo de... machucar você. — Ergo os olhos e, no rosto dela, vejo estampada a mesma dor que eu tanto temia causar. — Eu não queria causar mais sofrimento, Key. Você já sofreu demais.

— Ah, então é isso? — rebate ela. — Agora você decide por mim? Decide se sou capaz ou não de determinar se você vale o risco, e agora decide se sou capaz ou não de lidar com a verdade?

— Não, não é nada disso. Eu...

Ela joga as mãos para o alto, furiosa.

— E se eu estiver piorando tudo? Já pensou nisso? Aquela maldição infernal diz que o fim virá por minha causa. Você não tem filhos, Lachlan. Se a maldição te levar como levou seu pai, a linhagem dos Greer acaba com *você*. E se esse for o objetivo por trás de tudo?

— Não acho que seja isso — argumento. — Não parece certo.

— E como eu ia saber, se você não me contou porra nenhuma?

Estendo a mão na direção dela, incapaz de me conter por mais tempo.

— Key, eu não...

Ela se afasta, e mais uma vez o gesto vem como uma facada.

— Não — diz ela, recuando ainda mais. — Não encosta em mim.

As palavras dela me destroçam por dentro, e preciso me apoiar na mesa, agarrando a borda para não cair. Um terror como nunca senti me domina, o medo de ter arruinado tudo entre nós. A possibilidade de perder Key me assusta mais do que qualquer outra coisa no mundo.

— Por favor, me perdoa — imploro, desesperado para que ela acredite em mim. — Eu ia te contar.

— Mas não contou. Eu achei que você confiava em mim... Agora tudo faz sentido. "A filha dos MacKay." Sabia que não nascia uma mulher na minha família havia séculos? Rhona me contou. E aí você simplesmente me esperou aparecer esse tempo todo? Ou estava com medo de esse momento chegar? — Ela volta a cruzar os braços sobre o peito, parecendo aflita. — Tem noção de como me sinto idiota? Achei mesmo que estávamos juntos nessa história, mas você não confiou em mim nem para contar a informação mais importante de todas. Como se eu fosse uma criancinha.

— Não foi minha intenção — insisto. — E eu ia mesmo te contar. *Hoje*. Juro por tudo.

Ela estreita os olhos, ressabiada.

— Claro que você ia falar isso.

— Eu *juro*, Key. — Dou um passo cauteloso, mas paro quando ela se retrai. Dói demais perceber que, mesmo querendo tanto protegê-la, só causei mais sofrimento. — Por favor, acredita em mim.

Ela me encara por um bom tempo, com os olhos verdes cheios de raiva, o corpo retesado de apreensão. Por fim, solta o ar com força e desvia os olhos para o chão, pensativa.

— Preciso de um tempo — determina ela com firmeza, e sinto o estômago revirar na hora. — Eu só... não consigo pensar direito na sua presença. É difícil ficar brava com você quando estou olhando para sua cara, e isso é um problema sério. — Ela inclina um pouco a cabeça, me encarando. — Você entende, né? Minha vida inteira foi cercada de segredos. Eu não precisava de mais um. Especialmente vindo de você.

— Eu sei — respondo, com ar resignado. — Me desculpe.

O peito dela ainda sobe e desce com a respiração ofegante. Ela parece lutar contra os próprios pensamentos, e por fim sacode a cabeça com força, como se quisesse clareá-los.

— Preciso de tempo — repete. — Só preciso de espaço para botar as ideias no lugar. Pode me passar o diário, por favor?

Key continua parada onde está, com a mão estendida, sustentando meu olhar. Quero entrelaçar os dedos nos dela, puxá-la de volta para o meu abraço, implorar que não vá embora, porque mesmo sabendo que precisa de espaço, a última coisa que quero é ficar longe dela.

Mas escondi segredos dela por opção, e agora preciso arcar com as consequências. Disso eu entendo. Até demais. Por isso pego o diário com todo o cuidado e o coloco na mão dela, ainda estendida. Nossos dedos se esbarram, e o contato a faz prender a respiração, mas logo em seguida ela puxa o diário de volta e o segura contra o peito.

— Mais tarde a gente conversa. Quando eu estiver mais calma. Não quero falar nada de cabeça quente e acabar me arrependendo.

— Tudo bem. Eu entendo.

— É só que... — O rosto dela murcha, os olhos se enchem de tristeza. — Eu queria que você tivesse confiado em mim.

— Eu confio minha vida a você — declaro com toda a sinceridade. — Não existe ninguém no mundo em quem eu confie mais.

Os lábios dela se entreabrem, como se uma resposta estivesse prestes a sair, mas ela parece mudar de ideia e logo a fecha. Logo me lança um último olhar demorado, com aquela mesma expressão magoada que me destrói por dentro, e se vira na direção da porta, sem olhar para trás enquanto a abre e a fecha atrás de si, me deixando sozinho. Nem sei por quanto tempo encaro o vazio, com a sensação de que o ar ficou mais frio com sua ausência, como se ela tivesse levado embora todo o calor.

"Eu queria que você tivesse confiado em mim."

Sei que ela tem razão. Por mais que minhas intenções tenham sido boas, escondi coisas importantes, como se ela não tivesse o direito de saber seu papel na história. Como se ela não fosse forte o suficiente para aguentar. Poucas horas antes, ela me disse que o fato de eu confiar nela me tornava diferente. Que isso provava que eu não era um monstro.

Na hora, respondi que não sabia se a merecia.

Agora, só me resta torcer para ela não perceber que é verdade.

Precisei reunir todas as minhas forças para não ir atrás dela nas horas que se seguiram à sua saída apressada do chalé. Tentei me distrair com o trabalho, mas passei a maior parte do tempo olhando para a janela do quarto dela, todo cabisbaixo. Acho que até as vacas ficaram de saco cheio de mim.

No fim, voltei para o último lugar onde a tive em meus braços, esparramado de bruços na cama, remoendo cada decisão ruim que tomei nos últimos dias. Tive tantas oportunidades de contar a verdade a ela: quando a beijei pela primeira vez, quando fizemos amor, até mesmo naquela porcaria de cemitério, quando revelei parte da sua história. E o que me impediu, afinal? Nem posso dizer que foi pensando no bem dela.

Ou talvez eu já sentisse essa necessidade de proteger Key naquela época, mesmo sem perceber?

Acho que agora já não tem importância. Só me resta chafurdar aqui nas sombras, sem me dar ao trabalho de trocar as lâmpadas depois de ela ter queimado todas outra vez, conformado em continuar deitado aqui até o sol se pôr, quando serei obrigado a me arrastar de volta para o lago e encarar mais uma noite horrível longe de Key. Só que, agora, terei a desvantagem adicional de saber que ela não estará me esperando quando eu voltar.

Como caralhos eu conseguia viver sem ela?

Rolo de costas e passo a fitar o teto, repassando na cabeça todas as formas possíveis de pedir desculpas. Não tenho nada a oferecer, mas isso não me impede de orquestrar dezenas de gestos grandiosos na esperança de ela me ouvir. Meu lado mais racional diz que Key vai me procurar quando estiver mais calma, mas a sensatez é engolida pelo medo de que ela nunca mais volte.

Uma risada amarga me escapa.

Quando foi que fiquei com os quatro pneus arriados por essa mulher?

Tento identificar o momento exato, mas são tantos que nem consigo escolher. Talvez tenha sido quando ela bateu o pé dizendo que ia me ajudar, que esse era seu propósito aqui. Ou talvez tenha sido quando a abracei naquele celeiro velho e decadente, com seu corpo trêmulo contra o meu, enquanto ela me perguntava baixinho se eu confiava nela. Ou, ainda, quando ela invadiu meu chalé e me chamou de idiota por querer tomar as decisões por ela. Pelo jeito, não aprendi a lição, já que cometi o mesmo erro de novo.

No fim das contas, não consigo escolher apenas uma ocasião na qual me apaixonei perdidamente por Keyanna MacKay.

Porque estou apaixonado. Não tem como negar. Quando ela saiu desta casa, foi como se tivesse levado uma parte de mim. Não estava nos planos, mas isso não me impede de estar caidinho pela ruiva teimosa e linda que, segundo as lendas, ainda pode ser minha inimiga mortal.

E talvez as lendas sejam mesmo verdadeiras. Talvez a simples existência dela seja minha ruína. Não posso descartar essa possibilidade. Mas, para ser bem sincero, não estou nem aí. Prefiro passar um curto período ao seu lado do que uma vida inteira sem ela.

Dou um pulo na cama, tomado pela urgência de confessar tudo a ela. De revelar como não me importo se ela for mesmo o meu fim, o fim da minha linhagem. Talvez seja até parte do motivo pelo qual escondi parte da verdade: simplesmente não fazia diferença para mim. Seja ela a graça eternamente buscada ou o fim de tudo... tanto faz. Só sei que ela é tudo que eu quero.

E, de repente, não aguento passar mais um minuto sem contar isso a ela.

Ainda falta pouco mais de uma hora até o pôr do sol, tempo de sobra para ficar plantado diante do quarto dela e implorar para que me escute. E, se não der certo, penso, vou repetir amanhã, depois de amanhã e todos os dias seguintes, até que já não me reste tempo nenhum.

Decidido, visto o casaco enquanto calço as botas, e quando termino de amarrar os cadarços ouço uma leve batidinha na porta. Fico surpreso, na expectativa de que seja ela. Vou cambaleando até a porta feito um bobo apaixonado, com o casaco torto e os cadarços arrastando no chão. Abro a porta com o coração disparado, a euforia crescendo por meros segundos antes de se dissipar... porque não tem ninguém ali.

— Key? — Saio pela porta, olhando ao redor, mas não vejo ninguém. — Key!

Corro até a lateral da casa, achando que talvez ela tenha mudado de ideia no meio do caminho e voltado por ali. Chego bem na beirada para dobrar a esquina, e várias coisas acontecem ao mesmo tempo.

Os raios ofuscantes do sol poente quase me cegam por um segundo ou mais, e levanto a mão para proteger os olhos da claridade. E então me dou conta de que Keyanna não está em lugar nenhum. Na verdade, não tem o menor sinal dela à vista. E isso logo fica óbvio, considerando *quem* está ali me esperando.

Antes mesmo que eu tenha tempo de reagir, o sol é encoberto por alguma coisa enorme e pesada que golpeia minha cabeça a toda a velocidade. Nem chego a entender direito o que é antes de sentir a dor aguda que explode no crânio e logo se espalha para fora, deixando um rastro de escuridão enquanto a consciência me abandona. Meu corpo desaba feito pedra no chão, e a última coisa que vejo são botas velhas bem na minha frente, e aquela coisa pesada, talvez um porrete, caindo com um baque ao lado.

— Sinto muito, camarada — murmura uma voz familiar. — Logo tudo isso vai acabar.

31

Keyanna

A PORTA DO MEU QUARTO, ou melhor, do quarto do meu *pai*, chacoalha nas dobradiças quando a bato com força atrás de mim. Meus avós devem ter ido para a cidade, porque não vejo nem sinal da caminhonete de Finlay no quintal da frente. Ainda bem. Preciso mesmo de um tempo sozinha.

Passo a mão nos olhos, sem entender como ainda tenho lágrimas para chorar depois dessas últimas vinte e quatro horas infernais. Doeu deixar Lachlan daquele jeito, e uma parte de mim até entende por que ele escondeu tantas coisas. Sei que carrega o mundo nas costas e que, por trás daquele jeito durão, sempre tenta proteger as pessoas com quem se importa, mesmo que isso aumente seu fardo. Fica claro na maneira como ele não culpa a mãe por ter ido embora, em como ainda tenta se aproximar do pai, apesar de todos os indícios de que ele já se perdeu de vez.

No fundo, eu *sei* que ele nunca quis me machucar, mas isso não muda os fatos.

Acho que, acima de tudo, eu me sinto uma baita idiota. Fiz todo um discurso emocionado sobre sua confiança em mim, e no fim ele ainda estava cheio de segredos. Escondeu tantas informações importantes. Poxa, quem é que *esquece* de contar para a pessoa que toda a existência dela foi *profetizada* por uma maldição maluca passada de geração em geração? Quer dizer, só pode ser sobre mim... não é?

Desabo no chão e cruzo as pernas, com o diário no colo. Passo o dedo na capa de couro, pensando em tudo o que descobri pouco antes de Lachlan acordar e virar tudo do avesso de novo. Nem cheguei a contar para ele o que Sorcha escreveu sobre a rédea. Para ser sincera, nem sei direito o que significa. Talvez tenha sido egoísmo da minha parte colocar meus sentimentos antes dos dele, mesmo depois de tudo o que já passou. Eu estava tão brava, tão *magoada*... e reagi sem pensar.

E agora estou aqui, sozinha e emburrada. Que maravilha.

Céus, o que eu faço agora? Como assimilar o fato de que uma criatura mágica de sei lá quantos anos atrás literalmente escreveu minha existência? Minha cabeça dói só de pensar. E, pelo visto, vou ser a responsável pelo fim... Mas o que raios isso significa? Prometi a Lachlan que encontraríamos respostas, que daríamos um jeito de resolver tudo... mas e se eu estiver destinada a fazer justamente o contrário? E se minha simples presença só servir para *piorar* as coisas?

Seria insuportável.

É nessas horas que a saudade do meu pai aperta. Em momentos assim, eu correria para os seus braços em busca de conselhos. Passei a maior parte da juventude cuidando dele, e mal tive tempo de lhe apresentar um namorado antes de a doença se agravar. O que ele acharia de tudo isso? Fecho os olhos e tento visualizar seu rosto, ouvir sua risada. O que meu pai me diria agora?

"Ah, minha menina. Não chore. O que a gente faz quando leva um tombo, hein?"

Consigo imaginar o sorriso suave dele enquanto cuida do meu joelho ralado, a poucos metros de uma bicicleta rosa caída. Posso sentir seus dedos enxugando minhas lágrimas, a outra mão pousada sob meu queixo para me fazer olhar para ele.

"A gente se levanta outra vez."

Ah, inferno. Lá vou eu chorar de novo.

De repente uma ideia me vem à cabeça. Vou engatinhando até a beirada da cama e começo a vasculhar os papéis espalhados ali. Por fim, pego a folha que caiu naquela minha empolgação toda ao encontrar o diário. Volto a me acomodar e releio a carta que meu pai deixou para Rhona, sentindo um pequeno conforto por segurar algo que já esteve nas mãos dele.

Mãe,

Não sei se você vai encontrar isso um dia. Para ser sincero, nem sei se eu quero que encontre. Se você ler o conteúdo deste diário, vai entender por que fui embora, e não sei o que é pior: você ficar decepcionada comigo por ter partido, ou ter a certeza de que fui embora porque sou um covarde.

Talvez, com o tempo, eu encontre a coragem que me faltou. Mas, por favor, saiba que não fui embora por sua causa. Não mesmo. Eu só não conseguia desafiar o destino, não conseguia aceitar a incerteza do futuro, então fui embora. Por ela. Tudo o que está neste diário é verdade. A história inteira. Disso tenho certeza. E é por isso que não pude me arriscar. É por isso que tive que ir embora enquanto ainda podia.

Mas uma coisa foi e sempre será certa.

Eu te amo, mãe.

Duncan

Releio tudo mais uma vez, parando na parte sobre meu pai ter ido embora "por ela", como se aquelas palavras ganhassem um novo significado. Fragmentos de conversas com Rhona começam a pipocar na minha mente, e me concentro, tentando me lembrar dos detalhes com mais clareza.

"Ele me chamou para conversar bem aqui, nesta mesa", dissera minha avó. "Parecia... agitado. Meio fora de si. Contou que sua mãe estava grávida, que tinham descoberto que seria menina. Fiquei muito surpresa, claro, mas Duncan... Duncan parecia quase chateado com a notícia."

Por um instante, permaneço ali, fitando a parede, enquanto as peças começam a se encaixar. Meu pai leu o diário. Ele viu esta maldição. E quando soube da gravidez... entendeu o que meu nascimento significava.

Ele não foi embora por causa da minha mãe... Ele foi embora por *mim*.

Uma enxurrada de lembranças me inunda de uma vez: Rhona me contando sobre a viagem do meu pai e do pai de Lachlan para Inverness depois de terem encontrado o diário. Lachlan acusando meu pai de ter abandonado o dele mesmo tendo prometido ajudar. Meu pai se recusando a me contar qualquer coisa sobre sua terra natal.

Ele abandonou o pai de Lachlan para me proteger. Porque não sabia o que o amigo faria quando descobrisse sobre mim.

Minha cabeça dói com tantas revelações. Passamos a vida inteira orbitando uns aos outros, todos nós, unidos pelo destino. Penso na sequência de acontecimentos que me trouxe até aqui, todo o sofrimento, todas as dores e perdas, não apenas as minhas, mas as de Lachlan também... dos meus avós... do meu *pai*... e é exatamente isso que parece estar acontecendo neste momento. Destino. Como se tudo o que vier a seguir já estivesse traçado.

Sinto aquela energia no ar, aquela presença crepitante que me impulsiona para cima, que me impele a ir em frente, e mesmo que eu ainda não a entenda por completo, agora já sei que essa força tem um nome. Um nome antigo, esquecido há muito tempo. Um nome ao qual, de certa forma, me sinto ligada. Como se ela estivesse ali, silenciosa, determinada a me conduzir além.

Porque Sorcha também sacrificou tudo por amor. Ela abriu mão da liberdade, da magia e até mesmo da própria vida no final, tudo para estar com o amado, como ela o chamava.

"Deixo minha rédea com meu amado..."

Levanto-me de um salto, ofegante, como se a última peça do quebra-cabeça tivesse se encaixado. As respostas me atingem todas de uma vez. Vejo a imagem com nitidez agora, as soluções reveladas diante de mim, apenas esperando que eu as examine mais de perto. Meu rosto ainda está manchado de lágrimas, e ainda assim me pego sorrindo.

Porque só existe uma pessoa no mundo com quem quero dividir essa descoberta.

"Pois minha magia é meu coração, e apenas a ele pertence."

Dou um sorriso ainda maior, já saindo do quarto.

Desço as escadas correndo e passo direto pela porta da frente, com as pernas queimando de esforço enquanto atravesso o gramado em direção ao chalé. Penso em tudo o que preciso dizer a ele, mais leve a cada passo.

"Vai dar tudo certo. Vou salvar Lachlan. Vai ficar tudo bem."

Nem perco tempo batendo e já vou logo abrindo a porta. Cruzo a soleira, esbaforida, e dou de cara com... Nada.

O chalé está completamente vazio.

Fico confusa por um instante. Ainda falta mais de uma hora para o sol se pôr, então não faz sentido ele já ter ido para o lago. A menos que tenha ido lá para pensar? Fecho a cara, sentindo uma pontada de culpa por ter ido embora daquele jeito, mas rapidamente a afasto. Mais tarde lido com isso. Entro na cozinha, quase como se ele pudesse se materializar ali do nada. Não. A casa está mesmo vazia. Deixo o diário em cima da mesa, agora preocupada com a possibilidade de ele ter ido mesmo para o lago. Será que consigo chegar lá a tempo?

Saio em disparada porta afora e desço os degraus de dois em dois, contornando o chalé para dar uma olhada no celeiro antes de ir correndo para o lago. Dobro a esquina da pequena casa e paro na hora. Tem uma mancha vermelha na grama.

Demoro alguns segundos para assimilar a cena diante dos meus olhos. A ficha só cai quando vejo um pedaço de madeira, talvez a perna de uma mesa, jogado no chão, com aquela mesma mancha vermelha na ponta como se... Não.

Eu me agacho e passo os dedos na superfície da mancha, apesar do medo cada vez mais intenso na boca do estômago. Levo o líquido pegajoso ao nariz e quase recuo diante do aroma pungente de ferro. Tento controlar o pânico, me convencer de que talvez um bicho tenha matado uma galinha ou algo assim, mas aquela mesma certeza de antes, aquela força estranha, volta a sussurrar para mim, dizendo que não é o caso. De alguma forma, mesmo sem ter nenhuma prova... sei que este é o sangue de Lachlan. O pensamento me apavora, me desespera. E se não fosse por essa energia pulsante dentro de mim, quase mágica, eu poderia ficar paralisada de medo.

Mas sei que não posso. Não se ele estiver em perigo. Não se precisar da minha ajuda.

Em vez de ceder ao desespero, respiro fundo e solto o ar, tentando me recompor. Busco aquele fio de energia, tão vibrante no ar ao meu redor, e me agarro a ele, implorando que me guie, que me leve até Lachlan. Quando a energia se apodera de mim, quase consigo ver seu rastro, um brilho tênue no ar que serpenteia pela propriedade e repousa sobre uma trilha familiar. Fraca, mas inconfundível.

E mesmo sem conhecer os motivos... sei exatamente onde ele está. Afasto qualquer resquício de medo. Não há tempo para isso agora, não há proveito. Não sei quem machucou Lachlan, nem por que faria isso... mas quando eu encontrar o culpado?

Vou garantir que se arrependa.

O caminho para o cemitério parece mais longo quando o percorro sozinha, mas a cada passo tenho mais e mais certeza de que estou na direção certa. O brilho sutil no ar se torna mais nítido à medida que avanço pela trilha. Nem me importo com o barulho, pisando em folhas secas, quebrando gravetos sob os pés e empurrando os galhos pelo caminho. Meus pulmões ardem com o esforço da caminhada, mas não consigo diminuir o ritmo. É como se eu estivesse atada a um fio invisível, sendo puxada por alguém na outra ponta.

Reconheço uma parte da trilha da minha visita com Lachlan e aperto ainda mais o passo, desesperada para chegar logo ao cemitério. Os últimos galhos cedem quando os empurro, e então irrompo na clareira. A luz moribunda do sol se esforça para atravessar a copa das árvores acima de mim. Não preciso nem procurar: avisto Lachlan à frente, recostado contra uma lápide colossal, com os olhos fechados e a boca aberta. Levo tempo demais, mais do que deveria, para identificar a pessoa agachada ao lado dele, perto de um carrinho de mão sem dúvida usado para carregar Lachlan até aqui. A figura parece estar acorrentando os pulsos dele.

Reviro a memória em busca de qualquer sinal, qualquer indício de que ele seria capaz de uma coisa dessas, ou que teria algum motivo para agir assim, mas não encontro nada. Fico parada ali, boquiaberta, com o cérebro travado por uns bons dez segundos antes de tudo voltar à tona e eu recuperar a fala.

— Brodie?

Ele limpa as mãos na calça jeans antes de se levantar por completo, virando-se para mim com uma expressão que parece até surpresa em me ver ali, mas sem o menor sinal de arrependimento. E então, com um calafrio na espinha, reparo na faca enorme na mão dele.

— Oi, Key. Eu… não esperava você aqui.

"Pois é", penso, atordoada. "Somos dois."

32

Lachlan

A PRINCÍPIO, não consigo entender onde estou. Muito menos o que está acontecendo.

Volto a mim aos poucos, ouvindo vozes abafadas ao longe antes mesmo de conseguir abrir os olhos, com as pálpebras ainda pesadas demais. Pisco devagar, avaliando o ambiente ao redor. Minha cabeça lateja, meus pulsos doem, presos por correntes.

"Que porra aconteceu?"

Minha cabeça está tombada para o lado, apoiada no ombro, e quando tento erguer o pescoço, outra dor aguda explode e embaça minha visão. Respiro fundo, concentrado em puxar o ar para os pulmões, tentando me agarrar a qualquer fiapo de consciência. E então, finalmente, consigo distinguir as vozes próximas.

— Mas que merda é essa? — ouço alguém perguntar, uma mulher, sem dúvida. — O que você fez com ele?

"Eu conheço essa voz."

Abro um dos olhos e tenho um vislumbre borrado de cachos ruivos e rebeldes. Logo reconheço Keyanna, parecendo prestes a explodir de raiva.

"Keyanna."

Nós discutimos. Ela quis ficar sozinha. Eu lembro que ia atrás dela. Lembro que cheguei a sair de casa antes de…

Pisco várias vezes, e minha visão começa a clarear. E então vejo Brodie MacKay, aquele filho da mãe, a poucos metros de mim. Ele se aproxima de Key com as mãos erguidas, todo cauteloso, como se ela fosse um bicho arisco. É até irônico, considerando a faca enorme e afiada que carrega.

— Calma, Key. Eu posso explicar — diz com um tom ensaiado, depois aponta para mim. — Ele não é quem você pensa que é.

Se não fosse essa dor de cabeça insuportável, eu já estaria às gargalhadas. O cara está totalmente por fora. Dou um puxão nas correntes prendendo meus pulsos, e elas até cedem um pouco, mas não o bastante para soltar as mãos.

— Ele está todo machucado! — sibila Key. — Foi você que fez isso, Brodie? Qual é a sua, hein?

Brodie solta um suspiro e apoia as mãos na cintura, com a faca ainda firme em uma delas.

— Minha intenção era resolver tudo sem te envolver, mas acho que agora já era — explica, depois torna a apontar para mim. — Lachlan Greer é um monstro.

— Ah, sério? — debocha Key. — Logo você, com esse facão aí, quer me falar de monstro?

Brodie meneia a cabeça.

— Não, você não entendeu. Ele é um monstro de verdade. Eu vi com meus próprios olhos. Está *amaldiçoado*, Key, e quer usar você para se livrar da maldição.

Abro a boca para responder, mas minha língua parece embolada, como se fosse feita de algodão. Observo Key ficar imóvel, inclinando a cabeça para o lado, com a confusão estampada no rosto. Com certeza está pensando a mesma coisa que eu.

"Como caralhos ele descobriu?"

— Do que você… — começa Key, com a testa franzida, como se tentasse medir o quanto Brodie sabe sem revelar muita coisa. — Do que você está falando?

Brodie vai até uma lápide ali perto e pega um livro grosso, encadernado em couro, que eu nunca tinha visto. Pela expressão surpresa de Key, ela também não.

Ele levanta o livro e dá uma leve sacudida no ar.

— Este diário aqui pertenceu a um ancestral de Lachlan. Achei por acaso quando fizemos as reformas da ala antiga, escondido em uma parede falsa que sobreviveu ao incêndio.

Key se vira na minha direção, e arregala os olhos ao perceber que estou consciente. Dou um breve aceno, um aviso para que não faça nada precipitado. Ela desvia o olhar de volta para Brodie.

— Você estava com isso esse tempo todo?

Brodie assente.

— Foi por isso que vim até aqui.

Ele se aproxima, me encarando com nojo enquanto se agacha ao meu lado. Levanta aquela faca enorme e pressiona a ponta no meu queixo, ignorando o protesto agudo de Key.

— Esse diário revela tudo o que a família horrível dele fez com a nossa. Fala sobre como, no fim, eles tiveram o que mereciam e foram amaldiçoados por uma kelpie de quem se aproveitaram. A bruxa os transformou nos monstros que sempre foram.

— Brodie... — diz Key em tom conciliador. — Isso parece loucura.

— Não é? — Ele escancara os dentes, em uma caricatura cruel de um sorriso. — Também achei que era maluquice... até que vi o monstro com meus próprios olhos.

— Você é... louco — consigo dizer, mesmo com a língua pesada.

— E você não é tão cuidadoso quanto imagina. O quê? Achou que ia se aproveitar da minha família de novo? Enganar minha prima? Aposto que achou que ela ia te levar direto até a rédea. Não achou?

As palavras me pegam de surpresa, e Brodie ri.

— Está vendo? Já saquei tudo. Eu sabia o que você estava aprontando no minuto em que começou a se aproximar de Keyanna. Você se aproveitou do desespero dela para saber mais sobre a própria família.

— Brodie — protesta Key. — Isso não é...

Ele solta um suspiro e fica de pé.

— Key, eu sei que você gosta dele, mas precisa entender... Ele não dá a mínima para você. Só quer te usar.

— Não, isso não é...

Ela cruza o olhar com o meu outra vez, e dou aquele mesmo leve aceno de cabeça. Não quero que ela revele mais do que o necessário. Não sabemos qual vai ser a reação de Brodie se descobrir que Keyanna sabe bem mais do que ele imagina. Até porque ainda não fazemos a menor ideia de suas intenções.

— Por que você está fazendo isso? — pergunto com a voz rouca, sentindo as forças voltarem pouco a pouco, mas ainda não o bastante para me soltar.

Brodie ri de novo, sem um pingo de humor.

— Por quê? Ora, é simples. Se eu colocar as mãos naquela rédea, tudo muda — declara, me lançando um olhar fulminante. — Sabe, chega a ser irônico... Logo você ser o filho da mãe usando minha família de novo. Meu pai achava que você era o filho perfeito, sabia? Vivia dizendo para o seu pai que adoraria que eu fosse mais parecido com você. — Ele solta outra risada amarga. — Mas não parava por aí, não. Ele chegava em casa e repetia as mesmas merdas *para mim*. "Por que você não é igual ao filho do Callum, hein?", ele perguntava, ou então "Se você fosse um pouco mais parecido com o Lachlan, talvez deixasse de ser tão imbecil"... Mas a minha favorita foi quando ele chegou em casa certa noite, depois de beber com seu pai, e falou que adoraria trocar a gente de lugar. Que teria sido muito mais *fácil* se você fosse filho dele, e não eu. — Brodie respira fundo, trêmulo, com os punhos cerrados enquanto seu pescoço fica vermelho de raiva. — Quando eu estiver com a rédea, meu pai vai parar de me tratar feito lixo, e até meus irmãos vão começar a me respeitar. — Ele se vira para Key. — Vou ser quem eu quiser! Vou dar o troco naqueles desgraçados da sociedade histórica por terem me botado no olho da rua... — Troco um olhar com Key, e sua expressão surpresa me diz que isso também é novidade para ela. — Dinheiro... poder... respeito... posso ter *tudo*. Mais *ninguém* vai fazer com que eu me sinta como se não valesse nada.

— Como assim, você foi demitido?

Brodie faz uma cara feia.

— Eu já tinha visto o monstro uma vez. No começo deste ano. Não sabia se era ele mesmo — comenta, com um olhar irritado para mim. — Mas eu vi. Escrevi um artigo sobre minhas descobertas, usando o diário como respaldo, mas riram da minha cara. Disseram que eu tinha perdido o juízo. Que estava confundindo ficção com realidade. Dá para acreditar em uma coisa dessas?

Ele começa a brandir a faca de forma descontrolada, e quando os olhos de Key encontram os meus, dou mais um aceno, pedindo que tenha cuidado. Pelo menos até eu conseguir me soltar.

— Deve ter sido... difícil — comenta Key. — Sinto muito por isso.

— Foi uma palhaçada, isso sim — dispara Brodie, cheio de raiva. — Eu vi o monstro com meus próprios olhos, e eles riram de mim. Então fiz o que qualquer um faria: tentei passar por cima deles. Levei minhas descobertas para a imprensa. Mas aí, adivinha? Descubro que o editor do jornal é amigo do meu chefe, e bastou um telefonema preocupado para convencer a diretoria inteira de que eu estava maluco e precisava tirar uma licença enquanto eles avaliavam a situação. — Ele dá uma cusparada no chão. — Um jeito bonito de dizer que estavam me chutando para o olho da rua.

— Então você veio atrás de provas — arrisca Key.

— Sim, e vou conseguir. Assim que eu pegar a rédea e tiver uma foto de Lachlan se transformando... eles vão ter que acreditar em mim.

— Brodie — diz Key com delicadeza. — Esse não é o melhor caminho. Você não é assim. Está machucando gente de verdade.

— Ele não é gente — sibila Brodie, praticamente cuspindo as palavras. — Ele só quer usar nossa família inteira. Rhona, Finlay, você... são só ferramentas para o plano egoísta dele. Só mais um canalha, como o resto da linhagem dele. É igualzinho ao meu pai. Só enxerga valor nas pessoas se elas tiverem algo a oferecer.

Faço uma careta. O cara tem tantos traumas relacionados ao pai que pode até acabar me matando. Começo a mexer os pulsos discretamente atrás das costas, tentando soltar as mãos das correntes enquanto Brodie continua a desabafar.

— Eu sei que você encontrou o diário de Tavish, Key — retoma ele. — Vi você saindo da casa de Lachlan com ele. Então tenho certeza de que vocês dois sabem onde está a rédea. Eu queria mesmo te manter fora dessa confusão toda, mas agora já foi. Fala logo onde está.

— Brodie, isso não é...

— Não seja idiota, Key — rosna ele. — Você está sendo feita de trouxa porque esse babaca te conquistou. Pense bem. Com a rédea, a gente pode fazer *qualquer coisa*. Talvez... talvez até trazer seu pai de volta.

Percebo quando ela prende a respiração, com os lábios entreabertos e as sobrancelhas erguidas na direção dos cabelos. Tudo dentro de mim grita que isso é impossível, não existe magia poderosa o bastante para trazer os mortos de volta. Mas ainda vejo a esperança nos olhos dela, e não posso dizer que a culpo.

— Key — grito. — Ele é louco. Não...

Um chute forte na minha costela tira o ar dos meus pulmões, desabo com tudo, e meu rosto se espatifa na terra enquanto solto um gemido. *Porra*.

— Cala a boca, caralho — rosna Brodie.

Mesmo com o corpo todo dolorido, abro os olhos e vejo que não parece mais surpresa. Não, nada disso. Agora Key parece furiosa.

— Fica longe dele — declara ela, mordaz.

Brodie revira os olhos.

— Key, não seja tão...

— Eu falei para ficar longe dele, inferno — repete ela, dessa vez mais alto. — Olha, não sei qual é essa sua obsessão doentia por controle e poder, mas Lachlan *nunca* me usou. Eu sempre soube o que ele era. Só comecei a ajudar porque eu *quis*.

A expressão de Brodie se distorce em desgosto.

— Caramba, então você não é ingênua. Só é muito burra mesmo. Achei que fosse mais esperta.

— E achei que você não fosse um babaca do caralho, então pelo jeito nós dois nos enganamos.

Vejo o punho de Brodie apertar a faca com força. Ele trava por um segundo, depois se vira e começa a marchar na minha direção. Agarra meu cabelo com força, puxando minha cabeça para trás, e sinto a ponta da faca pressionada contra minha garganta.

— Tudo bem — diz ele. — Só me fala logo onde está a rédea. O esconderijo estava no diário, tenho certeza.

— Não — rebate Key. — Lá não diz onde foi escondida.

Brodie solta um riso debochado.

— Ah, me engana que eu gosto. Você mente muito mal, sabia?

"Pior que ele não está errado."

É uma das coisas que mais amo nela, mas agora isso não está ajudando em nada. Mesmo com o sangue escorrendo nos meus olhos, consigo ver na cara dela que sabe de alguma coisa.

— Fale onde está — insiste Brodie, pressionando a faca com mais força na minha garganta — ou vou usar isso aqui.

— Se você encostar um dedo nele — responde Key, com uma voz ameaçadora que nem sabia que ela tinha —, eu mesma te mato.

Brodie dá uma gargalhada.

— Até parece.

Key fecha os punhos com força, o queixo erguido em desafio.

— Não tenho medo de você. Você é só um covarde de merda. Não vai fazer porcaria nenhuma.

Brodie fica quieto por alguns segundos, o corpo robusto travado de raiva silenciosa. Por fim, ele solta meu cabelo e se levanta.

— Ah, é? — pergunta friamente. — Vamos ver, então.

"Puta merda, o cara pirou de vez."

Brodie vai para cima de Key, com aquela lâmina horrível apontada diretamente para ela, e de repente já não é mais o sangue que me cega, e sim a raiva. A mera possibilidade de Key se machucar me enche de uma fúria ardente que parece correr pelas minhas veias, me inundando com uma energia renovada, e puxo as correntes nos pulsos com toda a força, observando Brodie se aproximar de Key, mesmo enquanto ela tenta recuar.

Rolo de barriga para cima e puxo as correntes com tudo, os olhos fechados, os dentes apertados, sentindo os elos começarem a ceder. Com um impulso, salto do chão poucos segundos depois de elas se romperem, correndo na direção de Brodie a toda a velocidade, mesmo com a tontura ameaçando me derrubar.

Brodie solta um grunhido de surpresa quando colidimos, depois desaba no chão perto de Key, ainda tentando me tirar de cima dele e xingando sem parar. Prendo seu pulso contra o solo para arrancar a faca de sua mão, mas ele me dá uma joelhada no estômago, e eu me dobro de dor. Ele aproveita minha fraqueza momentânea e rola para longe. Antes que fuja de vez, agarro seu tornozelo e o puxo de volta.

Posso sentir a raiva descontrolada crescendo dentro de mim, queimando meu sangue enquanto um rugido ensurdecedor me preenche os ouvidos. Logo vem aquele formigamento quase doloroso na ponta dos dedos, as garras ameaçando vir à tona, e minha pele estica de um jeito que só pode significar uma coisa: a fera dentro de mim quer se juntar à luta.

— Fica longe de mim, seu monstro desgraçado!

Faço outra tentativa de pegar a faca de Brodie e escuto Key gritando meu nome de algum lugar ao longe, mas não consigo tirar os olhos desse filho da puta que achou que podia ameaçar e machucar Key. Não me concentro em mais nada além da luta. Demoro apenas um segundo para antecipar o golpe da faca quando me posiciono sobre ele, segurando seu antebraço com as ambas as mãos enquanto a lâmina fica presa entre nós dois, a centímetros da minha barriga.

Brodie lança toda a sua força no golpe, e nossa proximidade torna quase impossível desviar o rumo da faca. Se eu tentar arrancá-la da mão dele, vai acabar cortando minha barriga de fora a fora. A lâmina rasga minha camisa, quase roçando a pele, e cerro os dentes, agarrando o pulso dele com tanta força a ponto de estalar os ossos. Uma selvageria descontrolada cintila nos olhos de Brodie, como se ele não tivesse nada a perder, como se não se importasse em sair vivo da luta, desde que me leve junto.

Parte de mim quase sente pena dele, porque não consigo imaginar como deve ser doloroso crescer sem o amor do próprio pai. Como deve ser angustiante achar que perdi a cabeça porque ninguém acredita no que vi com meus próprios olhos. Em outras circunstâncias, talvez Brodie não fosse assim. Talvez até virássemos amigos. Não passa de uma vítima de anos de maus-tratos e negligência, desesperado para encontrar o que acredita ser sua única saída.

Mas nada disso importa agora, porque ele tentou machucar Keyanna.

— Olha só para você — vocifera Brodie. — Você é mesmo um monstro.

Devo estar com uma aparência terrível. Melhor assim, eu acho. Ele não queria um monstro? Pois conseguiu.

Chego mais perto e intensifico o aperto no seu pulso trêmulo, mantendo a faca suspensa no ar, apontada direto para a minha barriga. Key volta a chamar meu nome, mas os gritos se perdem no ar, abafados pelo sangue martelando nos meus ouvidos, pelo rugido do monstro, ávido por ver este homem sangrar.

— É, eu sou um monstro — rosno para ele, com os lábios curvados em um sorriso irônico, e me inclino ainda mais, permitindo que a ponta da faca encoste na minha pele. — E agora posso fazer o que bem entender com você.

33

Keyanna

Observo, horrorizada, a luta dos dois — a faca de Brodie tão perto da barriga de Lachlan que bastaria um pequeno movimento para a lâmina perfurar a pele. O pânico me consome, a mente acelera buscando uma solução, uma forma de ajudar, mas pareço incapaz de me mover.

Grito o nome de Lachlan sem parar, mas ele me ignora, ainda agarrando Brodie pelo pulso, evitando o golpe, embora continue na linha de perigo. Os dois trocam palavras que não consigo entender, e vejo Lachlan se aproximar mais, com a faca a meros centímetros da barriga.

Deixo escapar um grito quando Brodie se ergue de repente e reverte a situação, pegando Lachlan desprevenido e imobilizando seus braços e pernas contra a grama. Recupero os movimentos, consumida pelo pânico ao ver Lachlan prestes a ser atravessado por aquela faca de aparência ameaçadora.

Eu me viro e corro para o outro lado, na esperança de algo familiar me conduzir ao lugar certo. A princípio, todas as lápides parecem idênticas, mas quando encontro a cerca de arame farpado pela qual Lachlan e eu passamos semanas atrás, consigo refazer o caminho e me posicionar diante do artefato que tanto procuramos.

E estava aqui esse tempo todo, bem debaixo do nosso nariz.

Não tenho tempo para admirar a escultura do cavalo, com os detalhes ainda visíveis na lápide apesar do desgaste causado pelos anos, mas ainda assim passo os dedos com delicadeza pelo nome quase apagado, no qual reparei na minha última visita.

A primeira letra continua nítida, e mesmo que o resto do nome seja quase ilegível, agora sei qual é. Ele esteve aqui o tempo todo.

Tavish MacKay.

Estendo a mão para a tira de couro de aparência antiga repousada sobre a cabeça do cavalo, adornada de forma meticulosa, como se ainda fosse possível incitar o animal a sair a galope. Com toda a delicadeza, eu a seguro e a tiro do suporte, e mesmo sabendo do que se trata, ainda é difícil de acreditar. Está tão desgastada, tão simples... não se parece em nada com um artefato poderoso.

Mas não tenho tempo para pensar nisso.

Levanto a rédea bem alto acima da minha cabeça e corro de volta para a clareira onde Lachlan ainda rosna sob o peso de Brodie, tentando desviar a faca prestes a ser alojada com tudo no seu peito. Meu coração se contrai diante da cena. Tomada pelo horror, vejo Brodie imprimir mais força ao golpe, usando todo o peso do corpo, e Lachlan só consegue empurrar a mão dele o suficiente para que a faca passe raspando no coração e acabe se enterrando bem no fundo no ombro.

O grito de dor de Lachlan me dilacera por dentro, e o sangue encharcando suas roupas me força a tomar uma atitude.

— Brodie! — grito, segurando a rédea mais alto. — Já chega! Aqui, é isso que você quer!

Por um momento, ele apenas me encara, atordoado. Quando percebe o que estou segurando, porém, relaxa um pouco os braços, mesmo com a faca ainda cravada no ombro de Lachlan. Eu estendo a rédea como uma oferenda.

— Deixe Lachlan em paz — digo a Brodie — e a rédea é toda sua.

Os olhos dele se estreitam com desconfiança, mas com Lachlan ainda sibilando de dor logo abaixo, seu suéter cada vez mais empapado de sangue, ele parece baixar a guarda. Brodie puxa a faca da ferida sem um pingo de delicadeza, arrancando outro grunhido aflito de Lachlan, que ele ignora enquanto se levanta e se afasta.

— Boa escolha — elogia Brodie, com a faca apontada na minha direção de forma defensiva. Desvio o olhar da lâmina, sentindo o estômago embrulhar com a visão do sangue de Lachlan. — Agora passa a rédea para cá, Key. Eu não quero te machucar. Você não fez nada de errado. É só uma *vítima*, entende? — Ele aponta para o corpo prostrado de Lachlan. — *Ele* é o monstro.

Aceno bem devagar, sem coragem de dizer uma palavra. O olhar ensandecido de Brodie me diz que ele não está aberto a discussões. Estendo a rédea com as mãos levemente trêmulas, sentindo um aperto no estômago quando ele a segura com cautela. Um sorriso maníaco desponta nos lábios dele conforme admira o artefato, com uma das mãos munida da faca inerte ao lado do corpo enquanto o polegar da outra desliza sobre a tira de couro.

Faço menção de ir até Lachlan, desesperada para tentar curar seu ferimento, mas sou pega de surpresa quando Brodie estica a perna e me faz tropeçar de cara no chão. Solto um gemido de dor ao colidir com a terra firme, ouvindo meu primo estalar a língua atrás de mim.

— Vai continuar se fazendo de boba, então? — Ele segura a rédea com uma das mãos e balança a cabeça, decepcionado. — Eu gostava mesmo de você, sabia? É uma pena.

Ele limpa o sangue na calça sem a menor cerimônia, virando-se de volta para Lachlan com um brilho assassino no olhar. Antes que ele consiga dar o primeiro passo, estico a mão, agarro seu tornozelo com força e o mantenho preso no lugar.

Uma expressão divertida cruza seu rosto quando olha para mim.

— Você não consegue largar o osso, né?

Fecho os olhos e ignoro sua voz, tentando me concentrar. Ele diz mais alguma coisa, sempre com aquele tom debochado, mas continuo agarrada ao seu tornozelo, canalizando a energia e me enchendo de força para um único propósito. Eu sinto quando acontece, o calor subindo pelos meus braços até a ardência se tornar palpável, e então, apesar das ameaças incessantes de Brodie, abro um sorriso.

No mesmo instante, a calça dele explode em chamas.

Ele começa a gritar conforme o fogo se espalha depressa, batendo com as duas mãos na tentativa de extinguir as labaredas. Eu rolo para longe, fugindo das chamas, e os berros dele ecoam pela clareira enquanto se debate feito um maluco, ainda tentando controlar o fogo. Dá alguns passos para trás e quase perde o equilíbrio ao tropeçar em galhos caídos e folhas mortas, alheio ao que está prestes a acontecer.

Os calcanhares dele enroscam em um tronco velho e, de repente, tudo parece acontecer em câmera lenta. Seu corpo desaba como um peso morto, a cabeça bate com força contra uma das lápides, as calças ainda consumidas pelas chamas. Ele fica imóvel na mesma hora, e por um momento, não tenho certeza se está vivo ou morto. E para ser sincera? Depois de tudo o que fez, nem sei se me importo. Mas então percebo o que ainda está na mão dele.

Mais importante, percebo que está pegando fogo.

A rédea!

Corro até o corpo imóvel de Brodie e pisoteio as últimas labaredas ainda presentes no couro envelhecido, depois arranco o casaco e começo a apagar o fogo nas calças de dele. Quando tudo se apaga, estou ofegante e coberta de suor, tossindo por causa da fumaça, e só então percebo a tragédia do que aconteceu.

A rédea está destruída.

Eu me ajoelho e tento soltar a tira das mãos de Brodie, vendo o couro antigo se esfarelar nos pontos mais afetados pelas chamas. Com relutância, verifico o pulso de Brodie e descubro que o idiota só está desmaiado, não morto. A vontade de dar um chute nele é grande, mas me seguro. Tenho coisas mais urgentes para resolver.

Atravesso a clareira depressa e desabo ao lado de Lachlan, reparando na manga toda ensanguentada do suéter, no rosto contorcido de dor, e enfio as mãos por dentro da gola, sem me importar com o sangue enquanto pressiono os dedos sobre a ferida.

Aquela mesma sensação cálida da noite no lago, quando descobri o que ele era, começa a se acumular nas minhas mãos, acompanhada de um brilho distinto. A força vem com facilidade. Como um pensamento que se tornou realidade. Demora alguns instantes para o sangramento diminuir, para o rosto de Lachlan se suavizar e as pálpebras se abrirem, e quando vejo aqueles olhos azuis me encarando com puro espanto e adoração, faço a única coisa que, a essa altura, já se tornou quase um hábito.

Começo a chorar.

Lachlan se endireita com um grunhido e me abraça com força, as mãos tateiam todo o meu corpo, e sua voz não passa de um murmúrio apavorado ao perguntar:

— Ei, o que foi? Está tudo bem? Ele te machucou? Eu juro, se ele tiver feito alguma coisa, vou...

Balanço a cabeça contra seu peito, com o corpo trêmulo de tanto chorar.

— Não, estou bem. Sério. Mas não importa. Estraguei tudo. Não foi minha intenção, eu só queria te salvar, mas...

Minhas palavras se perdem em soluços confusos, e não deve ser uma cena bonita de ver, mas ainda assim Lachlan segura meu rosto entre as mãos e me força a olhar para ele.

— Shh, está tudo bem — sussurra para mim. — Não precisa chorar. A gente vai dar um jeito. Você fez tudo certo, meu amor. Foi incrível.

Choro ainda mais ao ouvir os elogios, porque arruinei qualquer chance de acabar com a maldição. Solto um suspiro ofegante enquanto estendo os restos esfarrapados da rédea para que veja o estrago.

— Estava com ele — digo entre soluços. — Quando tentou apagar o fogo. Eu nem pensei... eu só...

Lachlan observa a tira de couro destruída na minha mão, pasmo de surpresa enquanto passa os dedos sobre a superfície queimada. Consigo ver o lampejo de decepção em seu rosto, e estou a segundos de cair no choro outra vez quando ele balança a cabeça, pega a rédea da minha mão e a joga para longe.

— Não precisamos dela — declara com firmeza.

Eu me afasto, um pouco confusa, com os olhos ainda marejados.

— Como não? Foi isso que a gente procurou esse tempo todo! Como vamos salvar você sem a magia da rédea?

Ele torna a balançar a cabeça, segurando meu rosto com as duas mãos enquanto abaixa o olhar até ficar na altura do meu.

— Não precisamos dela — repete. — Você pode fazer isso sozinha.

Eu hesito, boquiaberta, sem entender nada.

— O quê? Do que você está falando? Eu não consigo fazer nada. Nada importante, pelo menos. São só truquezinhos bobos, esqueceu?

— É, eu sei que falei isso aquela vez — concorda ele. — Mas olha tudo o que você já fez! Sabia onde me encontrar. Veio atrás de mim. E me salvou. — Ele solta uma risada pelo nariz. — E ainda por cima achou o diário, lembra? Descobriu sozinha o que minha família passou séculos tentando encontrar. Você não percebe, Key?

Franzo a testa, fungando de novo.

— O quê?

— É você — declara Lachlan baixinho, com um sorriso leve e um olhar ainda mais doce. — A magia é você.

Ele diz isso com tanta certeza, com tanta convicção, e apesar dos protestos do meu cérebro, por um momento fico parada ali, sem saber como responder.

— Não — gaguejo, por fim. — Não, não consigo...

Ele me cala com um beijo.

— Consegue, sim — murmura contra meus lábios. — Eu sei que consegue.

Viro a cabeça para a extremidade da clareira, onde o sol começa a afundar no horizonte, e o pânico volta com tudo, entalado na minha garganta feito um nó.

— Não vai dar tempo — protesto, alarmada. — Está quase anoitecendo. Precisamos ir correndo para o lago. Temos que...

— Não — interrompe Lachlan com firmeza. — Eu não vou a lugar nenhum, porque sei que você consegue resolver. Bem aqui.

Sinto as lágrimas voltarem aos olhos, embaçando minha visão, e um aperto gelado esmaga meu peito.

— E se eu não conseguir? — sussurro. — E se eu não conseguir te salvar? E se eu falhar?

— Não importa — murmura ele, com outro beijo delicado.

— Como não?

— Seja lá o que aconteça, Key, não vai mudar o quanto eu te amo.

Solto um suspiro ofegante, e o pavor que antes chacoalhava minhas costelas dá lugar a uma pressão cálida, como se eu estivesse sendo preenchida mais e mais até transbordar.

— Você me ama?

Lachlan ri baixinho.

— Claro que amo. Mesmo sendo tão desafinada.

Uma risada chorosa me escapa, e estendo a mão para segurar seus pulsos, com meu rosto ainda aninhado entre seus dedos.

— Eu também te amo.

E naquele instante eu sei, sem sobra de dúvida, que é verdade. Eu amo Lachlan. O que mais explicaria essa necessidade desesperada de estar perto dele, de garantir que possa continuar ao seu lado no futuro?

— Você consegue, meu amor — encoraja-me ele. — Eu sei que você consegue.

Concordo com um aceno pesado e afasto as mãos dos seus pulsos, envolvendo seu rosto como ele ainda faz com o meu. Encosto a testa na dele, fecho os olhos, e tento controlar a respiração, puxando o ar com força antes de soltar.

A princípio, não sei por onde começar. A energia ainda pulsa ao meu redor, como se soubesse que ainda tem muito a fazer. Eu a puxo para mais perto, como um manto, até que nos cubra e nos envolva por completo. Deixo minha mente se encher de pensamentos sobre Sorcha e minha família, sobre todos os passos que nos trouxeram até aqui, lembrando-me de suas palavras no diário de Tavish.

"Uma donzela dessa linhagem caminhará por este mundo um dia, portadora da minha magia, e receberá a chance de perdoar. Somente se ela assim desejar, minha maldição terá fim."

— Você mentiu para mim — sussurro ao me lembrar da nossa discussão.

Lachlan assente devagar, acariciando meu rosto com a ponta do dedo.

— Sim, eu menti — admite. — E, se você deixar, vou passar o resto da vida tentando reparar esse erro.

O ar começa a pulsar, uma vibração tão forte que quase dá para ouvir, e tento alcançar a magia com a mente, quase sentindo seu calor na ponta dos dedos. A luz fica mais fraca a cada segundo, e ainda assim, quando abro os olhos, o espaço ao nosso redor parece brilhar com uma luminosidade etérea, vinda de outro mundo.

Imagino a mão pousada com delicadeza sobre o topo da minha cabeça, um toque quente, encorajador, quase familiar, mesmo que não esteja realmente ali.

"Sorcha."

Consigo sentir a presença dela, tomada por uma mistura de emoção e melancolia ao perceber que nunca a conhecerei de verdade. Que nunca vou poder agradecer a ela por tudo que me deu.

Algo me diz, porém, que ela já sabe.

Encosto meus lábios nos de Lachlan em um beijo leve, quase imperceptível, guiando aquela luz, aquele calor, para a se derramar sobre ele, deixando que o atravesse por completo, iluminando todas as partes mais sombrias até não restar nada além de sua essência.

Abro um sorriso, sentindo uma calmaria se espalhar no meu peito, e de repente sei exatamente o que ainda precisa ser feito.

— Eu perdoo você — declaro.

Lachlan retribui a intensidade do meu beijo, seus braços fortes me envolvem e me moldam ao seu corpo enquanto aquela energia vibrante cresce, cresce e cresce até que de repente... tudo fica em silêncio.

Levo vários segundos até conseguir interromper o beijo, extasiada por ele estar aqui, por estar inteiro. E quando enfim nos afastamos... simplesmente sei. Eu sinto.

A maldição acabou.

Nós dois nos viramos para assistir à última luz do sol desaparecer abaixo do horizonte, e quando ela se vai completamente, deixando apenas os raios pálidos do luar, vejo os olhos de Lachlan se encherem de lágrimas. Ele solta um soluço e me aperta com força de novo, enterrando o rosto no meu pescoço, sacudindo os ombros com o peso da emoção.

— Obrigado — sussurra para mim. — Obrigado.

Dou uma risada trêmula, e o som é interrompido pela minha própria emoção entalada na garganta.

— Pelo jeito aquele truquezinho bobo serviu para alguma coisa, hein?

— É mesmo — concorda ele, com a voz embargada. — Ainda bem que você decidiu me salvar desta vez, em vez tacar fogo em mim.

Eu me afasto, incapaz de esconder o sorriso radiante no meu rosto, mas como o de Lachlan é idêntico, acho que está tudo bem.

— Eu te salvei mesmo, né? De novo.

— Pois é, salvou.

— Quem é a princesa agora, hein?

— Argh. Vai pegar no meu pé com isso para sempre, né?

Chego mais perto e dou um beijo no rosto dele.

— Pode apostar.

— O que a gente faz com aquele canalha ali?

Dou uma olhada para Brodie, ainda estirado no chão.

— Que tal amarrar?

— Com o maior prazer — responde Lachlan, todo sorridente.

— E o diário do seu ancestral?

Ele faz uma cara feia, quase um sorriso de escárnio.

— Por mim, pode botar fogo naquela porcaria.

Não sei se concordo com essa escolha, mas acho que entendo. Observo o caos espalhado por toda a clareira.

— Vai ser difícil explicar essa bagunça.

— É verdade, mas temos a noite toda para inventar uma desculpa — argumenta Lachlan, já de pé, oferecendo a mão para me ajudar. — Agora que não vou me transformar em monstro, temos tempo de sobra para...

Ele fica imóvel de repente, com os olhos arregalados e a boca aberta.

— O que foi? — pergunto. — O que aconteceu?

Seus olhos atordoados encontram os meus.

— Meu pai. Será que...

Meu coração acelera.

— Bom. Só tem um jeito de descobrir, né?

Lachlan assente e entrelaça os dedos nos meus enquanto lanço um pedido silencioso para o universo.

Aperto a mão dele.

— Seu pai vai estar lá. Estou sentindo.

Talvez, se eu disser em voz alta... vai acabar se tornando realidade.

34

Lachlan

Tenho quase certeza de que Key e eu corremos por toda a propriedade, com sua mão firmemente entrelaçada na minha enquanto ela me segue, sem nunca pedir para diminuir o ritmo. É quase como voar, correr sob as estrelas com ela, e o peso que carreguei por tanto tempo parece se dissolver no ar da noite. Minhas pernas queimam, meu coração dispara enquanto atravessamos os campos e as encostas na direção do lago, e quando a água finalmente surge diante de nós, cintilando sob o luar, meu peito parece prestes a explodir de ansiedade.

Consigo ouvir sua respiração ofegante ao meu lado, mas quando me viro para olhar, os olhos dela estão brilhando, o rosto iluminado por uma alegria radiante, os lábios curvados em um sorriso, como se tudo já estivesse como deveria ser, como se ela não tivesse dúvidas de que vai ficar tudo bem. Quem me dera ter essa confiança.

Meus passos em direção à margem ficam mais lentos, quase cautelosos, e meus olhos varrem a superfície do lago em busca de sinais de movimento, sinais dele. Sei que as chances de ele estar aqui na enseada são mínimas, tenha ele mudado ou não, mas Key aperta minha mão quando vê a apreensão no meu rosto, olhando para mim com uma expressão encorajadora.

— Deu certo — limita-se a dizer.

Aperto a mão dela de volta.

— Como você sabe?

— Eu sinto — responde, cheia de confiança.

Queria ter essa mesma certeza. Presenciei todas as coisas incríveis de que ela é capaz, mas uma vida inteira de decepções não desaparece de uma hora para outra. Vai levar um tempo para eu aceitar que o pior já passou, que finalmente posso começar a tocar minha vida.

A água ondulante se agita com a brisa leve, sempre parada, sempre silenciosa. Essa quietude parece um presságio, como se respondesse a uma pergunta que não tenho coragem de fazer.

— Ele pode estar em qualquer lugar — observa Key. — Pode ter se transformado longe daqui. Talvez a gente não o encontre logo de cara.

— Sim, eu sei. Era melhor a gente ter vindo de carro.

— Ainda dá tempo. Podemos voltar e procurar depois. Temos a noite toda.

Minha voz parece minúscula quando pergunto:

— E se ele não estiver por aí?

— Ele vai estar — promete ela.

Balanço a cabeça, sério.

— Mas e se ele não estiver?

— Aí a gente vai dar um jeito. Se teve solução para você, vai ter para ele também. E vamos encontrar. Juntos.

— Não posso te pedir mais nada, Key.

— Mas não precisa pedir — responde ela, estendendo a mão para acariciar meu rosto. — Você nunca vai precisar me pedir ajuda. Eu sempre vou estar aqui. Sempre.

Inspiro de forma entrecortada, as lágrimas pinicam meus olhos, e me abaixo até encostar a testa na dela. Mais uma vez, penso que talvez eu não a mereça. É quase inacreditável que ela não apenas tenha cruzado meu caminho, mas deseje permanecer ao meu lado. Enquanto eu viver, não importa o que aconteça, sempre serei grato por isso.

— Vamos lá — incentiva. — Vamos buscar o carro e aí a gente pode…

— Ei! Será que eu podia pedir uma ajudinha, se não for atrapalhar?

Meus membros congelam, meu cérebro falha ao reconhecer a voz. Por um segundo, parece só coisa da minha cabeça, mas quando Key se afasta, com um sorriso enorme no rosto, sei que não foi fruto da minha imaginação.

Nós dois nos viramos e damos de cara com uma figura trôpega vindo pela margem do lago, as pernas cambaleantes como se não fossem usadas há muito tempo. A princípio, fico imóvel, sem reação, enquanto o homem se aproxima cada vez mais. As palavras me faltam. Esqueço até de respirar, mas o toque de Keyanna me traz de volta ao presente, me faz lembrar de como usar os pés.

Dou um passo cauteloso, observando o cabelo mais comprido, o mesmo peitoral largo, o sorriso que às vezes assombra meus sonhos.

— Pai?

Ele diminui o passo a poucos metros de distância, inclinando a cabeça enquanto me olha de cima a baixo, com a testa franzida. Percebo o momento em que a ficha cai: a respiração se torna ofegante, os olhos, arregalados.

— Não pode ser...

Avanço mais um passo, depois outro, e de repente ele está bem ali, na minha frente. Como se nunca tivesse ido embora. Mesmo sob o luar, consigo ver os fios grisalhos no cabelo, as rugas ao redor dos olhos e da boca, mas por baixo disso... ele é o mesmo homem que entrou no lago tantos anos atrás e nunca mais voltou.

— Sou eu — digo com a voz embargada. — Lachlan, seu filho.

Ele estica as mãos e segura meus ombros com força, me olhando como se ainda tentasse assimilar as mudanças. Eu ainda era criança quando ele me viu pela última vez. Deve ser um choque topar comigo assim, já adulto.

De repente, ele me puxa para perto e me abraça bem forte. Sinto como se os anos todos se desfizessem naquele abraço, e as lágrimas traiçoeiras voltam a me pinicar os olhos quando retribuo, abraçando meu pai como desejei fazer por tanto tempo. Fecho as pálpebras com força, lutando contra o choro ardido, determinado a aproveitar o momento. Por tantos anos acreditei que isso nunca mais ia acontecer, que nunca teríamos essa oportunidade, mas ele está aqui agora. Meu pai está aqui.

— Valha-me Deus! — murmura baixinho, afastando-se apenas o suficiente para me encarar. — Olha só para você. Como... — Seus olhos se erguem para encontrar os meus. — Quanto tempo passou?

Sinto um aperto dolorido no peito com a perspectiva de contar a verdade a ele, já me preparando para o impacto.

— Vinte e seis anos.

— Vinte e seis… — O olhar dele recai para nossos pés, os lábios se movendo em silêncio enquanto ele processa a informação. — Parece que te vi ontem.

— Desculpa — digo em um fiapo de voz. — Por ter demorado tanto.

Meu pai abana a cabeça.

— Nada disso. Você está aqui. É isso que importa. Mas vai ter que me explicar como resolveu essa situação toda, porque eu mesmo não entendi bulhufas.

Dou uma olhadinha para trás.

— Então… Na verdade, não fui eu.

Meu pai se inclina para espiar quem está atrás de mim, e me viro enquanto Key dá um tchauzinho tímido.

— Olá — diz ela, toda acanhada. — É um prazer conhecer o senhor.

Os olhos dela se desviam para todos os lados, evitando olhar na nossa direção, e aí me dou conta: meu pai está completamente pelado.

Tiro o casaco e o entrego para ele, que resmunga um pouco antes de enrolar a peça na cintura.

— Já estava achando que tinha um ventinho gelado — graceja ele, aos risos.

Um arrepio me percorre ao sentir o vento direto contra a pele. Pelo jeito, o calor sobrenatural que costumava me acompanhar sumiu. Mais um sinal de que a maldição acabou de vez.

— Não era bem assim que eu imaginava apresentar vocês dois — comento com uma risada contida.

— Essa mocinha quebrou a nossa maldição? — pergunta meu pai, impressionado, chegando mais perto dela. — Você deve ser muito especial, minha jovem.

— Não sei se isso…

— Ela é — interrompo. — Ela é muito especial.

Meu pai sorri de orelha a orelha.

— Qual é o seu nome, querida?

— Hã, meu nome é... — Ela me olha de relance, e aceno com a cabeça, encorajando. — Meu nome é Keyanna... Keyanna MacKay.

Meu pai recua um pouco e vira a cabeça para me encarar, com o rosto tomado pela confusão.

— MacKay?

— Sim — respondo. — Isso mesmo.

— Uma filha dos MacKay — sussurra meu pai, depois olha para Key. — Então você deve ser...

— Filha do Duncan — completa ela.

Meu pai estuda o rosto dela com atenção, claramente reconhecendo a semelhança. Por fim, engole em seco e assente uma vez.

— Sim, você é muito parecida com ele.

— Eu sinto muito... por tudo o que o senhor passou.

— Ele foi embora por sua causa — continua meu pai, ainda um pouco atordoado. — Não foi?

Key se enrijece um pouco, mas confirma com um aceno.

— É, acho que foi.

— Ah, sim — responde meu pai, com a voz embargada, fungando um pouco. — Acho que agora tudo faz sentido.

— Acho que ele nunca quis te abandonar — diz ela baixinho. — Se não fosse por minha causa...

— Não, nem pensar — interrompo. — Não vou deixar você se culpar por isso.

Meu pai nos observa com curiosidade, depois volta a atenção para Key.

— Eu teria feito o mesmo, moça. Quando a gente vira pai... faz qualquer coisa pelos filhos, entende? — Ele dá um tapinha no ombro dela. — E o seu pai? Ele está aqui também?

Key desvia o olhar.

— Ele morreu alguns meses atrás.

— Ah, que pena — lamenta-se meu pai, passando o braço ao redor dos ombros dela em sinal de conforto. — Ele era... um homem bom. E pelo jeito, criou uma filha incrível. — Abana a cabeça, dando outra fungada. — Muito obrigado, moça. Por tudo.

— Foi um prazer ajudar.

— Lachlan, e sua mãe? — pergunta meu pai, virado para mim. — Ela está...?

— Ela está viva — respondo. — Mas... foi embora daqui. Não lidou muito bem com seu sumiço.

O rosto dele se contorce de tristeza.

— Bem... mais um erro a ser corrigido. — Ele olha para baixo, para meu casaco enrolado de qualquer jeito na sua cintura. — Mas primeiro preciso arranjar uma roupa.

Keyanna ri ao meu lado, e eu sorrio para ela, sentindo meu peito transbordar.

Não falo mais nada sobre minha mãe. Não tenho ideia de como ela vai reagir a essa notícia, mas isso é assunto para outra hora. Por ora, só quero aproveitar meu pai. Vamos ter tempo de sobra para resolver tudo mais tarde. Foi isto que Key nos deu: tempo.

Olho para ela agora, seus cachos selvagens esvoaçando ao vento, os olhos cor de esmeralda quase escuros ao luar, mas ainda assim brilhantes sob as estrelas, os lábios curvados em um sorriso sutil conforme eu a encaro, incapaz de desviar o olhar. A verdade me atinge com força total, percebendo tudo o que ela me proporcionou. Não sei se algum dia vou ser capaz de retribuir nem sequer uma fração de tudo o que ela fez por mim, sem esperar nada em troca, como se ela fosse um anjo em forma de gente, colocado no meu caminho quando mais precisei.

Dou um passo à frente e entrelaço meus dedos aos dela, segurando sua mão com carinho enquanto um sorriso largo se escancara no meu rosto. Na mesma hora, ela sorri de volta para mim. Se meu pai não estivesse logo ali, eu já teria tascado um beijão nela, só para mostrar um pouquinho do que estou sentindo neste momento. Em vez disso, eu a puxo para o meu lado e dou um beijo na lateral do seu rosto, inebriado com seu perfume suave, tomado pela certeza de que vou poder fazer isso quantas vezes quiser nos próximos anos.

— Opa, é mesmo o que eu estou pensando? — Ouço a risadinha do meu pai e, quando me viro para ele, seus braços estão cruzados sobre o peito, os olhos vidrados em nós dois. — Pelo visto você tem muita coisa para me contar, hein?

Key ainda está sorrindo quando olho para ela, e sinto a mesma felicidade refletida no meu rosto, minhas bochechas quase doendo de tanto sorrir. Não me lembro de ter sorrido tanto assim antes dela. Minha vida tem sido um desfile interminável de decepções, medos e incertezas, mas não tem nada de incerto no que sinto por ela.

Sempre haverá coisas neste mundo que permanecerão incompreensíveis para mim, mas de uma coisa tenho certeza: meus sentimentos por Keyanna. E sei que, sempre que eu me perder, ela vai estar lá, com a mão estendida, pronta para me mostrar o caminho.

Esse, penso eu, é o tipo de amor que a maioria das pessoas passa a vida inteira procurando. E tive a sorte de encontrá-lo bem aqui, direto na minha porta.

— Pois é — consigo responder, enfim, também com a voz embagada. Sorrio ainda mais, sem conseguir tirar os olhos dessa mulher que me deu tudo de bom grado, e sinto, pela primeira vez, que tudo vai ficar bem. Enquanto ela estiver ao meu lado. — Tenho muita coisa para contar mesmo.

35

Keyanna

Ele ainda está dormindo quando eu acordo. Estico os braços acima da cabeça para me espreguiçar, depois rolo para o lado e apoio o rosto nas mãos, apreciando a vista. Seus cabelos dourados caem soltos sobre a testa, a boca macia entreaberta enquanto ele ronca baixinho. Sorrio sozinha e me aconchego mais perto. Ainda é uma novidade poder acordar ao lado dele assim, mesmo depois de duas semanas. A cama continua pequena demais para nós dois, e ele monopoliza quase todo o espaço durante a noite, mas nada disso importa. Lachlan está *aqui*, em carne e osso, e finalmente estou começando a acreditar que ele não vai sumir uma noite para nunca mais voltar.

— Você está me vendo dormir de novo, né, sua tarada?

Dou um sorriso ainda maior e me apoio no cotovelo, chegando mais perto para colar meus lábios nos dele.

— Só estava pensando no jeito mais fácil de te estrangular com esses lençóis que você vive roubando.

— Mulher diabólica — diverte-se ele, só com um olho aberto, um sorrisinho de canto sonolento nos lábios. — Duvido que estivesse fazendo isso.

— Não estava mesmo — admito. — Mas você rouba os lençóis, sim.

Lachlan vira de lado no colchão, e com a palma da mão agarra a lateral do meu quadril.

— É de propósito, sabia?

Eu me enrosco nele, fechando os olhos e sentindo seu aroma quente e sonolento. Isso me acalma um pouco, aliviando uma tensão que eu ainda nem tinha percebido.

— Está com insônia de novo? — quer saber ele.

Aceno que sim, e encosto a cabeça em seu peito.

— Eu fico achando que vou acordar e você não vai estar mais aqui.

— Ah, meu amor. Não seja boba. Você não vai se livrar de mim assim tão fácil.

Respiro fundo outra vez, inalando seu perfume suave, e solto o ar sem pressa.

— Brodie vai ser transferido hoje.

— Sim, eu sei — responde ele. — Para Glasgow.

— É errado eu sentir... pena dele?

— Você não seria você se não sentisse — sussurra, pensativo. — Mas não tem culpa do que aconteceu com ele. Na verdade, é mais minha.

— Não foi você quem botou fogo nele — murmuro.

— Tudo bem, é verdade — concede Lachlan. — Mas ele nem se machucou para valer, e só foi internado na ala psiquiátrica por minha causa, imagino, já que saiu gritando sobre monstros a torto e a direito. — O corpo dele treme um pouco com a risada. — Se bem que... foi meio engraçado quando ele começou a me mandar tirar a roupa para tentar convencer o policial.

Dou um tapa no peito dele.

— Dá para ver que ele não está bem. Deve ter sido um colapso ou alguma coisa do tipo.

— E agora vai receber a ajuda que precisa — argumenta Lachlan. — Mas, sinceramente... ele perdeu minha compaixão quando apontou aquela faca para você.

Sinto uma onda de raiva fervilhar dentro de mim e solto um suspiro.

— E o canalha ainda te esfaqueou.

— Foi só um arranhão.

Reviro os olhos.

— Você sabe que eu *vi*, né?

— É, é, eu sei.

Envolvo a cintura dele com os braços e chego mais perto.

— Falou com seu pai ontem?

Ele dá um suspiro.

— Falei, sim. As coisas ainda estão meio... esquisitas entre ele e a minha mãe. Mas pelo menos os dois voltaram a conversar.

— Deve ter sido um baita choque para ela.

— É, acho que sim.

Dou um beijinho no ombro dele.

— E você? Acha que vai conseguir se entender com sua mãe um dia?

— Acredito que sim — admite ele. — Depois que as coisas se acalmarem, quem sabe? — Ele se vira de lado, apoiado no cotovelo, e me arranca um gritinho ao cutucar minha cintura. — E você, hein, princesa? Já decidiu o que vai fazer da vida agora?

Franzo a testa.

— Como assim?

— Bom, longe de mim reclamar da sua companhia, mas a gente não pode viver nessa cabaninha para sempre, né?

— Nossa, já está me expulsando?

— Só querendo descobrir como te convencer a ficar de vez... aqui na Escócia.

Meu coração dispara enquanto esboço um sorrisinho.

— Ficar de vez, é?

— Pensa bem — continua ele, com toda a seriedade. — Você já tem tudo de que precisa bem aqui.

— Ah, tenho?

Ele confirma com a cabeça.

— Com certeza — responde, e levanta um dedo. — Para começar, tem seus avós.

— Verdade.

— Tem o pub — continua a enumerar, erguendo outro dedo.

Aperto bem os lábios, tentando conter o riso.

— Rory e Blair iam sentir minha falta, verdade.

— E tem a Bethie — acrescenta Lachlan. — Ela ficou bem apegada a você.

Não dá mais para segurar o sorrisinho se formando nos meus lábios.

— Só a Bethie?

— Hum… — Ele tamborila o dedo nos lábios, pensativo. — Talvez tenha mais alguém.

— Jura?

Os lábios dele se contraem.

— Acho que eu gosto de você. Só um pouquinho.

— Otário — retruco, dando risada.

Ele sorri para mim.

— Você não achou que isso ia mudar só por causa de uns beijos, né?

— Pelo jeito, não — resmungo.

Lachlan beija meu cabelo e envolve meu ombro com a mão, fazendo carinho de leve.

— Talvez alguém aqui queira muito que você fique — sussurra para mim. — Talvez esse alguém pense até em formar um lar de verdade com você, se quiser.

Meus olhos se enchem de lágrimas, não de tristeza ou frustração como nos últimos tempos. Pela primeira vez, é de alegria.

— Eu já estou em casa — digo a ele. — E não vou a lugar nenhum.

A voz de Lachlan é suave ao responder:

— Alguém está muito feliz em saber disso.

Eu me sinto… completa, como se tudo estivesse se encaixando, minha vida enfim entrando nos trilhos depois de tantos meses à deriva desde a morte do meu pai. Talvez seja imprudente conceber um futuro com um homem que conheço há apenas alguns meses, mas desde aquele nosso primeiro encontro conturbado, nunca consegui evitar minha atração por esse cara teimoso que vez ou outra ainda me tira do sério. Como se a gente fosse para ser. E quem pode dizer o contrário? Tanta coisa sobre a nossa história parece obra do destino, e mesmo que o final ainda esteja em aberto, pela primeira vez na vida não sinto medo do desconhecido. Pela primeira vez, sinto que tudo vai acontecer como deveria.

— Sabe que já passou da hora de você contar, né? — murmura Lachlan, estourando minha bolha de paz. — Está enrolando há semanas.

Solto um grunhido contra o peito dele.

— Eu sei. Só estou com medo de como ela vai reagir. Já ficou bem abalada com o "surto" do Brodie. Se eu for até o fim, vou ter que contar tudo para ela.

— Rhona é uma velha durona — comenta Lachlan. — Ela aguenta.

Pelo menos isso é verdade. Mesmo que a situação do Brodie tenha sido um choque para Finlay e Rhona, minha avó tem segurado bem as pontas. Dá para ver o quanto ficou magoada por Brodie ter sofrido tudo aquilo sozinho, e sinto até uma pontada de culpa com a ideia de revelar o quanto ele se perdeu no final. Mas Lachlan tem razão. Se alguém consegue arcar com a verdade, é minha avó, e ela merece saber a história toda.

— Vou contar hoje — prometo. — Depois do café da manhã. Chega de enrolação.

— Boa menina — elogia ele, beijando meu cabelo, com um sorrisinho malicioso nos lábios. — E por falar em café da manhã...

Reviro os olhos.

— Sabe muito bem que é desperdício.

— Mas é tão divertido — rebate ele.

Dou um longo suspiro e me apoio na cabeceira para me concentrar. Lachlan fica deitado de lado na cama, empolgado feito uma criancinha enquanto me observa franzir o rosto, focada. A lâmpada no teto pisca algumas vezes antes de acender por completo, e então ouço o bipe agudo da cafeteira, ligada ao meu comando, quando o café começa a pingar no filtro.

— Não sei como vou voltar a fazer meu próprio café com você por perto — diverte-se Lachlan, depois me abraça pela cintura, encostando a bochecha na minha barriga. — Você está controlando cada vez melhor.

— Parece que só de saber que está lá, fica mais fácil de acessar. Como se estivesse o tempo todo de tocaia, só me esperando. Agora que sei o que procurar... não tem mais como ignorar. Não é esquisito?

— Assim, até umas semanas atrás, eu virava a porra de um dinossauro à noite, esqueceu? Você poderia sair voando pela janela agora mesmo e eu nem ia estranhar. — Ele faz uma careta. — Mas se puder, me avisa antes, por favor.

Nego com a cabeça.

— Não conte com isso.

Lachlan esfrega a lateral do rosto na minha barriga, os pelos ásperos da barba pinicam minha pele e fazem todo o meu corpo acender de vontade.

— Eu vou com você. Se quiser.

— Quero, sim — respondo e começo a passar os dedos pelos cabelos dele, meu corpo tremula quando outra onda de desejo me atravessa, algo tão comum quando ele me toca por tempo demais. — Mas talvez depois.

Ele ergue o rosto, se fazendo de desentendido.

— Depois?

Envolvo o rosto dele com as mãos e o puxo na minha direção até ele ficar apoiado nos braços e meus lábios encontrarem os dele para roubar um beijo. Em segundos, tudo parece mais urgente, outro hábito cada vez mais presente no nosso dia a dia, mas descubro que não me importo nem um pouco.

— Isso. Depois.

Sinto o sorriso dele contra os meus lábios.

— Estou às suas ordens, princesa.

E quando ele começa a me beijar de verdade, seu corpo por cima do meu... já nem consigo me irritar com esse apelidinho bobo.

Estou uma pilha de nervos quando entro na casa da fazenda, um tempo depois do café da manhã, com o diário debaixo do braço. A presença de Lachlan logo atrás de mim ajuda a acalmar a ansiedade, um lembrete ambulante de que, seja lá o que aconteça aqui, vai ficar tudo bem. Ele mantém a mão na minha lombar em um gesto de apoio enquanto atravessamos o hall de entrada, seguindo os sons de Rhona na cozinha. Quando contornamos a ampla entrada do cômodo, ela está esfregando furiosamente uma panela enorme, fazendo uma pausa só para nos olhar depois de soltar uma série de palavrões.

— Ah, vocês me assustaram — resmunga ela. — Não ouvi vocês entrarem.

— Desculpa — digo a ela. — Não queria te assustar.

Ela me dispensa com um gesto, pegando o pano de prato pendurado na alça do forno para secar as mãos.

— Besteira. Estão com fome? Posso esquentar alguma coisa.

— Não precisa. A gente já tomou café.

Rhona aperta os lábios em uma linha fina e lança um olhar para Lachlan.

— Se eu soubesse que você ia roubar minha única neta tão rápido assim, teria te enxotado daqui faz tempo.

— Estou aberto a discutir direitos de visita — responde ele sem titubear.

Rhona faz uma careta.

— Não seja bobo, rapaz. Não combina com você.

— Ah, já tenho muitas provas que dizem o contrário — comento, aos risos, antes me sentar em uma das cadeiras da cozinha.

Lachlan solta uma risadinha incrédula enquanto se acomoda na cadeira ao meu lado.

— Tudo calúnia, aposto.

Mantenho o diário no colo enquanto Rhona se serve de uma xícara de chá, arqueando uma sobrancelha para mim.

— Quer uma xícara?

— Não, obrigada. Já tomei café.

— É, é, eu ouvi.

Um silêncio se instala enquanto ela termina de preparar o chá. Esperamos até que ela esteja sentada do outro lado da mesa, soprando sua xícara, antes de dizer mais alguma coisa.

— Cadê o Finlay? — pergunta Lachlan.

Rhona solta um resmungo.

— Aquele cabeça-dura ainda está procurando o bezerro que Harriet teve ontem.

— Ele devia ter me avisado — reclama Lachlan. — Eu teria ido junto.

— Acho que ele queria ficar sozinho — explica Rhona, com os olhos cansados de repente. — Ele ainda está um pouco abalado com... tudo o que aconteceu.

Meu peito se aperta de compaixão. Por mais que tenha sido difícil ver Brodie ser levado embora, descobrir a verdade sobre... bem, tudo... pode ser ainda pior. Mesmo assim, sei que Lachlan tem razão. Minha avó é dura na queda.

— Minha intenção era entregar isso para vocês dois juntos — começo a dizer, com toda a cautela, pousando o diário sobre a mesa. — Mas talvez seja melhor você ter um tempinho para ler tudo primeiro. — Penso na carta envelhecida repousando logo abaixo da capa. — Por causa de tudo.

Rhona observa o couro envelhecido com curiosidade, inclinando a cabeça.

— E o que é isso?

— Bom, isso é.... — Fecho a boca e encaro o diário, com a cabeça a mil em busca das palavras certas para expressar tudo o que ele significa. Tudo o que representa. — É algo que você deveria ver.

Solto um suspiro trêmulo enquanto o nervosismo me invade outra vez, e Lachlan, percebendo minha apreensão, entrelaça os dedos aos meus com um apertãozinho reconfortante. Encontro seu olhar e vejo a confiança em mim estampada ali, brilhando como a luz do dia, e a visão me enche de coragem.

— Você não tem medo de nada, meu amor — sussurra para mim.

E não tenho mesmo, percebo. Não de verdade. Não mais. Mesmo com tudo que perdi... de alguma forma, encontrei muito mais.

— Rhona, eu queria dizer que decidi ficar — conto de uma vez, encontrando o olhar dela. — Se não for um problema para você.

Ela arregala um pouco os olhos, surpresa, mas não consegue esconder o brilho repentino neles, os cantinhos enrugados de sorrir quando ela respira fundo, trêmula.

— É isso que você quer, querida? E tudo o que você deixou para trás?

Penso em tudo aquilo: na casa do meu pai, agora vendida, nas coisas dele que estão guardadas, nos amigos que ficaram pelo caminho... e sim. Há memórias lá. Mas...

— Quando meu pai morreu — começo a dizer a ela, com a voz suave enquanto observo meus dedos se contorcendo —, parecia que o mundo tinha acabado. Eu me senti... tão sozinha. Como se não tivesse mais nada, como se não tivesse ninguém. Deixei tudo para trás e vim para cá, na esperança de encontrar uma coisa que eu nem sabia se poderia ter de novo. — Encontro o olhar dela, um sorriso surgindo nos meus lábios. — E encontrei. Com você, com o vovô, e com... — Mordo o lábio e lanço um olhar para Lachlan, que pisca para mim com aquele ar convencido. — Nunca imaginei que fosse ter uma família de novo. Não sem meu pai... mas é assim que me sinto aqui com vocês. Não quero deixar isso para trás. Quero ficar aqui e conhecer vocês cada vez mais, criar raízes nesse lugar, para depois transmitir tudo isso aos meus filhos. Quero que eles nunca precisem se perguntar de onde vieram, como aconteceu comigo. Porque eu, e espero que você também, estarei lá para contar a eles.

Os olhos de Rhona estão marejados de emoção, os lábios trêmulos enquanto uma única lágrima escapa e escorre pela bochecha. Ela nem faz menção de secar, apenas estica a mão por cima da mesa e segura as minhas com firmeza.

— Ah, minha querida — responde com a voz rouca. — Vou me arrepender pelo resto da vida da forma como agi quando você chegou. Não posso voltar atrás. Mas ter você aqui... ver um pouco do meu Duncan em você, e ao mesmo tempo ver a pessoa maravilhosa que você é por conta própria... eu não trocaria isso por nada no mundo. — Ela dá uma leve fungada, assentindo quando outra lágrima escorre de seus olhos. — Eu só queria que seu pai estivesse aqui. Queria poder dizer a ele como me arrependo de ter errado tanto. Dizer para ele que, com você, vou tentar fazer a coisa certa. Nunca mais vou cometer esses erros. Eu queria... — Ela engole em seco. — Eu queria que ele não tivesse deixado este mundo com toda a escuridão causada por nós.

Meu rosto se ilumina com um sorriso, meus próprios olhos marejados enquanto tento conter as lágrimas que parecem ter se tornado parte da minha nova rotina. Acho que nunca chorei tanto quanto desde que cheguei aqui. Retribuo o aceno com a cabeça, apertando as mãos dela antes de me desvencilhar para dar um tapinha na capa do diário.

— Então, este livro aqui...

Respiro fundo, olhando para Lachlan outra vez. O leve aceno dele me dá forças, me enche de coragem, e retribuo o olhar antes de puxar a carta amassada da capa do diário. Eu deslizo o papel com cuidado sobre o tampo da mesa até parar bem na frente de Rhona, depois recolho minha mão.

Ela observa o papel com os lábios apertados e as sobrancelhas franzidas.

— O que é isso?

— É para você — explico. — Você deveria ler.

Ela pega a folha com cuidado, com os olhos semicerrados enquanto lê, os lábios mexendo de leve a cada palavra. Dá para ver o momento exato em que a ficha dela cai: os olhos se arregalam e a mão cobre a boca, as lágrimas rolando com mais liberdade. Fico só olhando enquanto ela devora cada palavra com voracidade, estendendo a mão para tocar a página com delicadeza, quase com reverência.

Ela olha para mim, com o rosto manchado de lágrimas.

— Eu não... não entendo. O que isso significa?

— Bem...

Dou mais uma olhada em Lachlan, só para ter certeza de que ele concorda mesmo em compartilhar absolutamente tudo com minha avó.

— A história não é só minha, meu amor — diz ele com doçura. — É nossa.

Sorrio para ele, sentindo um amor que parece mais antigo do que o pouco tempo que tive a alegria de senti-lo. Parece um lar para mim. Parece uma *eternidade*.

Volto a olhar para a minha avó, encontrando seus olhos tão parecidos com os meus, invadida por uma determinação renovada enquanto deslizo o diário em sua direção.

— Bem... — recomeço. — Temos uma baita história para contar.

E, mais uma vez, sinto aquela sensação avassaladora de calma tocar meu coração, como uma carícia gentil, como o sussurro de uma voz do passado, mais antiga do que posso imaginar, me dizendo que tudo vai dar certo.

Porque Lachlan está coberto de razão. Não é só uma história qualquer.

É a *nossa* história.

EPÍLOGO

Lachlan

Quatro anos depois...

— Nananinanão — digo, segurando a mãozinha gorducha quando ela pega o vidro colorido. — Nada de mexer ainda. Está secando, viu?

— Tão bunito — responde ela com a vozinha adorável.

— São lindas mesmo, meu amor — concordo, me curvando para pegá-la no colo. — Mas são bem, bem velhas.

— Véias — repete ela, toda séria. — Num pode mexê.

Sorrio para ela e estico o braço para tocar a ponta do seu narizinho arrebitado, cheinho de sardas. Bagunço seus cachos ruivos selvagens com a mão, e a risadinha que ela solta é o som mais doce do mundo. Não canso de olhar para ela, essa vidinha com os cachos da mãe, meus olhos azuis e um espírito indomável que talvez seja de outro mundo, eternamente grato por sua existência depois de tantos anos acreditando que não estava nos meus planos.

— Papai?

Dou uma sacudida na cabeça, afastando os pensamentos, e abro um sorriso.

— Desculpa, princesa. É que você é tão lindinha que às vezes não consigo parar de admirar.

Ela dá outra risadinha, encostando o rosto no meu ombro enquanto seus bracinhos se enrolam ao redor do meu pescoço. Fecho os olhos para respirar o cheiro suave do xampu, sentindo o coração dela bater contra o meu e me perguntando como tive tanta sorte.

— Ah, achei vocês — chama a voz exasperada da minha esposa. — O que estão aprontando? As visitas já vão chegar.

— Vim mostrar o quarto novo dessa menininha — respondo, apontando para a janela novinha em folha. — Acho que ela gostou.

— Ainda bem, porque foi quase um milagre tirar tudo sem quebrar — comenta Key, achando graça, encostando o nariz no da nossa filha. — Vai ser ótimo para ela olhar quando estiver na caminha nova de menina crescida.

— Sua mãe é teimosa — comento para minha garotinha. — Você tem a quem puxar.

— Mamãe — chama ela, estendendo os bracinhos gorduchos.

— Vem cá, amor da mamãe — arrulha Key, pegando nossa pequena no colo. — Está preparada para o bolo?

Ela bate palminhas, toda feliz.

— Bolo!

— Olha só, *essa* palavra ela sabe direitinho — comento, achando graça.

— Porque ela é um gênio — responde Key com ternura. — Puxou a mim, claro.

— Ah, é?

— Óbvio — responde, depois dá um beijinho naquela bochecha fofa. — Alguém está fazendo dois aninhos hoje! Quem será?

Outra gargalhada, seguida por mais uma rodada de palmas.

— Sorcha!

Vejo os olhos de Key se encherem de carinho quando me encara, com um sorriso emocionado no rosto, sem dúvida maravilhada pelos mesmos motivos que eu, ambos cientes do milagre de estarmos aqui, de termos conquistado tudo isso.

— Isso mesmo — concorda Key baixinho. — Minha doce Sorcha.

— Ô de casa! Tem alguém aí?

— Deve ser o vovô — falo para Sorcha ao ouvir a chegada de Finlay.

Na mesma hora, Sorcha começa a se contorcer para ser colocada no chão, e logo se afasta com seus pezinhos minúsculos para encontrar Finlay na porta.

— Vovô!

— Ah, olha só para você! — exclama Finlay, quase engasgado, agachando-se para pegar a garotinha no colo. — Como cresceu, hein, menina? Já está virando uma mocinha!

— Tem dois aninhos, vovô — responde Sorcha com um tom quase de bronca.

— Não é velha demais para sentir cosquinha, então, né?

Finlay faz cócegas nas dobrinhas fofas de Sorcha, que começa a se debater e soltar gritinhos nos braços dele, suas risadas ecoando pelo cômodo vazio enquanto ela tenta escapar do abraço do avô. Abro a boca para avisar, mas de repente Sorcha solta uma gargalhada aguda e, com um estalo suave, todas as luzes se apagam.

Finlay fica imóvel, segurando Sorcha com uma expressão surpresa.

— Bom, essa é nova.

— Pois é — responde Key, sorrindo. — Pelo menos não quebrou nada. Você precisa ver o estrago quando ela chora.

Os olhos de Finlay se enchem de lágrimas, sua voz fica mais rouca quando ele diz:

— Ah, eles crescem tão rápido... Já, já ela vai ser adulta.

Rhona logo aparece, se espremendo ao lado do marido, com a cara amarrada.

— Ora, para de colocar o carro na frente dos bois, Finlay. Deixe a menina ser pequena por mais um tempo.

O rosto sério de Rhona se derrete em um sorriso de pura alegria quando Sorcha estende os bracinhos para ela, sendo tirada do colo de Finlay e ganhando uma chuva de beijos nas bochechas fofas enquanto solta um gritinho.

— Ah, minha garotinha — sussurra Rhona com doçura. — Olha como você é especial! Eu estava morrendo de saudade.

— Mas vocês se viram ontem — comento.

Rhona estala a língua, nem se dando ao trabalho de olhar para mim.

— *Haud yer wheesht*.

Key levanta os olhos para a luminária e, alguns instantes depois, a luz volta a funcionar.

— Foguinho! — pede Sorcha, encantada. — Mamãe, foguinho!

Key abre um sorriso travesso e dá uma piscadinha para Sorcha. A luz pisca mais uma vez, depois volta a acender quando ela mostra a língua.

— Já chega, já chega — resmunga Rhona. — Já está bom de se exibir. Alguns de nós temos que levantar nossos ossos de velho da cadeira quando queremos acender e apagar as luzes, sabia?

— É realmente uma luta — comento, com um suspiro, ganhando um beliscão da minha esposa.

— Alô! Ninguém vai me ajudar a carregar essa porcaria? Está pesada para cacete!

Key já se afasta às pressas para, sem dúvida, dar uma bronca em Rory por não ter seguido a regra de evitar palavrões perto de Sorcha.

— A casa está ficando bonita — observa Finlay. — Quase pronta, então?

— Sim, quase — concordo. — Meu pai e eu terminamos a janela do quarto da Sorcha ontem.

Finlay ri baixinho.

— Algo me diz que você vai sentir saudade agora que aquela coisinha vai ter um quarto só dela.

— É, talvez seja bom ir aos poucos — argumento. — Para ela ir se acostumando a dormir longe da gente.

— Ah, claro — debocha Rhona. — Só por causa dela. Sei.

Finlay interrompe as cócegas em Sorcha e olha para mim.

— E seu pai, como está?

— Está bem — respondo. — Ele e minha mãe devem estar para chegar.

— Já tinha passado da hora de ele convencer sua mãe a voltar — resmunga Rhona, e me observa com curiosidade. — E como vocês dois estão?

— Estamos... bem — decido, surpreso ao perceber que falo sério.

A relação com minha mãe ficou conturbada por um bom tempo, mas o retorno do meu pai ajudou a remediar as coisas. Não tem sido fácil, reconheço. Ela perdeu uma parte de si mesma quando ele sumiu naquele lago há tanto tempo, e acho que só agora começou a se reencontrar. Talvez a gente nunca volte a ser como era, mas tenho muitas coisas boas na vida para reclamar do que me falta.

Rhona concorda com a cabeça.

— Acho bom mesmo. Não quero ter que botar juízo naquela mulher.

Dou risada.

— Melhor assim.

Duas cabeças loiras idênticas espiam pela porta, se acotovelando para ver quem entra primeiro.

— A festa vai ser nessa sala vazia? Tem bolo e outras coisas esperando aqui fora.

— Também tem b-i-r-i-t-a — sussurra Rory, olhando para Sorcha.

Key aparece e dá um pescotapa nele.

— Não acredito que você trouxe cerveja para o aniversário de *dois* anos da minha filha!

— É uma data especial! — protesta ele.

Key olha feio para ele, e Blair enxota o irmão para longe, lançando um sorriso de desculpas para minha esposa.

— Vamos guardar os, hã, *refrescos* para depois que a pequena for dormir, pode ser?

— É melhor eu ir lá antes que eles quebrem alguma coisa — resmunga Rhona, devolvendo Sorcha para Key. — Finlay, vá buscar os presentes no carro.

Levanto uma sobrancelha.

— Presentes?

— Não quero saber de chororô por causa da quantidade — avisa Rhona, com a voz sumindo pela casa.

Finlay se inclina e cochicha para nós:

— Ela vai tentar botar a culpa em mim, mas juro que foi tudo coisa da sua avó.

— Finlay!

Ele pousa os dedos nos lábios para pedir segredo e sai atrás da esposa, me deixando a sós com Key e Sorcha.

Com um sorriso, Key dá uma olhada no cômodo.

— Agora parece mesmo que está tudo pronto.

— Verdade — concordo. — Vou montar os móveis dela amanhã.

— Não sei se estou pronta para ela dormir sozinha.

— Eu sei, meu amor — respondo com um suspiro, me aproximando para beijar sua testa. — Mas criança é assim mesmo, não? Elas crescem quando a gente menos espera. — Dou um beijinho semelhante na testa de Sorcha, demorando mais um pouco para sentir o cheirinho dela. — Mas você sempre vai ser nossa princesinha, sabia?

— Não me conformo que deixei esse apelido pegar — murmura Key.

Uma risada escapa de mim.

— Não precisa ficar com ciúmes, meu bem. Você ainda é a princesa do meu coração.

— Mamãe pincesa — anuncia Sorcha. — Eu pincesa.

— Muito bem — digo para ela. — É isso mesmo.

— Pode comê bolo?

— Bom, ainda não está na hora... — começa Key, mas se interrompe quando ouvimos passos pesados se aproximando por trás.

— Lachlan — chama meu pai com um tapinha no meu ombro. — Veja só, está ficando lindo. Não acha, meu bem?

A silhueta franzina da minha mãe aparece ao lado dele na porta. Suas feições ainda me são um pouco estranhas depois de tanto tempo longe. Os cabelos loiros estão presos em um coque, os olhos azul-claros, iguais aos meus, admirando o ambiente.

— Ah, sim, está maravilhoso, filho. — Ela se vira para mim, com uma cautela nos olhos que nunca foi embora de vez, mesmo desde que começamos a nos reconciliar. Como se ela tivesse medo de que eu a rejeitasse a qualquer momento. — Foi muito difícil trazer tudo isso lá do castelo?

— Um verdadeiro pé no saco — reclama meu pai.

Key dá uma cotovelada de leve nele.

— Olha a boca.

— Ah, desculpe, querida — diz ele, com ar envergonhado, depois vê Sorcha no colo de Key e abre um sorrisão. — Olha só a aniversariante! Vem cá, miudinha.

Meu pai pega Sorcha, toda agitada, e esfrega o nariz no dela. Ainda sinto um aperto no peito ao ver os dois juntos assim, algo que nunca pensei que teria.

— E aqui está a vovó Greer também — anuncia meu pai, virando-se para minha mãe.

O rosto da minha mãe, quase sempre tenso, amolece na hora ao ver Sorcha, uma magia que só nossa filha tem. Ninguém resiste a ela.

— Olá, docinho — cumprimenta minha mãe. — Feliz aniversário.

— Eu tem dois!

Um sorriso brota nos lábios da minha mãe.

— Isso mesmo. Dois aninhos.

— Pois então — interrompe meu pai. — Que tal a gente procurar um docinho para você, hein?

— Não deixe ela se encher de besteira antes do bolo — alerta Key.

Dou risada.

— Tecnicamente, bolo também é besteira, meu amor.

— Ninguém te perguntou — retruca ela.

Meu pai se afasta com minha filha, e nós três ficamos para trás. Minha mãe dá outra olhada na sala, parecendo emotiva, e dá para ver o quanto ainda precisa se curar. Sei que anos de luto não vão desaparecer de uma hora para outra. Mesmo assim, fico feliz de ver seu esforço.

Ela coloca a mão no meu ombro, apertando de leve.

— Está tudo lindo, filho.

— Obrigado, mãe — respondo, apertando sua mão de volta.

Ela se afasta e logo coloca uma palma no rosto de Key e a outra no meu, sorrindo com ternura.

— Estou tão orgulhosa de vocês dois. Obrigada por nos deixarem fazer parte desse dia tão especial para a Sorcha.

— Nós estamos felizes por você estar aqui — declara Key, e meu amor por essa mulher só cresce mais e mais.

Minha mãe dá um aceno breve, sorrindo para nós uma última vez antes de dizer alguma coisa sobre procurar meu pai. Por fim, ficamos sozinhos no quarto de Sorcha.

— É melhor eu ir trocar a roupa dela — avisa Key, franzindo a testa. — Vou escolher uma que a gente possa jogar fora se sujar... Ah, pode tirar o sorvete do freezer, por favor?

— Claro, pode deixar — respondo. — Já vou.

Key dá um passo na minha direção e aproxima a boca da minha, e mesmo depois de tantos anos juntos, o toque dos seus lábios ainda é tão arrebatador quanto da primeira vez. Os beijos dela significam tanto e ainda mais do que antes. Agora, são para joelhos ralados, historinhas de ninar, momentos roubados no sofá e todas as coisas maravilhosamente normais que eu não teria se não fosse por Key.

E eu nunca, nem por um instante, deixei de ser maluco por ela.

— Vejo você daqui a pouquinho — sussurra ela contra a minha boca.

Meus lábios se curvam contra os dela.

— Ah, mas vai mesmo.

Observo Key sair do quarto em busca da nossa filha e sou invadido por aquele mesmo aperto no peito, como se, ao se afastarem, as duas levassem junto todo o meu coração. Dou mais uma volta pelo quarto de Sorcha, agora todo pronto, pensando nas memórias que ela vai criar aqui, que nós vamos criar aqui, nesse lar novinho nas terras dos Greer que ficaram abandonadas por tanto tempo. A janela foi o toque final. No início, eu não sabia se valia todo o esforço de trazer esse trambolho para cá, mas com a magia de Key e muito suor, conseguimos. Agora ela está ali, olhando pela minha filha como já olhou por mim quando eu era criança. Espero que a janela lembre a Sorcha de suas raízes conforme ela crescer, e quando tiver idade suficiente para ouvir toda a história de como surgiu, seja um lembrete de que o destino dela está inteiramente em suas mãos.

"São as escolhas em relação ao futuro, não o seu passado, que definem quem você é."

As palavras de Key ainda estão enraizadas no fundo do meu coração, tão reconfortantes quanto foram naquela primeira vez, quando eu mais precisava ouvir.

Talvez seja o aniversário de Sorcha que esteja me deixando tão sentimental, ou talvez seja só essa vontade de agradecer por tudo o que tenho, mas decido fazer um agradecimento silencioso a outra Sorcha, aquela que um dia quase teve a vida ceifada por um Greer, mas no fim devolveu a vida a outro. Seja lá onde estiver, espero que ela saiba que cuidarei de sua família, que nunca os menosprezarei.

Porque agora eles são minha família também.

Agradecimentos

Meus amigos, eu me lembro direitinho do momento em que este livro foi idealizado. Minha agente me perguntou o que mais eu poderia escrever no gênero paranormal, e lembro de ter sugerido vampiros. Quando ela disse que precisávamos de algo "mais inovador", falei, só de piada: "E se o Monstro do Lago Ness fosse um humano amaldiçoado, não apenas um monstro?". Para a minha surpresa, ela respondeu: "Tá aí... Até que não é má ideia!". E o mais surpreendente foi que o pessoal da Berkley também gostou. Depois de todo esse tempo, ainda não consigo acreditar que este livro nasceu assim: um projeto no qual me diverti horrores e do qual morro de orgulho.

Claro, é um livro bobo que explora a possibilidade de o Monstro do Lago Ness ser um gostosão amaldiçoado, mas também me desafiou de novas maneiras, expandiu meus limites criativos e até me inspirou a continuar nesse caminho, de certa forma. (Mas falaremos mais sobre isso depois... *piscadinha*)

Como sempre, recebi muita ajuda para a concretização desse conceito mitológico, então, sem nenhuma ordem específica, gostaria de agradecer a:

Cindy Hwang, minha editora fabulosa e (conhecida por mim como) minha mãe do mercado editorial: eu não poderia ter uma pessoa melhor para me incentivar da melhor forma possível (e me encorajar a incluir mais "putaria de monstro"). Ela é realmente única, e sou muito grata a ela.

À minha incrível agência e à minha agente, Jessica Watterson, que é responsável por boa parte dessa ajuda já mencionada com todas as mensagens de texto incessantes que ela tem que aturar de uma autora neurótica (euzinha). Jessica pode até se arrepender de ter me passado seu número de telefone, mas jamais vou me arrepender de fazer parte de sua agência, com todo esse conforto, compreensão e apoio total. (Além disso, um agradecimento especial ao "Papai Rico", também conhecida como Jennifer Kim, por enviar meus e-mails favoritos.)

Às minhas Bejeweled Babes™, Jessica Mangicaro e Kristin Cipolla (e um agradecimento especial para a mais nova BB, a pequena Cipollina, que tenho certeza de que vai se tornar uma pessoa tão maravilhosa quanto a mãe), que me deixam fazer perguntas bobas, que me animam quando mais preciso e que são simplesmente incríveis no que fazem: eu adoro vocês, meninas.

À fantástica equipe de arte, por sempre criar coisas formidáveis e, aliás, à toda a equipe da Berkley por ser tão maravilhosa no que faz. Sei por experiência própria que não é fácil colocar um livro no mundo, mas vocês são tão bons que quase fazem parecer molezinha. Um agradecimento especial à Rita Frangie Batour, que me deu a lombada xadrez dos meus sonhos (amigos, vocês viram aquele cadeado de coraçãozinho? GENIAL, né?), e à Monika Roe, pelo que talvez seja a minha capa favorita até hoje (eu digo isso o tempo todo?).

À Blair, a escocesa mencionada na minha dedicatória, que não apenas foi leitora beta deste livro e garantiu que as referências escocesas estivessem perfeitas, mas também, como eu disse, me perdoou por ter dado um pênis a Nessie. (Será que este é um bom momento para dizer que sei que isso não é considerado correto? Tomei algumas liberdades.) Sou muito grata a você, amiga.

E às pessoas que tenho a sorte de chamar não apenas de líderes de torcida, mas também de amigas, sem nenhuma ordem específica:

Kristen (papai), que, como sempre, segura minha mão de forma metafórica e segura minha testa quando choro por alguma besteira patética (do que ela me chama carinhosamente, aliás, quando estou mesmo sendo patética e me menosprezando, por exemplo) que eu tenha feito naquele dia: o universo sabia que eu precisava de você e deu um jeito de te colocar na minha vida.

Ruby Dixon, por sempre me ligar para garantir que não estou perdendo a cabeça e por também me deixar encher o saco para ler seus livros assim que termina de escrever (sou fã primeiro e amiga depois, que fique claro):

sou eternamente grata à Cindy por nos unir como duas criancinhas brincando juntas no parquinho.

Elena Armas, pelo áudio de vinte minutos sobre o quanto ela amou este livro e por ser, em geral, um anjo em forma de gente. É muito especial virar amiga de uma de suas escritoras favoritas, e eu fiz tantas dessas amizades que me sinto especialmente abençoada. (Elena, o livro do Jack vai ser SEU, como agradecimento.)

Kate Golden (esposa de ouro), que não só me transformou em uma leitora de romantasia, como também se tornou uma das minhas melhores amigas: escrever um elogio que foi publicado na quarta capa do seu livro foi uma das melhores coisas que já fiz, porque colocou você (e Jack, que merece um agradecimento especial, porque nunca é demais ter um padrasto) na minha vida.

Keri, minha irmã do coração, obrigada por estar sempre ao meu lado para me dizer quando estou sendo boba, por compartilhar memes ainda mais bobos e por literalmente qualquer uma das milhares de coisas que você faz por mim toda semana (mesmo que seja pesquisar algo no Google porque sou preguiçosa demais para fazer isso sozinha). Você é minha favorita.

À Sophie, por me explicar o que era uma *lapa* e fazer disso uma das minhas novas palavras favoritas, tanto que tive que voltar correndo e enfiá-la em algum lugar deste livro. (E por sempre ser tão amável.)

Ao grupo de leitores betas e ao Chat Cream (não perguntem) como um todo: Kristen, Kate, Keri, Vanessa, Amber... é verdade que forcei todas vocês a serem amigas entre si, além de serem minhas amigas, mas olhem só para nós. Quem diria? Vocês não são apenas minhas leitoras betas, mas também minhas amigas, e isso é uma coisa muito linda e rara, na minha opinião. (Um agradecimento especial à Vanessa por sempre ter um colchão inflável pronto para mim e por sempre estar disposta a me aturar enquanto compro bonequinhos de anime dos quais não preciso.)

Para Dan, que por milagre não precisou de incentivo para ler essa "putaria de monstro" como foi com *Farejando o amor*. Depois de mais de quinze anos de amizade, fico feliz que você finalmente esteja aprendendo que sempre estou certa. (Eu te amo, mesmo que seja tão cabeça-dura quanto eu.)

Um agradecimento especial a todos os fantásticos bookstagrammers, blogueiros, jornalistas, booktokers, bibliotecários e críticos que continuam a tornar isso realidade: sou grata por cada comentário, cada menção em artigo, cada TikTok, cada postagem. Vocês tornam possível ver o amor pelos meus livros em tempo real, e isso é algo especial além da conta.

Por falar nisso: aos LEITORES... vocês continuam a tornar meu sonho realidade. VOCÊS fizeram isso. Sem vocês, nada disso seria possível, e nunca serei capaz de expressar toda a minha gratidão.

E por último, mas certamente não menos importante, ao meu marido, que nunca tem medo de me dizer quando estou sendo uma boba neurótica, que me incentiva quando preciso e me acolhe quando preciso mais ainda: eu amo você. É fácil escrever sobre amor quando você já encontrou o seu para sempre.

Este livro, composto na fonte Fairfield,
foi impresso em papel Ivory Slim 65g/m², na Leograf.
São Paulo, Brasil, agosto de 2025.